ZETA

Título original: *The Body Farm*
Traducción: Hernán Sabaté
1.ª edición: abril 2009

© 1994, Patricia Daniels Cornwell
© Ediciones B, S. A., 2009
   para el sello Zeta Bolsillo
   Bailén, 84 - 08009 Barcelona (España)
   www.edicionesb.com

Esta edición no puede comercializarse en América Latina

Printed in Spain
ISBN: 978-84-9872-072-3
Depósito legal: B. 7.172-2009

Impreso por LIBERDÚPLEX, S.L.U.
Ctra. BV 2249 Km 7,4 Polígono Torrentfondo
08791 - Sant Llorenç d'Hortons (Barcelona)

La granja de cuerpos

PATRICIA CORNWELL

Al senador Orrin Hatch, de Utah,
por su lucha incansable contra la delincuencia

Los que a la mar se hicieron en sus naves,
llevando su negocio por las aguas inmensas,
vieron las obras de Yahveh,
sus maravillas en el piélago.

Salmo 107: 23-24

1

El 16 de octubre, mientras el sol asomaba sobre el manto de la noche, unos ciervos tímidos se acercaron con cautela a las lindes de la oscura arboleda que se extendía ante mi ventana. Encima y debajo de mí, las cañerías gimieron y, una a una, las demás habitaciones se iluminaron al tiempo que los secos estampidos de unas armas que no alcanzaba a ver acribillaban el amanecer. Me había acostado y me levantaba con el sonido de disparos.

Es un ruido que no cesa nunca en Quantico, Virginia, donde la Academia del FBI es una isla rodeada de infantes de marina. Varios días al mes me quedaba a dormir en la planta de seguridad de la Academia, donde nadie podía llamarme sin mi consentimiento ni seguirme después de beber demasiada cerveza en la cafetería.

A diferencia de los dormitorios espartanos que ocupaban los nuevos agentes y los policías visitantes, en mi habitación había televisor, cocina, teléfono y un cuarto de baño que no tenía que compartir. No estaba permitido fumar ni tomar alcohol, pero sospecho que los espías y testigos protegidos que normalmente eran recluidos allí obedecían las normas tanto como yo.

Mientras el café se calentaba en el microondas, abrí el maletín para sacar un expediente que me estaba esperando a mi llegada, la noche anterior. No lo había examinado todavía porque era incapaz de arroparme con una cosa como ésa, de llevarme a la cama algo así. En este aspecto, yo había cambiado.

Desde la Facultad de Medicina, me había acostumbrado a exponerme a cualquier trauma en cualquier momento. Había hecho turnos de veinticuatro horas en urgencias y había realizado autopsias sola en el depósito hasta el amanecer. Dormir siempre había sido una breve escapada a un lugar oscuro y vacío del que muy rara vez guardaba recuerdo al despertar. Luego, con los años, poco a poco, se produjo cierto cambio a peor. Empecé a aborrecer el trabajo a altas horas de la madrugada y me volví propensa a las pesadillas: imágenes terribles de mi vida aparecían en la máquina tragaperras de mi inconsciente.

Emily Steiner tenía once años y su naciente sexualidad era apenas un rubor en su cuerpo infantil cuando, dos domingos antes, el 1 de octubre, había escrito en su diario:

¡Oh, qué feliz soy! Es casi la una de la madrugada y mamá no sabe que estoy escribiendo en el diario porque estoy en la cama con la linterna. Hemos ido a la cena comunitaria en la iglesia, ¡y he visto a Wren! He notado que me miraba. ¡Luego me ha dado un petardo! Lo he guardado cuando él no miraba. Lo tengo en mi caja de los secretos. Esta tarde hay una reunión del grupo de juventud y quiere que me encuentre con él antes ¡y que no se lo diga a nadie!

A las tres y media, de aquella tarde, Emily salió de su casa de Black Mountain, al este de Asheville, e inició el trayecto de tres kilómetros a pie hasta la iglesia. Con posterioridad, varios niños recordaron haberla visto marcharse sola después de la reunión mientras el sol se hundía tras las montañas, a las seis. Emily se desvió de la carretera principal, con la guitarra a cuestas, y tomó un atajo que rodeaba un pequeño lago. Según los investigadores, es probable que durante este paseo se topara con el hombre que horas más tarde le quitaría la vida. Tal vez se detuvo a hablar con él. O tal vez no advirtió su presencia entre las sombras crecientes mientras apretaba el paso de vuelta a casa.

En Black Mountain, una población del oeste de Carolina del Norte de unos siete mil habitantes, la policía local tenía muy poca experiencia en homicidios o en asaltos sexuales a niños. Desde luego, no había trabajado en ningún caso que fuera ambas cosas. En Black Mountain no habían prestado la menor atención a Temple Brooks Gault, de Albany, Georgia, a pesar de que su rostro sonreía desde la lista de los diez más buscados exhibidas por doquier. Los criminales notorios y sus fechorías no habían constituido nunca una preocupación en esta pintoresca parte del país, conocida por ser la cuna de Thomas Wolfe y Billy Graham.

Yo no pude comprender qué habría atraído a Gault a aquel lugar, hacia aquella frágil chiquilla llamada Emily que echaba de menos la compañía de su padre y de un muchacho llamado Wren. Pero cuando Gault había emprendido su ronda asesina en Richmond, dos años antes, sus actos también parecían igualmente faltos de lógica. De hecho, nadie había aún desentrañado su sentido.

Dejé mi suite y recorrí los pasillos acristalados bañados por el sol mientras los recuerdos del sangriento paso de Gault por Richmond oscurecían la mañana. En una ocasión le había tenido a mi alcance. Había llegado a rozarlo con mis dedos, materialmente, durante un segundo, antes de que saltara por una ventana y huyese. En aquella ocasión yo no iba armada y, en cualquier caso, no me correspondía a mí ir pegando tiros por ahí. Con todo, no había podido quitarme de encima la sombra de duda que había invadido mi ánimo entonces. Nunca había dejado de preguntarme qué más podría haber hecho.

El vino no ha conocido nunca un buen año en la Academia, y lamenté haber tomado varias copas la noche anterior, en la cafetería. Mi carrera matinal por la avenida J. Edgar Hoover fue peor de lo habitual. Pensé que no conseguía terminarla.

Los marines estaban instalando telescopios y sillas de lona de camuflaje a la vera de los caminos con vistas a los campos de tiro. Capté las atrevidas miradas masculinas mientras pasaba a su altura corriendo a marcha lenta, y aprecié que los ojos tomaban debida nota de la insignia dorada del Departamento de Justicia en mi sudadera azul marino. Probablemente los soldados me creían una agente femenina o una policía visitante, y me molestó imaginar a mi sobrina corriendo por esa misma ruta. Ojalá Lucy hubiera escogido otro lugar para hacer las prácticas. Yo había tenido una clara influencia en su vida y había pocas cosas que me atemorizaran tanto. Ya se había convertido en costumbre preocuparme por ella durante mis ejercicios de mantenimiento físico, siempre que me angustiaba darme cuenta de que me estaba haciendo vieja.

La HRT, la unidad de rescate de rehenes del FBI, había salido de maniobras. Las aspas del helicóptero batían el aire con un ruido sordo. Una camioneta cargada de tableros con marcas de disparos pasó rugiendo, seguida de otra caravana de soldados. Me desvié y tomé el camino, de un par de kilómetros, que conduce hasta la Academia, la cual podría pasar por un hotel moderno de ladrillo color canela de no ser por el bosque de antenas de sus tejados y por su ubicación, en mitad de la nada arbolada.

Cuando por fin llegué a la garita de guardia, zigzagueé entre los dispositivos pinchaneumáticos y levanté la mano en un saludo cansado al agente situado tras el cristal. Sudorosa y sin aliento, me disponía a terminar el recorrido cuando noté que un coche aminoraba la marcha a mi espalda.

—¿Intenta suicidarse, o algo así? —preguntó con voz potente el capitán Pete Marino desde el asiento del conductor de su Crown Victoria plateado.

Las antenas de radio se cimbreaban como cañas de pescar sobre el capó y, a pesar de mis incontables advertencias, él no llevaba puesto el cinturón de seguridad.

—Hay maneras más sencillas de matarse —repliqué a través de la ventanilla abierta del lado contrario—. No abrocharse el cinturón de seguridad, por ejemplo.

—Uno nunca sabe cuándo tendrá que bajarse del coche a toda prisa.

—Si tiene un choque, no cabe duda de que saldrá volando —respondí—. A través del parabrisas, probablemente.

Marino, experimentado detective de homicidios de Richmond, donde estábamos destinados los dos, había ascendido hacía poco y le habían asignado el Distrito Uno, la zona más jodida de la ciudad. El nuevo capitán participaba desde hacía años en el VICAP, el programa del FBI dedicado a la captura de delincuentes violentos.

Con cincuenta y pocos años, era una víctima de dosis concentradas de naturaleza humana contaminada, mala alimentación y peores bebidas, con unas facciones marcadas por las penalidades y orladas de cabellos canosos, cada vez más escasos. Marino estaba sobrado de peso, bajo de forma, y no era famoso por su buen carácter. Yo sabía que había venido para la reunión sobre el caso Steiner, pero me extrañó ver la maleta en el asiento de atrás.

—¿Se quedará un tiempo? —le pregunté.

—Benton me ha apuntado a Supervivencia en la Calle.

—¿A usted y a quién más? —insistí, pues el objetivo de Supervivencia en la Calle no era entrenar individuos, sino grupos de asalto.

—A mí y al grupo especial de mi distrito.

—Por favor, no me diga que echar puertas abajo forma parte de sus nuevas atribuciones.

—Uno de los placeres de que le asciendan a uno es encontrarse otra vez de uniforme y en la calle. Por si no se ha enterado, doctora, ahí fuera ya no se utilizan pistolitas baratas.

—Gracias por la advertencia —le respondí secamente—. Asegúrese de llevar ropa gruesa.

—¿Eh?

Sus ojos, cubiertos por las gafas de sol, estudiaban por los espejos retrovisores el paso de otros coches.

—Hasta las balas de pintura roja duelen.

—No pienso dejar que me acierten.

—No conozco a nadie que lo piense.

—¿Cuándo ha llegado? —me preguntó.

—Anoche.

Marino sacó un paquete de cigarrillos.

—¿Le han contado algo?

—He repasado unas cuantas cosas. Al parecer, los inspectores de Carolina del Norte traerán la mayoría de los datos del caso esta mañana.

—Es Gault. Tiene que ser él.

—Hay paralelismos, desde luego —asentí con cautela.

Marino extrajo un Marlboro y se lo llevó a los labios.

—Voy a coger a ese maldito hijo de puta aunque tenga que ir al mismísimo infierno para encontrarlo.

—Si lo encuentra en el infierno, será mejor que lo deje allí —murmuré—. ¿Está libre para almorzar?

—Si invita usted...

—Siempre invito yo.

Era un hecho.

—Como es debido. —Marino entró una marcha—. Para algo es doctora, ¿no?

Medio al trote y medio andando, atajé el camino y entré en el gimnasio por la puerta trasera. Cuando abrí la puerta del vestuario, tres mujeres jóvenes y atléticas, en diversos grados de desnudez, se volvieron a mirarme.

—Buenos días, señora.

El saludo, al unísono, las identificó al instante. Los agentes de la DEA, la Brigada Antidroga, eran famosos en la Academia por sus modales irritantemente corteses.

Empecé a quitarme las ropas húmedas con cierta timidez; no había llegado a acostumbrarme al ambiente, casi machista y militarista, de aquel lugar donde las mujeres no tenían el menor reparo en charlar o exhibir sus sentimientos sin nada encima más que las luces. Cogí la toalla y corrí a las duchas. Acababa de abrir el paso del agua cuando un par de ojos verdes familiares asomó al otro lado de la cortina de plástico y me sobresaltó. El jabón se me escapó de la mano y resbaló por el suelo de baldosas hasta detenerse junto a las Nike embarradas de mi sobrina.

—Lucy, ¿puedes esperar a que termine? —Cerré la cortina de un tirón.

—¡Joder! Len ha estado a punto de matarme esta mañana —dijo ella, feliz, al tiempo que devolvía el jabón al plato de la ducha con la puntera de la zapatilla deportiva—. Ha sido estupendo. La próxima vez que hagamos la pista dura de entrenamiento le preguntaré si puedes venir.

—No, gracias. —Me froté los cabellos con el champú—. No tengo ganas de romperme un hueso o de torcerme un tobillo.

—Pues te aseguro que deberías pasarla una vez, tía Kay. Aquí es un rito de iniciación.

—No. Para mí, no.

Lucy guardó silencio un instante; después añadió con cierta vacilación:

—Tengo que preguntarte una cosa.

Me aclaré los cabellos y me los aparté de los ojos antes de descorrer la cortina y mirarla. Mi sobrina estaba ante la ducha, sucia y sudorosa de pies a cabeza, con manchas de sangre en la camiseta gris del FBI. A sus veintiún años y a punto de graduarse por la universidad de Virginia, sus facciones se habían pulido hasta hacerla bastante guapa y sus cabellos castaño rojizo, que llevaba cortos, los había aclarado el sol. Recordé cuando su melena era larga y de un rojo más oscuro, cuando era una chica gordita y llevaba aparatos de ortodoncia.

—Quieren que vuelva después de la graduación —continuó—. El señor Wesley ha escrito una propuesta y hay muchas posibilidades de que los federales accedan.

—¿Y qué quieres preguntarme?

De nuevo, la ambivalencia golpeó con fuerza.

—Quería saber qué te parece.

—Ya sabes que hay congelación de plantilla...

Lucy me observó fijamente e intentó obtener una información que yo no estaba dispuesta a darle.

—De todos modos, no podría ser una nueva agente recién salida de la universidad —dijo—. La cuestión es incorporarme al ERF ahora, quizá mediante una beca. Respecto a lo que haré después... —se encogió de hombros—, ¿quién sabe?

El ERF era el Servicio de Gestión de Investigaciones del FBI, un austero complejo de reciente construcción en el mismo recinto de la Academia. Las actividades que se desarrollaban allí eran materia reservada y me mortificaba un poco que, siendo yo la jefa de Servicios Forenses de Virginia y patóloga forense consultora de la Unidad de Apoyo a la Investigación del FBI, no estuviera autorizada a cruzar unas puertas que mi joven sobrina traspasaba cada día.

Lucy se quitó las zapatillas y los pantalones cortos y se desembarazó de la camiseta y del sujetador deportivo.

—Seguiremos la conversación más tarde —dije al tiempo que salía de la ducha y ella entraba.

—¡Ay! —se quejó cuando el agua le tocó las contusiones.

—Utiliza agua y jabón en abundancia. ¿Cómo te has hecho eso en la mano?

—He resbalado mientras bajaba un talud y se me ha enganchado la cuerda.

—Habría que poner un poco de alcohol, ahí.

—De ninguna manera.

—¿A qué hora sales del ERF?

—No lo sé. Depende.

—Nos veremos antes de que regrese a Richmond —le prometí, dispuesta a volver al vestuario.

Empecé a secarme el cabello y, apenas un minuto después, Lucy, tan desinhibida como las demás, pasó ante mí a paso ligero y sin otra cosa encima que el Breitling de pulsera que yo le había regalado por su aniversario.

—¡Mierda! —masculló entre dientes mientras empezaba a vestirse—. No tienes idea del trabajo que me espera hoy. Nuevo reparto del disco duro, recargarlo todo porque me estoy quedando sin espacio, incluir más, cambiar un montón de archivos... Sólo espero que no tengamos más problemas de hardware...

Sus quejas no sonaban muy convincentes. Lucy disfrutaba cada minuto del trabajo que llenaba su jornada.

—Mientras corría he visto a Marino. Se queda aquí esta semana —le comenté.

—Pregúntale si quiere hacer prácticas de tiro —me dijo.

Lucy arrojó las zapatillas al fondo de la taquilla y cerró con un estruendo entusiasta.

—Tengo la sensación de que va a hacer bastantes.

Mis palabras la alcanzaron cuando, ya en la

puerta, se cruzaba con media docena de agentes más, vestidas de negro.

—Buenos días, señora.

Los cordones azotaban el cuero mientras las agentes de la Antidroga se quitaban las botas.

Cuando terminé de vestirme y hube dejado la bolsa de gimnasia en mi habitación, ya eran las nueve y cuarto y llegaba con retraso.

Crucé dos puertas de seguridad, bajé a toda prisa tres tramos de escaleras, tomé el ascensor en la sala de reserva de armas y descendí veinte metros hasta el nivel inferior de la Academia, donde normalmente transcurría mi calvario. Sentadas en torno a la gran mesa de roble de la sala de conferencias había nueve personas, investigadores de la policía, expertos en identificación del FBI y un analista del VICAP. Mientras en derredor se sucedían los comentarios, tomé asiento junto a Marino.

—Este tipo sabe mucho sobre pruebas forenses.

—Y cualquiera que haya estado entre rejas sabe mucho de eso.

—Lo importante es que se siente sumamente a gusto con esta forma de comportamiento.

—Para mí, eso indica que no ha pisado nunca la cárcel. —Añadí mi expediente al resto de material sobre el caso que circulaba por la sala y susurré a uno de los expertos del FBI que quería fotocopias del diario de Emily Steiner.

—Sí, bien, no estoy de acuerdo con eso —intervino Marino—. Que alguien haya pasado por la cárcel no significa que tema volver a ella.

—La mayoría de la gente, sí. Recuerde eso del gato escaldado y el agua fría...

—Gault no es como la mayoría de la gente. A él le gusta el agua hirviendo.

Llegó a mis manos un montón de hojas de impresora láser con imágenes de la casa de los Steiner, una vivienda de estilo ranchero. Al fondo, una ventana de la planta baja aparecía forzada; por ella, el asaltante había accedido a un pequeño lavadero de suelo de linóleo blanco y paredes a cuadros azules.

—Si tomamos en cuenta el vecindario, la familia y la propia víctima, parece que Gault se está volviendo más atrevido.

Seguí un pasillo enmoquetado hasta el dormitorio principal, donde la decoración consistía en un estampado en tonos pastel de ramitos de violetas y globos sueltos. Conté seis almohadas en la cama con dosel y varias más en un estante del armario empotrado.

—Sí, aquí estamos hablando de un margen de vulnerabilidad realmente escaso.

El dormitorio de decoración infantil era el de Denesa, la madre de Emily. Según su declaración a la policía, el asaltante la había despertado a punta de pistola hacia las tres de la madrugada.

—El tipo quizá pretende provocarnos.

—No sería la primera vez.

Según la descripción de la señora Steiner, su atacante era de talla mediana y complexión normal. Respecto a la raza, no estaba segura porque el hombre llevaba guantes, máscara, pantalones largos y chaqueta. El tipo la había atado y amordazado con cinta aislante de color naranja subido y la había encerrado en el armario. Después, había seguido por el pasillo hasta la habitación de Emily y, una vez allí, la había arrancado de la cama y desaparecido con ella en la oscuridad de la madrugada.

—Creo que debemos andarnos con cuidado y no obsesionarnos con el tipo. Con Gault.

—Buen consejo. Es preciso no actuar con ideas preconcebidas.

—¿La cama de la madre está hecha? —inquirí.

La conversación se interrumpió. Un investigador de mediana edad, con unas facciones relajadas y coloradas, asintió con la cabeza al tiempo que sus ojos azules y despiertos posaban la mirada, como un insecto, sobre mis cabellos rubios, sobre mis labios y sobre el fular gris que asomaba en el cuello abierto de mi blusa a rayas grises y blancas. La mirada continuó su inspección y descendió hasta mis manos para fijarse en el sello de oro de mi anillo y en el dedo anular, sin huella de alianza.

—Soy la doctora Scarpetta —me presenté sin la menor calidez, mientras su mirada recorría mi pecho.

—Max Ferguson, SBI, Asheville.

—Y yo soy el teniente Hershel Mote, de la policía de Black Mountain. —Un hombre pulcramente vestido de caqui y ya en edad de jubilarse se reclinaba sobre la mesa para tender una manaza encallecida—. Es un verdadero placer, doctora. He oído muchas cosas de usted.

—Según parece —Ferguson se dirigió a todo el grupo—, la señora Steiner hizo la cama antes de que llegara la policía.

—¿Por qué? —quise saber.

—Por recato, tal vez —apuntó Liz Myre, la única mujer del equipo de expertos del FBI—. Ya había tenido a un extraño en el dormitorio y esperaba la llegada de la policía...

—¿Cómo iba vestida cuando llegó la patrulla? —pregunté.

Ferguson consultó un informe:

—Un salto de cama rosa cerrado con cremallera, y calcetines.

—¿Era lo que llevaba en la cama? —preguntó detrás de mí una voz que no me resultó desconocida.

El jefe de unidad, Benton Wesley, cerró la puerta de la sala de conferencias al tiempo que nuestras miradas se cruzaban un instante. Alto y delgado, de facciones angulosas y cabellos plateados, vestía un traje oscuro y venía cargado de papeles y cartuchos de diapositivas. Nadie dijo nada mientras el recién llegado ocupaba su asiento en la cabecera de la mesa y garabateaba enérgicamente varias notas con una estilográfica Mont Blanc.

Sin levantar la mirada, Wesley repitió:

—¿Sabemos si la mujer iba vestida así cuando tuvo lugar el ataque? ¿O si se puso esa ropa después de los hechos?

—Yo lo llamaría una bata, más que un salto de cama —apuntó Mote—. Tela de franela hasta los tobillos, mangas largas, cremallera hasta el cuello...

—Lo único que llevaba debajo eran las bragas —indicó Ferguson.

—No te preguntaré cómo sabes eso —intervino Marino.

—El Estado me paga para que sea observador. Los federales, que quede claro —paseó la mirada en torno a la mesa—, no me pagan por cagadas.

—Nadie debería pagarte las cagadas, a menos que comieras oro —masculló Marino.

Ferguson sacó un paquete de cigarrillos.

—¿Le molesta a alguien si fumo?

—A mí.

—Sí, a mí también.

—Kay. —Wesley deslizó hacia mí un grueso sobre de papel manila—. Informes de autopsia, más fotos.

—¿Xerocopias? —pregunté.

No me gustaba trabajar con ellas porque, como las imágenes de las impresoras de aguja, sólo resultan satisfactorias desde cierta distancia.

—No. En auténtico papel fotográfico.

—Bien.

—Estamos buscando el modus operandi característico del asaltante, ¿no es eso? —Wesley miró en torno a la mesa y varios de los presentes asintieron—. Y tenemos un sospechoso viable. O, al menos, digamos que suponemos tenerlo.

—Para mí, no hay la menor duda de que es él —asintió Marino.

—Sigamos revisando la escena del crimen; después pasaremos a las víctimas —continuó Wesley al tiempo que empezaba a hojear la documentación—.

Y creo que, de momento, será mejor mantener fuera del asunto los nombres de delincuentes conocidos. —Nos observó a todos por encima de las gafas de lectura y preguntó—: ¿Tenemos un plano?

Ferguson distribuyó fotocopias.

—Están señaladas la casa de la víctima y la iglesia. También está marcado el camino en torno al lago que, se supone, tomó la niña de vuelta a casa tras la reunión.

A Emily Steiner, con su carita menuda y su cuerpecillo frágil, nadie le habría echado más de ocho o nueve años. En la fotografía escolar más reciente que le habían hecho, la primavera anterior, llevaba un suéter verde abotonado hasta el cuello y los cabellos, de color rubio pajizo, peinados con raya al lado y sujetos con un prendedor en forma de lorito.

Que nosotros supiéramos, no le habían tomado más fotos hasta la despejada mañana del martes, 7 de octubre, cuando un viejo llegó a la orilla del lago Tomahawk para disfrutar de un rato de pesca. Mientras el hombre procedía a colocar su silla plegable en un saliente fangoso junto al agua, había advertido un pequeño calcetín rosa que asomaba de un matorral cercano. A continuación, el viejo había observado que el calcetín estaba unido a un pie.

Ferguson procedió entonces a pasar unas diapositivas. Con el extremo de la sombra del bolígrafo proyectada en la pantalla señaló un punto y comentó:

—Descendimos por el camino y localizamos el cuerpo ahí.

—¿Y a qué distancia queda de la iglesia y de la casa?

—Un kilómetro y medio de cualquiera de los dos, si uno va en coche. En línea recta, un poco menos.

—¿Y el camino alrededor del lago sería el más directo?

—Sí, es un buen atajo. —Ferguson hizo un resumen de lo encontrado—: Tenemos a la niña tendida en el suelo con la cabeza hacia el norte. Tenemos un calcetín a medio sacar en el pie izquierdo y el otro en el derecho. Tenemos un reloj. Tenemos un collar. Llevaba un pijama de franela azul y bragas, que hasta la fecha no han aparecido. Ésta es una ampliación de la herida en la zona posterior del cráneo.

La sombra del bolígrafo se desplazó y encima de nosotros, a través de los gruesos muros, resonaron los estampidos amortiguados procedentes de la sala de tiro cubierta.

El cuerpo de Emily Steiner estaba desnudo. Tras un examen minucioso, el forense del condado de Buncombe había establecido que la niña había sufrido abusos sexuales y que las grandes manchas oscuras y brillantes de la parte interna de los muslos, el torso y el hombro que se veían en las imágenes correspondían a zonas en las que faltaba carne. La víctima también había sido atada y amordazada con cinta adhesiva anaranjada y la causa de la muerte era un único disparo en la nuca con un arma de pequeño calibre.

Ferguson pasó diapositiva tras diapositiva y,

mientras las imágenes del pálido cuerpo de la chiquilla se sucedían en la oscuridad, se produjo un silencio. No he conocido a ningún investigador que se haya acostumbrado alguna vez a ver niños maltratados y asesinados.

—¿Sabemos qué tiempo hizo en Black Mountain desde el uno al siete de octubre? —pregunté.

—Cubierto. Cinco grados por la noche, quince a mediodía —respondió Ferguson—. Más o menos.

Me volví a mirarle.

—¿Más o menos?

—De promedio —explicó despacio mientras la sala se iluminaba de nuevo—. Ya sabe, se suman las temperaturas y se dividen por el número de días.

—Agente Ferguson, cualquier fluctuación significativa cuenta —respondí con un desapasionamiento que disimulaba el creciente disgusto que me inspiraba el individuo—. Un solo día de temperaturas inusualmente altas, por ejemplo, cambiaría el estado del cuerpo.

Wesley inició otra página de notas. Cuando hizo una pausa, me miró directamente.

—Doctora Scarpetta, si la niña hubiera muerto poco después del asalto, ¿en qué estado de descomposición se encontraría el cuerpo cuando fue descubierto, el siete de octubre?

—En las condiciones apuntadas, yo esperaría encontrarlo moderadamente descompuesto —le respondí—. También habría actividad de insectos y, posiblemente, otros daños posteriores a la muerte, aunque eso depende de lo accesible que resultara a los animales carnívoros.

—En otras palabras, si llevara una semana muerta debería tener mucho peor aspecto que ahí —señaló las diapositivas.

—Debería estar más descompuesta, sí.

Wesley sudaba profusamente; las gotitas brillaban como una orla en el nacimiento del cuero cabelludo y empapaban el cuello de la camisa blanca almidonada. Me fijé en las venas de la frente y del cuello, muy hinchadas.

—Me sorprende que los perros no se cebaran con ella.

—A mí, no. Esto no es la ciudad, con sus perros vagabundos por todas partes. Aquí los animales están encerrados o sujetos con correa.

Marino se entregó a su horrible costumbre de romper en pedacitos la taza de café de poliestireno.

El cuerpo de la pequeña estaba casi gris, de puro pálido, con una decoloración verdusca en el cuadrante inferior derecho. Tenía las yemas de los dedos secas y la piel se separaba de las uñas. Se apreciaba un desprendimiento del cuero cabelludo y rozaduras en la piel de los pies. No observé indicios de lesiones de defensa, cortes, magulladuras o uñas rotas que denotaran resistencia.

—Probablemente, los árboles y demás vegetación lo protegían del sol —comenté mientras unas sombras vagas nublaban mis pensamientos—. Y parece que apenas sangró, si lo hizo, por esas heridas. De lo contrario se apreciaría más actividad de depredadores.

—Vamos a suponer que la mataron en otra parte —intervino Wesley—. La ausencia de sangre, la ausencia de ropas, la situación del cuerpo y los demás datos parecen indicar que fue agredida y muerta en otra parte y, luego, arrojada donde la encontraron. ¿Puede decirme si eso de la carne que falta se lo hicieron *post mortem*?

—Sí, se lo hicieron cuando ya era cadáver, o hacia el momento de la muerte —respondí.

—¿Para eliminar huellas de mordiscos, otra vez?

—Con lo que tenemos aquí, no puedo determinarlo.

—En su opinión, ¿esas lesiones son parecidas a las de Eddie Heath?

Wesley se refería al muchacho de trece años que Temple Gault había asesinado en Richmond.*

—Sí. —Abrí otro sobre y extraje de él un fajo de fotografías de autopsias sujeto con bandas elásticas—. En ambos casos tenemos piel extirpada del hombro y de la parte interna superior de los muslos. Y a Eddie también le pegó un tiro en la nuca y luego se deshizo del cuerpo.

»También me sorprende que, a pesar de la diferencia de sexo, la constitución física de la niña y de ese chico eran parecidas. Heath era bajito, aún no había dado el estirón. Y la niña era menuda, casi prepúber.

»Hay una diferencia que merece la pena señalar —indiqué—: En los bordes de las heridas de la niña no se aprecian cortes entrecruzados, superficiales.

* Véase *Cruel y extraño* (Premio Edgar 1993), de la misma autora. *(N. del T.)*

Marino explicó mi comentario a los agentes de Carolina del Norte:

—En el caso Heath, creemos que Gault, al principio, intentó borrar las marcas de mordiscos cortándolas con un cuchillo. Después, consideró que eso no daba resultado y procedió a cortar unas tajadas de carne del tamaño de un bolsillo de camisa. En esta ocasión, con la niña, tal vez ha empezado directamente por lo segundo.

—¿Sabe una cosa? Todas estas presunciones me hacen sentir realmente incómoda. No podemos dar por sentado que se trata de Gault.

—Han pasado casi dos años, Liz. Dudo que Gault haya vuelto a nacer o haya estado trabajando para la Cruz Roja.

—Pero no sabe a ciencia cierta que no lo haya hecho. Bundy trabajó en un centro de asistencia social.

—Dios hablaba a sus elegidos.

—Puedo asegurarle que Dios no le dijo nada a Berkowitz —replicó Wesley en tono seco.

—Lo que sugiero es que Gault, si se trata de él, quizá se limitó esta vez a rebanar las huellas de los mordiscos.

—Bueno, es verdad que en estas cosas, como en ninguna otra, los tipos perfeccionan su técnica con la práctica.

—¡Señor! Espero que nuestro hombre no lo haga —dijo Mote, y se secó el bigote con un pañuelo plegado.

—¿Estamos en condiciones de establecer un perfil del agresor? —La mirada de Wesley recorrió la mesa—. ¿Dirían que es un varón blanco?

—Es un vecindario predominantemente blanco.

—Absolutamente.

—¿Edad?

—Actúa con lógica y eso significa que ya tiene sus años.

—Estoy de acuerdo. No creo que estemos ante un delincuente juvenil.

—Yo le calcularía veintitantos, cerca de los treinta.

—Yo le pondría más. Entre treinta y casi cuarenta.

—El tipo es muy organizado. El arma que empleó, por ejemplo, fue algo que llevaba consigo, y no algo que encontró en la escena del crimen. Y no parece que tuviera el menor problema para dominar a su víctima.

—Según la familia y los amigos, no era difícil controlar a Emily. Era una niña tímida, que se asustaba con facilidad.

—Además, tenía un historial de enfermedades y de entradas y salidas de consultas médicas. Estaba acostumbrada a ser sumisa. En otras palabras, siempre hacía lo que le decían.

—Siempre no. —Wesley se mantuvo inexpresivo mientras hojeaba las páginas del diario de la chiquilla—. No quería que su madre se enterase de que estaba despierta en la cama, con una linterna, a la una de la madrugada. Tampoco parece que pensara decirle a su madre que acudiría a la reunión de la iglesia antes de la hora, aquel domingo por la tarde. ¿Sabemos si ese chico, Wren, acudió a la cita como tenía pensado?

—No se presentó hasta que empezó la reunión, a las cinco.

—¿Qué hay de las relaciones de Emily con otros chicos?

—Las típicas de una niña de once años. ¿Me quieres? Rodea sí o no con un círculo.

—¿Qué tiene eso de malo? —preguntó Marino, y provocó una carcajada general.

Continué colocando fotografías delante de mí como si fueran cartas del tarot mientras notaba crecer mi inquietud. El disparo en la parte posterior de la cabeza había entrado por la región parietal-temporal derecha del cerebro, cortando una rama de la arteria meníngea media, pero no había ninguna contusión, ni hematomas subdurales o epidurales. Tampoco había reacción vital a las lesiones de los genitales.

—¿Cuántos hoteles hay en su zona?

—Una decena, creo. Pero un par de ellos son pensiones de cama y desayuno, casas privadas que ofrecen una habitación.

—¿Han comprobado a los huéspedes registrados?

—A decir verdad, no habíamos pensado en eso.

—Si Gault está en la zona, tiene que alojarse en alguna parte.

Los informes de laboratorio también me producían perplejidad: un nivel de sodio muy elevado, 170, y 24 miliequivalentes de potasio por litro.

—Max, empecemos por el Travel-Eze. Bueno, si te ocupas tú, yo me encargaré del Acorn and Apple Blossom. Quizá deberíamos probar el Mountaineer, también, aunque éste ya queda un poco más lejos.

—Lo más probable es que Gault busque el sitio donde pueda conservar mejor el anonimato. No querrá que el personal advierta sus idas y venidas, seguro.

—Pues no va a tener muchos para escoger. Aquí no hay ningún hotel demasiado grande.

—Probablemente, ni el Red Rocker ni el Blackberry Inn.

—Lo mismo pienso yo pero, de todos modos, pasaremos a comprobarlo.

—¿Qué hay de Asheville? Allí tiene que haber algunos hoteles grandes.

—Allí tienen toda clase de cosas desde que se sirven bebidas alcohólicas sin restricción.

—¿Creen que se llevó a la niña a su habitación y la mató allí?

—No. Rotundamente, no.

—No se puede tener secuestrada a una niña en cualquier sitio sin que alguien lo descubra. El servicio de habitaciones, la asistenta...

—Por eso me sorprendería que Gault se alojara en un hotel. La policía empezó a buscar a Emily inmediatamente después de su desaparición. La noticia corrió enseguida.

La autopsia había sido realizada por el doctor James Jenrette, el forense llamado al lugar de los hechos. El doctor Jenrette, patólogo de hospital en Asheville, tenía un contrato con el Estado para llevar a cabo autopsias forenses en las raras ocasiones en que surgía la necesidad de realizar una de ellas en aquella solitaria región montañosa del oeste de Carolina del Norte. El resumen del doctor según el cual «algunos de los hallazgos no quedan explicados por la herida de arma de fuego de la cabeza» era claramente insuficiente. Me quité las gafas y me froté el puente de la nariz mientras Benton Wesley proseguía sus preguntas:

—¿Hay muchas casas de turistas y propiedades en alquiler en su zona?

—Sí, señor —respondió Mote—. Muchísimas.
—Se volvió a Ferguson—. Max, supongo que será mejor comprobarlas también. Consiga una lista y vea quién ha alquilado qué.

Advertí que Wesley había notado mi inquietud cuando le oí decir:

—¿Doctora Scarpetta? Parece que tiene usted algo que añadir...

—Me tiene perpleja que no muestre reacciones vitales a ninguna de las heridas —respondí—. Y aunque el estado del cuerpo apunta a que sólo lleva unos días muerto, los electrólitos no encajan con las observaciones fisiológicas...

—¿Los qué? —inquirió Mote, desconcertado.

—La cifra de sodio es alta y, como el sodio se mantiene bastante estable después de la muerte, podemos deducir que ya era alta en el momento de la muerte.

—¿Y qué significa eso?

—Podría significar que estaba profundamente deshidratada —expliqué—. Y, por cierto, pesaba muy poco para su edad. ¿Sabemos algo de un posible trastorno digestivo? ¿Había estado enferma?

¿Vómitos? ¿Diarrea? ¿Tomaba o había tomado diuréticos?

Estudié los rostros en torno a la mesa. Al ver que nadie respondía, Ferguson intervino:

—Le preguntaré a la madre. Tengo que ir a hablar con ella cuando vuelva.

—Pero la cifra de potasio también era alta —continué—. Y eso también requiere explicación, porque el potasio del humor vítreo aumenta de forma progresiva y predecible tras la muerte, cuando las células se desorganizan y lo liberan.

—¿El humor vítreo?

—El fluido del ojo es muy fiable para las pruebas porque está aislado, protegido y, por tanto, menos sometido a la contaminación, a la putrefacción —respondí—. El caso es que el nivel de potasio indica que la niña lleva muerta más tiempo del que apuntan los demás datos.

—¿Cuánto más? —quiso saber Wesley.

—Seis o siete días.

—¿Podría haber alguna otra explicación para eso?

—La exposición a un calor intenso que hubiera acelerado la descomposición —se me ocurrió responder.

—Bueno, no parece que fuera así.

—Eso, o un error —añadí.

—¿Podría usted comprobarlo?

Asentí.

—El doctor Jenrette cree que la bala que le reventó el cerebro la mató al momento —indicó Ferguson—. Me parece que si uno muere instantáneamente, no puede mostrar reacciones vitales.

—El problema —expuse— es que cabe la posibilidad de que esa herida en el cerebro no le produjera la muerte instantánea.

—¿Cuánto tiempo podría haber sobrevivido? —quiso saber Mote.

—Horas —contesté.

—¿Alguna posibilidad más? —me preguntó Wesley.

—Una conmoción cerebral. Es como un cortocircuito eléctrico: uno recibe un golpe en la cabeza, muere al instante y no se le encuentra lesión alguna. —Hice una pausa—. O podría ser que todas las heridas, incluida la del disparo, las recibiera después de muerta.

Todos se tomaron unos momentos para asimilar la idea.

La taza de café de Marino ya había quedado reducida a un pequeño montón de nieve de poliestireno y el cenicero que tenía ante él estaba lleno de envoltorios arrugados de goma de mascar.

—¿Ha encontrado usted algo que indique que tal vez la mataron antes?

Le respondí que no y empezó a jugar con el bolígrafo, sacando y guardando la mina con repetidos clics.

—Hablemos un poco más de su familia. ¿Qué sabemos del padre, además de que está muerto?

—Era maestro en la Academia Cristiana Broad River, en Swannanoa.

—¿Emily iba a esa escuela?

—No. Estudiaba en la escuela elemental de

Black Mountain. Su padre murió hace un año, más o menos —añadió Mote.

—He visto los datos —asentí—. Se llamaba Charles, ¿verdad?

—Sí.

—¿Cuál fue la causa de la muerte? —pregunté.

—No estoy seguro. Pero fue natural.

—Estaba enfermo del corazón —añadió Ferguson.

Wesley se levantó y dio unos pasos hasta el encerado de plástico blanco. Quitó el tapón a un rotulador negro y empezó a escribir.

—Muy bien, repasemos los detalles —dijo—. La víctima es una niña blanca de once años, perteneciente a una familia de clase media. Fue vista con vida por última vez hacia las seis de la tarde del primero de octubre, cuando volvía a casa tras una reunión en la iglesia. En esta ocasión tomó un atajo, un sendero que sigue la orilla del lago Tomahawk, un pequeño estanque hecho por el hombre.

»Si observan el plano, verán que en el extremo norte del lago hay un club deportivo y una piscina pública, que sólo están abiertos en verano. Por aquí hay unas pistas de tenis y una zona de meriendas a las que se puede acceder todo el año. Según la madre, Emily llegó a casa poco después de las seis y media, fue directamente a su habitación y estuvo ensayando con la guitarra hasta la cena.

—¿La señora Steiner dijo qué tomó Emily esa noche? —pregunté a los reunidos.

—Me contó que habían cenado macarrones con queso y ensalada —respondió Ferguson.

—¿A qué hora?

Según el informe de la autopsia, el contenido del estómago de Emily consistía en una pequeña cantidad de un fluido pardusco.

—Hacia las siete y media, me dijo.

—¿Habría terminado de digerir una cena así cuando fue raptada, a las tres de la madrugada?

—Sí —contesté—. Su estómago habría quedado vacío mucho antes.

—Cabe la posibilidad de que no le diera mucho de comer o de beber mientras la tuvo cautiva.

—¿Explicaría eso la cifra elevada de sodio, la posible deshidratación? —me preguntó Wesley.

—Es posible, desde luego...

Tomó unas notas más mientras murmuraba:

—En la casa no hay sistema de alarma, ni perros.

—¿Sabemos si el hombre robó algo?

—Quizás algo de ropa.

—¿De quién?

—De la madre, tal vez. Mientras estaba atada y amordazada en el baño, tuvo la impresión de que oía al asaltante revolver los cajones.

—Si lo hizo, fue muy ordenado. La señora Steiner también dijo que no estaba segura de si faltaba o se había estropeado algo.

—¿Qué enseñaba el padre? ¿Tenemos ese dato?

—La Biblia.

—Broad River es uno de esos centros fundamentalistas. Los chicos empiezan el día cantando *El pecado nunca prevalecerá sobre mí*.

—No bromee.

—Lo digo en serio.

—¡Dios santo!

—Sí, de Él también hablan muchísimo.

—Tal vez podrían hacer algo con mi nieto.

—¡Mierda, Hershel, nadie puede sacar provecho de tu nieto porque tú mismo lo has malcriado y estropeado! ¿Cuántas minibicis tiene ya? ¿Tres?

Intervine de nuevo:

—Me gustaría saber más cosas de la familia de Emily. Supongo que son gente religiosa.

—Muchísimo.

—¿Más hermanos?

El teniente Mote hizo una profunda inspiración con aire cauto.

—Esto es lo más triste del caso. Hubo otro bebé hace algunos años, pero murió al poco de nacer.

—¿También en Black Mountain? —pregunté.

—No, señora. Sucedió antes de que los Steiner se trasladaran a la zona. Son de California. Tenemos gente de todas partes, ¿sabe?

—Muchos forasteros —intervino Ferguson— vienen a nuestras montañas cuando se jubilan, de vacaciones o para asistir a reuniones religiosas. Mierda, si tuviera una moneda por cada baptista que viene, no estaría sentado aquí.

Dirigí una mirada a Marino. Su irritación era tan palpable como el calor; tenía la cara al rojo vivo.

—El lugar ideal para que Gault se instale. Allí, la gente lee todo lo que publican sobre ese hijo de puta en la revista *People*, en el *National Enquirer* o en *Parade*. Pero a nadie le cabe en la cabeza que la alimaña pueda bajar al pueblo. Para ellos, ese tipo es Frankenstein. En realidad, no existe.

—No olviden que también hubo esa película de televisión sobre él —insistió Mote.

—¿Cuándo fue eso?

Ferguson frunció el entrecejo.

—El verano pasado. Me lo dijo el comisario Marino. No recuerdo el nombre del actor, pero ha hecho muchas películas de ésas de *Terminators*, ¿verdad?

Marino no se molestó en responder. Su batida personal agitaba el aire de la sala.

—¡Estoy convencido de que el hijo de puta todavía está aquí! —dijo. Apartó la silla de la mesa y añadió otro envoltorio de goma de mascar al cenicero.

—Todo es posible —murmuró Wesley sin alterar un ápice el tono.

—En fin... —Mote carraspeó—. Será sumamente apreciada cualquier ayuda que puedan prestar ustedes.

Wesley echó un vistazo al reloj.

—¿Quiere apagar las luces otra vez, Pete? He pensado que debíamos revisar esos casos anteriores y enseñar a nuestros dos visitantes de Carolina del Norte cómo se las gastó Gault mientras estuvo en Virginia.

Durante la hora siguiente, los horrores se sucedieron en la oscuridad de la sala como escenas inconexas de mis peores pesadillas. Ferguson y Mote no apartaron un solo instante sus ojos, abiertos como platos, de la pantalla. No dijeron una palabra. No los vi parpadear.

2

Al otro lado de las cristaleras de la cafetería, unas rollizas marmotas se solazaban sobre el césped mientras yo tomaba una ensalada y Marino rebañaba de su plato los últimos restos del pollo frito especial.

El cielo tenía un tono azul desvaído y los árboles empezaban a dar indicios del encendido resplandor con que arderían sus ramas cuando el otoño alcanzara su punto culminante. En cierto modo, envidiaba a Marino. El esfuerzo físico que le esperaba durante la semana de prácticas casi parecería un descanso en comparación con lo que me aguardaba a mí, con lo que se cernía ominosamente sobre mí como un ave de presa enorme e insaciable.

—Lucy espera que encuentre un rato para hacer prácticas de tiro con ella mientras esté por aquí —le dije.

—Depende de si ha mejorado sus modales.

Marino apartó a un lado la bandeja.

—Qué curioso, eso es lo que ella dice de usted, normalmente.

Él sacó un cigarrillo del paquete.

—¿Le importa?

—No, porque va a encenderlo de todos modos.

—Nunca le da el menor margen a nadie, doctora. —El cigarrillo se agitó de un lado a otro mientras Marino hablaba—. Y no es que no haya reducido el consumo... —Accionó el encendedor—. Pero le diré la verdad: uno piensa constantemente en el pitillo.

—Tiene razón. No pasa un minuto sin que me pregunte cómo he podido mantener un vicio tan desagradable y antisocial.

—Tonterías. Echa de menos el tabaco terriblemente. Ahora mismo le gustaría estar en mi lugar. —Exhaló una columna de humo y echó un vistazo por la ventana—. Un día de éstos, todo el complejo se convertirá en un sumidero por culpa de esa peste de marmotas que no paran de copular.

—¿Por qué habría de trasladarse Gault a las montañas occidentales de Carolina del Norte? —le pregunté.

—¿Por qué coño habría de ir a ninguna parte? —La mirada de Marino se endureció—. Cualquier pregunta que haga sobre ese hijo de puta tiene la misma respuesta. Porque le da la gana. Y no va a detenerse con esa niña. Otro chiquillo... o una mujer, o un hombre, joder, cualquiera... estará en el lugar inoportuno en el momento inoportuno cuando a Gault le vuelvan a entrar ganas...

—¿Y cree de verdad que sigue allí?

Marino hizo saltar la ceniza.

—Sí, estoy convencido de que sigue allí.

—¿Por qué?

—Porque la diversión sólo acaba de empezar —respondió él, al tiempo que Benton Wesley aparecía en la puerta de la cafetería—. El mayor espectáculo del mundo y él está ahí, sentado en primera fila y partiéndose de risa mientras la policía de Black Mountain da vueltas en círculo y trata de decidir qué demonio hacer. Allí apenas tienen un homicidio al año, por término medio.

Seguí con la mirada a Wesley mientras éste se acercaba al bar de ensaladas, se servía un cazo de sopa en un cuenco, ponía unas tostadas en la bandeja y dejaba varios dólares en la bandejita a disposición de los clientes cuando no estaba el cajero. No hizo la menor indicación de que nos hubiera visto, pero yo conocía su habilidad para asimilar hasta el menor detalle de cuanto le rodeaba, aunque pareciese envuelto en una bruma.

—He observado varios detalles físicos del cuerpo de Emily Steiner que me llevan a pensar que permaneció refrigerado —comenté a Marino mientras Wesley se encaminaba hacia nosotros.

—Claro. Por supuesto que ha estado en un frigorífico. El del depósito de cadáveres.

Marino me dirigía una mirada de extrañeza.

—Da la impresión de que me estoy perdiendo algo importante —intervino Wesley al tiempo que agarraba una silla y se sentaba con nosotros.

—Tengo la sospecha de que el cuerpo de Emily Steiner estuvo en un frigorífico antes de ser abandonado junto al lago —repetí.

—¿Y en qué te basas?

Un gemelo de oro con el símbolo del departamento de Justicia asomó bajo el puño de la chaqueta cuando Wesley alargó la mano para coger la pimienta.

—La piel estaba seca y pastosa —respondí—. El cadáver apareció bien conservado y prácticamente limpio de insectos y otros bichos.

—Eso echaría por tierra la idea de que Gault pueda esconderse en algún hotel de paso para turistas —apuntó Marino—. Desde luego, el minibar no es el lugar adecuado para guardar un cuerpo.

Wesley, siempre meticuloso, tomó una cucharada de sopa de almejas y se la llevó a los labios sin derramar una gota.

—¿Qué objetos se han dado a investigar? —pregunté.

—Las joyas que llevaba y los calcetines —informó Wesley—. Y la cinta adhesiva, aunque ésta, por desgracia, fue arrancada sin que nadie se ocupara de buscar huellas. En el depósito, la cinta estaba hecha pedazos.

—¡Joder! —murmuró Marino.

—Pero es de un tipo especial y aún tenemos esperanzas de seguir su rastro. De hecho, les aseguro que nunca había visto una cinta adhesiva de color naranja y fluorescente.

—Yo tampoco —intervine—. ¿Su laboratorio ha encontrado algo, ya?

—Nada todavía, salvo que hay un rastro de manchas de grasa. Al parecer, los bordes del rollo del que procede la cinta están manchados de grasa. Aunque no sé de qué nos puede servir esto.

—¿Qué más tienen los del laboratorio?

—Muestras de microscopio, tierra que estaba bajo el cuerpo, la manta y la bolsa que se emplearon para trasladarlo desde el lago...

Mientras Wesley seguía hablando, noté que crecía mi frustración. Me pregunté qué se nos había pasado por alto, qué testimonios microscópicos habían sido silenciados para siempre.

—Me gustaría tener copia de las fotografías e informes, y de los resultados del laboratorio cuando se reciban —indiqué.

—Todo lo nuestro es vuestro —respondió Wesley—. El laboratorio se pondrá en contacto contigo directamente.

—Debemos fijar el momento de la muerte —intervino Marino—. Todavía no lo hemos determinado.

—Sí, es muy importante que lo precisemos —asintió Wesley—. ¿Podrías seguir con eso, doctora?

—Haré lo que pueda —respondí.

Marino echó una ojeada al reloj y se levantó de la mesa.

—Ya debería estar en la galería de tiro. De hecho, calculo que habrán empezado sin mí.

—Supongo que se cambiará de ropa antes de ir —le comentó Wesley—. Póngase una sudadera con capucha.

—Ya. Para caer muerto de agotamiento y de calor.

—Mejor eso que ser abatido por balas de pintura de nueve milímetros. Duelen de mil demonios —dijo Wesley.

—¿Qué es esto? No habrán estado hablando del asunto entre ustedes, ¿verdad?

Le seguimos con la mirada. Mientras se alejaba,

se abotonó la chaqueta de lana sobre la panza prominente, se alisó los cabellos ya escasos y se ajustó los pantalones. Marino tenía la costumbre de atusarse como un gato, en un gesto que denotaba timidez, cada vez que hacía una entrada o un mutis.

Wesley contempló el sucio cenicero colocado ante la silla que había ocupado Marino. Luego dirigió la mirada hacia mí y sus ojos me parecieron inusualmente sombríos y cansados. Sus labios estaban tensos como si no hubieran aprendido a sonreír jamás.

—Tienes que hacer algo con él —me dijo.

—Ojalá estuviera en mi mano, Benton.

—Eres la única persona que él trata que tiene alguna posibilidad.

—Eso me da miedo.

—Lo que da miedo es lo sofocado que estaba durante la reunión. No hace absolutamente nada de lo que debería. Fritos, cigarrillos, alcohol... —Wesley apartó la mirada—. Desde que Doris se marchó, no se cuida.

—Yo he visto cierta mejoría —repliqué.

—Breves remisiones. —Él volvió a fijar sus ojos en los míos—. En general, se está matando.

En general, aquello era lo que Marino venía haciendo toda la vida. Y yo nunca había sabido cómo remediarlo.

—¿Cuándo puede volver a Richmond, doctora? —quiso saber Wesley y yo me pregunté cómo le iría en su casa, qué sería de su esposa.

—Depende —respondí—. Esperaba pasar una temporadita con Lucy.

—¿Te ha contado que queremos que vuelva?

Contemplé la hierba y las hojas que se agitaban al viento, bañadas por el sol.

—Está encantada —murmuré.

—Pero tú, no.

—No.

—Lo entiendo. No quieres que Lucy comparta tu realidad, Kay. —Su expresión se dulcificó casi imperceptiblemente—. Supongo que debería animarme el comprobar que, al menos en un aspecto, no eres completamente racional y objetiva.

Existía más de un aspecto en que yo no era completamente racional y objetiva, y Wesley lo sabía muy bien.

—Ni siquiera estoy segura de qué es lo que Lucy está haciendo ahí —dije—. ¿Qué te parecería si fuera hija tuya?

—Me parecería lo mismo que en el caso de cada uno de mis hijos. No los quiero con los militares ni en los cuerpos de seguridad. No quiero que se habitúen a las armas. Y al mismo tiempo deseo que participen en todas esas cosas.

—Porque conoces lo que hay ahí fuera —asentí, mientras mis ojos se fijaban en los suyos quizá más tiempo del debido.

Wesley arrugó la servilleta de papel y la dejó sobre su bandeja.

—A Lucy le gusta lo que hace. A nosotros también.

—Me alegro de oír eso.

—Es una chica notable. El programa que nos ayuda a desarrollar para el PCDV va a cambiarlo todo. No queda muy lejos el día en que podamos seguir el rastro de estas alimañas por todo el globo.

Imagina que Gault hubiera atacado a esa chica en Australia. ¿Crees que lo habríamos sabido?

—Lo más probable es que no —respondí—. Y, desde luego, no tan pronto. Pero todavía no estamos seguros de que fuera Gault quien la mató.

—Lo único que sabemos es que más tiempo significa más vidas.

Tendió la mano, cogió mi bandeja y la colocó encima de la suya. Nos levantamos de la mesa.

—Creo que deberíamos hacerle una visita a tu sobrina —dijo él.

—Me parece que no estoy autorizada.

—Es cierto. Pero dame un poco de tiempo, y seguro que podré arreglarlo.

—Me encantaría.

—Veamos... Es la una en punto. ¿Qué te parece si nos encontramos aquí mismo a las cuatro y media? —propuso mientras salíamos de la cafetería. Luego añadió—: Por cierto, ¿cómo le va a Lucy en Washington? —Wesley se refería al poco acogedor dormitorio compartido, con sus camitas estrechas y sus toallas, tan pequeñas que no alcanzaban a cubrir nada importante—. Lamento no haber podido ofrecerle más intimidad.

—No lo lamentes. Le conviene tener una compañera de habitación y compartir las dependencias con otras, aunque no necesariamente se lleve bien con ellas.

—Los genios no siempre trabajan bien ni se sienten cómodos con otros.

—Es el único borrón en su expediente —dije.

Pasé las horas siguientes al teléfono, tratando en vano de ponerme en contacto con el doctor Jenrette, quien, según parecía, se había tomado libre el día para jugar a golf.

Me alegré de saber que mi despacho de Richmond estaba en orden; los casos del día, hasta el momento, sólo requerían inspecciones visuales, es decir, exámenes externos con extracción de fluidos corporales. Por fortuna, no había habido homicidios desde la noche anterior y mis dos comparecencias ante tribunales, previstas para aquella semana, se habían aplazado. Wesley y yo nos encontramos en el lugar y a la hora convenidos.

—Colócate esto. —Me entregaba un pase especial de visitante, que procedí a colgar del bolsillo de la chaqueta junto a la tarjeta de identificación.

—¿Te han puesto inconvenientes? —quise saber.

—Me ha ocupado un buen rato, pero al final lo he conseguido.

—Me tranquiliza saber que he superado el examen de mis antecedentes —comenté en tono irónico.

—Bueno, sólo por los pelos.

—Muchas gracias.

Llegamos ante una puerta y Wesley se detuvo brevemente, cediéndome el paso. Cuando la hube cruzado, noté un leve toque en la espalda.

—Kay, no es preciso que te diga que nada de cuanto veas u oigas en el ERF debe salir del edificio.

—Tienes razón, Benton. No es preciso que me lo digas.

En el exterior de la cafetería, los puestos de venta del Post Exchange eran asediados por un grupo de alumnos de la Academia Nacional con camisas rojas que curioseaban entre mil y un objetos, hasta el más inimaginable, adornados con las letras FBI. Hombres y mujeres en buena forma nos saludaron respetuosamente mientras se dirigían a sus clases a paso vivo; entre aquella aglomeración codificada por colores no se distinguía una sola camisa azul, pues hacía un año que no se abría la matrícula a nuevos alumnos.

Seguimos un largo pasillo hasta el vestíbulo, donde un rótulo digital colgado sobre el mostrador de recepción recordaba a los invitados la obligación de exhibir debidamente sus pases de visitante. Más allá de la puerta principal, los estampidos lejanos de los disparos salpicaban la tarde perfecta.

El ERF constaba de tres edificios amarillentos, de cristal y hormigón, más los terrenos adyacentes, rodeados por una valla alta de tela metálica y con barreras en las entradas. Las hileras de coches aparcados daban testimonio de una población laboral que no llegué a ver en ningún momento, pues el ERF parecía engullir a sus empleados y expulsarlos en algún momento en que los demás estábamos inconscientes.

Al llegar a la puerta, Wesley se detuvo ante el portero automático con teclado numérico instalado en la pared. Colocó el pulgar derecho sobre una lente lectora, que inspeccionó su huella dactilar al tiempo que la pantalla de datos le indicaba que marcase su número de identificación personal. El cerrojo biométrico se abrió con un leve chasquido.

—Es evidente que ya has estado aquí otras veces, Benton —comenté mientras él me abría la puerta.

—Muchas —asintió, y yo me pregunté qué asuntos lo llevarían normalmente a aquel lugar.

Avanzamos por un pasillo enmoquetado, silencioso y envuelto en una luz suave, más largo que dos campos de fútbol. Pasamos ante unos laboratorios donde científicos de trajes oscuros y con batas de trabajo estaban enfrascados en actividades de las cuales yo no sabía nada y que no pude identificar a primera vista. En numerosos cubículos, hombres y mujeres se afanaban ante mesas y mostradores cubiertos de instrumentos, ordenadores, monitores de vídeo y extraños aparatos. Tras unas puertas dobles sin ventanas, una sierra eléctrica cortaba madera con un agudo gemido.

Al llegar a un ascensor fue precisa una nueva comprobación de la huella dactilar de Wesley para tener acceso al lugar silencioso y tranquilo donde Lucy pasaba la jornada laboral. La segunda planta era, en esencia, un cráneo con aire acondicionado que encerraba un cerebro artificial. Paredes y moqueta eran de un gris mate y el espacio estaba dividido con precisión como una bandeja de cubitos de hielo. Cada cubículo contenía dos escritorios modulares con pulidos ordenadores, impresoras láser y pilas de papel. No me costó localizar a Lucy. Era la única analista que llevaba el uniforme de faena del FBI.

Estaba de espaldas a nosotros y hablaba por un teléfono acoplado a auriculares mientras con una mano movía un punzón sobre un bloc de notas informático y con la otra pulsaba un teclado. De no haber sabido a qué se dedicaba, habría imaginado que mi sobrina estaba componiendo música.

—No, no —le oí decir—. Un pitido largo seguido de dos cortos y, probablemente, estamos ante un fallo del monitor, o quizá de la placa que contiene los chips de vídeo.

Cuando se percató de nuestra presencia por el rabillo del ojo, se volvió en su silla giratoria. Siguió hablando;

—Exacto. Si sólo ha sido un pitido corto, la cosa es muy distinta —explicó a su interlocutor del otro extremo de la línea—. Entonces seguro que es un problema en una placa del sistema... Escucha, Dave, ¿puedo llamarte más tarde?

Medio enterrado bajo papeles en el escritorio, descubrí un escáner biométrico. En una estantería repleta situada sobre su cabeza y esparcidos por el suelo había formidables manuales de programación, cajas de disquetes y cintas, pilas de revistas sobre ordenadores y software, y diversas publicaciones, encuadernadas en azul claro, con el sello del Departamento de Justicia.

—Se me ha ocurrido enseñarle a su tía a qué se dedica aquí —dijo Wesley.

Lucy se quitó los auriculares. Yo no habría sabido decir si se alegraba de vernos.

—En este momento estoy metida en problemas hasta las orejas —anunció—. Tenemos errores en un par de máquinas 486. —Me miró y añadió una explicación—: Utilizamos esos ordenadores para desarrollar un sistema informático avanzado de persecución de criminales que llamamos CAIN.

—¿CAIN? —repetí con admiración—. ¡Unas siglas muy irónicas, tratándose de un sistema diseñado para seguir el rastro de delincuentes violentos!

—Supongo que se podría considerar un acto de contrición póstumo por parte del primer asesino del mundo. O tal vez, simplemente, que se necesita recurrir a uno de ellos para conocerlos —apuntó Wesley.

—Básicamente —continuó Lucy—, nuestra ambición es hacer del CAIN un sistema automatizado que reproduzca el mundo real lo más fielmente posible.

—En otras palabras —apunté—, que llegue a pensar y actuar como lo haríamos nosotras.

—Exacto. —Lucy tecleó de nuevo—. Ahí tienes el informe de los análisis criminológicos al que estás acostumbrada.

En la pantalla aparecieron las casillas del familiar formulario de quince páginas que llevaba años rellenando cada vez que me llegaba un cuerpo sin identificar o que había sido víctima de un agresor que probablemente había matado antes y volvería a hacerlo.

—Está un poco condensado.

Lucy pasó unas cuantas páginas.

—El verdadero problema no ha sido nunca el impreso —apunté—. Lo difícil es conseguir que el investigador lo complete y lo envíe.

—Ahora tendrán ocasión de elegir —dijo Wesley—. Se puede instalar un terminal en el puesto de policía que permita sentarse a rellenar el formulario en cualquier momento. O, para los auténticos alérgicos a las máquinas, tenemos papel de verdad: una copia de impresora o el original, que podrán enviar como de costumbre o por fax.

»También estamos trabajando en tecnología para el reconocimiento de la escritura a mano, la identificación grafológica —continuó Lucy—. Los blocs de notas informáticos pueden utilizarse mientras el investigador está en su coche, en el despacho o esperando a declarar en un juicio. Y todo lo que tengamos en papel, sea escrito a mano o de cualquier otro modo, se puede introducir en el sistema con el escáner.

»La parte interactiva se produce cuando CAIN hace una identificación o necesita información complementaria. Entonces CAIN se comunicará realmente con el investigador por módem, o dejándole mensajes, orales o por correo electrónico.

—Las posibilidades son enormes —me aseguró Wesley.

Estaba clara la verdadera razón de que me hubiera llevado allí. Aquel cubículo parecía muy lejos de los despachos de primera línea en el centro de la ciudad, de los atracos a bancos y de los ajustes de cuentas por drogas. Wesley quería convencerme de que, si Lucy trabajaba para el FBI, estaría a salvo. Sin embargo, yo sabía que no era así: conocía las emboscadas de la mente.

Las páginas en blanco que mi joven sobrina me

enseñaba en su impoluto ordenador se llenarían pronto de nombres y descripciones físicas que harían real la violencia. Lucy organizaría una base de datos que se convertiría en un vertedero de partes anatómicas, torturas, armas y heridas. Y un día ella escucharía los gritos silenciosos. E imaginaría el rostro de las víctimas en la gente con la que se cruzara.

—Supongo que todo eso que aplicas a los investigadores de la policía también tendrá utilidad para nosotros —dije a Wesley.

—No es preciso decir que los médicos forenses formarán parte de la red.

Lucy nos enseñó más pantallas y divagó sobre otras maravillas con palabras que incluso a mí me sonaban difíciles. Para mí, los ordenadores eran la moderna Babel. Cuanto más se elevaba la tecnología, mayor era la confusión de lenguas.

—Ahí está la novedad del Lenguaje de Interrogación de Estructuras —explicaba mi sobrina—. Es más enunciativo que navegacional; eso significa que el usuario especifica a qué quiere acceder de la base de datos, y no cómo quiere acceder a ello.

Yo había empezado a observar a una mujer que avanzaba en dirección a nosotros. Alta y de andar garboso, pero paso firme, la joven llevaba una bata larga de laboratorio que se mecía en torno a sus rodillas. Venía removiendo lentamente con un pincel el contenido de una lata de aluminio de pequeño tamaño.

Wesley continuaba de charla con mi sobrina:

—¿Ya hemos decidido cómo vamos a gestionar todo esto, finalmente? ¿Con un servidor principal?

—De hecho, la tendencia es hacia unos entornos servidores cliente/base de datos de tamaño reducido. Ya sabe, minis, LANs. Todo es cada día más pequeño.

La mujer se detuvo ante nuestro cubículo y, cuando alzó la vista, sus ojos se clavaron en los míos durante un momento, traspasándome. Enseguida desvió la mirada.

—¿Acaso había convocada alguna reunión de la que yo no estaba informada? —preguntó con una sonrisa fría, al tiempo que dejaba la latita sobre su mesa.

Tuve la clara sensación de que la intromisión la había disgustado.

—Tendremos que ocuparnos de nuestro proyecto un poco más tarde, Carrie. Lo siento —respondió Lucy; y añadió—: Supongo que ya conoces a Benton Wesley. Te presento a la doctora Kay Scarpetta, mi tía. Y ésta es Carrie Grethen.

—Encantada de conocerla —me dijo Carrie Grethen, y su mirada me incomodó.

La observé mientras se instalaba en su silla y se acariciaba con aire ausente sus cabellos castaño oscuro, largos y recogidos en un anticuado moño. Le calculé unos treinta y cinco años. La piel lisa, los ojos de un azul intenso y las facciones limpiamente esculpidas proporcionaban a su rostro una belleza patricia fuera de lo común.

Cuando Carrie Grethen abrió un cajón del archivo, advertí lo ordenado que tenía su lugar de trabajo en comparación con el de mi sobrina, pues Lucy estaba demasiado abstraída en su mundo esotérico como para dedicar mucha atención a dónde guardar un libro o un fajo de papeles. Pese a su probada inteligencia, mi sobrina seguía siendo una colegiala adicta a la goma de mascar y capaz de vivir en el desorden.

—Lucy —intervino Wesley—, ¿por qué no le enseñas un poco todo esto a tu tía?

—Desde luego.

De manifiesta mala gana, Lucy procedió a salir de una pantalla y se puso en pie.

—Bien, Carrie, cuénteme qué hacen ustedes aquí, exactamente —oí decir a Wesley mientras nos alejábamos.

Lucy se volvió hacia ellos y la emoción que vislumbré en su mirada me sorprendió.

—Lo que ves en esta sección se explica por sí mismo —me dijo, nerviosa y muy tensa—. Sólo hay personal y estaciones de trabajo.

—¿Todos trabajan en el PCDV?

—No, de eso sólo nos ocupamos tres. Casi todo lo que se hace aquí es táctico. —Volvió a mirar a su espalda antes de continuar—. Táctico en el sentido de utilizar los ordenadores para hacer funcionar mejor una pieza de equipo, como diversos aparatos de escucha electrónicos y algunos de los robots que utilizan los de Respuesta de Crisis y los de HRT.

Decididamente, Lucy tenía la cabeza en otra parte mientras me conducía al extremo opuesto de la planta, donde había una sala aislada mediante otro cerrojo biométrico.

—Ahí sólo estamos autorizados a entrar unos cuantos —comentó, al tiempo que marcaba el número de identificación personal y aplicaba el pulgar para la lectura de la huella dactilar.

La puerta metálica gris daba paso a un espacio refrigerado donde se disponían ordenadamente estaciones de trabajo, monitores y una serie de módems de luces parpadeantes colocados en estantes.

De la parte trasera de los aparatos salían haces de cables que desaparecían bajo el suelo; en las pantallas, unas letras en azul brillante que giraban en espirales y tirabuzones proclamaban «CAIN». Como el aire, la luz artificial era limpia y fría.

—Aquí es donde se almacenan todas las huellas dactilares —me contó Lucy.

—¿De las cerraduras? —pregunté mientras miraba a mi alrededor.

—De los escáneres que ves por todas partes para control de acceso físico y para seguridad de los datos.

—¿Y este complicado sistema de cerraduras es una invención del ERF?

—Aquí lo estamos mejorando y refinando. De hecho, en este momento tengo entre manos un proyecto de investigación relacionado con ello. Hay mucho por hacer.

Se inclinó sobre un monitor y graduó el brillo de la pantalla.

—Más adelante almacenaremos también datos de las imprentas digitales obtenidas sobre el terreno cuando los agentes detengan a alguien y utilicen el escáner electrónico para recogerlas —prosiguió—. Las huellas del detenido pasarán directamente a

CAIN y, si ha cometido otros delitos de los que se hayan recogido huellas y se hayan introducido en el sistema, serán cotejadas en unos segundos.

—Supongo que esto se podrá conectar con los sistemas automatizados de identificación de huellas dactilares de todo el país.

—De todo el país y, algún día, de todo el mundo. El objetivo es que todos los caminos converjan aquí.

—¿Carrie también está adscrita a CAIN?

—Sí.

Lucy adoptó una expresión de desconcierto.

—Entonces, es una de las tres personas que decías.

—Exacto.

Al ver que Lucy no añadía nada, comenté:

—Me ha parecido bastante rara.

—Supongo que eso mismo podría decirse aquí de cualquiera —respondió mi sobrina.

—¿De dónde es? —insistí.

Carrie Grethen me había inspirado antipatía desde el primer instante en que la vi.

No sabía por qué.

—Del estado de Washington.

—¿Qué tal es?

—En lo suyo, muy buena.

—Eso no responde del todo a mi pregunta —dije con una sonrisa.

—Procuro no hurgar demasiado en la personalidad de los que trabajan conmigo. ¿A qué viene tanta curiosidad?

La voz de Lucy adquirió un tono defensivo.

—Tengo curiosidad porque ella me la ha despertado —me limité a contestar.

—Tía Kay, me gustaría que dejaras de mostrarte tan protectora. Claro que, visto a lo que te dedicas profesionalmente, es inevitable que pienses lo peor de todo el mundo.

—Ya. Y supongo que también es inevitable, visto a lo que me dedico profesionalmente, que imagine muerto a todo el mundo —repliqué secamente.

—Eso es ridículo —dijo mi sobrina.

—Sólo esperaba que hubieras conocido a gente agradable.

—Y te agradecería que también dejaras de preocuparte de si hago o no amistades.

—Lucy, no pretendo entrometerme en tu vida. Lo único que pido es que tengas cuidado.

—No, eso no es lo único que pides. Estás entrometiéndote, digas lo que digas.

—No es mi intención —respondí.

Lucy conseguía sacarme de mis casillas como nadie.

—Sí, claro que lo es. La verdad es que no me quieres ver aquí.

Me arrepentí de mis siguientes palabras tan pronto las hube pronunciado:

—Claro que quiero. Fui yo quien te metió en ese jodido internado.

Lucy se limitó a mirarme fijamente. Bajé la voz y posé la mano en su antebrazo.

—Lo siento, Lucy. No discutamos, por favor.

Ella rechazó el contacto:

—Tengo que ir a comprobar una cosa.

Ante mi sorpresa, se alejó bruscamente y me dejó a solas en una sala de alta seguridad tan árida y helada como había terminado por ser nuestro encuentro. En las pantallas de vídeo se sucedían los colores y las luces, y las cifras brillaban, rojas y verdes, mientras mis pensamientos zumbaban monótonamente como el penetrante sonido blanco. Lucy era la hija única de mi irresponsable única hermana, Dorothy, y yo no tenía hijos. Pero el amor que sentía por mi sobrina no podía explicarse sólo por esta razón.

Yo comprendía su íntima vergüenza, nacida del abandono y del aislamiento, y llevaba sus mismos hábitos de dolor bajo mi bruñida armadura. Cuando la cuidaba y me ocupaba de sus heridas, lo que hacía era ocuparme de las mías. Pero eso era algo que no podía revelarle. Salí de la sala de alta seguridad y me cercioré de dejar bien cerrada la puerta.

A Wesley no se le escapó el detalle de que había vuelto de mi visita de inspección sin mi guía. Lucy, por su parte, no reapareció a tiempo de despedirse.

—¿Qué ha sucedido? —preguntó él mientras regresábamos a la Academia caminando.

—Me temo que hemos chocado con otro de nuestros desacuerdos —fue mi respuesta.

Él me miró.

—Algún día dime que te hable de mis desacuerdos con Michele.

—Si dan cursos para ser madre o tía, creo que debería inscribirme. De hecho, ojalá me hubiera apuntado hace tiempo. Sólo le he preguntado si había hecho amistades aquí, nada más, y se lo ha tomado fatal.

—¿Y qué es lo que te preocupa?

—Lucy es tan solitaria...

Wesley me miró con perplejidad.

—Ya lo has mencionado antes pero, para ser sincero, Kay, no es ésa mi impresión.

—¿A qué te refieres?

Nos detuvimos para dejar paso a varios coches. El sol estaba bajo y me calentaba la nuca. Wesley se había quitado la chaqueta y la llevaba doblada sobre el brazo. Cuando la vía quedó despejada, me dio un leve toque en el codo.

—La otra noche estaba en el Globe & Laurel y vi allí a Lucy con una amiga. Puede que fuera Carrie Grethen pero, en realidad, no estoy completamente seguro. Lo que sí sé es que parecían pasárselo en grande.

Mi sorpresa no habría sido aun mayor si Wesley me hubiera dicho que Lucy había secuestrado un avión.

—Y muchas noches se queda en la cafetería hasta las tantas. Tú sólo ves un aspecto de tu sobrina, Kay. Y a los padres o a quienes actúan como tales siempre les sorprende que exista otra faceta que les había pasado inadvertida.

—Esa faceta de la que hablas me resulta completamente ajena —repliqué, pero no me sentí aliviada. La idea de que Lucy tuviera aspectos que yo ignoraba me producía un profundo desconcierto.

Continuamos andando en silencio unos instantes. Cuando llegábamos al vestíbulo, pregunté en voz baja:

—Dime, Benton, ¿mi sobrina bebe?

—Tiene edad suficiente.

—Eso ya lo sé.

Me disponía a seguir con las preguntas cuando mis graves preocupaciones fueron interrumpidas por el gesto rápido y sencillo de Wesley, que se llevó la mano al cinturón y descolgó el busca. Al ver el número que indicaba la pantalla, frunció el entrecejo y murmuró:

—Bien, bajemos hasta la unidad y veamos qué sucede.

3

El teniente Hershel Mote no pudo reprimir el tono casi histérico de su voz cuando Wesley respondió a su llamada telefónica, a las seis y veintinueve minutos de la tarde.

—¿Está usted ahí? —Wesley repitió su pregunta por el aparato.

—Sí, en la cocina.

—Teniente Mote, cálmese. Dígame dónde está, exactamente.

—En la cocina de Max Ferguson, el agente del SBI. No puedo dar crédito... No había visto nunca algo parecido.

—¿Hay alguien más con usted?

—No, estoy solo. Excepto lo que hay arriba, como le digo. He llamado al forense, y el agente de guardia está viendo a quién puede localizar.

—Tranquilo, teniente —repitió Wesley con su flema habitual.

Capté la respiración agitada al otro lado de la línea e intervine:

—¿Teniente Mote? Soy la doctora Scarpetta. Quiero que lo deje todo exactamente como lo ha encontrado.

—¡Oh, Señor! —balbuceó el hombre—. Ya lo he descolgado...

—Está bien.

—Cuando he entrado, yo... Que Dios me ampare, no podía dejarlo de esa manera.

—Está bien —traté de calmarle—. Pero es muy importante que ahora no lo toque nadie.

—¿Y el forense?

—Ni siquiera él.

Wesley me miró fijamente.

—Salimos para allá —dijo al teniente—. Nos tendrá ahí no más tarde de las diez. Mientras tanto, no haga nada.

—Sí, señor. Voy a quedarme aquí sentado y no me levantaré hasta que deje de dolerme el pecho.

—¿Cuándo ha empezado ese dolor? —quise saber.

—Cuando he llegado y le he encontrado.

—¿Lo había experimentado alguna vez?

—Que recuerde, no. Así, no.

—Descríbame dónde lo siente —insistí con creciente alarma.

—Justo en mitad del pecho.

—¿Se le ha extendido a los brazos o al cuello?

—No, señora.

—¿Nota mareos o sudores?

—Estoy sudando un poco, sí.

—¿Le duele cuando tose?

—No he tosido, de modo que no sé qué responder.

—¿Ha sufrido alguna enfermedad del corazón, o hipertensión?

—No, que yo sepa.

—¿Fuma?

—Ahora mismo estoy fumando.

—Teniente Mote, quiero que me escuche con atención. Quiero que apague el cigarrillo e intente calmarse. Estoy muy preocupada porque usted acaba de sufrir una conmoción terrible y es fumador, y lo que me cuenta podría ser un principio de ataque coronario. Usted está ahí y yo, aquí. Quiero que llame una ambulancia ahora mismo.

—Parece que el dolor ha bajado un poco. Y el forense debería llegar en cualquier momento. Es médico, ¿no?

—¿No será el doctor Jenrette? —preguntó Wesley.

—Es el único que tenemos por aquí.

—No quiero que circule usted con ese dolor en el pecho, teniente Mote. No haga tonterías —insistí con firmeza.

—Bien, señora. No las haré.

Wesley anotó las direcciones y los números de teléfono. Colgó e hizo otra llamada.

—¿Marino todavía ronda por ahí? —preguntó a quien descolgó el teléfono—. Dígale que tenemos una situación urgente, que prepare una bolsa para pasar una noche y que se reúna con nosotros en el HRT lo antes posible. Ya le explicaré cuando le vea.

—Benton, me gustaría llevar a Katz —dije mientras Wesley se levantaba de la mesa—. En el caso de que las cosas no sean lo que parece, seguro que querremos fumigarlo todo en busca de huellas.

—Buena idea. Supongo que a estas horas ya no estará en la granja de cuerpos, ¿verdad?

—Quizá sí. Yo intentaría llamarle por el busca.

—Bien. Veré si puedo localizarlo —asintió.

Cuando llegué al vestíbulo, un cuarto de hora después, Wesley ya estaba allí con una bolsa colgada al hombro. Yo apenas había tenido tiempo de llegar a mi habitación, cambiarme las zapatillas por un calzado más adecuado y recoger cuatro cosas, entre ellas mi maletín médico.

—El doctor Katz sale de Knoxville ahora mismo —me informó Wesley—. Se reunirá con nosotros en el lugar.

La noche se iba cerrando bajo una luna lejana y delgada como una viruta, y las hojas de los árboles se agitaban al viento con un murmullo como el de la lluvia. Wesley y yo seguimos el camino frente a Jefferson y cruzamos una avenida que separaba el complejo de la Academia de la amplia zona de campos de maniobras y polígonos de tiro. Más cerca de nosotros, en la zona desmilitarizada de barbacoas y mesas de picnic amparados por los árboles, distinguí una figura familiar cuya presencia allí era tan incoherente que, por un instante, creí que me confundía. Entonces recordé que, en una ocasión, Lucy me había comentado que a veces daba un paseo a solas después de cenar para pensar, y se me levantó el ánimo ante la ocasión de corregir malentendidos.

—Vuelvo enseguida, Benton —murmuré.

El leve susurro de una conversación llegó hasta mí cuando me aproximé al lindero de la arboleda y me pregunté, estúpidamente, si mi sobrina estaría hablando consigo misma. La vi sentada sobre una de las mesas de picnic; me acerqué más, y me disponía a pronunciar su nombre cuando descubrí que estaba hablando con alguien sentado por debajo de ella, en el banco: las dos siluetas estaban tan juntas que formaban una sola. Me quedé inmóvil a la sombra de un pino alto y frondoso.

—Es que tú siempre estás en las mismas —decía Lucy en un tono dolido que yo conocía bien.

—No, lo que pasa es que tú siempre imaginas cosas —respondió otra voz femenina en tono apaciguador.

—Entonces, no me des motivos.

—¿No podemos dejar el asunto ya, Lucy? Por favor...

—Dame una chupada de eso.

—No me gustaría que te viciaras.

—No me estoy viciando. Sólo quiero una bocanada.

Oí el chasquido de una cerilla contra el rascador y una llamita penetró la oscuridad. Por un instante, el perfil de mi sobrina se recortó a la luz mientras se inclinaba hacia su amiga, cuyo rostro no alcancé a ver. La punta del cigarrillo resplandecía al pasar de una mano a otra. Sin hacer ruido, di media vuelta y me alejé.

Cuando alcancé a Wesley, éste reanudó la marcha con sus grandes zancadas.

—¿Algún conocido? —preguntó.

—Me lo había parecido.

Sin más palabras, dejamos atrás fosos de tiro

vacíos con dianas redondas y siluetas metálicas en permanente posición de firmes. Más atrás, una torre de control se alzaba por encima de un edificio construido por entero con neumáticos de automóvil, donde el HRT, el Grupo de Rescate de Rehenes, los «boinas verdes» del FBI, realizaba sus maniobras con fuego real. Un JetRanger Bell blanco y azul esperaba posado en el césped próximo como un insecto dormido; el piloto se hallaba junto al aparato, con Marino.

—¿Estamos todos? —preguntó el piloto cuando nos acercamos.

—Sí. Gracias, Whit —dijo Wesley.

Whit, un ejemplar perfecto de atleta masculino, vestido con un mono de vuelo negro, abrió las puertas del helicóptero para ayudarnos a subir. Nos abrochamos los cinturones de seguridad, Marino y yo en la parte de atrás y Wesley con el piloto, y nos calamos los auriculares mientras las palas empezaban a girar y el turbomotor se calentaba.

Minutos después, la tierra oscura quedó de pronto muy lejos de nuestros pies: nos levantábamos sobre el horizonte, con los respiraderos abiertos y las luces de cabina apagadas. Nuestras voces se dejaron oír esporádicamente a través de los auriculares mientras el helicóptero aceleraba hacia el sur con rumbo a un pequeño pueblo de montaña donde acababa de morir otra persona.

—No podía llevar mucho tiempo en casa —comentó Marino—. ¿Sabemos...?

—Tiene razón, capitán —intervino la voz de Wesley desde el asiento del copiloto—. Dejó Quantico inmediatamente después de la reunión. Tomó un vuelo desde el Nacional a la una.

—¿Sabemos a qué hora llegó el avión a Asheville?

—Hacia las cuatro y media. Podría estar de vuelta en casa hacia las cinco.

—¿En Black Mountain?

—Eso es.

—Mote lo ha encontrado a las seis —señalé.

—¡Jesús! —Marino se volvió hacia mí—. Ferguson debe de haber empezado su numerito tan pronto llegó...

El piloto intervino en ese momento:

—Tenemos música, si le apetece a alguien.

—Desde luego.

—¿Qué tipo de música?

—Clásica.

—Mierda, Benton.

—Está usted en minoría, Pete.

—Ferguson no llevaba mucho rato en casa. Eso es indiscutible, no importa quién o qué tenga la culpa —dije yo, reanudando nuestra conversación entrecortada mientras, de fondo, empezaban a sonar unas notas de Berlioz.

—Parece un accidente. Un episodio de autoerotismo que ha terminado mal. Pero no lo sabemos con seguridad.

—¿Tiene una aspirina? —me preguntó Marino.

Rebusqué en el bolso, a oscuras; luego, saqué una pequeña linterna del maletín médico y continué buscando. Marino murmuró una obscenidad cuando le indiqué por señas que no podía ayudarle, y entonces caí en la cuenta de que él todavía vestía los pantalones de chándal, la sudadera con capucha y las botas de cordones que llevaba en la pista de prácticas. Tenía el aspecto de entrenador borrachuzo de un equipo de alguna liga menor de béisbol y no pude resistir la tentación de enfocar la linterna sobre las acusadoras manchas de pintura roja de la espalda y del hombro izquierdo. Marino había recibido dos impactos.

—Sí, bueno, debería haber visto a los demás, doctora. —Resonó bruscamente su voz en mis oídos—. ¿Y usted, Benton? ¿Tiene una aspirina?

—¿Mareado?

—Me lo paso demasiado bien como marearme —replicó Marino, que aborrecía volar.

Las condiciones atmosféricas eran favorables mientras taladrábamos la despejada noche a unos ciento cinco nudos. Debajo de nosotros, los coches se deslizaban como chinches de agua de ojos brillantes mientras las luces de la civilización titilaban como pequeños fuegos en los árboles. De no tener los nervios tan a flor de piel, la vibrante oscuridad me habría invitado al sueño, pero mi cabeza no paraba quieta, en un torbellino de imágenes y de interrogantes.

Evoqué el rostro de Lucy, la deliciosa curva de la mandíbula y el pómulo al inclinarse hacia la llama que su amiga le ofrecía en el hueco de sus manos. Sonaron en mi recuerdo sus voces apasionadas y no entendí el motivo de mi turbación. No vi por qué había de importar. Me pregunté si Wesley estaría al corriente. Mi sobrina llevaba interna en Quantico desde el inicio del semestre de otoño y él había tenido muchas más ocasiones de verla que yo.

No hubo una brizna de viento hasta que llegamos a las montañas y, durante un rato, la tierra fue una extensión negra como la brea.

—Subimos a cuatro mil quinientos pies —anunció la voz del piloto por los auriculares—. ¿Todo el mundo bien por ahí atrás?

—Supongo que aquí no se puede fumar... —musitó Marino.

A las nueve y diez, el cielo negro como la tinta estaba salpicado de estrellas y las cumbres de la Blue Ridge eran un océano de oscuridad que se hinchaba sin movimiento ni sonido alguno.

Seguimos las profundas sombras de los bosques y giramos suavemente con una inclinación de las aspas hacia un edificio de ladrillo que debía de ser, me dije, una escuela.

Tras un recodo descubrimos un campo de fútbol donde los faros y las luces parpadeantes de los coches patrulla proporcionaban una iluminación innecesaria a nuestra zona de aterrizaje. Y el foco de gran potencia instalado en la panza de nuestro helicóptero bañó el suelo con su luz mientras efectuábamos el descenso. Con la suavidad de un pájaro, Whit nos posó en la línea de medio campo.

—«Campo de los War Horses» —leyó Wesley en la pancarta colgada a lo largo de la valla—. Espero que ellos lleven la temporada mejor que nosotros.

Marino echó un vistazo por la ventana mientras los rotores se detenían.

—No he visto un partido de fútbol de instituto desde el último que yo mismo jugué.

—No sabía que hubiera jugado... —comenté.

—Pues sí. Número 12.

—¿En qué puesto?

—Interior de ataque.

—Era de esperar —murmuré.

—En realidad, esto es Swannanoa —anunció Wilt—. Black Mountain queda un poco al este.

Vino a nuestro encuentro una pareja uniformada de la policía de Black Mountain. Los agentes casi parecían demasiado jóvenes para conducir o para portar armas; tenían las facciones muy pálidas y rehuían nuestra mirada con una expresión extraña. Era como si hubiéramos llegado en una nave espacial entre un torbellino de luces giratorias y en un silencio sobrenatural. No sabían cómo tomar nuestra presencia ni qué estaba sucediendo en su pueblo y, mientras nos conducían en su coche, apenas intercambiamos palabra.

Instantes después, aparcábamos en una calle estrecha que vibraba con el ruido de motores y el destello de las luces de emergencia. Conté tres coches patrulla además del nuestro, una ambulancia, dos coches de bomberos, otros dos turismos sin distintivos y un Cadillac.

—Magnífico —murmuró Marino al tiempo que cerraba la portezuela del coche—. Está aquí todo el mundo. ¡Si hasta se han traído a la familia!

La cinta policial que delimitaba la escena del

crimen iba desde los postes del porche de entrada hasta los arbustos que crecían a ambos costados de la casa de dos plantas y paredes laminadas de aluminio color café con leche. En el camino particular de la casa había un Ford Bronco, aparcado delante de un Skylark que, también sin distintivos, exhibía focos y antenas policiales.

—¿Esos coches son de Ferguson? —preguntó Wesley mientras subíamos los peldaños de cemento.

—Sí, señor, esos dos del camino —respondió el agente—. La ventana de la esquina, en el piso de arriba, es donde está...

Consternada, vi aparecer de pronto en la puerta principal al teniente Hershel Mote. Evidentemente, no había seguido mis consejos.

—¿Qué tal se siente? —le pregunté.

—Aguanto.

Mote parecía tan aliviado de vernos que pensé que iba a abrazarnos. Pero tenía la tez cenicienta. El sudor orlaba el cuello de su camisa de algodón y le hacía brillar la frente. El teniente apestaba a cigarrillos rancios.

Ya en el vestíbulo, de espaldas a la escalera que conducía a la planta superior, titubeamos un instante.

—¿Qué se ha hecho aquí? —preguntó Wesley.

—El doctor Jenrette ha sacado fotos, muchas fotos, pero no ha tocado nada, como usted dijo. Si le necesita, está fuera hablando con la patrulla.

—Ahí fuera hay muchos coches —intervino Marino—. ¿Dónde está todo el mundo?

—Un par de muchachos en la cocina, y otro par anda husmeando por el patio trasero y por la arboleda del fondo.

—Pero no han estado arriba.

Mote dejó escapar un profundo suspiro.

—Bueno, no voy a mentirles en eso: han subido y han echado un vistazo. Pero nadie ha revuelto nada, se lo prometo. El único que se ha acercado lo suficiente ha sido el doctor. —Empezó a subir la escalera—. Max está... está... En fin, maldita sea...

Se detuvo y se volvió a mirarnos con los ojos brillantes, al borde de las lágrimas.

—Aún no sabemos con detalle cómo le ha encontrado usted —dijo Marino.

Continuamos el ascenso mientras Mote pugnaba por recobrar el dominio de sí mismo. El suelo estaba cubierto de la misma alfombra granate que había visto abajo y los paneles de pino de las paredes aparecían protegidos por una gruesa capa de barniz del color de la miel. Por fin, el teniente carraspeó:

—Hacia las seis de esta tarde me he acercado a ver si Max quería salir a cenar algo. Al ver que no acudía a abrir, he pensado que estaba en la ducha o algo así, y he entrado.

—¿Sabía usted algo que pudiera indicar que Ferguson tenía propensión a este tipo de actividades? —preguntó Wesley con delicadeza.

—No, señor —fue la enérgica respuesta de Mote—. Ni por asomo. Le aseguro que no entiendo... En fin, he oído que hay gente que se lo monta de maneras raras, pero no se me ocurre para qué habría Max de...

—El propósito de utilizar un lazo corredizo o un dogal durante la masturbación es comprimir las carótidas —expliqué—. Esto dificulta el flujo de sangre y de oxígeno al cerebro, lo cual se supone que intensifica el orgasmo.

—Es lo que se llama la corrida de la muerte —apuntó Marino con su habitual sutileza.

Mote no nos acompañó cuando proseguimos el avance hacia una habitación iluminada, al fondo del pasillo.

El agente Max Ferguson, del SBI, tenía un sencillo dormitorio de soltero, amueblado con una cómoda de múltiples cajones y un armero lleno de fusiles y escopetas sobre un escritorio de tapa corrediza. En la mesilla, junto a la cama cubierta con una colcha, se veían la pistola reglamentaria, la cartera, las credenciales y una caja de condones Rough Rider. El traje que yo le había visto llevar en Quantico por la mañana estaba colgado pulcramente en una silla, y cerca de ésta, los zapatos y los calcetines.

Entre el baño y el armario, a pocos centímetros de donde yacía el cuerpo tapado con un cobertor de ganchillo multicolor, había un taburete de bar, de madera. Encima de él pendía una cuerda de nilón que pasaba por un gancho atornillado a las tablas del techo. Saqué un par de guantes y un termómetro de mi maletín. Marino masculló un juramento cuando retiré el cobertor de la que debía de haber sido la peor pesadilla de Ferguson. Creo que una bala no le habría espantado ni la mitad.

Max Ferguson yacía boca arriba, ataviado con unos sostenes negros de talla grande cuyas voluminosas copas habían sido rellenadas con calcetines que olían ligeramente a rancio.

Las bragas de nilón, negras también, que se había puesto antes de morir habían descendido hasta sus rodillas velludas, y de su pene todavía colgaba fláccidamente un preservativo. Unas revistas, junto al cuerpo, revelaban su predilección por las mujeres de pechos espectacularmente aumentados y pezones del tamaño de platillos, fotografiadas en actitudes sadomasoquistas.

Examiné el nudo de nilón, doblado en un ángulo forzado en torno a la toalla con la que el muerto se acolchaba el cuello. La cuerda, vieja y gastada, fue cortada justo por encima de la octava vuelta de un perfecto nudo de horca. Los ojos del cadáver estaban casi cerrados y la lengua le sobresalía.

—¿Esto concuerda con que el tipo estuviera sentado en el taburete?

Marino levantó la vista al segmento de cuerda que colgaba del techo.

—Sí —respondí.

—De modo que estaba en plena faena y resbaló, ¿no? —preguntó.

—Eso, o se quedó inconsciente y entonces resbaló —asentí.

Marino se desplazó hasta la ventana y se inclinó sobre un vaso que, en el alféizar, contenía un líquido amarillento.

—Bourbon —anunció—. Puro, o casi.

La temperatura rectal era de 22,6 grados, acorde con la que cabía esperar de un cuerpo que llevaba unas cinco horas en la habitación, cubierto con la colcha. Ya se había iniciado el *rigor mortis* en los músculos menores. El condón era un artilugio moldeado con un gran depósito, que estaba seco, y di la vuelta a la cama para echar un vistazo a la caja. Sólo faltaba uno y, cuando entré en el baño, descubrí el envoltorio de papel de estaño color púrpura en la cesta de mimbre de los desperdicios.

—Esto es interesante —comenté, mientras Marino abría los cajones de la cómoda.

—¿De qué se trata?

—Yo habría dado por sentado que Ferguson se había puesto el preservativo cuando ya estaba con la cuerda al cuello.

—Me parece lo más lógico.

—Entonces, ¿no habría aparecido el envoltorio cerca del cuerpo? —Lo recuperé de la cesta, tocándolo lo menos posible, y lo guardé en una bolsa de plástico. Al comprobar que Marino no respondía, continué—: Bueno, supongo que todo depende de cuándo se bajó las bragas. Quizá lo hizo antes de colocarse el nudo corredizo.

Volví al dormitorio. Marino estaba agachado junto a la cómoda y observaba el cuerpo con una mezcla de incredulidad y disgusto en el rostro.

—Y yo que siempre había pensado que lo peor que le podía suceder a uno era diñarla en el retrete —comentó.

Levanté la vista hacia el gancho del techo. No había modo de saber cuánto tiempo llevaba allí.

Me disponía a preguntar a Marino si había encontrado más material pornográfico cuando nos sobresaltó un fuerte golpe en el pasillo.

—¿Qué demonios...? —exclamó Marino.

Corrió a la puerta y yo me asomé tras él.

El teniente Mote se había desplomado cerca de la escalera. Le vi caído boca abajo e inmóvil sobre la moqueta. Cuando me arrodillé a su lado y le di la vuelta, ya estaba amoratado.

—¡Tiene un paro cardíaco! ¡Llame a la patrulla!

Tiré de la mandíbula de Mote hacia delante para asegurarme de que las vías respiratorias estaban libres de obstáculos y, mientras Marino bajaba los peldaños al trote, con estruendo, coloqué los dedos sobre la carótida del teniente y no le encontré el pulso. Empecé las maniobras de recuperación cardíaca comprimiéndole el pecho una, dos, tres, cuatro veces; luego eché su cabeza hacia atrás y le insuflé aire por la boca. El pecho de Mote se alzó... y uno, dos, tres, cuatro, vuelta a soplar.

Mantuve un ritmo de sesenta compresiones por minuto mientras el sudor me resbalaba por las sienes y el pulso se me disparaba. Los brazos me dolían y ya los notaba duros como la piedra cuando entré en el tercer minuto y escuché por fin el ruido de los sanitarios y policías que subían por la escalera. Alguien me tomó por el codo y me apartó del caído, al tiempo que numerosas manos enguantadas lo aseguraban con correas sobre una camilla, le colocaban una botella de suero intravenoso y procedían a la evacuación. Unas voces profirieron órdenes y anunciaron cada actividad con el audible desapasionamiento de las tareas de rescate y de las salas de urgencias.

Mientras intentaba recuperar el aliento, apoyada en la pared, advertí la presencia de un joven rubio, de baja estatura y vestido incongruentemente con ropa de golfista, que observaba la actividad desde el rellano. Tras dirigirme varias miradas, se acercó con aire tímido.

—¿Doctora Scarpetta?

Su rostro, de expresión grave, estaba tostado por el sol, salvo la frente, que sin duda acostumbraba proteger con una visera. Se me ocurrió que el tipo debía de ser el propietario del Cadillac aparcado fuera.

—¿Sí?

—James Jenrette —se presentó, confirmando mis suposiciones—. ¿Se encuentra bien?

Sacó un pañuelo perfectamente doblado y me lo ofreció.

—Ya me voy recuperando, y me alegro mucho de que esté usted aquí —dije de corazón, pues no podía abandonar a mi último paciente en manos de alguien que no fuera médico—. ¿Puedo confiarle el cuidado del teniente Mote?

Cuando me sequé el sudor del rostro y del cuello, los brazos me temblaban.

—Desde luego. Iré con él hasta el hospital. —Jenrette me ofreció su tarjeta—. Si quiere preguntar algo más esta noche, llámeme.

—¿Realizará la autopsia a Ferguson por la mañana? —quise saber.

—Sí. Está invitada a asistir. Entonces hablaremos de todo esto...

Dirigió la mirada hacia el fondo del pasillo. Yo logré dedicarle una sonrisa.

—Allí me tendrá. Gracias.

Jenrette salió en pos de la camilla y yo regresé al dormitorio del fondo del pasillo. Desde la ventana, observé el parpadeo rojo sangre de las luces en la calle mientras introducían a Mote en la ambulancia. Me pregunté si viviría. Percibí la presencia de Ferguson con su condón fláccido y su sostén, y nada de aquello me pareció real.

La portezuela posterior de la ambulancia se cerró con estrépito. Las sirenas emitieron unos gemidos, como si protestaran, antes de ponerse a ulular. No me di cuenta de que Marino había entrado en la habitación hasta que me tocó el brazo.

—Katz está abajo —me comunicó.

Me di la vuelta despacio.

—Necesitaremos otra patrulla —murmuré.

4

Desde hacía mucho tiempo, se aceptaba como posibilidad teórica que podían quedar huellas dactilares latentes en la piel humana. Sin embargo, las probabilidades de recuperarlas eran tan remotas que la mayoría de nosotros había desistido de intentarlo.

La piel es una superficie difícil, pues es plástica y porosa y su humedad, el vello y la grasa obstaculizan su tratamiento. En las infrecuentes ocasiones en que la huella del agresor es transferida a la víctima, el detalle de las líneas curvas de la impresión es tan frágil que no sobrevive mucho tiempo ni resiste la exposición a los elementos.

El doctor Thomas Katz era un insigne científico forense que había perseguido obsesivamente esta evidencia esquiva a lo largo de casi toda su carrera profesional. También era un experto en determinar el momento de la muerte, que investigaba con la misma diligencia utilizando sistemas y medios que no eran de uso común entre sus colegas. Su laboratorio era conocido como «La granja de cuerpos», y yo había estado allí muchas veces.

Katz era un hombrecillo de ojos azules y simpáticos, una gran mata de cabellos blancos y un rostro asombrosamente afable para las atrocidades que había presenciado. Cuando lo saludé en lo alto de la escalera, llevaba consigo un ventilador, un maletín de instrumentos y lo que parecía una manguera de aspirador con varios extraños adminículos. Tras él venía Marino con el resto de lo que Katz llamaba su «aparato de aspersión de cianoacrilato», una caja de aluminio de doble pared dotada de una plancha de calor y un abanico computerizado. El hombre había dedicado cientos de horas en su garaje del este de Tennessee a perfeccionar aquel artilugio mecánico, bastante sencillo.

—¿Adónde vamos? —me preguntó.

—A la habitación del fondo. —Lo alivié de parte de su carga—. ¿Qué tal el viaje?

—Más tráfico del que habría querido. Cuénteme todo lo que se ha hecho al cuerpo.

—Han cortado la soga para bajarlo y lo han cubierto con una colcha. No lo he examinado.

—Prometo no retrasarla demasiado. Ahora que no tengo que instalar la tienda, todo es mucho más sencillo.

—¿Una tienda? ¿A qué se refiere? —preguntó Marino frunciendo el entrecejo, cuando entramos en el dormitorio.

—Antes colocaba una tienda de plástico sobre el cuerpo y trabajaba dentro, pero si había exceso de vapor la piel quedaba demasiado húmeda. Y eso es fatal porque no se puede eliminar. Doctora Scarpetta, puede colocar el ventilador en esa ventana. —Katz miró a su alrededor y añadió—: Tal vez deba usar una jofaina de agua. Aquí dentro, el aire está un poco seco.

Le expuse todos los datos del caso que teníamos hasta el momento.

—¿Existe algún motivo para pensar que esto sea algo más que una axfisia accidental en un acto de erotismo en solitario? —preguntó.

—Ninguno, salvo las circunstancias —respondí.

—El agente trabajaba en el caso de esa niña, la pequeña Steiner.

—A eso nos referimos cuando hablamos de las circunstancias —apuntó Marino.

—Señor, pero si el asunto no ha salido en las noticias todavía.

—Esta mañana hemos tenido una reunión en Quantico para tratar el caso —añadí.

—Y él vuelve directamente a casa y entonces, esto. —Katz contempló el cuerpo, pensativo—. ¿Sabe?, la semana pasada encontramos a una prostituta en un basurero y sacamos un buen contorno de una mano en su tobillo. La mujer llevaba cuatro o cinco días muerta.

—¿Kay? —Wesley asomó la cabeza—. ¿Puede salir un momento?

La voz de Marino nos siguió hasta el pasillo:

—¿Y empleó este artefacto con ella?

—Sí. Llevaba las uñas pintadas y está comprobado que son excelentes.

—¿Excelentes?

—Para buscar huellas.

—¿Dónde va esto?

—Tanto da. Voy a fumigar la habitación entera. Me temo que lo dejaré todo perdido.

—No creo que a él le importe.

Abajo, en la cocina, observé la silla junto al teléfono en la cual Mote debía de haber estado sentado durante horas esperando nuestra llegada. Cerca, en el suelo, había un vaso de agua y un cenicero repleto de colillas.

—Echa un vistazo —me indicó Wesley, acostumbrado a buscar indicios raros en lugares impensados.

Había llenado el doble fregadero de paquetes de alimentos que sacó del congelador. Me acerqué mientras él abría un envoltorio pequeño y plano de típico papel blanco de congelar. En el interior había unas lonchas de carne helada, contraídas, secas en los bordes y de un color cerúleo, como pergaminos amarillentos.

—¿Hay alguna posibilidad de que me equivoque en lo que pienso? —inquirió Wesley en tono ominoso.

—¡Dios Santo, Benton! —musité, conmocionada.

—Estaban en el congelador, encima de esas otras cosas. Ternera picada, chuletas de cerdo, pizza. —Tocó los paquetes con un dedo enguantado—. Esperaba que me dijeras que no, que es piel de pollo. Algo que Ferguson utilizara tal vez para cebo de pesca, o quién sabe qué.

—No. No hay rastro de plumas y el vello es fino como el humano.

Wesley guardó silencio.

—Tenemos que guardar eso en hielo seco y llevárnoslo —indiqué.

—No volveremos esta noche.

—Cuanto antes hagamos las pruebas inmunológicas, antes podremos confirmar si son restos humanos. El ADN confirmará la identidad.

Wesley devolvió el paquete al congelador.

—Tenemos que buscar huellas.

—Pondré el tejido en plástico y enviaremos el papel de envolver al laboratorio —dije.

—Bien.

Volvimos arriba. Mi pulso seguía acelerado. Al fondo del pasillo, Marino y Katz aguardaban ante la puerta cerrada. Habían introducido una manguera a través de un agujero practicado donde antes había estado el picaporte, y el aparato del forense ronroneaba a los pies de éste mientras bombeaba vapores de superpegamento en el dormitorio de Ferguson.

Wesley aún no había mencionado lo obvio; por ello, finalmente, lo hice yo:

—Benton, no he visto marcas de mordiscos ni cualquier otra cosa que alguien haya intentado erradicar.

—Lo sé.

—Casi hemos terminado ya —nos indicó Katz cuando llegamos hasta ellos—. Para una habitación de este tamaño, basta con menos de un centenar de gotas de supercola.

—Pete —dijo Wesley—, tenemos un problema imprevisto.

—Pensaba que ya habíamos alcanzado nuestra cuota por hoy —respondió Marino con una mirada anodina a la manguera que bombeaba el producto tóxico al otro lado de la puerta.

—Con esto debería bastar —anunció Katz, impermeable como siempre al estado de ánimo de quienes le rodeaban—. Lo único que me queda por hacer es despejar los vapores con el ventilador. Eso tardará un par de minutos.

Abrió la puerta y los demás retrocedimos. El olor, insoportable, parecía no afectarle en absoluto.

—Probablemente se flipa con esa sustancia —murmuró Marino cuando Katz penetró en el cuarto.

—Ferguson tenía en el congelador lo que parece ser piel humana —anunció Wesley, yendo directamente al grano.

—¿Quieres cargarme también con eso? —dijo Marino, sobresaltado.

—No sé con qué nos enfrentamos —continuó Wesley, mientras el ventilador instalado en la habitación empezaba a girar—. Pero tenemos a un detective muerto a quien hemos encontrado pruebas incriminatorias entre sus hamburguesas y sus pizzas congeladas. Tenemos otro detective con un ataque cardíaco. Tenemos una niña de once años asesinada.

—Maldita sea —masculló Marino, con el rostro encendido.

—Espero que hayáis traído ropa suficiente para quedaros un tiempo —añadió Wesley, dirigiéndose a ambos.

—Maldita sea —repitió Marino—. Ese hijo de puta...

Me miró a los ojos y entendí perfectamente lo que él pensaba. Una parte de mí esperaba que se equivocase; pero si no se trataba de uno de los juegos malévolos habituales de Gault, yo no estaba segura de que la alternativa fuese mucho mejor.

—¿La casa tiene sótano? —pregunté.

—Sí —respondió Wesley.

—¿Sabes si hay algún frigorífico de gran capacidad?

—No he visto ninguno. Pero no he bajado al sótano.

En el dormitorio, Katz desconectó el ventilador y nos indicó por señas que ya podíamos entrar.

—¡Joder, intenten quitar esta mierda! —masculló Marino mientras miraba alrededor.

La supercola se vuelve blanca al secarse y es más resistente que el cemento. Todas las superficies de la habitación, incluido el cuerpo de Ferguson, habían quedado cubiertas por una ligera escarcha. Con el flash doblado en ángulo, Katz iluminó de costado las manchas de las paredes, muebles y alféizares, así como las armas que había encima del escritorio. Pero fue una en concreto, de todas las que vio, la que le hizo hincarse de rodillas.

—Es el nilón —dijo nuestro particular «profesor chiflado» con absoluto placer, al tiempo que se arrodillaba junto al cuerpo y miraba atentamente las bragas bajadas de Ferguson—. También es una buena superficie para las huellas, ¿saben? Por la urdimbre, muy compacta. El tipo se había puesto algún perfume.

Extrajo el pincel de la funda de plástico y las cerdas se abrieron como una anémona de mar. Después, desenroscó la tapa de un frasco de polvo magnético Delta Orange y espolvoreó un poco de su contenido sobre una excelente huella latente que alguien había dejado en las brillantes bragas negras del detective muerto. Otras huellas, parciales, se habían materializado en el cuello de Ferguson y Katz aplicó polvo negro de contraste sobre ellas, pero no había suficiente detalle en las ondas. La extraña escarcha que lo cubría todo hacía que la estancia pareciese fría.

—Por supuesto, la huella de las bragas debe de ser suya —murmuró Katz mientras proseguía su trabajo—. De cuando se las bajó. Debía de tener algo en las manos. El condón, por ejemplo. Probablemente está lubricado y, si parte de la grasa le quedó en los dedos, dejaría una buena imprenta. ¿Querrán llevárselas?

Se refería a las bragas.

—Me temo que sí —respondí.

—Está bien. Bastará con las fotos. —Sacó una cámara—. Pero me gustaría ver esas bragas cuando haya terminado con ellas. La huella se conservará bien, si se abstiene de utilizar tijeras. Es lo bueno que tiene la supercola: no se desprende ni con dinamita.

—¿Qué más tienes que hacer aquí esta noche, Kay? —me preguntó Wesley.

Noté que estaba impaciente por marcharse.

—Quiero buscar cualquier cosa que quizá no sobreviviera al traslado del cuerpo y ocuparme de lo que había en la nevera —contesté—. Además, tenemos que investigar el sótano.

Benton asintió y dijo a Marino:

—Mientras nos ocupamos de esas cosas, ¿qué tal si se encarga de montar la vigilancia de este lugar?

Marino no se mostró muy entusiasmado con la misión.

—Dígales que queremos agentes las veinticuatro horas del día —añadió Wesley con firmeza.

—El problema es que en el pueblo no hay suficiente personal para montar guardias de veinticuatro horas —replicó Marino en tono agrio, mientras se alejaba—. Ese maldito canalla acaba de cargarse a la mitad del cuerpo de policía.

Katz alzó la mirada y, con el pincel magnético levantado en el aire, comentó:

—Parece usted muy seguro de quién es la persona que busca.

—No hay nada seguro —se apresuró a replicar Wesley.

—Thomas, voy a tener que pedirle otro favor —dije a mi distinguido colega—. Necesito que usted y el doctor Shade lleven a cabo un experimento en La Granja.

—¿El doctor Shade? —intervino Wesley.

—Lyall Shade es un antropólogo de la universidad de Tennessee —expliqué.

—¿Cuándo empezamos?

Katz cargó otro carrete en la cámara.

—De inmediato, si es posible. Llevará una semana.

—¿Cuerpos recientes o viejos?

—Recientes.

—¿Ese tipo se llama así de verdad? —insistió Wesley.

Esta vez fue Katz quien respondió, al tiempo que tomaba una foto:

—Claro que sí. Lyall, como su bisabuelo, que fue cirujano en la Guerra Civil.

5

Al sótano de Max Ferguson se accedía por unos peldaños de cemento desde la parte de atrás de la casa, y las hojas muertas que el viento había arrastrado hasta ellos me indicó que allí no había estado nadie últimamente. Pero no pude precisar más, puesto que ya era pleno otoño y en aquel mismo instante, cuando Wesley probaba la puerta, las hojas seguían cayendo en espiral, sin el menor sonido, como si las estrellas derramaran cenizas.

—Voy a tener que romper el cristal —anunció él, antes de volver a accionar el picaporte y mientras yo sostenía la linterna.

Se llevó la mano al interior de la chaqueta, sacó la pistola —una Sig Sauer de nueve milímetros— de la sobaquera y dio un golpe seco con la culata contra el gran cristal central de la puerta. El ruido del vidrio al hacerse añicos me sobresaltó pese a estar esperándolo, y casi esperé que la policía se materializara de entre las sombras, pero el viento no me trajo ningún rumor de pisadas, ninguna voz humana, e imaginé el terror existencial que debía de haber sentido Emily Steiner antes de morir. No importaba donde hubiera estado, nadie había oído sus gritos. Nadie había acudido a salvarla. Los pequeños dientes de cristal que quedaban en el montante emitieron destellos mientras Wesley introducía cautelosamente el brazo por el hueco hasta tocar el pestillo interior.

—Maldita sea —murmuró, al tiempo que empujaba la puerta—. El pasador estará oxidado.

Introdujo más el brazo para trabajar mejor, y estaba en pleno esfuerzo contra el terco pasador cuando, de pronto, éste cedió. La puerta se abrió con tal fuerza que Wesley se precipitó por el hueco y, al hacerlo, me golpeó la mano. La linterna se me escapó de los dedos, rebotó, rodó peldaños abajo y se apagó contra el cemento, al tiempo que a mi encuentro salía un bloque de aire frío y viciado.

Cuando Wesley se movió, en la completa oscuridad percibí todavía el tintineo de los fragmentos de cristal.

—¿Estás bien, Wesley? —Avancé unos centímetros a ciegas, tanteando el camino con los brazos—. ¿Benton?

Su voz sonaba temblorosa cuando se incorporó:

—¡Jesús!

—¿Te encuentras bien?

—¡Mierda, no me lo puedo creer!

Su voz se alejó ahora de mí. Le oí avanzar tanteando la pared, entre crujidos de cristales; algo que sonaba como un bote lata de pintura vacío rodó de un puntapié con un ruido sordo. Cuando una bombilla desnuda se encendió en el techo, entrecerré los párpados hasta que mis ojos se acostumbraron a la luz. Entonces descubrí a un Benton Wesley sucio y ensangrentado.

—Déjame ver. —Tomé con suavidad su muñeca izquierda. Él miraba en torno, un poco desconcertado—. Benton, debemos ir a un hospital —le dije mientras examinaba los múltiples cortes de la palma de su mano—. Tienes cristales incrustados en esos cortes y vas a necesitar algunos puntos.

—Tú eres mi médico. —El pañuelo con que quiso envolverse la mano quedó rojo al instante.

—No, tienes que ir al hospital.

Observé que la sangre, oscura, rezumaba también a través de la tela desgarrada de la pernera izquierda de su pantalón.

—Aborrezco los hospitales. —Pese a su actitud estoica, sus ojos febriles dejaban entrever el dolor—. Echemos un vistazo y salgamos de este agujero. Prometo no morir desangrado mientras lo hacemos.

Me pregunté dónde demonios estaba Marino.

Daba la impresión de que el agente Ferguson no había entrado en el sótano desde hacía años. Tampoco vi ninguna razón para que lo hiciera, a no ser que tuviese un afecto especial por el polvo, las telarañas, las herramientas de jardinería oxidadas y las moquetas enmohecidas. Había manchas de humedad en el suelo de cemento y en las paredes, y los restos de grillos me indicaron que legiones de tales insectos habían vivido y muerto allí. Tras recorrer el sótano de extremo a extremo, no vimos nada que nos hiciera sospechar que Emily Steiner había visitado alguna vez aquel lugar.

—Ya he visto suficiente —anunció Wesley, cuyo reguero de brillantes gotas rojas sobre el suelo polvoriento acababa de completar un círculo.

—Tenemos que hacer algo con esa hemorragia, Benton.

—¿Y qué sugieres?

—Mira hacia allá un momento —dije, indicándole que me volviese la espalda.

No me preguntó por qué, pero obedeció, y yo me apresuré a descalzarme y levantarme la falda. En unos segundos me despojé de la media-pantalón.

—Muy bien, trae aquí el brazo —dije entonces.

Le sujeté el brazo entre mi codo y mi costado, como haría cualquier médico en circunstancias parecidas. Pero mientras envolvía su mano herida con la media, noté su mirada fija en mí. Percibí intensamente su aliento, que me rozaba los cabellos como su brazo me rozaba el pecho, y me subió desde el cuello un calor tan palpable que tuve miedo de que él lo notara también. Azorada y completamente sonrojada, terminé a toda prisa el improvisado vendaje y me aparté.

—Con esto debería bastar hasta que lleguemos a algún lugar donde pueda hacer más —murmuré, y evité su mirada.

—Gracias, Kay.

—Supongo que debería preguntarte dónde iremos después —añadí con una suavidad que no disimulaba mi agitación—. A menos que hayas previsto que durmamos en el helicóptero.

—He encargado a Marino que se ocupe del alojamiento.

—Te gusta vivir peligrosamente, ¿no?

—Por lo general, no tanto.

Apagó la luz y no hizo el menor intento de volver a cerrar la puerta del sótano.

La luna era una moneda de plata cortada por la mitad, el cielo que la envolvía era de un azul medianoche y entre las ramas de unos árboles lejanos asomaban las luces de los vecinos de Ferguson. Me pregunté si alguno de ellos sabría que el agente había muerto. En la calle, encontramos a Marino en el asiento del copiloto de un coche patrulla de la policía de Black Mountain, fumando un cigarrillo con un mapa abierto sobre los muslos. Tenía la luz interior encendida, y al joven agente sentado al volante no se le veía más relajado de lo que estaba horas antes, cuando nos había recogido en el campo de fútbol.

—¿Qué cuerno le ha pasado? —preguntó Marino a Wesley—. ¿Ha decidido cargarse una ventana a puñetazos?

—Más o menos —respondió Wesley.

La mirada de Marino fue de la mano vendada con las medias a mis piernas desnudas.

—Vaya, vaya, ésta sí que es buena —murmuró—. Ojalá nos hubieran enseñado eso cuando hice el curso de supervivencia.

Yo le ignoré.

—¿Dónde están nuestras bolsas? —pregunté.

—En el portaequipajes, señora —dijo el agente.

—Aquí, el agente T. C. Baird va a ser un buen samaritano y nos va a dejar en el Travel-Eze, donde su seguro servidor ya se ha encargado de reservar alojamiento —continuó Marino con el mismo tono irritante—. Tres habitaciones de lujo a 39,99 la noche. He conseguido descuento porque somos policías.

Le dirigí una mirada severa.

—Yo no soy policía.

—Calma, doctora. —Marino arrojó la colilla por la ventanilla—. En un día bueno, podría pasar por tal.

—En un día bueno también podría usted —le respondí.

—Me siento insultado.

—No, soy yo quien se siente insultada. Sabe que no debe identificarme fraudulentamente para conseguir descuentos ni por cualquier otra razón —declaré.

Yo era una funcionaria gubernamental sometida a una normativa muy clara. Marino sabía perfectamente que no podía permitirme la menor transigencia en mi escrupulosidad, ya que tenía enemigos. Muchos enemigos.

Wesley abrió la puerta del asiento trasero del coche patrulla.

—Tú primero —me dijo apaciblemente. Se volvió al agente Baird y le preguntó—: ¿Sabemos algo más de Mote?

—Está en cuidados intensivos, señor.

—¿Y su estado?

—Parece que no muy bueno, señor. Por ahora.

Wesley se acomodó a mi lado y descansó con delicadeza la mano vendada sobre el muslo.

—Pete —dijo a Marino—, todavía nos falta hablar con mucha gente de por aquí.

—Sí, bien, mientras ustedes dos jugaban a médicos en el sótano, ya he empezado a ocuparme de eso.

Marino sostuvo en alto un bloc de notas y pasó unas hojas repletas de garabatos ilegibles.

—¿Arranco ya? —preguntó el agente Baird.

—¿A qué espera? —replicó Wesley, quien también estaba perdiendo la paciencia con Marino.

La luz del interior del coche se apagó y el vehículo inició la marcha. Durante un rato, Marino, Wesley y yo nos dedicamos a charlar como si el joven agente no estuviera presente. Recorríamos unas calles desconocidas y oscuras. El aire frío de las montañas penetraba por las ventanillas entreabiertas. Mientras, perfilamos nuestra estrategia para la mañana siguiente. Yo ayudaría al doctor Jenrette en la autopsia de Max Ferguson; Marino hablaría con la madre de Emily Steiner; Wesley volaría de vuelta a Quantico con el tejido del congelador de Ferguson, y los resultados de nuestras respectivas gestiones determinarían qué hacíamos a continuación.

Eran casi las dos de la madrugada cuando distinguimos ante nosotros, en la carretera estatal 70, el rótulo de neón amarillo del motel Travel-Eze recortado contra el oscuro y ondulado horizonte. Me sentí más feliz que si nuestro alojamiento fuera de la cadena Four Seasons, hasta que en el mostrador de recepción nos informaron de que el restaurante estaba cerrado, el servicio de habitaciones había finalizado y no existía bar. De hecho, nos informó el empleado con su acento de Carolina del Norte, a aquella hora haríamos mejor en esperar el desayuno en lugar de suspirar por la cena que nos habíamos perdido.

—Debe de estar bromeando —replicó Marino, con una mueca amenazadora—. Si no como algo, se me van a revolver las tripas.

—Lo siento muchísimo, señor. —El empleado era apenas un muchacho, de mejillas sonrosadas y cabellos casi tan amarillos como el rótulo del motel—. Pero puede utilizar las dispensadoras automáticas que hay en cada planta —apuntó—. Y encontrará un Mr. Zip a un kilómetro y medio de aquí.

—Nuestro transporte acaba de marcharse. —Marino le dirigió una mirada colérica—. ¿Qué me dice? ¿Pretende que camine un kilómetro y medio a estas horas para llegar a un tugurio llamado Mr. Zip?

Al empleado se le heló la sonrisa y el miedo brilló en sus ojos como pequeñas candelas cuando volvió la mirada hacia Wesley y hacia mí en busca de un gesto tranquilizador. Pero los dos estábamos demasiado cansados para ofrecérselo. Cuando Wesley apoyó sobre el mostrador la mano ensangrentada envuelta en la media, la expresión del muchacho se transformó en una mueca de horror.

Su voz subió una octava y se quebró.

—¡Señor! ¿Necesita un médico?

—Bastará con que me dé la llave de la habitación —respondió Wesley.

El empleado se volvió y descolgó tres llaves de sendos ganchos con gesto nervioso. Dos de las llaves se le cayeron al suelo. Se agachó a recogerlas y aún se le volvió a caer una de ellas. Por fin nos las entregó. Cada llave iba sujeta a un enorme medallón de plástico que llevaba grabado el número de la habitación con cifras tan grandes que podían leerse a veinte pasos.

—¿Es que en este local no han oído hablar de la seguridad? —dijo Marino como si odiase al muchacho desde que había nacido—. Se supone que el número de la habitación debe escribirse en un papel y hacerse llegar al huésped de forma reservada, de modo que los posibles moscones no puedan ver dónde guarda uno su esposa y su Rolex. Por si no estás al corriente, chico, hace un par de semanas hubo un asesinato muy cerca de aquí.

Mudo de perplejidad, el empleado contempló a Marino mientras éste recogía su llave como si fuera una prueba incriminatoria.

—¿No hay llave del minibar? O sea, que también me puedo olvidar de tomar una copa en la habitación a esta hora, ¿no? —Marino alzó aún más el tono de voz—. No importa. No quiero más malas noticias.

Cuando seguimos la acera hacia el centro del pequeño motel, vimos el parpadeo azulado de las pantallas de televisión y las siluetas que se movían tras las tenues cortinas al otro lado de las lunas de las ventanas. Cuando subimos al piso superior y buscamos nuestras habitaciones, las puertas de éstas, verdes y rojas alternativamente, me recordaron las casas y hoteles de plástico del Monopoly. Mi cuarto estaba pulcro y ordenado, con el televisor atornillado a la pared y los vasos de agua y la jarra del hielo envueltos en plástico higiénico.

Marino se retiró sin darnos las buenas noches siquiera, y cerró la puerta con energía excesiva.

—¿Qué diablos le sucede? —preguntó Wesley, entrando en mi habitación detrás de mí.

Yo no tenía ganas de hablar de Marino; así pues, acerqué una silla a una de las camas dobles y apunté:

—Ante todo tengo que limpiarte las heridas, Benton.

—Sin calmantes, no.

Wesley salió a llenar el cubo de hielo y sacó de su bolsa una botella de Dewar's. Preparó las bebidas mientras yo extendía una toalla sobre la cama y colocaba en ella pinzas, paquetes de Betadina e hilo de sutura de nilón 5-0.

Me miró mientras tomaba un buen trago de whisky.

—Esto va a doler, ¿verdad?

Me puse las gafas y me encaminé al baño.

—Va a doler de mil demonios. Ven conmigo.

Durante los minutos siguientes estuvimos lado a lado en el lavamanos mientras yo procedía a lavarle las manos con agua tibia y jabón. Fui lo más delicada posible y él no se quejó, pero noté cómo contraía los músculos de la mano lesionada y, cuando contemplé su rostro en el espejo, lo vi sudoroso y pálido. Tenía cinco heridas en la palma.

—Por suerte no te has seccionado la arteria radial —comenté.

—No sabes lo afortunado que me siento.

Cuando me fijé en su rodilla, bajé la tapa del retrete y le indiqué que se sentara allí.

—¿Quieres que me quite los pantalones?

—Eso, o los tendremos que cortar.

Wesley se sentó con un comentario:

—De todos modos ya están inservibles.

Con un escalpelo, corté la tela de lana de la pernera izquierda mientras Benton permanecía sentado muy quieto, manteniendo la pierna totalmente extendida. El corte de la rodilla era profundo y procedí a afeitar los bordes de la herida y a lavar ésta a fondo. Había colocado toallas en el suelo para recoger el agua ensangrentada que goteaba por todas partes. Cuando conduje de nuevo a Wesley al dormitorio, se acercó cojeando hasta la botella de whisky y llenó otra vez su vaso.

—Y por cierto —le comenté—, te agradezco el detalle, pero no bebo antes de una intervención.

—Supongo que debería dar gracias por ello —fue su respuesta.

—Sí, deberías agradecerlo.

Se sentó en la cama y yo ocupé la silla, muy cerca de él. Abrí varios de los envoltorios de papel de estaño de betadina y empecé a aplicar ésta sobre las heridas.

—¡Señor! —masculló él—. Qué es eso, ¿ácido de batería?

—Es un yodo tópico antibacteriano.

—¿Y lo llevas en el maletín?

—Sí.

—No pensaba que llevaras un equipo de primeros auxilios. La mayoría de tus pacientes poco puede necesitarlos...

—Lamentablemente, tienes razón. Pero nunca

se sabe cuándo puede ser útil. O cuándo puede necesitarlo alguien más en la escena del crimen. Como tú, ahora. —Extraje un fragmento de cristal y lo deposité sobre la toalla—. Sé que esto va a ser toda una sorpresa para el agente especial Wesley, pero inicié mi carrera con pacientes vivos.

—¿Y cuándo empezaron a morírsete?

—Inmediatamente.

Mientras le extraía un fragmento minúsculo, contrajo los músculos.

—No te muevas —le dije.

—¿Qué le sucede a Marino? Últimamente está de veras impresentable.

Coloqué otras dos astillas de cristal en la toalla y detuve la hemorragia con gasas.

—Será mejor que tomes otro trago —le dije.

—¿Por qué?

—Ya he quitado todos los cristales.

—Entonces, ya has terminado y vamos a celebrarlo, ¿no?

Nunca le había notado tan aliviado.

—Todavía no.

Inspeccioné meticulosamente la mano para comprobar que no me había dejado ningún fragmento. A continuación abrí un paquete de aguja e hilo de sutura.

—¿Sin Novocaína? —protestó él.

—Como necesitas muy pocos puntos para cerrar esos cortes, la anestesia te dolería tanto como la aguja —le expliqué sosegadamente mientras asía la aguja con las pinzas.

—Aun así, prefiero la novocaína.

—Pues no tengo. Quizá será mejor que no mires. ¿Quieres que ponga la tele?

Wesley apartó la mirada con aire estoico al tiempo que respondía entre dientes:

—Vamos. Acabemos con esto de una vez.

No se le escapó una queja mientras le cosía, pero al tocarle la mano y después, al rozarle la pierna, comprobé que temblaba. Sólo respiró profundamente y empezó a relajarse cuando le envolví las heridas con neosporina y gasa.

—Eres un paciente muy bueno.

Le di unas palmaditas en el hombro al tiempo que me incorporaba.

—No es eso lo que dice mi esposa.

No recordaba la última vez que Wesley había mencionado a Connie por su nombre. Las pocas veces que hablaba de ella, en algún fugaz comentario, daba la impresión de referirse a una fuerza de la naturaleza que le afectaba tanto como la gravedad.

—¿Por qué no salimos ahí fuera y nos sentamos a terminar las copas? —propuso.

El balcón al que se abría la puerta de la habitación era común a todas las estancias y se extendía de un extremo a otro de la planta. Los escasos huéspedes que pudieran quedar despiertos a aquella hora estaban demasiado lejos como para oír nuestra conversación. Wesley acercó un par de sillas de plástico. No disponíamos de mesa y dejamos los vasos y la botella de whisky en el suelo.

—¿Quieres más hielo? —preguntó él.

—Tengo suficiente.

Benton había apagado las luces de la habitación y, ante nosotros, las siluetas de los árboles, apenas distinguibles, empezaron a mecerse en orden y concierto a medida que me fijé en ellas. A lo largo de la lejana carretera, los faros surgían pequeños y esporádicos.

—En una escala del uno al diez, ¿con qué nivel de horrible calificarías el día de hoy? —preguntó él con voz queda desde la oscuridad.

Vacilé, pues había conocido días espantosos en mi profesión.

—Supongo que le daría un siete.

—El diez sería el máximo.

—Todavía no he tenido un día diez.

—¿Qué habría de suceder para ello?

—No estoy segura —respondí, con el temor supersticioso a que mencionar lo peor pudiera, de algún modo, contribuir a que se produjera.

Wesley guardó silencio, y yo me pregunté si estaría pensando en el hombre que había sido mi amante y su mejor amigo. Cuando mataron a Mark en Londres, hacía varios años, yo había creído que no podría sentir otro dolor igual. Esta vez temía que aquella impresión fuera equivocada.

—No has respondido a mi pregunta, Kay.

—Te digo que no estoy segura.

—No es eso. Me refiero a Marino. Te he preguntado qué diablos le sucede.

—Creo que es muy desgraciado —respondí.

—Siempre lo ha sido...

—He dicho «muy».

Él guardó silencio.

—No le gusta el cambio —añadí.

—¿El ascenso?

—Eso y lo que sucede conmigo.

—¿Y qué es?

Wesley escanció un poco más de whisky en los vasos y su brazo me rozó levemente.

—Mi situación respecto a tu unidad es un cambio significativo.

No asintió ni discrepó; se limitó a esperar que yo añadiera algo más.

—Creo que, de algún modo, Marino percibe que he cambiado de alianzas. —Me di cuenta de que mis palabras resultaban cada vez más vagas—. Y eso resulta inquietante. Inquietante para él, me refiero.

Tampoco esta vez hubo comentarios por parte de Wesley. Los cubitos de hielo emitieron un suave tintineo mientras daba un sorbo a la bebida. Los dos sabíamos cuál era, en parte, el problema de Marino. No tenía que ver con Wesley o conmigo, no era nada que hubiéramos hecho o dejado de hacer. Se trataba, más bien, de cómo se sentía consigo mismo.

—Tengo la impresión de que Marino se siente muy frustrado con su vida personal —apuntó Wesley—. Se siente solo.

—Creo que ambas cosas son ciertas —respondí.

—Pete estuvo con Doris treinta y pico años, ¿sabes?, y de pronto se encuentra soltero otra vez. Está desorientado, no tiene idea de cómo enfrentarse a los hechos.

—Ni ha afrontado de verdad, en ningún momento, el hecho de que ella le dejara. Lo tiene guardado dentro, esperando a que algo, sin la menor relación con lo ocurrido, lo haga estallar.

—Ya he pensado en ello. Y me preocupa qué pueda ser ese algo sin relación.

—Él sigue echándola de menos. Creo que todavía la quiere —apunté.

La hora y el alcohol me hicieron sentir lástima de Marino. Muy rara vez me duraba mucho tiempo cualquier enfado con él.

Wesley cambió de postura en su silla.

—Supongo que ése podría ser un día diez. Al menos, para mí.

Le dirigí una mirada penetrante.

—¿Que Connie te abandonara?

—Perder a alguien a quien quieres. Perder un hijo con el que estás reñido. No poder cerrar heridas. —Clavó la mirada en la lejanía y su perfil anguloso quedó bañado por el suave reflejo de la luz de la luna—. Tal vez me engaño, pero creo que podría encajar casi cualquier cosa, siempre que hubiera una resolución, un final que me permitiera liberarme del pasado.

—De eso nunca nos liberamos.

—Tienes razón; nunca nos lo quitamos de encima por completo —respondió, y mantuvo la mirada fija al frente cuando añadió—: Y tú, Kay, le provocas sentimientos que no es capaz de dominar. Creo que siempre ha sido así.

—Será mejor para él que no les preste mucha atención —dije a ello.

—Esas palabras suenan muy frías.

—No se trata de frialdad —subrayé—. Lo último que querría es que Marino se sintiera rechazado.

—¿Y qué te hace pensar que no se siente así ya?

—No creas que todo eso me ha pasado inadvertido —repliqué con un suspiro—. En realidad, estoy bastante segura de que estos días se siente seriamente frustrado.

—Pues la palabra que yo utilizaría es celoso.

—De ti.

—¿Ha probado alguna vez a pedirte una cita? —continuó Wesley como si no hubiera oído lo que yo acababa de decir.

—Me llevó al baile de la policía.

—Hum... Eso es bastante serio.

—No nos burlemos de él, Benton.

—No me burlo —dijo Wesley con tono apaciguador—. A mí me importan mucho sus sentimientos y sé que a ti también. De hecho —añadió tras una pausa—, los comprendo perfectamente.

—Yo también.

Wesley dejó el vaso a un lado.

—Creo que debería entrar e intentar dormir un poco, aunque sólo sea un par de horas —decidí, pero sin hacer el menor movimiento.

Él alargó la mano sana y la cerró en torno a mi muñeca. Sus dedos estaban fríos de sostener el vaso.

—Whit me sacará de aquí en el helicóptero cuando salga el sol.

Deseé coger su mano en la mía. Deseé tocar su rostro.

—Lamento dejarte —añadió.

—Lo único que necesito es un coche —murmuré mientras se me aceleraba el corazón.

—No sé dónde podrás alquilar uno por aquí. ¿En el aeropuerto, quizá?

—Supongo que por eso eres agente del FBI. Se te ocurren cosas como ésa.

Sus dedos se deslizaron por mi mano y empezó a acariciarla con el pulgar. Yo había sabido desde siempre que un día nuestro camino nos conduciría a esto. Cuando me había pedido que trabajara de consejera con él en Quantico, había sido consciente del riesgo. Podría haberle dicho que no.

—¿Te duele mucho?

—Por la mañana sí me dolerá, porque voy a tener resaca.

—Ya es por la mañana.

Me eché hacia atrás y cerré los ojos mientras él me tocaba el cabello. Noté la cercanía de su rostro cuando trazaba el perfil de mi cuello con los dedos, primero, y con los labios más tarde. Me tocó como si siempre lo hubiera deseado, mientras la oscuridad surgía de lo más profundo de mi mente y la luz titilaba por mi sangre. Nuestros labios se encontraron en ardientes besos robados. Supe que había topado con el pecado imperdonable que nunca fui capaz de mencionar, pero no me importó.

Dejamos las ropas donde fueron cayendo y nos tendimos en la cama, donde podíamos tener cuidado de sus heridas sin que éstas nos impidieran los movimientos. Hicimos el amor hasta que el amanecer empezó a asomar por el horizonte, y después me senté de nuevo en el balcón a contemplar cómo el sol se derramaba sobre las montañas y daba color a las hojas.

Imaginé el helicóptero, levantándose y girando en el aire como un bailarín.

6

En el centro del pueblo, en la acera frente a la gasolinera Exxon, estaba la agencia Chevrolet de Black Mountain, donde el joven Baird nos dejó a Marino y a mí a las 7,45.

Daba la impresión de que la policía local había hecho correr entre la comunidad de comerciantes la voz de que habían llegado «los federales» y que se alojaban «en secreto» en el Travel-Eze. Aunque yo no me sentía una celebridad, tampoco me sentí anónima cuando salimos de la tienda en un coche nuevo, un Caprice plateado. Parecía como si todo el personal que había pensado alguna vez en trabajar para el propietario se hubiese acercado a presenciar el trato desde el exterior de la sala de exhibición.

—He oído que un tipo la llamaba «membrillo» —dijo Marino mientras desenvolvía un pastel de carne de Hardee's.

—Me han llamado cosas peores. ¿Tiene idea de la cantidad de sodio y de grasas que está ingiriendo ahora mismo?

—Sí. Aproximadamente una tercera parte de la que voy a ingerir. Aquí traigo tres pastelillos y pienso comérmelos todos. Por si tiene problemas de memoria inmediata, le recuerdo que ayer me perdí la cena.

—No es preciso que sea tan grosero.

—Cuando tengo hambre y sueño, me vuelvo grosero.

No comenté que yo había dormido menos que él, pero sospeché que lo sabía. Desde que nos encontramos por la mañana, Marino había evitado mirarme directamente y noté que, más allá de su irritación, se sentía muy deprimido.

—Apenas he pegado ojo —continuó él—. La acústica de ese fonducho apesta.

Bajé la visera del parabrisas como si con ello pudiera aliviar en algo mi incomodidad; después, conecté la radio y pasé emisoras hasta detenerme en Bonnie Raitt. El coche de alquiler de Marino estaba siendo equipado con una emisora de radio policial y el trabajo no terminaría hasta última hora del día. Yo tenía que dejarle en casa de Denesa Steiner y alguien le pasaría a recoger más tarde. Me ocupé de conducir mientras él comía y me indicaba la dirección.

—Despacio —me dijo mientras consultaba el plano—. La próxima por la izquierda debe de ser Laurel. Bien, ahora colóquese para tomar a la derecha por la siguiente.

Cuando entramos en la nueva calle, descubrimos ante nosotros un lago de las dimensiones de un campo de fútbol y del color del musgo. Las zonas de picnic y las pistas de tenis estaban desiertas y no parecía que la casa club, pulcramente conservada, se utilizase en aquella época del año. La orilla aparecía orlada de árboles que empezaban a amarillear con el avance del otoño e imaginé a una chiquilla dirigiéndose a su casa con la funda de la guitarra a cuestas entre las sombras cada vez más cerradas. También imaginé a un viejo pescador en una mañana como aquélla y su sobresalto ante lo que asomaba entre los arbustos.

—Más tarde quiero volver aquí a dar un paseo —dije.

—Dé la vuelta ahí —indicó Marino—. La casa está en la próxima esquina.

—¿Dónde ha sido enterrada Emily?

—A unos tres kilómetros en esa dirección —señaló hacia el este—. En el cementerio de la iglesia.

—¿Es la misma iglesia donde se celebró la reunión?

—La Tercera Presbiteriana. Si comparamos la zona del lago con, digamos, el Mall de Washington, tenemos la iglesia en un extremo y la casa de la niña en el otro, con una distancia de tres kilómetros entre ambas.

Reconocí la casa, de estilo rancho, por las fotografías que había revisado en Quantico el día anterior, aunque parecía más pequeña, como sucede con tantos edificios cuando una finalmente los visita en persona. Situada en una elevación retirada de la calle, se acurrucaba en una parcela sembrada de rododendros, laureles y pinos.

El camino de grava y el porche delantero estaban recién barridos y en la entrada del jardín había varias abultadas bolsas de hojas. Denesa Steiner tenía un sedán Infiniti de color verde, nuevo y caro, lo cual me sorprendió. Vislumbré fugazmente su brazo, enfundado en una larga manga negra, cuando abrió la contrapuerta para franquear el paso a Marino mientras yo me alejaba al volante.

El depósito de cadáveres del hospital Memorial de Asheville no era distinto de la mayoría. Situado en el nivel inferior, era una pequeña sala desolada, de baldosas blancas y acero inoxidable, con una sola mesa de autopsias que el doctor Jenrette había acercado a una pileta. Cuando llegué, poco después de las nueve, el doctor estaba practicando la incisión en Y al cuerpo de Ferguson. Al quedar la sangre expuesta al aire, detecté el olor dulzón y nauseabundo del alcohol.

—Buenos días, doctora Scarpetta. —Por su tono de voz, Jenrette parecía complacido de verme—. Hay guantes y batas en ese armario de ahí.

Le di las gracias, aunque no era preciso que me pusiera nada porque el joven médico no me necesitaría. Suponía que la autopsia no nos revelaría nada y, cuando examiné con detalle el cuello del cadáver, tuve una primera confirmación de ello. Las marcas rojizas de la presión que había observado la noche anterior habían desaparecido y no encontraríamos ninguna lesión profunda de los tejidos y músculos. Mientras observaba trabajar a Jenrette, me vi obligada a recordar con humildad que la patología no es nunca un sustituto de la investigación. De hecho, de no estar al corriente de las circunstancias del caso, no habríamos tenido la menor idea de la causa de la muerte de Ferguson, excepto que no había sido un disparo, una puñalada o una paliza, y que no había sucumbido a ninguna enfermedad.

—Supongo que habrá notado el olor de los calcetines que llevaba metidos en los sostenes —dijo Jenrette sin dejar de trabajar—. Me pregunto si han encontrado ustedes algo que encaje con eso, un frasco de perfume o alguna clase de colonia.

Dejó a la vista la zona de las vísceras. Ferguson tenía un hígado ligeramente graso.

—No había nada —le respondí—. Y puedo añadir que, normalmente, los aromas se utilizan en este tipo de sucesos cuando interviene más de una persona.

Jenrette hizo una pausa y me miró.

—¿Por qué?

—¿Para qué molestarse, si uno está solo?

—Sí, parece lógico. —Jenrette procedió a vaciar el contenido estomacal en un recipiente de cartón e indicó—: Sólo un poco de fluido pardusco. Unas cuantas partículas, tal vez de frutos secos. ¿Dice que volvió a Asheville en avión poco antes de que lo encontraran?

—Exacto.

—Entonces, quizá comió cacahuetes durante el vuelo. Y bebió bastante. Tiene una tasa de alcohol en sangre de 1,4.

—Probablemente tomó también unas copas cuando llegó a casa —asentí, recordando el vaso de bourbon del dormitorio.

—Cuando habla de que en estas situaciones suele haber más de una persona, ¿se refiere a gays?

—Es lo más frecuente —respondí—. Pero la clave para saberlo es la pornografía.

—Pues Ferguson estaba mirando fotos de mujeres desnudas.

—Las revistas que encontramos cerca del cuerpo eran de mujeres —precisé yo, pues no teníamos modo de saber qué estaba mirando el muerto. Sólo sabíamos lo que habíamos encontrado—. También es importante el hecho de que no viéramos más revistas ni otra parafernalia sexual en la casa.

—Sí, claro. Sería de esperar que hubiera más material pornográfico —comentó Jenrette al tiempo que conectaba la sierra Striker.

—Normalmente, esos tipos lo guardan a montones. Nunca se desprenden de él. Francamente, me sorprende mucho que sólo encontrásemos cuatro revistas, todas ellas de fechas recientes.

—Es como si fuera un novato en estos temas.

—Hay varios indicios que apuntan a esa inexperiencia —asentí—. Pero, sobre todo, lo que veo son inconsistencias.

—¿Por ejemplo?

Jenrette realizó una incisión en el cuero cabelludo detrás de las orejas y lo separó para poner al descubierto el cráneo; con ello, el rostro del muerto se transformó de pronto en una máscara triste y floja.

—Además de que no encontramos ningún frasco de perfume que corresponda a la fragancia que llevaba Ferguson, tampoco había en la casa más ropa de mujer que la que él vestía —expliqué—. Sólo faltaba un condón de la caja. La cuerda era vieja y tampoco encontramos nada, ninguna otra soga, de la que pudiera proceder. Tuvo la precaución de envolverse el cuello con una toalla, pero escogió un nudo que resulta sumamente peligroso.

—Como sugiere el nombre —apuntó Jenrette.

—Eso es. El nudo de horca tira muy suavemente y no se puede aflojar. No es el más indicado, precisamente, cuando uno está bebido y encaramado a un taburete de bar barnizado... del cual es más fácil caerse que de una silla, por cierto.

—Yo diría que poca gente sabrá hacer un nudo de horca —reflexionó Jenrette.

—La pregunta es si Ferguson tendría alguna razón para saberlo.

—Puede que lo mirase en un libro. He visto bastantes libros sobre nudos.

—No encontramos nada de esto en la casa —le recordé.

—Supongamos que uno tuviera un libro de ésos, ¿necesitaría ser un astrofísico o algo así para hacer un nudo de horca siguiendo instrucciones?

—Ser un astrofísico de cohetes, no, pero sí necesitaría un poco de práctica.

—¿Por qué habría de interesarse en un nudo como ése? ¿No sería más sencillo uno corredizo?

—El de horca es morboso, siniestro. Es limpio, preciso. No lo sé. ¿Cómo está el teniente Mote? —añadí.

—Estable, pero seguirá un tiempo en la UCI.

Jenrette volvió a concentrarse en la sierra Striker. Ambos guardamos silencio mientras él extraía el casquete craneal. Cuando hubo extraído también el cerebro y procedido al examen del cuello, dijo:

—No veo nada, ¿sabe? No hay hemorragia de los músculos esplenios, el hioides está intacto, no hay fractura del cuerno superior del cartílago tiroideo. La columna no está fracturada, pero supongo que eso no sucede más que en los ahorcamientos judiciales.

—A menos que el sujeto sea obeso, con alteraciones artríticas de las vértebras cervicales y quede suspendido accidentalmente en una postura extraña —respondí.

—¿Quiere echar un vistazo?

Me puse los guantes y aproximé una luz.

—Doctora, ¿cómo sabremos que estaba vivo cuando se colgó?

—No podemos saberlo con absoluta certeza —reconocí—. A menos que encontremos otra causa de la muerte.

—Como un envenenamiento.

—Es lo único que se me ocurre en este momento. Pero si se trata de eso, tuvo que ser algo que actuara muy deprisa. Sabemos que no llevaba mucho rato en casa cuando Mote le encontró muerto; por lo tanto, casi se puede descartar que la causa de la muerte sea otra que la axfisia por ahorcamiento.

—¿Qué me dice de la manera?

—Eso queda pendiente de aclaración —apunté.

Efectuada la disección de los órganos de Ferguson, y una vez devueltos éstos al cuerpo en una bolsa de plástico colocada en el interior de la cavidad torácica, ayudé a Jenrette a limpiar. Con la manguera, aseamos la mesa y el suelo mientras un auxiliar del depósito se llevaba el cadáver y lo guardaba en el frigorífico. Lavamos jeringas e instrumental mientras seguíamos charlando de lo que sucedía en aquel rincón del mundo que, al principio, había atraído al joven médico porque era un lugar seguro.

Me contó que había querido fundar una familia en un sitio donde la gente todavía creía en Dios y en la santidad de la vida. Quería que sus hijos asistieran a la iglesia y practicaran deportes. Los quería incontaminados por las drogas, la inmoralidad y la violencia de la televisión.

—Lo cierto es, doctora Scarpetta —continuó—, que en realidad no queda ningún sitio así. Ni siquiera éste. La semana pasada hice la autopsia a una chiquilla de once años sometida a abusos sexuales y asesinada. Ahora, a un agente de la Oficina de Investigación del Estado disfrazado de mujer. El mes pasado, a una chica de Oteen con una sobredosis de cocaína. Sólo tenía diecisiete años. Y luego están los conductores borrachos. Me llegan continuamente, ellos y quienes se llevan por delante.

—¿Doctor Jenrette?

—Llámeme Jim —dijo él, al tiempo que recogía los formularios de un estante, con aire melancólico.

—¿Qué edad tienen sus hijos? —le pregunté.

—Bueno, mi mujer y yo seguimos intentándolo. —Carraspeó y desvió la mirada, pero tuve tiempo de percibir su pesadumbre—. ¿Y usted? ¿Tiene hijos?

—Estoy divorciada y tengo una sobrina que es casi una hija —respondí—. Estudia en la universidad de Virginia y, en estos momentos, tiene un contrato de prácticas en Quantico.

—Vaya, debe de estar muy orgullosa de ella.

—Claro que sí.

Pero de nuevo las imágenes y las voces, los temores secretos por la vida de Lucy, ensombrecieron mi ánimo.

—En fin, sé que quiere que sigamos hablando de Emily Steiner. Todavía tengo el cerebro aquí, si desea verlo.

—Desde luego, doctor.

No es infrecuente que los patólogos introduzcan los cerebros en una solución de formol al diez por ciento llamada formalina. El proceso químico conserva el tejido y le da firmeza, lo cual facilita los estudios posteriores, sobre todo en los casos en que se ha producido un traumatismo en el más increíble y el menos comprendido de todos los órganos humanos.

El procedimiento era tristemente utilitario hasta el punto de la indignidad, si una prefería considerarlo de este modo. Jenrette se acercó hasta una de las piletas y tomó de debajo de ella un cubo de plástico cuya etiqueta llevaba el nombre de Emily Steiner y el número del caso. Tan pronto como él sacó el cerebro del baño de formalina y lo colocó sobre el tablero de disección, tuve la certeza de que el examen general no haría sino corroborar con más fuerza que en aquel caso había algo muy feo.

—No se observan reacciones vitales. Absolutamente ninguna —comenté con sorpresa mientras los vapores del formol me irritaban los ojos.

Jenrette introdujo una sonda por el recorrido de la bala.

—Ni hemorragia, ni tumefacción —continué—. Pero el proyectil no atravesó el puente y tampoco afectó los ganglios basales ni ninguna otra estructura de la zona que se considere vital. —Levanté la vista hacia él—. No es una herida que cause la muerte instantánea.

—Eso parece indiscutible.

—Debemos buscar otra causa de la muerte.

—Desde luego, me encantaría que me dijera cuál, doctora. He encargado unas pruebas toxicológicas pero, a menos que aparezca algo significativo, no se me ocurre ninguna explicación. Ninguna, salvo el disparo en la cabeza.

—Me gustaría echar un vistazo a una muestra del tejido pulmonar —le dije.

—Venga a mi despacho.

Me rondaba por la mente la posibilidad de que la chiquilla hubiera muerto ahogada, pero unos instantes sentada tras el microscopio de Jenrette con una muestra del tejido solicitado en el portaobjetos bastaron para que me diera cuenta de que las incógnitas permanecían en pie.

—Si se hubiera ahogado —le expliqué al joven médico mientras observaba por el aparato—, los alvéolos estarían dilatados. Habría fluido edemático en los espacios alveolares con un cambio autolítico desproporcionado del epitelio respiratorio.

—ajusté el foco nuevamente—. En otras palabras, de haberse contaminado con agua dulce, los pulmones habrían empezado a descomponerse más deprisa que otros tejidos. Y no es así.

—¿Qué me dice de la asfixia por estrangulamiento? —preguntó Jenrette.

—El hioides estaba intacto y no había hemorragias petequiales.

—Exacto.

—Y más importante todavía —indiqué—: si alguien intenta sofocarte o estrangularte, lo normal es que te resistas como una fiera. Pero no se aprecian lesiones en la nariz o en los labios. No hay lesiones defensivas de ninguna clase.

Jenrette me entregó un grueso expediente y me dijo que allí estaba todo. Mientras él dictaba el informe sobre Max Ferguson, revisé todos los documentos, peticiones al laboratorio y formularios relacionados con el asesinato de Emily Steiner. Su madre, Denesa, había estado llamando al despacho del doctor Jenrette entre una y cinco veces diarias desde que se descubriera el cuerpo, lo cual me pareció bastante insólito.

—El cuerpo fue introducido en una bolsa de plástico negra, sellada por la policía local de Black Mountain. El número de sello es 445337 y el sello está intacto...

—¿Doctor Jenrette? —le interrumpí.

Él retiró el pie del pedal del dictáfono.

—Jim, por favor —insistió.

—Parece que la madre le ha llamado a usted con una frecuencia inusual.

—Algunas llamadas han sido una especie de juego del escondite telefónico. Pero... sí —se quitó las gafas y se frotó los ojos—, ha llamado mucho.

—¿Por qué?

—Sobre todo, porque está terriblemente perturbada, doctora Scarpetta. Quiere estar segura de que su hija no sufrió.

—¿Y usted qué le dice?

—Le digo que con una herida como ésa, no es probable. Quiero decir que debía de estar inconsciente... En fin, probablemente lo estaba, cuando le hicieron lo demás.

Jenrette calló.

Los dos sabíamos que Emily Steiner había sufrido. Que había padecido un miedo cerval. En algún momento debía de haber comprendido muy claramente que iba a morir.

—¿Y eso es todo? —quise saber—. ¿Ha llamado todas esas veces para averiguar si su hija había sufrido?

—Bueno, no. Tenía preguntas, quería información... Nada de especial relevancia. —Con una sonrisa apesadumbrada, Jim Jenrette continuó—: Creo que sólo necesita a alguien con quien hablar. Es una buena mujer que lo ha perdido todo en esta vida. No puedo expresarle cuánto me compadezco de ella y cuánto rezo para que capturen al monstruo terrible que lo hizo. Ese monstruo de Gault, según he leído. El mundo no será seguro mientras alguien así siga en él.

—El mundo no será seguro nunca, doctor. Pero no alcanzo a decirle cuánto deseamos capturarle. Cazar a Gault. Cazar a cualquiera que haga una cosa así —respondí.

Mientras hablaba, yo había abierto un sobre que contenía una serie de fotografías satinadas de veinticinco por veinte. Sólo una de ellas me resultó desconocida y la estudié minuciosamente, un buen rato, en tanto que el doctor Jenrette seguía dictando con voz monocorde. No supe qué tenía ante mis ojos porque nunca había visto nada semejante, y mi respuesta emocional fue una mezcla de excitación y miedo. La fotografía mostraba la nalga izquierda de Emily Steiner, en cuya piel se apreciaba una marca pardusca irregular no mayor que el tapón de una botella.

—La pleura visceral muestra petequias diseminadas a lo largo de las fisuras interlobulares...

—¿Qué es esto? —interrumpí de nuevo el dictado del joven doctor.

Jenrette desconectó el micrófono. Yo me situé a su lado de la mesa y coloqué la fotografía ante sus ojos. Señalé la marca en la piel y capté un aroma a Old Spice que me hizo pensar en mi ex marido, Tony, quien siempre lo usaba con exceso.

—Esta marca de la nalga no aparece mencionada en su informe —añadí.

—No sé qué es —respondió él, sin el menor tono defensivo en su voz. Simplemente, parecía cansado—. Di por sentado que era cosa de algún artefacto *post mortem*.

—No conozco ningún artefacto que pueda dejar una marca así. ¿Hizo la resección de la zona?

—No.

—El cuerpo estuvo apoyado sobre algo que dejó esa señal. —Volví a mi silla, me instalé en ella y me incliné hacia el escritorio de Jenrette—. Podría ser importante.

—Sí, imagino que lo sería, si las cosas son como usted dice —respondió él con creciente abatimiento.

—No lleva mucho tiempo enterrada... —Hablé con voz queda, pero con sentimiento. Jenrette me miró, incómodo, pero continué diciendo—: Doctor, la chica nunca estará en mejores condiciones de lo que está ahora. Creo de veras que deberíamos echar otro vistazo al cuerpo.

Él se humedeció los labios sin parpadear.

—Doctor Jenrette —dije por último—, debemos exhumar el cuerpo de inmediato.

Jenrette buscó el número en su fichero giratorio y cogió el teléfono.

Le observé mientras marcaba.

—¿Oiga? Soy el doctor James Jenrette —dijo a quien respondió—. ¿Podría hablar con el juez Begley?

Su señoría, Hal Begley, dijo que nos recibiría en su despacho media hora más tarde. Conduje yo, siguiendo las indicaciones del doctor, y aparqué en la calle College con tiempo de sobra. La sede de los tribunales del condado de Buncome era un viejo edificio de ladrillos oscuros que, supuse, había sido el más alto del centro de la ciudad hasta no hacía muchos años. Tenía trece pisos, con la cárcel en el último, y mientras alzaba la vista hacia las ventanas con barrotes que se recortaban contra un cielo azul luminoso, pensé en la cárcel superpoblada de Richmond, que se extendía por varias hectáreas con rollos de alambre de espino como única vista, e intuí que, si la violencia continuaba haciéndose tan alarmante y frecuente, no pasaría mucho tiempo sin que las poblaciones como Asheville necesitaran más celdas.

—El juez Begley no es conocido por su paciencia —me previno Jenrette mientras subíamos los peldaños de mármol y entrábamos en la vieja sede judicial—. Y le aseguro que no le va a gustar su plan.

Yo sabía que a él tampoco le gustaba, pues a ningún patólogo forense le gusta que un colega husmee en su trabajo. El doctor Jenrette y yo sabíamos que mi presencia implicaba que él no había realizado bien su trabajo.

—Escuche —le contesté mientras avanzábamos por un pasillo de la tercera planta—, a mí tampoco me entusiasma. No me gustan las exhumaciones. Ojalá hubiera otra manera.

—Pues yo, ojalá tuviera más experiencia en casos como los que usted ve cada día.

—No veo casos como éste cada día —repliqué, conmovida por su humildad—. ¡Gracias a Dios!

—Bueno, doctora, mentiría si le dijera que no lo pasé fatal cuando me llamaron para el levantamiento del cadáver. Quizá debería haberle dedicado un poco más de tiempo.

—Creo que el condado de Buncombe tiene

muchísima suerte por contar con usted —respondí con franqueza, al tiempo que abríamos la puerta del antedespacho del juez—. Ojalá tuviera más médicos como usted en Virginia. Le contrataría.

Comprendió que lo decía en serio y sonrió. Una secretaria, la mujer más vieja que he visto nunca en activo, nos miró a través de unas gruesas gafas. Usaba máquina de escribir eléctrica en lugar de ordenador y, a la vista de los numerosos archivos de acero gris que forraban las paredes, deduje que su fuerte era clasificar. La luz del sol se filtraba, mortecina, por unas persianas venecianas apenas entreabiertas, y una galaxia de polvo flotaba en el aire. Capté el olor a Rose Milk mientras la mujer se frotaba las manos huesudas con una gota de crema hidratante.

—El juez Begley les espera —dijo sin dar tiempo a que nos presentáramos—. Pueden pasar. Por esa puerta de ahí. —Señaló una puerta cerrada al otro extremo de la sala, directamente enfrente de la que acabábamos de cruzar—. Les informo de que el tribunal ha levantado la sesión para el almuerzo y de que el juez debe reanudarla a la una en punto.

—Gracias —respondí—. Procuraremos no entretenerlo mucho.

—No lo conseguirían aunque quisieran, se lo aseguro.

La tímida llamada a la recia puerta de roble por parte de Jenrette tuvo como respuesta un distraído «¡Adelante!» por parte del juez. Encontramos a su señoría tras un escritorio con cajones a ambos lados, en mangas de camisa y sentado muy erguido en un viejo sillón de cuero rojo. Era un hombre enjuto y con barba que rondaba los sesenta y, mientras le veía revisar unas notas de un cuaderno, llegué a una serie de reveladoras conclusiones acerca de él. El orden del escritorio me dijo que era activo y muy capaz, y la corbata pasada de moda y los zapatos de suelas blandas denotaban que le importaba un pimiento la opinión de gente como yo.

—¿Por qué quieren violar el sepulcro? —preguntó con las lentas cadencias sureñas que disimulaban una mente rápida, al tiempo que pasaba una hoja del cuaderno.

—Después de revisar los informes del doctor Jenrette —respondí—, los dos estamos de acuerdo en que hay ciertas preguntas que quedaron sin respuesta en el primer examen del cuerpo de Emily Steiner.

—Conozco al doctor Jenrette, pero creo que no tengo el gusto... —El juez Begley dejó el cuaderno en la mesa.

—Soy la doctora Kay Scarpetta, forense jefe de Virginia.

—Me han dicho que tiene usted que ver con el FBI.

—Sí, señor. Soy consejera de patología forense de la Unidad de Apoyo a la Investigación.

—¿Eso tiene algo que ver con la Unidad de Ciencia del Comportamiento?

—Es lo mismo. El FBI le cambió el nombre hace varios años.

—Estamos hablando de las personas que trazan los perfiles de asesinos en serie y otros criminales aberrantes, de esos que hasta hace poco no teníamos que preocuparnos por aquí.

Me observaba fijamente, entrecruzados los dedos sobre los muslos.

—Eso es lo que hacemos —asentí.

—Señoría —intervino Jenrette—, la policía de Black Mountain ha solicitado la colaboración del FBI. Se teme que el asesino de la pequeña Steiner sea el mismo hombre que mató a diversas personas en Virginia.

—Estoy al corriente de ello, doctor, ya que ha tenido usted la amabilidad de explicarme algo al respecto en su anterior llamada. De todos modos, lo único que me pueden presentar es su deseo de que les conceda la autorización para desenterrar a la pobre chiquilla.

»Para que les faculte a algo tan perturbador e irrespetuoso, tendrán que darme una razón de peso. Y me gustaría que los dos se sentaran y se pusieran cómodos. Para ello tengo las sillas a ese lado de la mesa.

—Había una marca en la piel —dije yo mientras tomaba asiento.

—¿Qué clase de marca?

El juez me miró con interés. Jenrette extraía ya una foto de un sobre y la colocaba sobre el cuaderno de notas.

—Ahí puede verla —dijo.

El juez bajó la vista hacia la fotografía con rostro inescrutable.

—No sabemos qué puede ser —expliqué—,

pero quizá nos diría dónde estuvo el cuerpo. Puede ser una lesión...

El juez Begley cogió la fotografía y entrecerró los ojos mientras la examinaba con más detenimiento.

—¿No es posible estudiar sólo las fotografías? Hoy día se hacen toda clase de cosas científicas, tengo la impresión...

—Es cierto —contesté—. El problema es que, cuando termine esos estudios, el cuerpo ya estará en unas condiciones tan pésimas que no podremos obtener ningún dato de él, si todavía necesitamos exhumarlo. Cuanto mayor sea el tiempo transcurrido, más difícil resultará distinguir entre una herida u otras marcas significativas y los efectos de la descomposición.

—Hay muchos detalles insólitos en este caso, señoría —intervino Jenrette—. Necesitamos toda la ayuda posible.

—Según tengo entendido, el agente del FBI que se ocupaba del asunto fue encontrado ayer, ahorcado. Lo he leído en el periódico.

—Sí, señor.

—¿En esa muerte también hay detalles extraños?

—Los hay —respondí.

—Supongo que no volverá a presentarse aquí dentro de una semana para que le permita desenterrarlo...

—Ni pensarlo —le aseguré.

—Esa chiquilla tiene una madre. ¿Cómo cree que le sentará lo que me propone?

Ni Jenrette ni yo supimos qué responder. El juez se movió en su sillón haciendo crujir el cuero. Desvió la mirada hacia el reloj de la pared.

—Ése es el aspecto más delicado de lo que me piden, ¿entienden? —continuó—. Pienso en esa pobre mujer, en lo que ha pasado. No tengo intención de hacerla sufrir más.

—No se lo pediríamos si no creyéramos que es importante para la investigación de la muerte de su hija —declaré—. Y estoy segura de que la señora Steiner querrá que se haga justicia, señoría.

—Vaya a buscar a la madre y tráigala aquí —dijo el juez Begley.

Se puso en pie.

—¿Perdón?

—Vaya a buscar a la madre y tráigamela —repitió—. Calculo que estaré libre a las dos y media. Espero verla entonces.

—¿Y si no quiere venir? —preguntó Jenrette, y los dos nos incorporamos.

—No se lo reprocharé en absoluto.

—Pero usted no necesita su permiso —insistí, con una calma que no sentía.

—No, señora. No lo necesito —me dijo el juez mientras abría la puerta.

7

El doctor Jenrette tuvo la amabilidad de dejarme usar su despacho mientras él desaparecía en el laboratorio del hospital, y durante las horas siguientes estuve pendiente del teléfono.

Irónicamente, la tarea más importante resultó ser la más sencilla. Marino no tuvo ningún problema en convencer a Denesa Steiner para que le acompañara a presencia del juez después del almuerzo. Más difícil resultó resolver la cuestión del desplazamiento, ya que Marino no disponía todavía del coche.

—¿A qué viene el retraso? —quise saber.

—La jodida emisora que han instalado no funciona —explicó él con irritación.

—¿No puedes pasarte sin?

—Según ellos, no.

—Tal vez sea mejor que vaya a buscaros —apunté, consultando el reloj.

—Sí, bueno, ya me encargo yo de eso. La señora Steiner tiene un coche bastante decente. De hecho, hay quien opina que un Infiniti es mejor que un Benz.

—Eso es discutible, porque ahora mismo llevo un Chevrolet.

—Según ella, su suegro tenía un Benz muy parecido, así que debería usted pensar en cambiarlo por un Infiniti o un Legend.

No respondí.

—Es un consejo. Medítelo.

—Usted limítese a traerla aquí —contesté secamente.

—Sí, eso haré.

—Estupendo.

Colgamos sin despedirnos, y sentada allí ante el escritorio abigarrado y desordenado del doctor Jenrette, me sentí agotada y traicionada. Había tenido que soportar a Marino en sus épocas malas con Doris y le había apoyado cuando empezó a aventurarse en el mundo agitado y atemorizante de las citas femeninas. A cambio, él siempre había emitido juicios acerca de mi vida personal sin necesidad de que nadie se lo pidiera.

Había hecho comentarios negativos acerca de mi ex marido y sido muy crítico con Mark. Rara vez tenía una palabra agradable acerca de Lucy o de mi modo de tratarla, y no le gustaban mis amigos. Sobre todo, yo notaba su frialdad respecto a mi relación con Wesley. Su irritación, sus celos, no me pasaban inadvertidos.

Cuando Jenrette y yo volvimos al despacho del juez, a las dos y media, Marino no había llegado todavía. Conforme transcurrían lentamente los minutos en el despacho de su señoría, mi enfado iba aumentando.

—¿Dónde nació usted, doctora? —me preguntó el juez desde el otro lado de su perfectamente ordenada su mesa.

—En Miami —respondí.

—Pues no habla usted como una sureña, se lo aseguro. Yo la hacía de algún lugar del norte.

—Sí, me eduqué en el norte.

—Quizá le sorprenda saber que yo también —comentó.

—¿Y por qué se estableció aquí? —le preguntó Jenrette.

—Por algunas de las mismas razones que lo ha hecho usted, estoy seguro.

—Pero usted es de aquí... —apunté.

—Como lo han sido tres generaciones anteriores. Mi bisabuelo nació en una cabaña de troncos de esta zona. Era maestro. Eso, por la parte de mi madre. Por parte paterna, hasta mediados de este siglo casi todos fueron fabricantes clandestinos de licores. Después, ha habido predicadores... —Interrumpió la explicación y añadió—: Me parece que ya deben de ser ellos.

Marino abrió la puerta y asomó la cabeza antes de dar un paso. Detrás de él venía Denesa Steiner y, aunque yo nunca acusaría a Marino de caballerosidad, advertí que se mostraba insólitamente atento y considerado con aquella mujer, a su vez extrañamente serena, cuya hija muerta era el motivo de la reunión. El juez se puso en pie y lo mismo hice yo, por pura costumbre, mientras la señora Steiner nos observaba con curiosidad y tristeza.

—Soy la doctora Scarpetta. —Le tendí la mano y encontré la suya fría y blanda—. Lamento muchísimo todo esto, señora Steiner.

—Y yo soy el doctor Jenrette. Hemos hablado por teléfono.

—¿No quiere sentarse? —le ofreció el juez con gran amabilidad.

Marino acercó dos sillas y la ayudó a acomodarse en una. Él ocupó la otra. La señora Steiner tenía entre treinta y cinco y cuarenta años y vestía de negro riguroso, con una falda ancha y larga y un suéter abotonado hasta la barbilla. No llevaba maquillaje y por único aderezo lucía un sencillo anillo de boda. Tenía todo el aspecto de una misionera solterona pero, cuanto más la estudiaba, mejor percibí lo que su indumentaria puritana no conseguía ocultar.

Era guapa, con una piel fina, una boca generosa y unos cabellos rizados del color de la miel. Tenía una nariz patricia y unos pómulos altos, y bajo los pliegues de sus ropas horribles escondía un cuerpo de formas voluptuosas. Sus atributos tampoco habían pasado inadvertidos a ninguno de los hombres presentes en el despacho. Marino, en especial, no podía apartar los ojos de ella.

—Señora Steiner —dijo el juez—, le he pedido que viniera aquí esta tarde porque estos doctores me han presentado una solicitud que tengo interés en que usted conozca. Y permítame decirle, ante todo, que agradezco mucho su presencia. Según mis referencias, no ha mostrado usted sino valor y decoro en este trance tan penoso y no tengo la menor intención de incrementar su dolor innecesariamente.

—Gracias, señor —respondió ella en un susurro.

Sus manos, pálidas y de dedos esbeltos, se apretaban con fuerza en el regazo.

—Verá, estos doctores han observado algunas cosas en las fotografías tomadas después de la muerte de la pequeña Emily. Esas cosas que han descubierto son misteriosas y los doctores desean hacer otro examen.

—¿Y cómo van a hacerlo? —preguntó la mujer cándidamente y con un acento firme y dulce que no sonaba como nativo de Carolina del Norte.

—Pues... quieren exhumar el cuerpo —explicó el juez.

La expresión de la señora Steiner no fue de enfado, sino de desconcierto, y se me encogió el corazón al verla reprimir las lágrimas.

—Antes de responder sí o no a la petición —continuó el juez Bagley—, deseo saber qué opinión le merece a usted.

La mujer miró a Jenrette, primero, y luego a mí.

—¿Quieren desenterrarla?

—Sí —respondí—. Queremos hacerle un nuevo examen. Inmediatamente.

—No entiendo qué podrían encontrar esta vez que no hayan visto antes —dijo ella con voz temblorosa.

—Nada importante, quizá, pero hay algunos detalles que he observado en las fotos y que me gustaría inspeccionar mejor, señora Steiner. Esos detalles podrían ayudarnos a capturar a quien le hizo eso a Emily.

—¿Quiere contribuir a la captura del bastardo que ha matado a su niña? —preguntó el juez.

La mujer asintió vigorosamente, al tiempo que se echaba a llorar, y Marino intervino con tono furioso:

—¡Ayúdenos y le prometo que atraparemos a ese maldito canalla!

—Lamento hacerle pasar este trance —dijo el doctor Jenrette, quien para siempre quedaría convencido de haber cometido un grave error.

—Entonces, ¿podemos proceder?

Begley se inclinó hacia delante en el asiento como si se preparara a dar un brinco: como todos los presentes en el despacho, se sentía afectado por la terrible pérdida que había sufrido la mujer: percibía su absoluta vulnerabilidad de tal modo que, tuve la certeza, cambiaría para siempre su actitud hacia los delincuentes que llegasen ante su estrado con presuntas excusas e historias de mala suerte.

Denesa Steiner asintió de nuevo, incapaz de hablar. Tras ello, Marino la ayudó a salir de la sala. Jenrette y yo nos quedamos.

—Mañana amanecerá temprano y quedan muchas cosas por hacer —indicó el juez Begley.

—En realidad tenemos que coordinar a mucha gente —asentí.

—¿Qué funeraria se encargó de la inhumación? —preguntó Begley a Jenrette.

—Wilbur's.

—¿En Black Mountain?

—Sí, señoría.

—¿Cómo se llama el director?

—Lucias Ray.

El juez tomaba notas.

—¿Qué hay del detective que llevaba el caso?

—Está en el hospital.

—Ah, es cierto.

El juez Begley levantó la vista y suspiró.

No supe muy bien qué me impulsaba a encaminarme directamente allí, salvo que había dicho que lo haría y que me sentía furiosa con Marino. Sobre todo estaba irracionalmente ofendida con él por la alusión a mi Mercedes, que había comparado desfavorablemente con un Infiniti.

No se trataba de si el comentario era acertado o no; era la intención lo que me causaba irritación y disgusto. En aquel momento, no le habría pedido a Marino que me acompañara aunque hubiese creído en monstruos del lago Ness, en criaturas del espacio y en muertos vivientes. Habría rechazado su presencia aunque me hubiera suplicado, pese a mi secreto temor a las serpientes acuáticas. En realidad, a todas las serpientes, grandes y pequeñas.

Cuando llegué al lago Tomahawk para seguir lo que, según los informes, habían sido los últimos pasos de Emily, aún quedaba luz suficiente. Detuve el coche junto a una zona de picnic y seguí la línea de la orilla con la mirada mientras me preguntaba por qué habría de andar por allí una chiquilla cuando ya caía la noche. Recordé el temor que a mí me producían los canales cuando era niña, en Miami. Cada tronco era un caimán, y por las riberas solitarias vagaba mala gente.

Al apearme del coche me pregunté cómo era

que Emily no había tenido miedo. Quizás había otra explicación para el hecho de que escogiera aquella ruta.

El plano que Ferguson nos había facilitado durante la reunión de Quantico indicaba que, al atardecer del 1 de octubre, Emily había dejado la iglesia y se había desviado de la calle en el punto en que me hallaba ahora. Había pasado ante las mesas de picnic y tomado a la derecha por un sendero de tierra que seguía la orilla a través de arboledas y zonas de matorrales y que más parecía producto del repetido paso de la gente que trazado a conciencia, pues tenía unas partes bien definidas y otras casi imperceptibles.

A buen paso, dejé atrás exuberantes matojos de hierbas altas y grupos de arbustos, mientras la sombra de las crestas montañosas se cerraba sobre el agua y el viento arreciaba, transportando la penetrante promesa del invierno. Las hojas muertas crepitaban bajo mis zapatos cuando me acerqué al claro señalado en el plano con una fina silueta de un cuerpo. Para entonces, ya había oscurecido.

Busqué la linterna en el bolso, pero recordé que seguía en el sótano de Ferguson, inutilizada. Encontré una caja de cerillas medio vacía, testimonio de mis días de fumadora.

—Maldita sea —me quejé en voz baja.

Empezaba a sentir miedo. Saqué mi pistola del 38 y la guardé en el bolsillo lateral de la chaqueta, con la mano apoyada en las cachas, mientras observaba el saliente fangoso al borde del agua donde había sido encontrado el cuerpo de Emily Steiner.

Al comparar las sombras con lo que recordaba de las fotografías, advertí que los arbustos de alrededor habían sido cortados hacía poco, pero la noche y la naturaleza ocultaban cualquier otra señal de actividad reciente. La hojarasca formaba una gruesa alfombra. La retiré con los pies en la sospecha de que la policía local no lo habría hecho.

A lo largo de mi carrera, había intervenido en suficientes crímenes violentos como para haber aprendido una verdad muy importante: que el escenario de un crimen tiene vida propia. Guarda el recuerdo de los traumatismos en el suelo, de insectos alterados por fluidos corporales y de plantas holladas por los pies. Como cualquier testigo, el lugar pierde su intimidad; no queda una sola piedra sin tocar y el mero hecho de que no haya más interrogantes que desvelar no disuade a los curiosos de acercarse.

Sucede con frecuencia que la gente sigue visitando la escena de un crimen mucho después de sucedido. Los curiosos toman fotografías y se llevan recuerdos. Algunos dejan cartas, postales y flores. Acuden en secreto y se marchan igual, porque les da vergüenza el mismo impulso irrefrenable que les atrae. El mero hecho de dejar una rosa les parece la violación de algo sagrado.

Allí, mientras apartaba las hojas muertas, no encontré ninguna flor pero la puntera de mi zapato topó con varios objetos pequeños y duros y me apresuré a ponerme a gatas. Forcé la vista. Tras mucho hurgar, recuperé cuatro bolas de caramelo envueltas todavía en su papel de celofán. Sólo cuando aproximé a ellas una cerilla encendida me di cuenta de que los caramelos eran extra duros, o «petardos», como los llamaba Emily en su diario.

Me incorporé entre jadeos y lancé una mirada furtiva alrededor, pendiente de cualquier ruido. El rumor de mis pisadas en la hojarasca me pareció un estruendo horrible mientras seguía un camino que ahora ya no alcanzaba a distinguir. Habían salido las estrellas y mi única guía era la media luna; hacía rato que había terminado las cerillas. Por el plano, sabía que no estaba lejos de la calle donde vivía la señora Steiner y que sería más fácil tomar por allí que intentar volver al coche.

Avancé, sudando bajo la chaqueta y con pánico a tropezar porque, además de no tener linterna, también me había olvidado el teléfono portátil. Me vino a la mente una idea: no quería que ninguno de mis colegas me viera en aquellas circunstancias y, si tenía un accidente, mentiría acerca de lo sucedido.

Diez minutos después de emprender aquella travesía horrible, los arbustos me agarraron las piernas y me destrozaron la falda. Uno de mis zapatos se trabó en una raíz y terminé metida en fango hasta el tobillo. Cuando una rama me dio en la cara, muy cerca del ojo, opté por detenerme, jadeante, frustrada y al borde de las lágrimas. A mi derecha, entre la calle y yo, había una tupida arboleda. A mi izquierda, quedaba el agua.

—¡Mierda! —exclamé en voz alta.

Lo menos arriesgado era seguir la orilla y, mientras lo hacía, fui acostumbrándome un poco más al terreno. Mis ojos se adaptaron mejor a la luz de la luna, mis pisadas se hicieron más firmes, yo más intuitiva, y empecé a percibir, por las variaciones de la humedad y de la temperatura del aire, cuándo me acercaba a terreno más seco, o a fango, o cuándo me desviaba demasiado del camino. Era como si, en un acto de evolución instantánea, me estuviera transformando en una criatura nocturna para mantener viva a mi especie.

Entonces, de pronto, aparecieron las luces de la calle y me encontré al extremo del lago, en el lado opuesto a donde tenía aparcado el coche. Donde estaba ahora, los árboles habían sido eliminados para dejar espacio a pistas de tenis y un aparcamiento y, tal como había hecho Emily varias semanas antes, abandoné el camino y muy pronto me encontré de nuevo pisando asfalto. Mientras avanzaba por la calle, me di cuenta de que temblaba.

Recordé que la casa era la tercera por la izquierda; al acercarme, no estuve segura de qué le diría a la madre de Emily. No tenía ningún deseo de contarle dónde había estado ni por qué, pues lo que menos necesitaba la mujer eran más trastornos, pero ella era la única persona que conocía por allí y no me imaginaba llamando a la puerta de un extraño para pedir que me dejara usar el teléfono. Por muy hospitalaria que fuera la gente en Black Mountain, seguro que me preguntaría por qué tenía aspecto de haber estado perdida en la espesura. Incluso era posible que alguien se asustara de mí, sobre todo si tenía que explicar cuál era mi profesión.

Sin embargo, en último término, mis temores se vieron despejados por la inesperada presencia de un caballero que, de improviso, surgió de la oscuridad en su montura y estuvo a punto de arrollarme.

Había llegado ante la casa de la señora Steiner en el preciso instante en que Marino salía del camino particular marcha atrás, en un Chevrolet nuevo de color azul medianoche. Agité los brazos a la luz de los faros y alcancé a ver su expresión de asombro mientras presionaba el freno bruscamente.

Marino pasó en un instante de la incredulidad a la cólera:

—¡Maldita sea! ¡Por poco me da un ataque al corazón! ¡Podría haberla aplastado!

Subí al coche, me puse el cinturón de seguridad y cerré la puerta.

—¿Qué coño hacía ahí fuera? ¡Oh, mierda!

—Me alegro de que por fin tenga el coche y la emisora funcione. Y necesito urgentemente un trago fuerte, pero no estoy segura de dónde lo puede encontrar una por aquí. —Empezaban a castañetearme los dientes—. ¿Cómo se conecta la calefacción?

Marino encendió un cigarrillo y deseé imitarle. Pero había promesas que una jamás rompería. Él abrió el aire caliente al máximo.

—¡Señor! Parece una de esas tías que hacen lucha libre en el barro —comentó. No recordaba haberle visto nunca tan alterado—. ¿Qué demonios buscaba por ahí? Quiero decir, ¿le ha pasado algo?

—Tengo el coche aparcado en la casa club.

—¿Qué casa club?

—En el lago.

—¿El lago? ¿Qué? ¿Ha estado rondando de noche? ¿Ha perdido el juicio?

—Lo que he perdido es la linterna, pero no me he acordado hasta que era demasiado tarde.

Mientras hablábamos saqué el arma del bolsillo de la chaqueta y la deslicé de nuevo en el bolso. El movimiento no le pasó inadvertido a Marino y su humor empeoró aún más.

—¿Sabe, doctora? No entiendo qué coño le pasa. Creo que está perdiendo el tino, eso es. Todo esto puede con usted y la está volviendo más tonta que una rata de alcantarilla. O tal vez está en pleno cambio.

—Si estuviera en pleno cambio o cualquier otra cosa tan personal y tan ajena a su incumbencia como eso, le seguro que no hablaría de ello con usted. Aunque no fuera por otro motivo que su enorme torpeza machista o su sensibilidad de poste de farola... aunque debo añadir, para ser justa, que esto último quizá no tenga relación con su sexo. Porque me resisto a pensar que todos los hombres sean como usted. Si lo hiciera, seguro que renunciaría a ellos definitivamente.

—Quizá debería hacerlo.

—¡Quizá lo haga!

—¡Bien! ¡Así podrá ser como esa sobrina suya! Sí, no crea que no se nota de qué pie cojea la chica.

—En cualquier caso, eso tampoco es asunto suyo —le repliqué, furiosa—. Es increíble que caiga tan bajo. ¡Cuántos prejuicios! Hablar así de Lucy, difamarla de ese modo sólo porque no tenga las mismas preferencias que usted...

—¿Ah, sí? Bueno, el problema quizá sea que tiene las mismas preferencias que yo, precisamente. Yo salgo con mujeres.

—Usted no sabe nada de mujeres —repliqué.

Noté de súbito que el coche era un horno y que no tenía idea de adónde íbamos. Bajé la calefacción y eché un vistazo por la ventanilla.

—Sé lo suficiente para estar seguro de que usted volvería loco a cualquiera. Y no puedo creer que anduviera usted junto al lago después de anochecido. Y sola. ¿Qué habría hecho si él hubiera aparecido?

—¿Él? ¿Quién?

—Maldita sea, tengo hambre. Cuando venía para acá he visto un asador en Tunnel Road. Espero que todavía esté abierto.

—Marino, sólo son las siete menos cuarto.

—¿Qué hacía ahí fuera? —insistió.

Los dos empezábamos a calmarnos.

—Alguien dejó unos caramelos en el suelo donde fue descubierto el cuerpo. Petardos. —Al ver que él no hacía ningún comentario, añadí—: El mismo caramelo que Emily mencionaba en el diario.

—No recuerdo eso.

—El chico que la tenía embobada. Creo que se llama Wren. Emily escribió que se habían visto en una cena en la iglesia y él le había dado uno de esos caramelos que llaman petardos. Lo guardaba en su caja de los secretos.

—No la han encontrado.

—¿El qué?

—Esa caja de los secretos, fuera lo que fuese.

Denesa tampoco ha logrado dar con ella. Así que ese Wren tal vez dejó los petardos junto al lago.

—Tendremos que hablar con él. Se diría que la señora Steiner y usted hacen buenas migas... —comenté.

—Una mujer como ella no merece que le suceda todo esto.

—Nadie lo merece.

—Veo un Western Sizzler.

—No, gracias.

—¿Qué le parece el Bonanza?

Puso el intermitente.

—Rotundamente, no.

Marino inspeccionó las luces brillantes de los restaurantes que bordeaban Tunnel Road. Fumaba ya otro cigarrillo.

—No se ofenda, doctora, pero tiene usted muchos prejuicios.

—Marino, no se moleste con preámbulos. Al decir «no se ofenda» está anunciando que va a ofenderme.

—Sé que hay un Peddler por aquí. Lo he visto en las páginas amarillas.

—¿Cómo es que buscaba restaurantes en las páginas amarillas? —Me admiré.

Siempre le había visto escoger los restaurantes de la misma manera que la comida: prescindía de listas y escogía lo sencillo, barato y abundante.

—Quería saber cuáles había en la zona por si me apetecía uno bueno. ¿Qué le parece si llamamos para que nos digan cómo llegar?

Descolgué el teléfono y pensé en Denesa Steiner, porque no era a mí a quien Marino había querido llevar al Peddler aquella noche.

—Marino —le dije con calma—. Tenga cuidado.

—No empiece otra vez con lo de las carnes rojas y la comida sana.

—Ahora no es precisamente eso lo que más me preocupa —repliqué.

8

El cementerio de la iglesia Tercera Presbiteriana era un campo suavemente ondulado en el que se alineaban las lápidas de granito, situado tras una cerca de cadena y salpicado de árboles.

Cuando llegamos, a las 6.15, el amanecer tenía de un color violáceo el horizonte y yo podía ver mi propio aliento. Las arañas habían instalado sus telas para dar comienzo a la tarea del día y procuré desviarme para no romperlas. Marino y yo caminamos sobre la hierba húmeda en dirección a la tumba de Emily Steiner.

La niña estaba enterrada en un rincón cerca del bosque, donde el césped se mezclaba armoniosamente con los acianos, los tréboles y los daucos. Presidía la tumba una estatuilla, un angelito de mármol, y para encontrarla sólo tuvimos que seguir el ruido de unas palas que removían la tierra. Junto a la sepultura se hallaba un camión grúa con el motor en marcha; sus faros iluminaban la labor de dos ancianos de piel coriácea enfundados en monos de trabajo. Las palas brillaban, el césped del entorno había cambiado de color, y llegó hasta mí el olor de la tierra húmeda que caía de las palas de acero y formaba un montón al pie de la tumba.

Marino encendió la linterna y el ángel exhibió su triste relieve recortado contra el alba, con las alas plegadas a la espalda y la cabeza inclinada en gesto de oración. En el epitafio grabado en la base se leía:

No existe otra en el mundo;
la mía fue única.

—¡Jesús! ¿Tiene usted idea de qué significa? —me preguntó Marino al oído.

—Quizás él pueda decírnoslo —respondí al ver a un hombretón de espesa cabellera cana que se aproximaba.

El individuo llevaba un sobretodo largo y oscuro que ondeaba en torno a sus tobillos al andar y, visto desde cierta distancia, producía la fantasmagórica impresión de flotar a unos centímetros del suelo. Cuando llegó hasta nosotros observé que llevaba al cuello un pañuelo Black Watch, unos guantes negros de piel en sus manazas y unos chanclos de goma sobre los zapatos. Pasaba largamente de los dos metros de estatura y tenía un torso del tamaño de un tonel.

—Soy Lucias Ray —dijo, y nos estrechó la mano con entusiasmo cuando nos presentamos.

—Nos preguntábamos qué significa el epitafio —comenté.

—Desde luego, la señora Steiner quería mucho a su pequeña. Es tan lamentable... —El director de la funeraria hablaba con un acento marcado que sonaba más propio de Georgia que de Carolina del Norte—. Tenemos un libro entero de versos a disposición del cliente si éste no ha decidido antes qué inscripción grabar en la lápida del difunto.

—¿Entonces la madre de Emily sacó los versos de ese libro? —quise saber.

—Bueno, a decir verdad, no. Son de Emily Dickinson, creo que dijo.

Los hombres que cavaban la tumba habían dejado las palas y ya había luz suficiente para distinguir sus facciones, bañadas en sudor y con más surcos que un campo labrado. Oí el sonido de una pesada cadena que los hombres procedían a desenrollar del carrete de la grúa. A continuación, uno de ellos saltó al hueco de la sepultura y aseguró la cadena a los ganchos de la tapa de cemento. Mientras, Ray nos contaba que había acudido más gente al funeral de Emily Steiner que a ningún otro que se recordara en la zona.

—Había curiosos incluso fuera de la iglesia, en el césped, y tardaron casi dos horas en terminar de desfilar ante el ataúd para presentar sus respetos.

—¿Un ataúd abierto? —preguntó Marino con sorpresa.

—No, señor. —Ray observaba atentamente a sus hombres—. La señora Steiner lo propuso, pero no quise ni oír hablar del asunto. Le dije que estaba muy alterada y que más adelante me agradecería el consejo. La chiquilla no se encontraba en condiciones para exhibirla de aquel modo, créanme. Yo sabía que se presentaría un montón de gente sólo a mirar. En efecto, acudieron muchos mirones, y no es raro, con el alboroto que organizaron la prensa y la televisión.

La grúa chirrió sonoramente y el motor diesel del camión vibró mientras el sepulcro era izado poco a poco. Hubo una lluvia de terrones y grava cuando el sarcófago de cemento se meció en el aire, más arriba tras cada vuelta de la grúa. Uno de los operarios dirigía la maniobra con grandes ademanes.

Casi en el instante preciso en que el sarcófago era extraído de la tumba y colocado sobre la hierba, invadió el lugar una turba de equipos de televisión con las cámaras a punto, reporteros y fotógrafos. Todos ellos se agolparon en torno a la herida abierta en la tierra y en torno al sepulcro, éste tan manchado de arcilla roja que casi parecía ensangrentado.

—¿Por qué exhuman el cuerpo de Emily Steiner? —preguntó uno de los reporteros.

—¿Es cierto que la policía tiene un sospechoso? —prorrumpió otro.

—Doctora Scarpetta...

—¿Por qué interviene el FBI?

—Doctora Scarpetta —una mujer me acercó un micrófono a la boca—, da la impresión de que pone en duda la actuación del forense del condado...

—¿Por qué profanan la tumba de esa chiquilla?

Y de pronto, imponiéndose al guirigay, Marino bramó como si acabara de recibir una herida:

—¡Lárguense todos de aquí ahora mismo! ¡Están obstruyendo una investigación! ¿Me oyen, maldita sea? —Pateó el suelo—. ¡Largo!

Los periodistas se quedaron paralizados, con

expresión de desconcierto. Le miraron boquiabiertos mientras él continuaba gritándoles, rojo de ira y con las venas del cuello hinchadas.

—¡Los únicos que profanan algo aquí son ustedes, gilipollas! ¡Y si no desaparecen ahora mismo, empezaré a romper cámaras y lo que encuentre a mano, incluidas sus jodidas cabezas repugnantes!

—Marino... —murmuré.

Le cogí del brazo. Estaba tan tenso que parecía de acero.

—¡Toda mi jodida existencia he tenido que tratar con vosotros, mamones, y ya estoy harto! ¿Me oís? ¡Ya estoy harto, hatajo de parásitos, mamones, gilipollas!

—¡Marino!

Le así por la muñeca y noté que el miedo electrizaba hasta el último nervio de mi cuerpo. Nunca le había visto tan furioso. Rogué a Dios que no sacara el arma y disparase contra alguien.

Me coloqué delante de él para obligarle a mirarme, pero sus ojos oteaban agitados por encima de mi cabeza.

—¡Marino, escúcheme! Ya se van. Por favor, Marino, cálmese. Vea, ya no queda ninguno. ¿Lo ha visto? Desde luego, le han hecho caso. Escapan a la carrera.

Los periodistas desaparecieron tan rápidamente como se habían presentado, como una especie de pandilla fantasma de merodeadores que se hubiera materializado y desvanecido en el aire. Marino contempló la extensión de césped suavemente ondulado con sus adornos de flores de plástico y sus hileras de lápidas grises en perfecta alineación. El ruido estentóreo del choque del acero con el acero resonó una y otra vez. Con martillo y cincel, los enterradores rompieron el sello del sarcófago, retiraron la tapa y la depositaron en tierra mientras Marino echaba a correr hacia los árboles. Fingimos no oír los horribles gruñidos y gemidos que acompañaban sus náuseas tras los laureles silvestres.

—¿Le queda algún frasco de los diversos líquidos que utilizó en el embalsamamiento? —pregunté a Lucias Ray, cuya reacción ante la presencia de la avanzadilla de la prensa y los exabruptos de Marino había sido más de perplejidad que de irritación.

—Quizá tenga todavía medio frasco de la mezcla que utilicé con ella —respondió.

—Necesitaré controles químicos para toxicología —expliqué.

—Sólo es formol y metanol con unas trazas de aceite de lanolina: más común que el caldo de pollo. Lo único especial es que la concentración era menor debido al pequeño tamaño del cuerpo. Su amigo, el detective, no tiene muy buen aspecto —añadió, porque Marino reaparecía de entre los matorrales—. La gripe causa estragos por aquí, ¿sabe?

—No creo que sea la gripe —respondí—. ¿Cómo habrán sabido esos reporteros que iban a encontrarnos?

—No tengo idea. Pero ya sabe cómo es la gente. —Hizo una pausa para escupir en el suelo—. Siempre hay alguien que se va de la lengua...

El ataúd de acero de Emily estaba pintado del mismo blanco que los daucos que crecían en torno a la sepultura. Los enterradores no tuvieron que esforzarse mucho para extraerlo del sarcófago y posarlo en el suelo con sumo cuidado. Era un ataúd pequeño, como el cuerpo que contenía. Lucias Ray extrajo de un bolsillo de la chaqueta un transmisor de radio portátil y habló por él:

—Ya puede acercarse.

«Recibido», respondió una voz por el aparato.

—Espero que no habrá más periodistas...

«Se han ido todos.»

Un coche fúnebre negro y reluciente cruzó la entrada del cementerio y avanzó por el césped, esquivando los árboles y las sepulturas casi de milagro. Un hombre grueso enfundado en una gabardina y cubierto con un sombrero de ala ancha se apeó para abrir la puerta trasera del vehículo y los enterradores introdujeron el ataúd mientras Marino seguía la maniobra desde lejos, con un pañuelo en el rostro.

Me dirigí a él y le dije en un cuchicheo, mientras el coche fúnebre se alejaba:

—Tenemos que hablar.

—Ahora mismo no me apetece...

Estaba muy pálido.

—Debo reunirme con el doctor Jenrette en el depósito. ¿Viene conmigo?

—No —respondió—. Prefiero volver al Travel-Eze. Voy a beber cerveza hasta vomitar otra vez y luego me pasaré al bourbon. Y después pienso llamar a Wesley tonto del culo y preguntarle cuándo coño nos iremos de este rincón pestilente. ¡Fíjese, no tengo otra camisa decente y acabo de echar a perder la que llevo! ¡Ni siquiera tengo una corbata!

—Vaya a acostarse, Marino.

—Vivo de una bolsa así de grande —continuó, separando las manos apenas un par de palmos.

—Tómese Advil, beba toda el agua que pueda y coma unas tostadas. Cuando termine en el hospital pasaré a ver cómo se encuentra. Si llama Benton, dígale que llevaré conmigo el teléfono portátil o que llame a mi contestador.

—¿Tiene los números?

—Sí.

Marino se sonó de nuevo y me miró por encima del pañuelo. Advertí la expresión dolida de sus ojos antes de que desapareciera de nuevo tras sus muros de protección habituales.

9

Cuando llegué al depósito, justamente con coche fúnebre, poco antes de las diez, el doctor Jenrette estaba cumplimentando el papeleo oficial. Con una sonrisa nerviosa, presenció cómo me quitaba la chaqueta y me ponía un delantal de plástico.

—¿Tiene idea de por quién se ha enterado la prensa de la exhumación? —le pregunté mientras desplegaba una bata quirúrgica.

Me miró con sorpresa:

—¿Qué ha sucedido?

—Una decena de reporteros se ha presentado en el cementerio.

—Es una auténtica vergüenza.

—Pues tenemos que asegurarnos de que no se escapa nada más. —Hice un esfuerzo por mantener un tono calmado mientras me ataba la bata por detrás—. Lo que suceda aquí debe quedar entre nosotros, doctor Jenrette.

Él no dijo nada.

—Sé que estoy aquí de paso —continué— y no le culparía si tomara a mal mi presencia. No piense, pues, por favor, que soy insensible a la situación ni indiferente a su autoridad. Pero no cabe duda de que quien ha asesinado a esa niña está pendiente de las noticias. Cada vez que se filtra algo, él se entera.

Jenrette, un hombre verdaderamente paciente y amable, no se mostró ofendido en absoluto y me escuchó con atención.

—Trato de pensar en todos los que estaban al corriente —se limitó a decir—. El problema es que, cuando corrió la voz, ya eran demasiados.

—Entonces, asegurémonos de que no corre la voz de lo que hoy podamos encontrar aquí —respondí.

En aquel momento comparecieron los de la funeraria.

Lucias Ray venía delante, seguido del hombre del sombrero, quien empujaba la camilla sobre la cual descansaba el ataúd blanco. Tras una maniobra en la puerta, aparcaron el cargamento junto a la mesa de autopsias. Ray sacó una manivela metálica del bolsillo de la chaqueta, la introdujo en un orificio de la cabecera del ataúd y empezó a aflojar el sello girando la manivela como si pusiera en marcha un viejo Ford Modelo T.

—Con esto debería bastar —dijo por fin, al tiempo que devolvía la herramienta al bolsillo—. Espero que no les importe si me quedo a comprobar mi trabajo. Es una ocasión que no suele presentárseme; por aquí no es muy habitual que nos pidan desenterrar a alguien después de inhumarlo.

Inició un gesto para abrir la tapa y, si el doctor Jenrette no hubiera puesto las manos sobre ella para impedírselo, lo habría hecho yo.

—En circunstancias normales, no tendría ningún inconveniente, Lucias —dijo Jenrette—, pero me temo que no es buena idea que ahora se quede nadie por aquí.

—No sé a qué viene tanta susceptibilidad. —La sonrisa de Ray era tensa—. No será que no haya visto a la chica. ¡Vaya, si la conozco por dentro y por fuera mejor que su propia madre!

—Lucias, es preciso que salga para que la doctora Scarpetta y yo podamos empezar a trabajar de una vez. —Jenrette no abandonó su tono suave y apenado.

»Le llamaré cuando terminemos.

—Doctora —Ray fijó la vista en mí—, debo decirle que, al parecer, la gente del país es un poco menos amistosa desde que los federales han llegado.

—Esto es una investigación de homicidio, señor Ray —le respondí—. Será mejor que no se lo tome como un asunto personal, porque no van por ahí las cosas.

El director de la funeraria dio media vuelta y dijo al hombre del sombrero de ala ancha:

—Vámonos, Billy Joe. Busquemos un sitio donde comer.

Cuando abandonaron la sala, Jenrette cerró la puerta con llave.

—Lo siento —dijo mientras se enfundaba los guantes—. Lucias se pone pesado a veces, pero en realidad es un buen hombre.

Yo tenía la sospecha de que descubriríamos que Emily no había sido embalsamada adecuadamente, o que había sido enterrada de una manera que no correspondía a lo que había pagado la madre. Sin embargo, cuando abrimos la tapa del ataúd no observé nada que, a primer golpe de vista, me resultara fuera de lo corriente. El sudario de satén blanco cubría el cuerpo y encima de él descubrí un paquete envuelto en papel de seda con una cinta rosa. Empecé a tomar fotografías.

—¿Mencionó Ray algo de esto? —pregunté a Jenrette, entregándole el envoltorio.

—No.

El doctor contempló el paquete por un lado y por otro con expresión perpleja.

El olor del líquido de embalsamar se alzó en una penetrante vaharada cuando levanté el sudario. Debajo de éste, Emily Steiner estaba bien conservada; llevaba puesto un vestido de pana azul celeste de manga larga y cuello cerrado, y tenía los cabellos peinados en trenzas con lazos del mismo tejido. Un moho blancuzco, difuso, típico de los cadáveres exhumados, cubría su rostro como una máscara y había empezado a extenderse por el dorso de las manos, cruzadas sobre un Nuevo Testamento blanco a la altura de la cintura. Llevaba calcetines blancos hasta las rodillas y zapatos de charol negros. Ninguna de las prendas parecía nueva.

Tomé más fotografías; después, entre Jenrette y yo sacamos el cuerpo del ataúd y lo colocamos sobre la mesa de acero inoxidable, donde empezamos a desnudarlo. Bajo las dulces ropas de chiquilla se ocultaba el espantoso secreto de su muerte, porque la gente que muere en paz no exhibe las heridas que ella tenía.

Cualquier patólogo forense honrado reconocerá que las operaciones de una autopsia son espantosas.

En toda la técnica quirúrgica aplicada a seres vivos no hay nada como la incisión en Y que se practica en un cadáver, porque ésta hace honor a su nombre: el bisturí va desde cada clavícula al esternón y recorre el torso hasta el pubis, con un pequeño desvío en torno al ombligo. La incisión que se practica de oreja a oreja en la zona posterior de la cabeza antes de abrir el cráneo con la sierra tampoco resulta muy atractiva, que digamos.

Y, por supuesto, las heridas de un cadáver no se curan. Sólo pueden disimularse con altos cuellos de encaje y con un estratégico peinado. Gracias al profuso maquillaje de la funeraria y al ancho costurón que recorría de extremo a extremo su cuerpecillo, Emily parecía una triste muñeca de trapo despojada de sus ropas de volantes y abandonada por su desalmada dueña.

El agua se escurrió tamborileando a una cubeta metálica mientras Jenrette y yo lavábamos el moho, el maquillaje y la pasta de color carne que rellenaba la herida de bala de la cabeza y las zonas de los muslos, del pecho y de los hombros donde el asesino le había arrancado la piel. Extrajimos los globos oculares de debajo de los párpados y cortamos las suturas. Los penetrantes olores que surgieron de la cavidad pectoral hicieron que nos saltaran las lágrimas y que nos goteara la nariz. Los órganos estaban rebozados de polvo de embalsamar y nos apresuramos a levantarlos y a seguir la limpieza. Estudié el cuello y no encontré nada más que lo ya documentado por mi colega. Después, introduje un escoplo largo y fino entre los molares superiores e inferiores para forzar la apertura de la boca.

—Se resiste —dije con frustración—. Tendremos que cortar los maseteros. Quiero observar la lengua en su posición anatómica antes de llegar a ella por la faringe posterior, pero no sé si seremos capaces...

Jenrette colocó otra hoja en su escalpelo.

—¿Qué buscamos?

—Quiero asegurarme de que no se mordió la lengua.

Minutos después, descubrí que sí lo había hecho.

—Tiene marcas justo aquí, en el borde —indiqué—. ¿Puede medirlas?

—Tres milímetros por seis, aproximadamente.

—Y las hemorragias tienen medio centímetro de profundidad. Parece como si se hubiera mordido más de una vez. ¿Qué opina usted?

—Opino que quizá lo hizo —le respondió Jenrette.

—Entonces, podemos deducir que tuvo un episodio de apoplejía asociado a su episodio terminal.

—Algo así podría ser consecuencia de la herida en la cabeza —apuntó Jenrette mientras cogía de nuevo la cámara.

—Podría, pero entonces, ¿por qué no hay indicios cerebrales de que sobreviviera lo suficiente para tener esa apoplejía?

—Supongo que hemos llegado a la misma pregunta sin respuesta.

—Sí —corroboré yo—. El asunto sigue siendo muy confuso.

Tras dar la vuelta al cuerpo, me concentré en el estudio de la marca peculiar que era el objetivo de aquel desagradable ejercicio, hasta que llegó el fotógrafo forense e instaló su equipo.

Durante buena parte de la tarde tomamos rollos de fotos en infrarrojo, en ultravioleta, en color, en alto contraste y en blanco y negro, con muchos filtros y lentes especiales.

Luego rebusqué en mi maletín y extraje media docena de anillos negros de acrilonitrilo-butadieno-estireno, o, más sencillamente, del material plástico que compone habitualmente las tuberías utilizadas para la toma de agua y las conducciones sanitarias. Cada par de años, acudía a un dentista forense conocido mío para que me cortara y puliera varios aros de un centímetro de grueso con una sierra de precisión. Por suerte, no era frecuente que necesitara sacar del maletín tan extraños artilugios, pues rara vez se me presentaba la necesidad de extirpar del cuerpo de un asesinado una marca de mordisco humano u otra huella semejante.

Me decidí por un anillo de ocho centímetros de diámetro y utilicé un punzón de troquelar para estampar el número de caso de Emily Steiner y unas marcas de localización a ambos lados.

La piel, como el lienzo de un pintor, está sometida a cierta tensión y, para recoger la configuración anatómica exacta de la marca durante y después de la excisión, era preciso que le proporcionara una matriz estable.

—¿Tiene supercola? —pregunté a Jenrette.

—Desde luego.

Me trajo un tubo.

—Siga tomando fotos de cada paso, si no le importa —indiqué al fotógrafo, un japonés delgado que no se estaba quieto un instante.

Coloqué el anillo sobre la marca y lo fijé a la piel con el pegamento; además, lo aseguré con suturas. Después, disequé el tejido en torno al anillo y lo introduje en bloque en formalina. Mientras hacía todo esto, intenté descifrar qué significaba la marca.

Era un círculo irregular con una extraña decoloración pardusca que ocupaba el interior, aunque de forma incompleta, y que me sugería la impresión de un dibujo. Sin embargo, no supe descifrar de qué, por muchas fotos Polaroid que mirase, tomadas desde distintos ángulos.

No volvimos a pensar en el paquete envuelto en papel de seda hasta que el fotógrafo se hubo marchado y Jenrette y yo notificamos a la funeraria que el cuerpo quedaba de nuevo a su disposición.

—¿Qué hacemos con esto? —preguntó el doctor.

—Tenemos que abrirlo.

Jenrette extendió unas toallas secas sobre un carrito y colocó el objeto sobre ellas.

Con cuidado, cortó el papel con el bisturí y dejó a la vista una caja vieja de unas zapatillas de mujer del número 40. Seccionó múltiples capas de cinta adhesiva y quitó la tapa.

—¡Oh, Señor! —dijo en un suspiro mientras

miraba con desconcierto lo que una mano había colocado en la tumba de una chiquilla.

Dentro de la caja, envuelto en una bolsa de congelador sellada y metida dentro de otra, había un gatito muerto que apenas debió tener un par de meses. Cuando lo saqué estaba rígido y acartonado, con las delicadas costillas muy marcadas. Era una gatita, de patas blancas y negras, y no llevaba collar. No aprecié la causa de la muerte hasta que llevé el cuerpo a la sala de radiología y, un rato después, examiné las placas al trasluz.

—Le han partido el espinazo —anuncié, y un escalofrío me erizó el vello de la nuca.

El doctor Jenrette frunció el entrecejo y se acercó a la pantalla iluminada de la que colgaban las radiografías.

—Parece que la espina dorsal se hubiera desplazado de la posición normal aquí. —Tocó la placa con el nudillo—. Qué extraño. ¿Desplazada lateralmente? Creía que algo así no podía suceder aunque lo arrollara un coche.

—No lo arrolló ningún coche —respondí—. Le retorcieron la cabeza noventa grados en el sentido de las agujas del reloj.

Cuando volví al Travel-Eze, eran casi las siete y encontré a Marino comiendo una hamburguesa en su habitación. La pistola, la cartera y las llaves del coche estaban sobre una de las camas y él estaba en la otra, con los zapatos y los calcetines tirados por el suelo como si se los hubiera quitado sobre la marcha. Intuí que no hacía mucho rato que había vuelto. Me siguió con la mira-

da mientras me acercaba al televisor y lo desco-
nectaba.

—Vamos —le dije—. Tenemos que salir.

La pura verdad, según Lucias Ray, era que había sido Denesa Steiner quien colocó la caja en el
ataúd de Emily.

El dueño de la empresa de pompas fúnebres
había supuesto que el paquete contenía la muñeca
favorita u otro juguete predilecto de la pequeña y
no le había dado más importancia.

—¿Cuándo lo puso? —me preguntó Marino
mientras cruzábamos el aparcamiento del motel a
buen paso.

—Justo antes del funeral —contesté—. ¿Tiene
las llaves del coche?

—Sí.

—Entonces, conduzca usted.

Yo sentía un intenso dolor de cabeza que achaqué a los vapores de formalina y a la falta de comida y de descanso.

—¿Ha tenido noticias de Benton? —pregunté
de la forma más inocente que pude.

—Debería usted haber encontrado un puñado
de mensajes en recepción.

—He acudido directamente a su habitación.
¿Cómo sabe que tenía esos mensajes?

—El tipo del motel quería dármelos a mí. Debía pensar que, de los dos, el médico era yo.

—Seguro que lo que ha pensado es que usted
era el hombre. —Me froté las sienes.

—¡Vaya!, menos mal que lo ha notado, señora.

—Marino, no me venga con ironías machistas porque no le tengo por uno de ésos.

—¿Le gusta el coche?

Era un Chevrolet Caprice rojo oscuro, completamente equipado con luces de flash, radio, teléfono y escáner. Incluso llevaba instalada una cámara de vídeo y portaba un fusil Winchester de acero inoxidable de calibre 12. El arma, automática, cargaba siete balas y era del mismo modelo que utilizaba el FBI.

—Dios mío —dije con incredulidad mientras subía al vehículo—. ¿Desde cuándo son necesarias las armas antidisturbios en un sitio como Black Mountain?

—Desde hoy.

Puso en marcha el motor.

—¿Ha pedido usted todo esto?

—No.

—¿Querría explicarme cómo puede estar mejor equipada una fuerza policial de diez personas que toda la Brigada Antidroga?

—Porque la gente que vive por aquí comprende de verdad la importancia de la policía local. Esta comunidad tiene un problema grave y lo que sucede es que los comerciantes y ciudadanos conscientes de la zona están rascándose el bolsillo para colaborar. Ellos ponen los coches, los teléfonos y el fusil. Uno de los agentes me ha dicho que esta mañana ha llamado una viejecita que quería invitar a cenar en su casa, el domingo, a los agentes federales que han venido al pueblo a ayudar.

—Vaya, es muy amable por su parte —comenté, desconcertada.

—Además, el Consejo Municipal tiene intención de ampliar el departamento de policía y me huelo de que eso ayuda a explicar algunas cosas.

—¿Qué cosas?

—Black Mountain va a necesitar otro jefe de policía.

—¿Qué sucede con el antiguo?

—Mote era lo más parecido a eso que tenían.

—Todavía no sé dónde quiere ir a parar...

—Bueno, ya que lo dice, quizá sea aquí, a este pueblo, donde quiero ir a parar, doctora. Están buscando un jefe con experiencia y me tratan como si fuera el agente 007 o algo así. No es preciso ser un sabio atómico para sacar conclusiones.

—Marino, ¿qué demonios le pasa? —pregunté con mucha calma.

Él encendió un cigarrillo.

—¿Eh? Primero no me concede que pueda pasar por médico. ¿Ahora tampoco me ve como jefe de policía?

»Supongo que, para usted, sigo siendo el típico palurdo de los barrios bajos de Jersey que habla con la boca llena de espaguetis sentado a la mesa de los mafiosos y que únicamente sale con mujeres de suéteres ajustados y cabellos crespos. —Exhaló una bocanada de humo con gesto furioso—. Mire, que me guste alternar no significa que sea un patán gilipollas. Y que no fuese a todas esas escuelas selectas como usted no significa que sea un ignorante.

—¿Ha terminado?

—¡Y otra cosa más! —continuó perorando—. Por aquí hay muchos rincones excelentes para pescar. Están Bee Tree y el lago James, y excepto en Montreat y Biltmore las fincas son bastante baratas. Quizá ya estoy harto de holgazanes que disparan contra holgazanes y de asesinos múltiples que cuesta más mantener vivos en la penitenciaría que lo que a mí me pagan por encerrarlos. Eso, si llegan a retenerlos allí, que es lo que siempre está menos claro.

Llevábamos cinco minutos aparcados en el camino particular de la casa de Denesa Steiner. Observé las ventanas iluminadas y me pregunté si la mujer sabría que estábamos allí y por qué.

—¿Ha terminado? —le pregunté.

—No, todavía no. Me he cansado de hablar, eso es todo.

—En primer lugar, yo no fui a escuelas selectas.

—¿Ah, no? Entonces, ¿qué son las Johns Hopkins y Georgetown?

—¡Maldita sea, Marino, cállese ya!

Furioso, él miró fijamente por el parabrisas y encendió otro cigarrillo.

—Yo era una italiana pobre criada en un barrio italiano pobre, igual que usted —declaré—. La única diferencia es que yo estaba en Miami y usted en Nueva Jersey. Nunca me he creído mejor que usted, ni le he llamado estúpido. En realidad, es cualquier cosa menos estúpido, aunque destroce el idioma y no haya estado nunca en la ópera.

»Mi lista de quejas contra usted se limita a una

sola cosa: es usted testarudo y, en sus peores momentos, se vuelve fanático e intolerante; en otras palabras, se porta con los demás como sospecha que los demás se portan con usted.

Marino abrió la puerta de un enérgico empujón.

—No tengo tiempo para sus sermones. Mejor aún: no me interesan.

Bajó del coche, arrojó el cigarrillo al suelo y lo pisó con rabia. Caminamos en silencio hasta la puerta principal de la casa y tuve la sensación de que, cuando la abrió, Denesa Steiner notó que Marino y yo habíamos discutido. No se dignó saludarme o mirarme siquiera mientras nos conducía a una sala de estar que me resultó desconcertantemente familiar porque ya la había visto en fotografía. La decoración era campestre, con abundancia de volantes, cojines rollizos, plantas colgadas y macramés. Tras las cristaleras se distinguía el resplandor mortecino de un fuego de gas, y una numerosa serie de relojes coincidía en la hora. La señora Steiner estaba viendo una vieja película de Bob Hope en un canal de televisión por cable.

—Como le decía, capitán Marino, he tenido una sorpresa muy agradable cuando ha llamado. —La mujer se sentó en una mecedora, tras apagar el televisor; parecía muy cansada—. No he tenido un buen día, precisamente.

—Por supuesto, Denesa. No puede haberlo tenido.

Marino tomó asiento en un sillón de orejas y le dedicó toda su atención.

—¿Han venido a decirme lo que han descubierto? —preguntó ella, y comprendí que se refería a la exhumación.

—Todavía tenemos que efectuar muchas pruebas —fue mi respuesta.

—Entonces, no han descubierto nada que sirva para atrapar a ese individuo —musitó ella con tranquila desesperación.

»Los médicos siempre hablan de pruebas cuando no saben algo. Lo he aprendido muy bien, después de lo mucho que he pasado.

—Estas cosas llevan tiempo, señora Steiner.

—Escuche, Denesa —intervino Marino—, lamento muchísimo molestarla de nuevo, pero tenemos que hacerle unas preguntas más. Aquí, la doctora quiere preguntarle algo.

La mujer me miró y se meció adelante y atrás.

—Señora Steiner, en el ataúd de Emily había una caja envuelta como un regalo que, según el dueño de la funeraria, usted quiso que fuese enterrada con ella —dije.

—¡Ah!, se refiere a Calcetines —respondió ella sin inmutarse.

—¿Calcetines? —repetí.

—Era una gatita vagabunda que empezó a venir por aquí. De eso hará un mes, calculo. Y, claro, Emily era tan sensible que le daba de comer y todo eso. Quería de verdad a esa gatita. —La mujer sonrió al tiempo que los ojos se le llenaban de lágrimas. Añadió:

»Le puse el nombre porque era completamente negra, menos las patas, que eran blancas. —Levantó las manos del regazo, con los dedos extendidos—. Parecía que llevara puestos calcetines.

—¿Y cómo murió Calcetines? —pregunté con cautela.

—En realidad, no lo sé. —Sacó unos pañuelos de papel del bolsillo y se enjugó las lágrimas—. La encontré una mañana, ahí delante. Eso fue poco después de que Emily... Casi pensé que la pena le había partido el corazón.

Se cubrió la boca con los pañuelos y rompió en sollozos.

—Iré a buscarle algo para beber —dijo Marino.

Se levantó y abandonó la estancia. Su evidente familiaridad con la casa y con su propietaria me resultaba completamente inusual y aumentaba mi incomodidad.

—Señora Steiner —dije con suavidad, inclinándome hacia delante en el sofá—. La gatita de su hija no murió de eso. Lo que tenía roto no era el corazón, sino el cuello.

La mujer bajó las manos y tomó aire con una inspiración profunda y temblorosa. Cuando volvió la vista hacia mí, tenía los ojos enrojecidos y muy abiertos:

—¿Qué ha dicho?

—La gata tuvo una muerte violenta.

—En fin, supongo que la arrolló algún coche. Una pena. Ya dije a Emily que temía que sucedería algo así.

—No fue ningún coche.

—¿Cree que fue cosa de algún perro del vecindario?

—No —respondí. Marino reaparecía ya con lo que parecía un vaso de vino blanco—. A la gatita la mató una persona. Deliberadamente.

—¿Cómo puede usted saberlo?

Danesa Steiner me miró, espantada, y tomó el vaso de vino con mano temblorosa para depositarlo en la mesilla contigua a la mecedora.

—Encontramos evidencias físicas que establecen que al animal le retorcieron el cuello —continué explicando con toda parsimonia—. Sé que oír detalles así es terrible para usted, señora, pero si está dispuesta a ayudarnos a encontrar al responsable debe conocer la verdad.

—¿Tiene idea de quién pudo hacer algo semejante a la gatita de su pequeña?

Marino volvió a sentarse y se inclinó hacia delante de nuevo, con los antebrazos apoyados perfectamente en las rodillas, como si quisiera transmitir a la mujer que podía confiar en él y sentirse segura a su lado.

Ella luchó en silencio por recobrar el dominio de sí misma.

Cogió el vaso, lo levantó y tomó varios sorbos con mano vacilante.

—Lo único que sé es que he recibido algunas llamadas... —Exhaló un profundo suspiro—. Mire, tengo las uñas azules. Estoy hecha un desastre. —Levantó una mano—. No consigo tranquilizarme. No puedo dormir. No sé qué hacer.

De nuevo se deshizo en lágrimas.

—Vamos, Denesa, todo se arreglará —dijo Marino en tono reconfortante—. Tómese el tiempo que quiera. No tenemos especial prisa. Y ahora, cuénteme lo de esas llamadas.

La mujer se secó de nuevo las lágrimas y continuó:

—Eran hombres, casi todos. Sólo una de las voces era de mujer y me dijo que si hubiera vigilado a mi pequeña como una buena madre, no le habría sucedido... Pero uno de los hombres parecía joven, como un chico que gastara una broma. Dijo algo, ¿sabe? Algo así como que había visto a Emily montada en bicicleta. Pero eso fue después... De modo que no pudo ser. Luego estaba ese otro. Por su voz, parecía mayor. Me dijo... me dijo que no había terminado.

Tomó otro sorbo de vino.

—¿Que no había terminado? —repetí—. ¿Dijo algo más?

—No me acuerdo —respondió ella, y cerró los ojos.

—¿Cuándo fue eso? —preguntó Marino.

—Inmediatamente después de que la encontraran. De que la encontraran junto al lago.

La mano de la mujer buscó de nuevo el vaso y lo volcó.

—Yo me ocupo de eso. —Marino se apresuró a levantarse—. Necesito fumar un cigarrillo.

—¿Sabe a qué se refería ese hombre? —pregunté yo.

—No tuve duda de que hablaba de lo que le había sucedido a Emily. Se refería a quien lo hizo. Capté que me decía que las cosas malas no se detendrían allí. Y creo que fue al día siguiente cuando encontré a Calcetines.

»Capitán, ¿tendría usted la bondad de prepararme unas tostadas con manteca de cacahuete o con queso? Noto como si el nivel de azúcar en la sangre me hubiera bajado —añadió la señora Steiner, que parecía totalmente ajena al vaso volcado y al charco de vino que cubría la mesa junto a la mecedora.

Marino salió de la sala otra vez.

—Cuando aquel hombre irrumpió en su casa y se llevó a su hija, ¿habló con usted en algún momento? —pregunté yo.

—Dijo que si no hacía exactamente lo que me ordenaba, me mataría.

—Así pues, escuchó su voz.

Ella asintió. Se balanceaba adelante y atrás y su mirada no se apartó de mí.

—¿Era la misma voz de la llamada telefónica que acaba de contarnos?

—No lo sé. Podría ser. Pero es difícil decirlo.

—¿Señora Steiner...?

—Llámeme Denesa.

Su mirada se había hecho penetrante.

—¿Qué más recuerda de él, del hombre que entró en su casa y la ató y amordazó?

—¿Cree que podría ser aquel tipo que mató a un chico en Virginia?

No dije nada.

—Recuerdo haber visto fotos del chico y de su familia en la revista People —continuó ella—. Recuerdo que entonces pensé lo terrible que era aquello y no pude imaginarme en el lugar de su madre. Ya fue bastante horrible cuando murió Mary Jo. No creí que llegara a superarlo nunca.

—¿Mary Jo es la hija que perdió en la cuna? ¿Síndrome de muerte súbita infantil?

Una chispa de interés brilló en sus ojos bajo el manto de dolor, como si la impresionara o despertara su curiosidad el hecho de que yo conociese aquel detalle de su vida.

—Murió en mi cama. Desperté y estaba al lado de Chuck, muerta.

—¿Chuck era su marido?

—Al principio, temí que él la hubiera aplastado sin querer durante la noche y la hubiera asfixiado, pero me aseguraron que no. Dijeron que había sido el síndrome de la muerte súbita.

—¿Qué edad tenía Mary Jo?

—Acababa de cumplir un año.

Denesa parpadeó para contener las lágrimas.

—¿Había nacido ya Emily?

—No; llegó un año después y, no sé cómo, supe que iba a sucederle lo mismo. Era tan frágil, tan poca cosa. Y los médicos temían que padeciese apnea, de modo que tenía que estar pendiente de ella constantemente mientras dormía. Para asegurarme de que respiraba. Recuerdo que yo iba siempre como una zombi, porque no dormía. Arriba y abajo toda la noche, todas las noches. Viviendo con aquel miedo horrible...

Cerró los ojos un momento y se balanceó, con el entrecejo fruncido de dolor y las manos crispadas sobre los brazos de la mecedora.

Me vino a la mente que quizá Marino no quería oír cómo interrogaba yo a la señora Steiner, por la rabia que sentía; que por eso llevaba tanto rato fuera de la sala.

Me di cuenta de que sus emociones le habían puesto contra las cuerdas y temí que ya no fuera un elemento eficaz en el caso.

Denesa Steiner abrió los ojos y clavó la mirada en los míos.

—Ha matado a mucha gente y ahora está aquí —afirmó.

—¿Quién?

Mis reflexiones me habían distraído por un instante.

—Temple Gault.

—No sabemos con seguridad que sea él, ni que esté aquí —respondí.

—Sé que es él.

—¿Y cómo lo sabe?

—Por lo que le hizo a Emily. Es lo mismo. —Una lágrima le resbaló por la mejilla—. ¿Sabe?, supongo que debería tener miedo de ser yo la siguiente, pero no me importa. ¿Qué me queda ya?

—Lo siento muchísimo —murmuré con todo el afecto de que fui capaz—. ¿Puede decirme algo más de ese domingo, el primero de octubre?

—Por la mañana, fuimos a la iglesia, como de costumbre. Y a la escuela dominical. Volvimos para almorzar y, después, Emily estuvo en su habitación; parte del tiempo, ensayando con la guitarra. Apenas la vi, en realidad.

En sus ojos había la mirada vacía de quien recuerda.

—¿Sabe si se marchó a la reunión del grupo de juventud antes de lo habitual?

—Vino a la cocina. Yo estaba preparando algo de comer. Dijo que tenía que ir temprano para ensayar y le di unas monedas para la colecta, como hago siempre.

—¿Qué hicieron cuando volvió?

—Cenamos. —La mujer no pestañeaba—. Estaba de mal humor. Y quería entrar en casa a Calcetines, pero yo le dije que no.

—¿Por que dice que estaba de mal humor?

—Era una niña difícil. Ya sabe cómo se ponen los niños cuando se enfurruñan. Después, anduvo revolviendo un rato en su habitación y se acostó.

—Hábleme de sus costumbres alimenticias —le sugerí.

Recordé que Ferguson había dicho que le preguntaría aquello a su regreso de Quantico.

Di por sentado que no había tenido ocasión de hacerlo.

—Era una niña antojadiza, melindrosa.

—Aquel domingo, después de la reunión, ¿se acabó la cena?

—Precisamente eso fue parte de la discusión que tuvimos. Emily no hacía más que apartar el plato, enfadada. Siempre era una pelea... —La voz se le quebró—. Siempre me costaba sudores conseguir que comiera.

—¿Su hija tenía algún problema de diarreas o náuseas?

—Enfermaba muchas veces.

Me miró fijamente.

—«Enfermar» puede significar muchas cosas, señora Steiner —insistí con paciencia—. ¿Tenía diarreas o náuseas con frecuencia?

—Sí. Ya se lo dije a Max Ferguson. —Las lágrimas fluyeron de nuevo, sin freno—. Y no entiendo por qué tengo que seguir contestando a las mismas preguntas. Eso trae los recuerdos. Abre las heridas.

—Lo siento —repetí con una suavidad que disimulaba mi sorpresa.

¿Cuándo había hablado ella con Ferguson? ¿La había interrogado él después de dejar Quantico? Si era así, Denesa Steiner había sido una de las últimas personas que habló con él antes de su muerte.

—Lo que le ocurrió a mi hija no fue porque tuviera mala salud —continuó la mujer. Su llanto se hizo más intenso—. Me parece que deberían ustedes preguntar cosas que ayudaran a atrapar a quien lo hizo.

—Señora Steiner... ya sé que esto es difícil pero, ¿dónde vivían ustedes cuando Mary Jo murió?

—¡Oh, Dios mío, ayúdame, por favor!

Hundió el rostro entre las manos. La observé mientras trataba de recobrar el dominio de sí misma, entre hipidos y sollozos. Me quedé sentada, aturdida, y la vi serenarse poco a poco: dejó de agitar los pies, los brazos, las manos... Muy despacio, levantó el rostro y me miró. En sus ojos empañados brillaba una extraña luz fría que me hizo pensar, por extraño que me resultara, en el lago por la noche, en un agua tan oscura que parecía un elemento distinto. Y experimenté la misma inquietud que sentía en mis sueños.

Cuando volvió a hablar, Danesa lo hizo en tono grave:

—Lo que quiero saber, doctora Scarpetta, es si conoce usted a ese hombre.

—¿A qué hombre? —pregunté.

En aquel instante regresó Marino con unas tostadas, manteca de cacahuete y mermelada, un paño de cocina y una botella de chablis.

—Al que mató a aquel niño. ¿Ha hablado alguna vez con Temple Gault, doctora?

Mientras ella hacía la pregunta, Marino enderezó el vaso volcado, volvió a llenarlo y dejó las tostadas junto a él.

—Permita que le ayude, Pete.

Tomé el paño de cocina y enjugué el vino derramado.

Denesa Steiner cerró los ojos otra vez e insistió:

—Dígame qué aspecto tiene.

Vi en mi mente a Gault, sus ojos penetrantes y sus cabellos rubios muy claros. Tenía unas facciones angulosas, pequeñas y despiertas. Pero lo importante eran los ojos. Nunca se borrarían de mi recuerdo. Al verlos, había sabido que Gault era capaz de cortar una garganta sin pestañear; que los había matado a todos con aquella misma mirada azul.

—Disculpe —murmuré al darme cuenta de que la mujer seguía hablándome.

—¿Por qué lo dejaron escapar?

Repetía la pregunta como si fuera una acusación. Rompió a llorar otra vez. Marino le dijo que descansara un poco y que ya nos marchábamos.

Cuando llegamos al coche, él estaba de un humor de perros.

—Gault mató a la gata —afirmó.

—No tenemos pruebas de eso.

—En este momento no tengo el menor interés en oírla hablar como un abogado.

—Soy abogado —respondí.

—¡Ah, sí! Disculpe que haya olvidado que también tiene esa carrera. Nunca pienso que, efectivamente, hablo con una doctora-abogada-jefa india.

—¿Sabe si Ferguson llamó a la señora Steiner después de marcharse de Quantico?

—Pues no, no lo sé.

—Durante la reunión, comentó que se proponía hacerle unas preguntas sobre varias cuestiones médicas. A juzgar por lo que ella me ha dicho ahí dentro, da la impresión de que lo hizo. Me refiero a que Ferguson debió de hablar con Denesa poco antes de morir.

—Bien, tal vez la llamó desde su casa tan pronto llegó del aeropuerto.

—¿Y acto seguido subió al piso de arriba y se colocó el lazo en torno al cuello?

—No, doctora. Subió al piso de arriba para meneársela. Y tal vez le puso cachondo hablar con ella por teléfono.

Era una posibilidad.

—Marino, ¿cómo se apellida ese chico, el que le gustaba a Emily? De nombre, sé que se llama Wren.

—¿Por qué?

—Quiero ir a verle.

—Me parece que no sabe mucho de niños: son casi las nueve de la noche y mañana hay escuela.

—Responda a mi pregunta, Marino —insistí sin alterarme.

—Sé que vive no muy lejos de la casa de su amiguita. —Detuvo el coche en la cuneta y encendió la luz interior—. Y se llama Wren Maxwell.

—Lléveme a la casa.

Marino hojeó su bloc de notas y me lanzó una mirada. En sus ojos fatigados vi algo más que resentimiento. Vi que era presa de un tremendo dolor.

Los Maxwell vivían en una casa de troncos moderna, probablemente prefabricada, construida en una parcela arbolada con vistas al lago.

Dejamos el coche en el camino particular de grava, iluminado por unos focos que despedían una luz del color del polen.

Hacía suficiente frío como para que las hojas de rododendro empezaran a enroscarse, y nuestro aliento se transformó en vaho mientras esperábamos en el porche a que alguien respondiera al timbre. Nos abrió la puerta un hombre joven y delgado, de rostro enjuto, con gafas de montura negra, enfundado en un batín de lana oscuro y en zapatillas. Me pregunté si en aquel pueblo quedaría alguien despierto después de las diez.

—Soy el capitán Marino y ésta es la doctora Scarpetta —anunció Pete con el grave tono policial que llena de aprensión a cualquier ciudadano—. Estamos colaborando con las autoridades locales en el caso de Emily Steiner.

—Son los que han venido de fuera —asintió el hombre.

—¿Es usted el señor Maxwell?

—Lee Maxwell. Pasen, por favor. Supongo que quieren hablar de Wren.

Entramos en la casa al tiempo que una mujer sobrada de peso y vestida con un chándal rosa bajaba la escalera. Nos miró como si conociera exactamente la razón de nuestra presencia.

—Está arriba, en su habitación. Yo le leía un rato —dijo.

—Me pregunto si podría hablar con él —dije con una voz lo menos amenazadora posible, pues no me pasó inadvertido que los Maxwell estaban inquietos.

—Iré a buscarle —se ofreció el padre.

—Preferiría subir yo, si es posible —insistí.

La señora Maxwell empezó a tirar, distraídamente, de un hilo suelto del puño del chándal. Llevaba unos pequeños pendientes de plata en forma de cruz, a juego con el collar.

—Mientras la doctora está con él —intervino Marino—, ¿les importaría si les hago unas preguntas a ustedes?

—Ese policía que ha muerto ya habló con Wren —apuntó el padre.

—Lo sabemos. —Marino lo dijo en un tono que indicaba que no le importaba quién hubiera hablado con el hijo—. Le prometo que no les entretendremos mucho rato —añadió.

—Bien, adelante —me dijo la señora Maxwell.

Seguí su avance lento y pesado por la escalera sin alfombrar hasta el piso superior, que tenía pocas habitaciones pero estaba tan iluminado que me dolieron los ojos. En toda la propiedad de los Maxwell, dentro o fuera de la casa, parecía no haber un solo rincón que no inundase la luz. Entramos en el dormitorio de Wren y encontramos al chico en pijama, de pie a un lado de la estancia. Nos miró como si le hubiéramos sorprendido en mitad de algo que no debíamos ver.

—¿Cómo no estás en la cama, hijo? —dijo la señora Maxwell en un tono más cauto que severo.

—Tenía sed.

—¿Quieres que te traiga otro vaso de agua?

—No, ya estoy bien.

Comprendí que Emily encontrara guapo a Wren Maxwell. El jovencito había crecido en estatura más deprisa de lo que podían hacerlo sus músculos y tenía un flequillo de cabellos rubios soleados que le caía continuamente sobre los ojos, éstos de un intenso azul. Delgado y desgreñado, con unas facciones y una boca perfectas, sus dedos mostraban unas uñas roídas hasta la raíz. Llevaba varias pulseras de cuero trenzado que no podría quitarse sin cortarlas y que, de algún modo, me dijeron que era un chico muy popular en la escuela, sobre todo entre las chicas, a las que supuse trataría con bastante rudeza.

—Wren, ésta es la doctora... —La mujer me miró—: Lo siento, pero tendrá que repetirme su apellido.

—Soy la doctora Scarpetta —aclaré con una sonrisa a Wren, cuya expresión se transformó en una mueca de perplejidad.

—No estoy enfermo —se apresuró a decir.

—No es de esa clase de doctoras —tranquilizó la señora Maxwell a su hijo.

—Entonces, ¿de qué clase es?

A estas alturas, la curiosidad había vencido su timidez.

—El trabajo de esta doctora tiene bastante que ver con el de Lucias Ray.

—Pero él no es médico. —Wren miró a su madre con recelo—. Es enterrador.

—Vamos, hijo, vuelve a la cama, no vayas a resfriarte. Doctora Scarletti, ahí tiene una silla; estaré abajo.

—Se llama Scarpetta —le lanzó el chico a su madre cuando ella ya cruzaba la puerta.

Wren se metió en cama y se cubrió con una manta de lana de un color parecido al de la goma de mascar. Observé los motivos de béisbol de las cortinas corridas en la ventana y las siluetas de varios trofeos detrás de ellas.

En las paredes de pino había carteles de varios ídolos deportivos, de los cuales sólo reconocí a Michael Jordan en uno de sus vuelos característicos, aerotransportado por sus Nikes como un dios en plena magnificencia. Acerqué la silla a la cama y de improviso me sentí vieja.

—¿Qué deporte practicas? —le pregunté.

—Juego en los Chaquetas Amarillas —respondió él con vivacidad, pues había encontrado una cómplice en su objetivo de seguir levantado pasada la hora de acostarse.

—¿Los Chaquetas Amarillas?

—Es mi equipo de béisbol. Ganamos a todos los de por aquí, ¿sabe? Me sorprende que no haya oído hablar de nosotros.

—Estoy segura de que conocería a tu equipo, Wren, si viviera aquí. Pero soy de fuera.

El chico me miró como a una criatura exótica tras una cristalera del zoo.

—También juego a baloncesto. Sé pasarme la pelota entre las piernas. Apuesto a que usted no es capaz...

—Tienes toda la razón, no soy capaz. Me gustaría que me hablaras de tu amistad con Emily Steiner.

Wren bajó la vista hacia sus manos, que jugaban nerviosamente con el borde de la manta.

—¿Hace mucho que la conocías? —continué.

—La he visto por aquí. Estamos... estábamos en el mismo grupo de juventud en la iglesia. —Alzó los ojos hacia mí—. También estábamos los dos en sexto curso, aunque en diferentes clases. Yo estoy en la de la señora Winters.

—¿Conociste a Emily cuando su familia se instaló aquí?

—Más o menos. Venía de California. Mamá dice que allí tienen terremotos porque la gente no cree en Jesús.

—Parece que le gustabas mucho a Emily —le dije—. En realidad, yo diría que estaba embobada contigo. ¿Tú te dabas cuenta?

El muchacho asintió y bajó de nuevo la vista.

—Wren, ¿querrías hablarme de la última vez que la viste?

—Fue en la iglesia. Vino con la guitarra porque le tocaba el turno a ella.

—¿El turno de qué?

—De la música. Normalmente, Owen o Phil tocan el piano, pero a veces Emily tocaba la guitarra. No lo hacía muy bien.

—¿Te habías citado con ella en la iglesia, esa tarde?

El chiquillo se ruborizó y se mordió el labio inferior para que dejara de temblarle.

—Está bien, Wren. No hiciste nada malo.

—Yo le propuse encontrarnos allí antes de la reunión —dijo en voz baja.

—¿Cuál fue su respuesta?

—Dijo que iría, pero que no se lo dijera a nadie.

—¿Por qué querías encontrarte con ella antes de la reunión? —continué indagando.

—Quería ver si iba.

—¿Por qué?

Ahora tenía la cara como un tomate y hacía un gran esfuerzo por contener las lágrimas.

—No lo sé —acertó apenas a susurrar.

—Wren, dime qué sucedió.

—Fui en bici hasta la iglesia para ver si aparecía.

—¿A qué hora sería eso?

—No lo sé. Pero, por lo menos, una hora antes de la reunión. Y la vi. Miré por una ventana y la vi dentro, sentada en el suelo y ensayando con la guitarra.

—¿Y entonces qué hiciste?

—Me fui y volví a las cinco con Paul y Will. Los dos viven por ahí —indicó una dirección.

—¿Le dijiste algo a Emily? —pregunté.

Las lágrimas le corrieron por las mejillas. Las enjugó con gesto impaciente.

—No le dije nada. Ella no dejaba de mirarme, pero fingí que no la veía. Estaba muy enfadada. Jack le preguntó qué le pasaba.

—¿Quién es Jack?

—El líder de juventud. Estudia en la universidad Anderson de Montreat. Está gordo como una vaca y lleva barba.

—¿Qué respondió Emily cuando Jack preguntó qué le pasaba?

—Dijo que le parecía que había pillado la gripe. Y se marchó enseguida.

—¿Faltaba mucho para que terminara la reunión?

—Eso fue cuando yo estaba cogiendo la cesta de encima del piano. Porque me tocaba a mí pasarla para la colecta.

—Eso sería al final de la reunión, ¿verdad?

—Sí. Fue entonces cuando Emily se marchó. Tomó el atajo.

De nuevo, se mordió el labio inferior y agarró la manta con tal fuerza que los huesos de sus manos se marcaron nítidamente bajo la piel.

—¿Cómo sabes que tomó el atajo? —pregunté.

Alzó la vista hacia mí y prorrumpió en estentóreos resoplidos. Le ofrecí unos pañuelos de papel y se sonó la nariz.

—Wren —insistí—, ¿es seguro que viste a Emily tomar ese atajo?

—No, señora —respondió él con un hilo de voz.

—¿Alguien la vio tomarlo realmente?

El chico se encogió de hombros.

—Entonces, ¿por qué crees que lo hizo?

—Todo el mundo lo dice... —se limitó a contestar.

—¿Igual que todo el mundo ha dicho dónde se encontró el cuerpo? —Empleé un tono suave. Al ver que no respondía, añadí con voz más enérgica—: Y tú conoces el lugar exacto, ¿verdad, Wren?

—Sí, señora —fue su respuesta, casi en un susurro.

—¿Quieres hablarme de ese lugar?

Sin apartar la mirada de sus propias manos, Wren contestó:

—Es ese lugar donde van a pescar muchos negros. Hay hierbas grandes, y fango, y ranas-toro enormes y serpientes que cuelgan de los árboles, y allí es donde la encontraron. Un negro la encontró y sólo llevaba puestos los calcetines y el negro se asustó tanto que se volvió más blanco que usted. Y cuando papá se enteró, puso todas esas luces.

—¿Luces?

—Instaló esas luces en los árboles y por todas partes. Con ellas me cuesta todavía más dormirme, y entonces mamá se pone furiosa.

—¿Fue tu padre quien te habló de ese sitio junto al lago?

Wren movió la cabeza en un gesto de negativa.

—Entonces, ¿quién fue?

—Creed.

—¿Creed? —repetí.

—Es uno de los bedeles de la escuela. Hace palillos de dientes y los vende por un dolar. Diez por un dólar. Los empapa en menta o en canela. A mí me gustan más los de canela porque son tan fuertes como los petardos.

»A veces, cuando me he quedado sin dinero para el almuerzo, se los cambio por caramelos. Pero no hay que contárselo a según quién —añadió con preocupación.

—¿Qué aspecto tiene Creed? —pregunté, mientras una alarma silenciosa empezaba a despertar en el fondo de mi mente.

—No sé —respondió Wren—. Es un latino, porque siempre lleva calcetines blancos con botas. Y supongo que es bastante viejo —añadió con un suspiro.

—¿Sabes su apellido?

Wren dijo que no con la cabeza.

—¿Ha trabajado siempre en la escuela?

El chico movió la cabeza otra vez.

—Ocupó el lugar de Albert, que se puso enfermo de fumar. Tuvieron que quitarle un pulmón.

—Wren, ¿Creed y Emily se conocían?

El muchacho hablaba cada vez más deprisa.

—La hacíamos rabiar diciéndole que Creed era su novio, porque una vez le regaló unas flores que él mismo había cogido. Y le daba caramelos porque a Emily no le gustaban los palillos. Muchas chicas prefieren los caramelos a los palillos, ¿sabe?

—Sí —contesté con una sonrisa pesarosa—. Supongo que la mayoría.

Lo último que pregunté a Wren fue si había visitado el lugar donde apareció el cuerpo de Emily, junto al lago. Dijo que no.

—Creo que me ha dicho la verdad —comenté a Marino mientras nos alejábamos de la bien iluminada casa de los Maxwell.

—Yo, no. Yo creo que miente como un bellaco para que su viejo no le parta la cara a bofetones. —Desconectó el aire caliente del vehículo—. Nunca había tenido un coche con una calefacción tan buena. Sólo le faltan los calentadores de los asientos, como los que tiene su Benz, doctora.

—Su manera de describir el lugar donde fue descubierto el cuerpo me dice que no ha estado nunca allí —continué—. No creo que fuese él quien dejó aquellos caramelos, Marino.

—Entonces, ¿quién?

—¿Sabe algo de un bedel de la escuela llamado Creed?

—Ni una palabra.

—Pues será mejor que indague sobre él —apunté—. Y le diré otra cosa. No creo que Emily tomara el atajo en torno al lago para volver de la iglesia a su casa.

—Mierda —protestó él—. No empiece con ésas, doctora, no la soporto. Precisamente cuando las piezas empiezan a encajar, viene usted y las revuelve para joder el rompecabezas.

—Mire, Marino, hace un rato yo he recorrido ese camino en torno al lago y le aseguro que es imposible que alguien, y menos una niña de once años, pueda seguirlo una vez ha oscurecido. Y a las seis de la tarde de aquel día, que es la hora a la que Emily se marchó a casa, ya debía de ser casi noche cerrada.

—Así que le mintió a su madre...

—Eso parece. Pero ¿por qué?

—Quizá porque tramaba algo.

—¿Como qué?

—No lo sé. ¿Tiene un poco de whisky en la habitación? Es decir, supongo que es inútil preguntar si tiene bourbon, ¿verdad?

—Exacto —respondí—. No tengo bourbon ni whisky de ninguna clase.

Cuando regresé al Travel-Eze, encontré cinco mensajes esperándome. Tres eran de Benton Wesley. El FBI enviaría un helicóptero a recogerme al alba.

Cuando comuniqué con Wesley, se limitó a decirme enigmáticamente:

—Entre otras cosas, estamos en una situación bastante crítica respecto a tu sobrina. El helicóptero te traerá directamente a Quantico.

—¿Qué ha sucedido? —pregunté con un nudo en la garganta—. ¿Lucy está bien?

—Kay, esta línea no está protegida...

—¿Pero está bien?

—Físicamente, sí —fue su respuesta.

10

El día siguiente amaneció con niebla. No se alcanzaba a ver las montañas. El regreso al norte quedó pospuesto hasta mediodía y salí a correr un poco y respirar el aire húmedo y vigorizante.

El ejercicio me llevó a través de unos barrios de casas coquetonas y coches modestos. Sonreí a una miniatura de perro collie que, al otro lado de una valla de alambre, galopaba de un extremo a otro de un patio ladrando frenéticamente a las hojas que caían.

La dueña del animal salió de la casa cuando yo pasaba.

—¡Vamos, Shooter, cállate ya!

La mujer llevaba una bata acolchada, zapatillas de pelusa y rulos, y no parecía importarle en absoluto que la vieran con aquel aspecto. Recogió el periódico y lo hizo sonar varias veces contra la palma abierta de la mano mientras soltaba unos cuantos gritos más. Imaginé que, hasta la muerte de Emily Steiner, el único delito que había preocupado a la gente de aquel rincón del mundo era que un vecino le robara a otro el periódico o extendiera un rollo de papel higiénico entre los árboles de su jardín.

Las cigarras seguían aún con la misma tonada chirriante que interpretaban la noche anterior y tanto ellas como los guisantes de olor y los dondiegos estaban mojados de rocío. A las once, había empezado a caer una lluvia fría y me sentí como si estuviera en el mar, rodeada de aguas encrespadas. Imaginé que el sol era una portilla y que, si yo era capaz de ver el otro lado a través de ella, conseguiría poner fin a aquel día gris.

Hasta las dos y media no mejoró el tiempo lo suficiente para permitir mi marcha. Recibí la indicación de que el helicóptero no podía tomar tierra en el instituto porque el equipo de fútbol y las majorettes estarían en pleno entrenamiento. En lugar de ello, Whit y yo debíamos acudir a un prado, de hierba, en el interior del recinto —al que se accedía por una puerta de doble arco, de recia piedra— de una pequeña población llamada Montreat, un lugar más presbiteriano que la predestinación y que distaba unos pocos kilómetros del Travel-Eze.

La policía de Black Mountain me condujo hasta allí. Llegamos antes de que apareciera Whit y esperé en un coche patrulla aparcado en un camino de tierra, desde el cual contemplé a unos niños que jugaban a «fútbol de pañuelo». Los niños corrían tras las niñas y ellas tras ellos y todos perseguían la pequeña gloria de arrebatar un trapo rojo del cinturón de un adversario. Las voces jóvenes resonaban al viento, que a veces atrapaba la «pelota» y se la llevaba entre los árboles apretados en las lindes, y cada vez que salía en espiral fuera de límites, a las zarzas o a la calle, los jugadores hacían una pausa. Las chicas esperaban a que los chicos recuperasen la pelota, con lo que se rompía la equidad entre sexos. Después, el juego seguía como de costumbre.

Lamenté interrumpir aquella diversión inocente cuando se hizo audible el ruido característico de las aspas batiendo el aire. Los niños se quedaron paralizados en una escena de asombro colectivo y el Bell JetRanger se posó en el centro del campo entre un torbellino rugiente. Subí a bordo y dije adiós con la mano mientras nos alzábamos sobre los árboles.

El sol se recostaba sobre el horizonte como si Apolo se echase a dormir, y pronto el cielo quedó oscuro como la tinta del calamar. Cuando llegamos a la Academia, no vi estrellas. Benton Wesley, que se había mantenido informado por radio de nuestro vuelo, nos esperaba en el punto de aterrizaje. Tan pronto salté del helicóptero, me tomó del brazo y me arrastró con él.

—Vamos —dijo—. Me alegro de verte, Kay.

La presión de sus dedos al cogerme aumentó mi inquietud. Y de pronto añadió:

—La huella dactilar recuperada de las bragas de Ferguson es de Denesa Steiner.

—¿Qué?

Benton me llevaba casi en volandas en la oscuridad.

—Y el grupo sanguíneo del tejido que hallamos en el congelador es 0 positivo. Emily era 0 positivo. Todavía esperamos los resultados del ADN, pero parece que Ferguson se llevó la ropa íntima de la casa de los Steiner cuando irrumpió para llevarse a Emily.

—Querrás decir cuando alguien entró y se llevó a la niña.

—Exactamente. Gault podría estar gastándonos bromas.

—Benton, por el amor de Dios, ¿qué crisis es ésa? ¿Dónde está Lucy?

—Imagino que está en su habitación —respondió él mientras entrábamos en el vestíbulo de Jefferson.

Entrecerré los ojos ante la súbita luz y no me animó mucho el rótulo digital que, detrás del mostrador de información, anunciaba: «Bienvenidos a la Academia del FBI.» En aquel momento yo no me sentía bienvenida.

—¿Qué ha hecho? —insistí mientras él utilizaba su tarjeta magnética para abrir unas puertas vidrieras con los sellos del Departamento de Justicia y de la Academia Nacional.

—Espera a que lleguemos abajo —dijo Benton.

—¿Qué tal la mano? ¿Y la rodilla? —recordé.

—Mucho mejor desde que me vio un médico.

—Gracias —murmuré secamente.

—Me refiero a ti. Eres el único médico que me ha visto últimamente.

—Mientras estoy aquí, convendría que te limpiara las suturas.

—No será necesario.

—Bastará con agua oxigenada y algodón. No te preocupes. —Cruzábamos la sala de reserva de armas—. No te dolerá demasiado.

Tomamos el ascensor hacia el nivel inferior, donde la ISU, la Unidad de Apoyo a la Investigación, era el fuego en las entrañas del FBI. Wesley reinaba allí sobre once perfiladores más y, a aquellas horas, todos habían terminado su jornada y se habían marchado. Siempre me había gustado el espacio donde trabajaba Wesley, pues era un hombre sensible y refinado, aunque nadie podía decir tal cosa sin conocerlo bien.

Si la mayoría de los servidores de la ley llenaban paredes y estanterías con recordatorios y menciones a su guerra contra lo peor de la naturaleza humana, Wesley coleccionaba cuadros, y tenía algunos excelentes. Mi favorito era un valioso paisaje de Valoy Eaton quien, a mi entender, era tan bueno como un Remington y algún día costaría lo mismo. Yo tenía varios óleos de Eaton en mi casa y era extraño que Wesley y yo hubiéramos descubierto al pintor de Utah cada cual por su cuenta.

Esto no significa que Wesley no poseyera algún que otro trofeo exótico, pero sólo exhibía los que tenían algún significado. La gorra blanca de policía vienés, el gorro *bearskin* de la Guardia Real inglesa y unas espuelas gauchas de plata con que le habían obsequiado en Argentina, por ejemplo, no tenían nada que ver con los asesinos en serie y demás atrocidades en las que Wesley trabajaba normalmente. Eran regalos de amistades viajeras, como yo. De hecho, Wesley guardaba muchos recuerdos de nuestra relación porque, cuando me fallaban las palabras, solía hablar con símbolos. Así, poseía una vaina de espada italiana, una pistola de cachas de marfil tallado y una pluma Mont Blanc que llevaba en un bolsillo junto al corazón.

—Cuéntame —le dije mientras tomaba asiento—. ¿Qué más hay? Tienes un aspecto horrible.

—Me siento fatal. —Wesley se aflojó el nudo de la corbata y se pasó los dedos por los cabellos—. Kay... —añadió, mirándome—, ¡Dios, no sé cómo decírtelo!

—Dilo, y ya está —respondí en un susurro, notando que la sangre se me heló en las venas.

—Parece que Lucy ha entrado en el ERF sin autorización. Que ha violado la seguridad.

—¿A qué viene eso? —repliqué, incrédula—. Pero si Lucy tiene acreditación para estar allí, Benton.

—No a las tres de la madrugada, que fue la hora en que el sistema biométrico de control de entradas registró su imprenta digital.

Lo miré con incredulidad. Él siguió diciendo:

—Y, desde luego, tu sobrina no tiene autorización para acceder a los expedientes reservados relativos a ciertos proyectos secretos que se desarrollan allí.

—¿Qué clase de proyectos? —me atreví a preguntar.

—Parece que entró en archivos que trataban de óptica electrónica, termografía y mejoras en audio y vídeo. Y, según parece, imprimió programas de la versión electrónica del sistema de gestión de casos que ha estado desarrollando para nosotros.

—¿Del CAIN?

—Exacto.

—Entonces, ¿cuáles son los expedientes que no han sido violados? —quise saber, perpleja.

—Bueno, ésa es la cuestión, en realidad. Parece que Lucy lo inspeccionó prácticamente todo; es decir, nos resulta muy difícil determinar qué buscaba, en concreto, y para quién.

—¿De veras son tan secretos los dispositivos que desarrollan los ingenieros?

—Algunos, sí. Y, desde el punto de vista de la seguridad, también lo son todas las técnicas empleadas. No queremos que se sepa que utilizamos determinadas cosas en una situación y otras distintas en otra circunstancia.

—Lucy sería incapaz de algo así —afirmé.

—Tenemos la certeza de que lo hizo. La incógnita es por qué.

Contuve las lágrimas con un pestañeo.

—Bien, ¿por qué, pues?

—Por dinero, yo diría.

—¡Es absurdo! Si necesita dinero, sabe que puede acudir a mí.

—Kay... —Wesley se inclinó hacia delante y juntó las manos encima de la mesa—, ¿tienes idea del valor de ciertas informaciones de las que constan ahí?

No respondí.

—Imagina, por ejemplo —continuó él—, que el ERF hubiera desarrollado un aparato de escucha capaz de filtrar y eliminar los ruidos de fondo de modo que tuviéramos acceso, prácticamente, a cualquier conversación de interés para nosotros que se produjera en cualquier parte del mundo.

Imagina quién, ahí fuera, estaría encantado de conocer los detalles de nuestros sistemas tácticos por satélite o, ya que hablamos de ello, del software de inteligencia artificial que desarrolla tu sobrina...

—Es suficiente. —Levanté la mano para que no siguiera, y acompañé el gesto de un suspiro profundo y tembloroso.

—Entonces, dime por qué lo ha hecho. Tú conoces a tu sobrina mejor que yo. —Wesley hizo una pausa y apartó la mirada un momento, para volver a fijarla en mí enseguida—. Me has comentado que te preocupaba que Lucy bebiera. ¿Puedes ser más explícita?

—Supongo que bebe como hace todo lo demás: con extremismo. Lucy es o muy buena o muy mala, y el alcohol es un ejemplo más.

Mientras hablaba, me di cuenta de que mis palabras no hacían sino reforzar las sospechas de Wesley.

—Entiendo —murmuró—. ¿Tiene antecedentes de alcoholismo en la familia?

—Empiezo a pensar que hay antecedentes de alcoholismo en todas las familias —repliqué con acritud—. Pero sí: su padre era alcohólico.

—¿Te refieres a tu cuñado?

—Bueno, sólo fue mi cuñado brevemente. Como sabes, Dorothy se ha casado cuatro veces.

—¿Sabías que ha habido noches en las que Lucy no ha vuelto a su habitación?

—No sé nada de eso. ¿Estaba acostada la noche que accedieron a los secretos? Tiene compañeras de planta y una compañera de habitación.

—Pudo escabullirse mientras todas dormían. ¿Os lleváis bien, tú y ella?

—No especialmente.

—Kay, ¿es posible que Lucy hiciera algo así para castigarte?

Rechacé la sugestión y empecé a irritarme con él.

—No. Y, desde luego, no tengo el menor interés en que me utilices para investigar a mi sobrina.

—Kay... —su voz se suavizó—, deseo tan poco como tú que esto sea cierto. Fui yo quien la recomendó al ERF. Y soy yo quien ha estado negociando su contratación para cuando se gradúe en la universidad. ¿Crees que me siento contento?

—Tiene que haber otra explicación para lo sucedido.

Wesley movió la cabeza en un lento gesto de negativa.

—Aunque alguien averiguara el número de identificación de Lucy, no habría podido entrar porque el sistema biométrico exige también una comprobación de la huella dactilar de la persona.

—Eso sólo puede significar que quería que la atrapasen —repliqué—. Lucy debería saber mejor que nadie que, si entraba en archivos automatizados, dejaría registros de entrada y salida, marcas de actividad y otros indicios.

—Estoy de acuerdo. Debería saberlo mejor que nadie. Por eso me interesan tanto sus posibles motivos. En otras palabras, ¿qué intentaba demostrar? ¿A quién quería perjudicar?

—Benton, ¿qué sucederá ahora?

—La OPR llevará a cabo una investigación oficial —respondió, aludiendo a la Oficina de Responsabilidad Profesional del FBI, el equivalente a asuntos internos de los cuerpos policiales.

—¿Y si es culpable?

—Depende de si podemos demostrar que robó algo. En este caso, habrá cometido un delito.

—¿Y si no se llevó nada?

—También dependerá de lo que descubra la OPR. Pero creo que, como mínimo, se puede asegurar que Lucy ha violado nuestros códigos de seguridad y que ya no tiene futuro en el FBI —fue su respuesta.

—Estará desolada —murmuré, con la boca tan seca que casi no podía hablar.

Wesley tenía la mirada nublada de fatiga y decepción. Yo sabía muy bien cuánto le gustaba mi sobrina.

—Mientras dura la investigación —continuó en el mismo tono hueco que utilizaba cuando revisaba un caso—, no puede quedarse en Quantico. Ya le han ordenado que recoja sus cosas. ¿No podría irse contigo a Richmond hasta que terminemos los trámites?

—Por mi parte, no hay inconveniente. Pero ya sabes que no estaré allí todo el tiempo.

—No se trata de un arresto domiciliario, Kay —me aseguró Wesley. Sus ojos recobraron cierta calidez por un instante. Entre dos rápidos pestañeos, capté un destello de lo que se agitaba en silencio en sus profundidades frías y oscuras.

Se levantó de la silla.

—La acompañaré a Richmond esta noche.

Yo también me puse en pie.

—Kay, espero que estés bien —añadió, y comprendí a qué se refería, y también que no podía pensar en ello ahora.

—Gracias —respondí.

Los impulsos entre mis neuronas se dispararon alocadamente, como si en mi mente se estuviera librando una feroz batalla.

No mucho después, cuando la encontré en su habitación, Lucy estaba deshaciendo la cama. En el momento en que me vio entrar me volvió la espalda.

—¿En qué puedo ayudarte? —le pregunté.

—En nada. —Introdujo las sábanas en una funda de almohada y añadió—: Lo tengo todo bajo control.

La estancia contenía el sencillo mobiliario reglamentario: camas individuales gemelas, escritorios y sillas de chapa de roble. En comparación con un apartamento de yuppie, las habitaciones de los dormitorios de Washington eran horribles, pero si se consideraba que el recinto era un cuartel ya no parecían tan malas. Me pregunté dónde estarían las compañeras de planta de mi sobrina y su compañera de habitación, y si tendrían alguna idea de lo sucedido.

—Si quieres revisar el armario para asegurarte de que lo he recogido todo —indicó Lucy—, es el de la derecha. Y mira en los cajones.

—No queda nada, a menos que las perchas sean tuyas. Estas perchas acolchadas tan bonitas.

—Son de mamá.

—Entonces, supongo que querrás quedártelas.

—No. Déjaselas al siguiente idiota que termine en este agujero.

—Lucy —protesté—, eso no es culpa del FBI.

—No es justo.

Se arrodilló sobre la maleta para cerrar las hebillas.

—Legalmente, eres inocente hasta que se demuestre tu culpabilidad. Pero hasta que se aclare esta filtración en la seguridad, no debe extrañarte que la Academia no quiera que sigas trabajando en asuntos reservados. Además, no estás detenida. De momento, sólo se te ha exigido que te tomes un permiso temporal.

Lucy se volvió hacia mí con ojos enrojecidos y exhaustos:

—Temporal significa permanente.

Cuando la interrogué con detalle, ya en el coche, mi sobrina pasó de las lágrimas compungidas a unos fugaces arrebatos de ardor que chamuscaban cuanto tenían en torno. Después se durmió, y yo me quedé sin saber más que antes. Encendí los faros antiniebla, porque empezaba a caer una llovizna fría, y seguí la hilera de brillantes luces de posición rojas. A fastidiosos intervalos, la lluvia y las nubes se espesaban en hondonadas y recodos, impidiendo casi la visión. Pero en lugar de detener el coche y esperar a que pasara lo peor, reduje a una marcha más corta y continué adelante en mi máquina de madera de nogal, suave cuero y acero.

Aún no estaba segura de por qué había comprado el Mercedes 500E; sólo se me ocurría que, después de la muerte de Mark, me había parecido importante conducir un coche nuevo. Quizá fuera por los recuerdos, porque en el coche anterior nos habíamos amado y peleado con desesperación. O tal vez era, simplemente, que la vida se hacía más dura conforme yo me hacía mayor y necesitaba más energía, más potencia para seguir adelante.

Oí a Lucy revolverse en su asiento cuando tomé hacia Windsor Farms, el viejo barrio de Richmond donde tenía mi casa entre señoriales mansiones georgianas y de estilo Tudor, no lejos de las riberas del James. Justo delante del coche, los faros de éste iluminaron unos pequeños reflectores prendidos en los tobillos de un muchacho montado en bicicleta, al que no reconocí, y pasé ante una pareja, también desconocida para mí, que paseaba a su perro cogida de la mano. Los árboles gomeros habían dejado caer otro cargamento de semillas pringosas sobre mi jardín, en el porche había varios periódicos sin abrir y los cubos grandes de la basura seguían aparcados junto a la calle. No era preciso que me ausentara largos períodos para que me sintiera como una extraña y para que mi casa diese la impresión de estar desocupada.

Mientras Lucy entraba el equipaje, encendí el fuego de gas de la chimenea del salón y acerqué a la llama un puchero de té de Darjeeling. Me quedé sentada ante el fuego durante un rato, a solas, y escuché el ir y venir de mi sobrina mientras se instalaba, tomaba una ducha, todo sin prisas. Nos aguardaba una discusión y su inminencia nos llenaba de zozobra.

—¿Quieres comer algo? —le pregunté cuando la oí entrar.

—No. ¿Tienes una cerveza?

Titubeé antes de responder:

—En el frigorífico del bar.

Seguí escuchando unos instantes más sin volverme, y cuando miré a Lucy la vi como yo deseaba que fuera. Tomé un sorbo de té y reuní las fuerzas necesarias para enfrentarme a aquella mujer intimidantemente hermosa y brillante con la que compartía retazos de código genético. Después de tantos años, era hora de que nos conociéramos.

Ella se acercó al fuego y se sentó en el suelo, apoyada contra el hogar de piedra, a beber una cerveza Icehouse directamente de la botella. Se había enfundado un chándal de atrevidos colores que yo me ponía en las escasas ocasiones en que últimamente jugaba a tenis; iba descalza y llevaba los cabellos, aún mojados, peinados hacia atrás. Pensé que si no la conociera y pasara a mi lado, me volvería sólo por admirar su porte y su rostro. Una percibía la facilidad con la que Lucy hablaba, caminaba y gobernaba su cuerpo y sus ojos hasta en el menor detalle. Hacía que todo pareciese fácil, y ésa era en parte la razón de que no tuviera muchos amigos.

—Lucy —empecé a decir yo—, ayúdame a entender...

—Me han jodido —me cortó, y tomó otro trago de la botella.

—Si es así, ¿cómo...?

—¿Qué significa «si es así»? —Me fulminó con la mirada antes de que sus ojos se llenaran de lágrimas—. ¿Cómo te puede pasar por la imaginación...? ¡Oh, mierda, tanto da!

Desvió la mirada.

—No puedo ayudarte si no me cuentas la verdad —declaré.

Me puse en pie, tras decidir que yo tampoco tenía hambre. Me acerqué al mueble bar y me serví un whisky con hielo picado.

—Afrontemos los hechos —sugerí mientras volvía a ocupar mi asiento—. Sabemos que alguien entró en el ERF hacia las tres de la madrugada del martes pasado. Sabemos que se utilizó tu número de identificación y que el sistema de seguridad verificó tu pulgar. También ha quedado constancia de que esa persona... la cual, insisto, dispone de tu número de identificación y de tu imprenta digital, accedió a numerosos expedientes. El registro de salida del sistema quedó marcado exactamente a las 4.38.

—Soy víctima de una trama y de un sabotaje —declaró Lucy.

—¿Dónde estabas mientras sucedía todo esto?

—Dormía.

Lucy apuró el resto de la cerveza con aire furioso y se levantó a por otra botella.

Yo di cuenta del whisky poco a poco porque era imposible beber un Dewar's Mist deprisa.

—Corren comentarios de que algunas noches tu cama estaba vacía —dije con voz pausada.

—¿Y qué? Eso no es asunto de nadie.

—Bueno, sí que lo es y tú lo sabes. ¿Estabas en tu cama la noche que sucedió?

—En qué cama estoy, cuándo y dónde, es cosa mía y de nadie más —fue su respuesta.

Guardamos silencio mientras yo recordaba a Lucy sentada encima de la mesa de picnic, en la oscuridad, con el rostro iluminado por la cerilla que sostenía entre sus manos otra mujer. Recordé el diálogo con su amiga y las emociones que había captado en sus palabras, pues el de la intimidad era un lenguaje que yo conocía bien. Sabía cuándo en la voz de alguien había amor, y cuándo no.

—¿Dónde estabas, exactamente, a la hora en que se produjo la violación de la seguridad en el ERF? —insistí—. ¿O debo, mejor, preguntar con quién?

—Yo no te pregunto con quién estás tú.

—Lo harías si con ello pudieras ahorrarme un montón de problemas.

—Mi vida privada no interesa a nadie —se resistió.

—No, lo que tienes es miedo al rechazo —declaré.

—No sé de qué hablas.

—La otra noche te vi en la zona de picnic. Estabas con una amiga.

Lucy apartó la mirada. Cuando habló, le temblaba la voz:

—De modo que ahora también me espías. Bueno, no malgastes tus sermones conmigo. Y puedes olvidarte del sentimiento de culpa católico porque no creo en esas zarandajas.

—Lucy, no te estoy juzgando —le dije, pero en cierto modo sí lo hacía—. Ayúdame a entenderlo.

—Con eso insinúas que soy anormal, antinatural; de lo contrario, no necesitarías entender nada. Me aceptarías sin más.

—¿Tu amiga puede confirmar dónde estabas a las tres de la madrugada del martes?

—No.

—Ya veo —me limité a murmurar.

La aceptación de su postura fue un reconocimiento por mi parte de que la chica que yo conocía había desaparecido. A esta Lucy no la reconocía y me pregunté en qué me habría equivocado.

—¿Qué vas a hacer ahora? —me interrogó ella.

—Me ocupo de un caso en Carolina del Norte. Tengo la impresión de que voy a estar bastante tiempo por allí.

—¿Y tu despacho aquí?

—Fielding defenderá el fuerte —respondí—. Por la mañana tengo juzgado, creo. En realidad, he de llamar a Rose para saber la hora.

—¿Qué caso es ése?

—Un homicidio.

—Lo imaginaba. ¿Puedo ir contigo?

—Si te apetece.

—Bueno, tal vez decida volver a Charlottesville.

—¿Y hacer qué?

—No lo sé. —Lucy pareció preocupada—. Tampoco sé cómo llegar hasta allí.

—Puedes tomar mi coche cuando yo no lo use.

También podrías irte a Miami hasta el final del semestre y, luego, volver a la universidad.

Lucy apuró el último sorbo de cerveza y se puso en pie. De nuevo advertí en sus ojos brillo de lágrimas.

—Vamos, tía Kay, adelante. Reconócelo: piensas que lo hice yo, ¿verdad?

—Mira, Lucy, no sé qué pensar —respondí con franqueza—. Tú y los indicios decís cosas opuestas.

—Yo nunca he dudado de ti —murmuró ella, y me miró como si le hubiera roto el corazón.

—Si quieres, puedes quedarte aquí hasta Navidad —le ofrecí.

El gángster de North Richmond a quien se juzgaba aquella mañana llevaba un traje azul marino de chaqueta cruzada y una corbata de seda italiana con un perfecto nudo grueso. Con la camisa blanca impoluta y cuidadosamente rasurado, sólo le traicionaba el arete en el lóbulo de la oreja.

El abogado defensor, Tod Coldwell, había vestido bien a su cliente porque sabía que a los jurados les cuesta muchísimo resistirse a la idea de que lo que ven es lo que hay. Yo también estaba convencida de este axioma, desde luego, y por ello presentaba como prueba todas las fotografías en color de la autopsia de la víctima como me había sido posible. Era evidente que a Coldwell, quien conducía un Ferrari rojo, yo no le caía del todo bien.

—¿No es cierto, señora Scarpetta —pontificaba el abogado ante el estrado aquella fría mañana de otoño—, que las personas bajo la influencia de la cocaína pueden volverse muy violentas e incluso mostrar una fuerza sobrehumana?

—Es cierto que la cocaína puede provocar alucinaciones y excitación en el consumidor. —Dirigí mi respuesta al jurado—. Pero la «fuerza sobrehumana», como usted la ha llamado, se asocia más a menudo con el uso de PCP, que es un tranquilizante para caballos, y no con la cocaína.

—Y la víctima tenía cocaína y benzoilecgonina en la sangre —continuó Coldwell como si yo acabara de darle la razón.

—Sí, así es.

—Señora Scarpetta, ¿querría explicarle al jurado qué significa eso?

—En primer lugar, querría explicar al jurado que soy doctora en medicina y titulada en derecho, que soy especialista en patología y tengo la subespecialidad de patología forense, tal como usted ha estipulado, señor Coldwell. Por ello, le agradecería que se dirigiera a mí como doctora Scarpetta, en lugar de «señora».

—Sí, señora.

—¿Le importaría repetir la pregunta?

—¿Querría explicar al jurado qué significa que alguien presente cocaína y... —consultó brevemente sus notas— y benzoilecgonina en la sangre?

—La benzoilecgonina es el metabolito de la cocaína. Que alguien presente ambas sustancias en su cuerpo significa que parte de la cocaína ingerida se ha metabolizado ya y otra parte, no —respondí.

Descubrí la presencia de Lucy en un rincón del fondo, medio oculta tras una columna. Con aspecto compungido.

Tod Coldwell dijo:

—Lo cual indicaría que es un consumidor crónico, sobre todo a la vista de sus numerosas señales de pinchazos. Y también podría indicar que cuando mi cliente se encontró ante él la noche del tres de julio, estaba ante una persona muy excitada, agitada y violenta y no tuvo más remedio que actuar en defensa propia.

Coldwell deambulaba frente el estrado, mientras que su aseadísimo cliente me observaba como un gato crispado.

—Señor Coldwell —señalé—, la víctima, Jonah Jones, recibió dieciséis disparos de un subfusil Tec-9 de nueve milímetros que lleva cargadores de treinta y seis balas. Siete de los disparos los recibió en la espalda y tres de ellos se efectuaran a corta distancia o en contacto con la parte posterior del cráneo del señor Jones.

»En mi opinión, esto se contradice con la versión según la cual el autor de los disparos actuó en defensa propia, sobre todo si se toma en consideración que el señor Jones tenía una tasa de alcohol en sangre de 0,29, que es casi el triple del límite legal en Virginia. En otras palabras, la capacitad motriz y el discernimiento de la víctima estaban sustancialmente reducidos en el momento del asalto. Con franqueza, me sorprendería incluso que el señor Jones se tuviera en pie.

Coldwell se volvió en redondo hacia el juez Poe, quien ya recibía el apodo «el Cuervo» cuando yo me había establecido en Richmond, hacía años. El juez estaba harto hasta su vieja médula de traficantes de drogas que se mataban entre ellos y de chicos que acudían a la escuela con pistola y que se disparaban unos a otros en los autobuses.

—Señoría —proclamó Coldwell con gesto dramático—, solicito que la última afirmación de la señora Scarpetta sea eliminada del acta ya que es especulativa y tendenciosa y, sin duda, se aparta de sus atribuciones como perito forense.

—Verá usted, señor Coldwell, no creo que las explicaciones de la doctora se aparten de sus atribuciones. Y le recuerdo que nuestra forense ya le ha pedido que tenga la cortesía de llamarla «doctora». Abogado, me está agotando la paciencia con sus ardides y bufonadas...

—Pero señoría...

—La realidad es que he contado con la doctora Scarpetta en mi tribunal en muchas ocasiones y tengo buena constancia de sus conocimientos forenses —continuó el juez con su acento sureño, que me recordaba la dulzura de la miel.

—¿Señoría...?

—Tengo la impresión de que la doctora se ocupa de estos asuntos de forma cotidiana...

—¿Señoría?

—¡Señor Coldwell! —tronó el Cuervo, y su calva enrojeció—. ¡Si vuelve a interrumpirme, lo sancionaré por desacato y le haré pasar unas cuantas noches en el depósito municipal! ¿Queda claro?

—Sí, señoría.

Lucy estiraba el cuello para ver mejor y todos los jurados estaban muy alerta.

—Las actas reflejarán con exactitud lo que ha dicho la doctora Scarpetta —continuó el juez.

—No tengo más preguntas —dijo Coldwell con voz tensa.

El juez Poe dio por concluido el incidente con un violento golpe de maza que despertó a una anciana que había pasado la mayor parte de la mañana dormida bajo un sombrero de paja negro, casi al fondo de la sala. Sobresaltada, la mujer se irguió en su asiento y farfulló una pregunta: «¿Qué pasa?» Enseguida recordó dónde estaba y se echó a llorar.

—Vamos, mamá, no es nada —oí que le decía otra mujer mientras el juez aplazaba la sesión para el almuerzo.

Antes de dejar el centro de la ciudad, me detuve en la oficina de Estadística del departamento de Salud Pública, donde trabajaba una vieja amiga y colega mía. En Virginia, nadie nacía ni era enterrado legalmente sin la firma de mi amiga Gloria Loving, jefe del registro. Y aunque Gloria apenas había salido de Richmond, conocía a sus equivalentes de todos los estados de la Unión. A lo largo de los años, había confiado en ella muchas veces para verificar si determinada persona había existido o no, si había estado casada o divorciada, si había sido adoptada, etcétera.

Me informaron de que estaba almorzando en la cafetería del edificio Madison y, a la una y cuarto, encontré a Gloria a solas en una mesa, dando cuenta de un yogur de vainilla y una macedonia de frutas envasada. Cuando la vi, estaba asimismo concentrada en la lectura de un grueso libro de bolsillo que, según la cubierta, era un best-séller recomendado por el *New York Times*.

—Si tuviera que almorzar así yo ni me molestaría en empezar —comenté mientras tomaba asiento.

Gloria alzó la vista y su expresión de perplejidad se transformó enseguida en alegría.

—¡Cielo santo! ¡Señor! ¿Qué se te ha perdido por aquí, Kay?

—Trabajo al otro lado de la calle, por si lo has olvidado.

Mi amiga se echó a reír, complacida.

—¿Te pido un café? Querida, pareces cansada.

Gloria Loving había nacido marcada por su apellido, «Amorosa», y hacía honor a él desde pequeña. Era una mujerona grande y generosa, de unos cincuenta años, que se ocupaba meticulosamente de cualquier certificado que cruzara su despacho. Para ella, un registro era algo más que papel y códigos de referencia, y era capaz de matar, quemar y arrasar en nombre de uno cualquiera de ellos. Cualquiera.

—Café no, gracias —respondí.

—Oye, me habían dicho que ya no trabajabas al otro lado de la calle.

—Me encanta ver cómo la gente me destituye apenas me ausento un par de semanas. Ahora trabajo como consultora del FBI; por eso entro y salgo tanto.

—Entras y sales de Carolina del Norte, supongo, a juzgar por lo que cuentan las noticias. Incluso Dan Rather habló del caso de la niña Steiner, la otra noche. También salió en la CNN. ¡Jesús, qué frío hace aquí!

Eché una ojeada a la desangelada cafetería de la administración estatal, en la que pocos de los presentes parecían entusiasmados con sus respectivas vidas. La mayoría estaba inclinada sobre las bandejas, con las chaquetas y los jerséis abrochados hasta el mentón.

—Han fijado todos los termostatos a dieciséis grados para ahorrar energía, pero es una excusa que da risa —continuó Gloria—. Aquí la calefacción funciona con vapor sobrante del MCV, de modo que bajar los termostatos no hace ahorrar un vatio de electricidad.

—Pues ni siquiera parece haber dieciséis grados —comenté.

—Eso es porque estamos a once, que es más o menos la temperatura que hay fuera.

—Si quieres, te invito a cruzar la calle y a utilizar mi despacho —le ofrecí con una sonrisa socarrona.

—¡Ah!, seguro que es el lugar más caldeado de la ciudad. Bien, Kay, ¿qué puedo hacer por ti?

—Necesito localizar un caso de síndrome de muerte súbita infantil que, supuestamente, se produjo en California hace unos doce años. El nombre del bebé fallecido, una niña, es Mary Jo Steiner, hija de Denesa y Charles.

Gloria estableció la relación inmediatamente, pero su profesionalidad le impidió demostrarlo.

—¿Conoces el apellido de soltera de Denesa Steiner?

—No.

—¿En qué lugar de California?

—Tampoco lo sé —contesté.

—¿Tienes alguna forma de averiguarlo? Cuanta más información me des, mejor.

—Preferiría que intentaras buscar con los datos que he conseguido. Si no bastan, veré de qué más puedo enterarme.

—Has dicho «supuestamente». ¿Existe alguna sospecha de que quizá no fuera síndrome de muerte súbita infantil? Tengo que saberlo, porque el caso puede haber sido codificado de otra manera.

—Se supone que la pequeña tenía un año cuando murió. Y este dato me preocupa bastante. Como sabes, la edad en la que se producen más casos del síndrome es entre los tres y los cuatro meses. Por encima del sexto mes de vida, el síndrome es improbable. En niños de más de un año, es casi seguro que se trata de otra forma sutil de muerte súbita. Por lo tanto, tienes razón: este caso podría haberse atribuido a otra causa distinta.

Gloria se puso a jugar con la bolsita del té.

—Si hubiera ocurrido en Idaho, llamaría a Jane y ella seleccionaría los códigos nosológicos de ese síndrome y me daría una respuesta en apenas noventa segundos. Pero California tiene treinta y dos millones de habitantes. Es uno de los estados más difíciles. Seguramente hará falta un tratamiento especial. Vamos, te acompañaré hasta la salida. Será mi ejercicio físico de hoy.

—¿El registro de California está en Sacramento? —le pregunté mientras avanzábamos por un pasillo deprimente, abarrotado de desesperados ciudadanos necesitados de servicios sociales.

—Sí. Voy a llamar al registrador tan pronto vuelva a mi oficina.

—Supongo que le conoces, pues.

—Desde luego. —Gloria sonrió—. Sólo somos cincuenta. Y no tenemos a nadie con quien hablar, como no lo hagamos entre nosotros.

Por la noche, llevé a Lucy a La Petite France, donde me puse en manos del *chef* Paul, quien nos sentenció a lánguidas horas de pinchos morunos de cordero marinado con frutas y a una botella de Chateau Gruaud Larose de 1986. Prometí a mi sobrina una crema *di cioccolata da eletta* cuando volviéramos a casa, era una deliciosa *mousse* de chocolate con pistacho y marsala que guardaba en el congelador para emergencias culinarias.

Pero antes de regresar nos llegamos a Shockhoe Bottom y paseamos por el adoquinado bajo la luz de las farolas, en una zona de la ciudad a la que no hacía tanto tiempo no me habría aventurado acercarme.

Estábamos junto al río y el cielo tenía un color azul medianoche tachonado de estrellas. Pensé en Benton y a continuación, por razones muy distintas, me vino a la mente la imagen de Marino.

—Tía Kay, ¿puedes conseguir un abogado? —me preguntó Lucy cuando entrábamos en The Frog and the Redneck a tomar un capuchino.

—¿Con qué objeto? —dije, aunque lo sabía muy bien.

—Incluso si el FBI no llega a demostrar que he hecho lo que dicen, seguro que querrán darme con la puerta en las narices de por vida.

Su voz firme y controlada no podía ocultar del todo el resentimiento.

—Dime qué quieres.

—Un pez gordo.

—Te buscaré uno —asentí.

No regresé a Carolina del Norte el lunes, como había previsto. En lugar de ello, volé a Washington. Tenía varias reuniones pendientes en la sede central del FBI pero, en primer lugar, necesitaba ver a un viejo amigo.

El senador Frank Lord y yo habíamos asistido al mismo instituto católico en Miami, aunque no en la misma época. Él me llevaba muchos años y nuestra amistad se remontaba a cuando yo trabajaba en el despacho del médico forense del condado de Dade y él era fiscal de distrito. Cuando llegó a gobernador, y más tarde a senador, ya hacía mucho tiempo que yo me había marchado de mi ciudad natal. No reanudamos el contacto hasta que él fue nombrado presidente del Comité Judicial del Senado.

Lord me había pedido que fuera consejera suya en su batalla por hacer aprobar la ley anticrimen más formidable en la historia de la nación, y yo también había solicitado su ayuda. Sin que Lucy lo supiera, el senador había sido el santo patrón de mi sobrina, pues, sin su intervención, ella no habría obtenido permiso ni crédito académico para las prácticas de internado aquel otoño.

Yo no estaba segura de cuál sería la mejor manera de exponerle a él la noticia.

Casi a mediodía, le esperé en un sofá de lustrosa tapicería, en un salón de ricas paredes rojas, alfombras persas y un espléndido candelabro de cristal. Fuera, se oían voces en el pasillo de mármol y algún esporádico turista asomaba la cabeza por la puerta con la esperanza de ver fugazmente a algún senador u otra personalidad importante que acudiese al comedor del Senado. Lord llegó puntual y lleno de energía y me dio un abrazo breve y rígido. Era un hombre amable y recatado, tímido a la hora de demostrar afecto.

—Te he dejado carmín en la mejilla —dije, y procedí a limpiarle la marca.

—¡Oh!, deberías dejarla para que mis colegas tengan algo que comentar.

—Sospecho que tienen temas suficientes, de todos modos.

—Kay, es maravilloso verte otra vez —dijo él mientras me escoltaba hasta su mesa.

—Quizá no te parezca tan maravilloso —le respondí.

—Claro que sí.

Ocupamos una mesa ante una vidriera emplomada que mostraba un retrato ecuestre de George Washington. No consulté la carta porque nunca variaba. El senador Lord era un hombre de aire distinguido, con abundantes cabellos canosos y ojos de un azul intenso. Muy alto y delgado, tenía predilección por las corbatas de seda elegantes y por refinamientos pasados de moda, como chalecos, gemelos, relojes de bolsillo y alfileres de corbata.

—¿Qué te trae a la capital? —me preguntó mientras extendía la servilleta sobre sus pantalones.

—Tengo que verificar unas pruebas con el laboratorio del FBI.

—Estás trabajando en ese caso terrible de Carolina del Norte, ¿no es cierto?

—Sí.

—Hay que capturar a ese psicópata. ¿Crees que está allí?

—No lo sé.

—Yo me pregunto por qué tendría que seguir allí —continuó Lord—. Uno creería que ya se habría trasladado a otra parte, donde poder pasar inadvertido durante un tiempo. Pero, claro, supongo que la lógica tiene poco que ver con las decisiones que toman esos maníacos.

—Frank —le dije—, Lucy está metida en un serio problema.

—Ya veo que algo anda mal —respondió él con llaneza—. Lo leo en tu cara.

Me escuchó durante la media hora que tardé en contárselo todo; y le agradecí muchísimo su paciencia, pues sabía que el senador tenía que asistir a varias votaciones aquel mismo día y que mucha gente reclamaba unos minutos de su tiempo.

—Eres un buen hombre —le dije con sinceridad—. Y te he fallado. Te pedí un favor, que es algo que casi nunca hago, y la situación ha terminado por volverse embarazosa.

—¿Lucy es responsable de lo sucedido? —preguntó.

Apenas había tocado las verduras a la plancha.

—No lo sé. Las pruebas la incriminan. —Carraspeé y continué—: Ella dice que no.

—¿Siempre te ha contado la verdad?

—Creía que sí, pero últimamente también he descubierto que hay muchas facetas importantes de su personalidad de las que no me ha hablado nunca.

—¿Le has preguntado?

—Ha dejado muy claro que ciertos asuntos no son cosa mía. Y no debo juzgarla.

—Si temes formarte juicios prematuros, Kay, probablemente es porque ya lo haces. Y Lucy lo habrá notado, digas lo que digas.

—Nunca me ha gustado ser la encargada de criticarla y de corregirla —contesté, abatida—. Pero Dorothy, su madre, mi única hermana, es una persona demasiado dependiente de los hombres y demasiado egocéntrica como para afrontar la realidad de una hija.

—Y ahora, Lucy está en un apuro y tú te preguntas hasta qué punto es culpa tuya.

—No soy consciente de preguntarme tal cosa —repliqué.

—Rara vez somos conscientes de las ansiedades que surgen por debajo de la razón. Y el único modo de ahuyentarlas es encender todas las luces. ¿Crees que tienes suficiente fuerza para hacerlo?

—Sí.

—Déjame recordarte que, si preguntas, también debes ser capaz de vivir con las respuestas.

—Lo sé.

—Supongamos por un momento que Lucy es inocente —propuso el senador.

—¿Y bien? —pregunté.

—Si no fue Lucy quien violó la seguridad, es evidente que lo hizo otro. La cuestión es por qué.

—La cuestión es cómo —repliqué.

El senador indicó por gestos a la camarera que trajera café.

—Lo que debemos determinar es el motivo —insistió—. ¿Y cuál podría tener Lucy? ¿Cuál podría tener cualquiera?

La respuesta más sencilla era el dinero, pero yo no creía que se tratara de eso y se lo dije.

—El dinero es poder, Kay, y todo gira en torno al poder. Nosotros, criaturas caídas, nunca tenemos suficiente.

—Ya: la fruta prohibida.

—Por supuesto. Todos los crímenes proceden de ella —sentenció.

—Cada día veo esa trágica verdad transportada en una camilla —asentí.

—¿Y qué te dice esto sobre el problema que nos interesa?

Revolvió el azúcar del café.

—Me dice el motivo.

—Sí, por supuesto. El poder, en efecto. Por favor, ¿qué quieres que haga al respecto?

—Lucy no será acusada de ningún delito a menos que se demuestre que robó información del ERF. Pero ahora mismo, mientras hablamos, su futuro se ha ido a pique, por lo menos en lo que se refiere a una carrera en las fuerzas policiales o en cualquier otro trabajo que exija una investigación de antecedentes.

—¿Han demostrado que fue ella quien entró a las tres de la madrugada?

—Tienen todas las pruebas que necesitan, Frank. Ahí está el problema. No creo que pongan mucho empeño en limpiar su nombre aunque sea inocente.

—¿Aunque lo sea?

—Intento mantener una actitud abierta.

Tendí la mano hacia la taza de café pero decidí que, si algo no necesitaba en aquel momento, eran más estimulantes físicos.

Tenía el corazón al galope y era incapaz de mantener las manos quietas.

—Puedo hablar con el director —dijo Lord.

—Lo único que quiero es que alguien, tras las bambalinas, se asegure de que todo esto se investiga a fondo. Una vez apartada Lucy, quizá piensen que no importa hacerlo, sobre todo cuando hay tantas cosas más que resolver. Y, al fin y al cabo, ella sólo es una estudiante universitaria, ¿no? ¿Por qué habrían de molestarse?

—Espero que el FBI se tome el asunto mucho más en serio de lo que dices —murmuró con gesto sombrío.

—Comprendo las burocracias. He trabajado en ellas toda la vida.

—Igual que yo.

—Entonces, sabes a qué me refiero.

—Sí, lo sé.

—Quieren que se quede en Richmond conmigo hasta el próximo semestre —señalé.

—Ahí tienes su veredicto, entonces.

El senador volvió a levantar su taza de café.

—Exacto. Así resulta muy fácil para ellos pero, ¿y mi sobrina? Tiene apenas veintiún años y su sueño acaba de estallar en pleno vuelo. ¿Qué ha de hacer ahora? ¿Volver a la universidad después de Navidad y fingir que no ha pasado nada?

—Escucha —Lord me tocó el brazo con una ternura que siempre me hacía desear que fuera mi padre—, haré lo que pueda sin cometer la incorrección de entrometerme en un problema administrativo. ¿Cuento con tu confianza para ello?

—Sí.

—Mientras tanto, si no te molesta que te dé un pequeño consejo personal... Vaya, se me hace tarde. —Echó un vistazo al reloj y llamó a la camarera con un gesto. Después, me miró de nuevo—: Tu principal problema es de orden doméstico.

—No estoy de acuerdo —respondí con vehemencia.

—Puedes decir lo que te parezca. —El senador sonrió a la camarera cuando ésta le entregó la cuenta—. Eres lo más parecido a una madre que Lucy ha tenido en su vida. ¿Cómo vas a ayudarla en este trance?

—Yo diría que eso es lo que he venido a hacer, hoy.

—Y yo que pensaba que habías venido porque tenías ganas de verme... —Lord hizo una seña a la camarera—. Perdone, pero me parece que ésta no es nuestra cuenta. Nosotros no hemos tomado cuatro raciones de nada.

—Permítame... ¡Oh, vaya! ¡Oh!, le aseguro que lo siento, senador Lord. Es de la mesa de ahí.

—En ese caso, dígale al senador Kennedy que abone las dos cuentas, la suya y la nuestra. —Lord le devolvió ambas—. El senador no protestará. Es un fiel creyente en los impuestos y en los gastos de representación.

La camarera era una mujerona vestida de negro, con un delantal blanco y los cabellos peinados en una negrísima melena de paje. Sonrió y, de pronto, dejó de lamentarse de la equivocación.

—¡Sí, señor! Puede estar seguro de que se lo diré.

—Y dígale también que añada una propina generosa, Missouri —agregó Lord mientras ella se alejaba—. Dígale que lo he dicho yo.

Missouri Rivers no tenía menos de setenta años y, desde que saliera de Raleigh en un tren rumbo al norte, había visto a los senadores celebrar banquetes y seguir dietas, dimitir y ser reelegidos, enamorarse y caer de la gloria. Sabía cuándo era momento de interrumpir y proceder a servir la comida y cuándo limitarse a llenar de nuevo la taza de té o, sencillamente, desaparecer. Conocía los secretos del corazón —siempre cuidadosamente disimulados en aquella sala deliciosa—, pues la auténtica valía de un ser humano era el trato que daba a personas como ella cuando no lo observaba nadie. Y Missouri adoraba al senador Lord. Me di cuenta de ello por la suave luz que brillaba en sus ojos cuando le miraba o cuando oía su nombre.

—Te animo a que pases algún tiempo con Lucy —continuó el senador—. Y no te empeñes en intentar matar los dragones de los demás. Sobre todo, los de tu sobrina.

—No creo que Lucy pueda acabar con este dragón ella sola.

—Escucha, Kay, no es preciso que Lucy sepa por ti de esta conversación. No es preciso que le

digas que tan pronto vuelva al despacho descolga-
ré el teléfono para hacer gestiones en beneficio suyo. Si alguien tiene que contarle algo, Kay, deja
que sea yo.

—De acuerdo —asentí.

Poco después tomé un taxi frente al edificio
Russell, y encontré a Benton Wesley donde había
dicho que estaría, a las dos y cuarto en punto: sentado en un banco del anfiteatro ante la sede central
del FBI; y aunque parecía concentrado en una novela, percibió mi presencia mucho antes de que yo
pronunciase su nombre. Un grupo de turistas
pasó junto a nosotros sin prestarnos atención, y
Wesley cerró el libro y lo guardó en el bolsillo al
tiempo que se ponía en pie.

—¿Qué tal el viaje? —me preguntó.

—Sumando el tiempo que se pierde en ir y venir de los aeropuertos, se tarda lo mismo en avión
que en coche.

—¿Has venido en avión?

Benton abrió la puerta del vestíbulo y me cedió
el paso.

—Le he dejado el coche a Lucy —expliqué.

Se quitó las gafas de sol y tramitó sendos pases
de visitante.

—¿Conoces a Jack Cartwright, el director del
Laboratorio Criminal?

—Nos hemos saludado alguna vez.

—Vamos a su despacho para trasmitirle unas
instrucciones breves y sucias —comentó Wesley—.
Después, quiero llevarte a cierto lugar.

—¿Qué lugar es ése?

—Uno al que es difícil acceder.

—Benton, si sigues con tus respuestas crípticas no tendré más remedio que desquitarme hablando en latín.

—Y ya sabes cuánto me desagrada que lo hagas.

Introdujimos los pases de visitante en un torno y seguimos un largo pasillo hasta un ascensor. Cada vez que entraba en aquel edificio me asaltaba el recuerdo de lo poco que me gustaba el lugar. Allí, la gente rara vez cruzaba conmigo una mirada o una sonrisa y daba la impresión de que todos y todo se ocultaban tras varios tonos de blanco y de gris. Pasillos interminables conectaban un laberinto de laboratorios en el que me perdía siempre que me dejaban sola y en el que, peor aún, parecía que la gente que trabajaba allí tampoco sabía orientarse.

Jack Cartwright tenía un despacho con vistas al exterior. El sol que irrumpía por las ventanas me recordó los días espléndidos que me había perdido mientras me rompía los cuernos trabajando.

—Benton, Kay, buenas tardes. —Cartwright nos estrechó la mano—. Siéntense, por favor. Estos son George Kilby y Seth Richards, del laboratorio. ¿Se conocen ustedes?

—No. Encantada —dije a los dos hombres.

Kilby y Richards eran jóvenes, vestían con sobriedad y tenían una expresión seria.

—¿Alguien quiere café?

Dijimos que no. Cartwright parecía impaciente por ir al grano. Era un hombre atractivo, cuyo formidable escritorio daba testimonio de cómo le gustaba que se hicieran las cosas. Cada documento, cada sobre y cada mensaje telefónico ocupaba su debido lugar y encima del cuaderno de notas había una vieja estilográfica Parker de plata que sólo utilizaría un purista. Observé que tenía plantas en las ventanas y fotografías de su esposa y de sus hijas en las repisas. En el exterior, el sol arrancaba destellos de los parabrisas de los coches que avanzaban en apretados rebaños y los vendedores voceaban su ofertas de camisetas, helados y bebidas.

—Hemos trabajado en el caso Steiner —empezó a decir Cartwright— y hasta el momento tenemos varios resultados de interés. Comenzaré por lo que, probablemente, sea lo más importante: el análisis de la piel encontrada en el congelador.

»Aunque todavía no hemos terminado las pruebas del ADN, ya podemos certificar que se trata de tejido humano, del grupo sanguíneo 0 positivo. Como sin duda sabrán, la víctima, Emily Steiner, tenía ese grupo sanguíneo. Y el tamaño y la forma del tejido se corresponden con las heridas del cuerpo.

—Dígame —intervine, dispuesta a tomar notas—, ¿han podido determinar qué clase de instrumento cortante se utilizó para extirpar el tejido?

—Un instrumento puntiagudo con la hoja afilada sólo por un lado.

—Eso abarca casi cualquier clase de cuchillo —murmuró Wesley.

Cartwright continuó su exposición:

—Se aprecia el lugar donde la punta del instrumento abrió la piel cuando el agresor empezó a cortar, de modo que estamos hablando de un cuchillo puntiagudo y afilado solamente por una cara de la hoja. No podemos concretar más. Y, por cierto —miró a Wesley—, no hemos encontrado sangre humana en ninguno de los que nos ha enviado. Los cuchillos de la casa de Ferguson, me refiero.

Wesley asintió y continuó escuchando con aire impávido.

—Bien, pasemos a las pistas físicas encontradas —continuó Cartwright—. Es aquí donde las cosas empiezan a ponerse interesantes. Tenemos ciertos materiales microscópicos inusuales procedentes del cuerpo y de los cabellos de Emily Steiner, y también de las suelas de sus zapatos. Hemos descubierto varias fibras acrílicas azules que concuerdan con la manta de su cama y otras fibras de algodón verdes que coinciden con las de la chaqueta de pana verde que llevaba la niña en la reunión del grupo de juventud en la iglesia.

»También hay otras fibras de lana de procedencia desconocida. Además, encontramos ácaros del polvo que podrían proceder de cualquier parte. Pero lo que no puede proceder de cualquier parte es esto.

Cartwright se dio la vuelta en el asiento y conectó una pantalla de vídeo colocada en el aparador que tenía a su espalda. La pantalla se llenó con cuatro secciones distintas de cierto tipo de material celular que sugería la estructura de un panal, salvo que en este caso tenía unas zonas peculiares teñidas de ámbar.

—Lo que ven aquí —nos explicó Cartwright— son secciones de tejido de una planta llamada *Sambucus simpsonii*, un simple arbusto leñoso propio de las llanuras costeras y zonas lacustres del sur de Florida. Lo fascinante son esos puntos oscuros de ahí —señaló las zonas teñidas. Después, se volvió hacia uno de los jóvenes científicos—: George, esto es competencia suya.

George Kilby se aproximó a nosotros y se sumó a la conversación.

—Lo que ven ahí son sacos de tanino. Aquí, en esta sección radial, se pueden observar especialmente bien.

—¿Qué es un saco de tanino, exactamente? —quiso saber Wesley.

—Es un vaso que transporta material arriba y abajo del tallo de la planta.

—¿Qué clase de material?

—Normalmente, productos de desecho que resultan de la actividad celular. Y, para más información, lo que ven ahí es la médula. Ésa es la parte de la planta que contiene esos sacos de tanino.

—Así, ¿dice usted que el indicio físico de este caso es la médula de un arbusto? —intervine.

El agente especial George Kirby asintió con la cabeza.

—Exacto. Su nombre comercial es «pulpa» aunque, técnicamente, no existe, no es tal cosa.

—¿Para qué se utiliza esa pulpa? —preguntó Wesley.

Fue Cartwright quien respondió:

—Antes solía emplearse para retener pequeñas piezas mecánicas o de joyería. Por ejemplo, un joyero la usaría como alfombrilla sobre la cual depositar un brillante y una pieza de reloj para evitar que rodara de la mesa o que él mismo la barriese inadvertidamente con la manga. Pero hoy, casi todo el mundo utiliza espuma de estireno.

—¿Había muchos residuos de esa sustancia en el cuerpo? —pregunté.

—Una cantidad considerable, en efecto; sobre todo en las zonas ensangrentadas. Es en éstas donde hemos localizado la mayor parte de los residuos.

—Si alguien buscara «pulpa» de ésa —intervino Wesley—, ¿dónde la encontraría?

—Si quiere cortar los arbustos personalmente, en la zona de los Everglades —respondió Kilby—. Pero también puede comprarla.

—¿A quién?

—Conozco una empresa que la prepara en Silver Springs, Maryland.

Wesley se volvió hacia mí y apuntó:

—Supongo que tendremos que averiguar quién repara joyas en Black Mountain.

—Me sorprendería que hubiera algún joyero en el pueblo —fue mi respuesta.

—Además de los restos físicos ya mencionados —continuó Cartwright—, hemos encontrado fragmentos microscópicos de insectos como escarabajos, grillos y cucarachas; nada fuera de lo común, en realidad. Y algunas escamas de pintura blanca y negra, ninguna de ellas de automóvil. Además, la víctima tenía serrín en los cabellos.

—¿De qué clase de madera? —pregunté.

—Sobre todo de nogal, pero también hemos identificado restos de caoba. —Cartwright se volvió hacia Wesley, que estaba mirando por la ventana—. La piel que encontraron en el congelador no presentaba nada de esto; en cambio, las heridas, sí.

—¿Insinúa que las heridas le fueron infligidas antes de que el cuerpo entrara en contacto con el lugar en el que se le adhirieron esos restos, fuera el que fuese? —dijo Wesley.

—Puedes darlo por seguro —intervine yo—. Pero quien extirpó los fragmentos de piel y los guardó tal vez los lavó. Estarían ensangrentados.

—¿Qué me dice del interior de un vehículo? —continuó Wesley—. ¿De un camión, por ejemplo?

—Es una posibilidad —murmuró Kilby.

Comprendí enseguida por dónde iban los pensamientos de Wesley. Gault había matado al pequeño Eddie Heath dentro de una furgoneta usada y desvencijada que había aparecido rebosante de una gama variadísima de indicios y vestigios. En pocas palabras, a Gault, el hijo psicópata de un acaudalado propietario de plantaciones de pacana en Georgia, le producía un intenso placer el hecho de dejar tras de sí indicios que parecían no llevar a ninguna parte.

—En referencia a la cinta adhesiva anaranjada —Cartwright mencionó de nuevo el tema—, ¿acierto si digo que aún ha de aparecer un rollo de ella?

—No hemos encontrado nada parecido —le confirmó Wesley.

El agente especial Richards repasó las páginas de anotaciones mientras Cartwright le decía:

—Bien, sigamos con ello, porque tengo la opinión personal de que va a ser lo más importante que tenemos en este caso.

Richards empezó a hablar con entusiasmo, pues, como todos los científicos forenses devotos que he conocido, era un apasionado de su especialidad. El catálogo de referencia del FBI sobre cintas adhesivas contenía más de cien tipos y exponía sus características, a fin de facilitar su identificación cuando se había utilizado una de tales cintas en la comisión de un delito. De hecho, el uso malévolo de este material era tan frecuente que, con franqueza, cuando entraba en una ferretería u otra tienda similar no podía pasar ante los rollos de cinta sin que mis pensamientos domésticos quedaran borrados por el recuerdo de otras escenas espantosas.

En el curso de mi carrera había tenido que recoger fragmentos de cuerpos de gente reventada por bombas que fueron envueltas en cinta adhesiva. Había tenido que despegarla de las víctimas atadas de asesinos sádicos y de los cuerpos lastrados con adoquines y arrojados a ríos y lagos. No podía contar las veces que la había arrancado de la boca de gente a la que se impidió gritar hasta después de conducida a mi depósito de cadáveres. Porque sólo allí podía el cuerpo «hablar» libremente. Sólo allí encontraba a alguien que se preocupaba por cada una de las cosas terribles que le habían hecho.

—No había visto nunca una cinta como ésa —oí comentar a Richards—. Y, a la vista de sus características, también puedo decir con seguridad que quien la compró no la encontró en una tienda.

—¿Cómo puede estar tan seguro? —quiso saber Wesley.

—Ésta es de calidad industrial, con sesenta y dos hilos de trama y cincuenta y seis de urdimbre, frente a la cinta económica habitual, de veinte/diez, que uno puede encontrar en Wallmart o en Safeway por un par de dólares. La cinta industrial puede costar hasta diez dólares el rollo.

—¿Sabe dónde se fabricó? —pregunté.

—Es un producto de Shuford Mills, en Hickory, Carolina del Norte. Uno de los mayores fabricantes de cinta adhesiva del país. Su marca más conocida es Shurtape.

—Hickory está a menos de cien kilómetros de Black Mountain —apunté.

—¿Ha hablado con alguien de esa empresa? —preguntó Wesley a Richards.

—Sí. Aún están buscando más información, pero ya sabemos algunas cosas. Esta cinta es una especialidad que Shuford Mills fabricó para un único cliente privado especial a final de los años ochenta.

—¿Qué es un cliente privado especial? —quise saber.

—Alguien que quiere una cinta especial y hace un pedido mínimo de, pongamos, quinientas cajas. Así pues, puede haber por ahí cientos de cintas especiales que nunca veremos, a menos que aparezcan como la que ahora nos interesa.

—¿Puede ponerme algún ejemplo de qué clase de persona diseñaría su propia cinta adhesiva? —insistí.

—Sé que algunos pilotos de carreras de coches trucados lo hacen —contestó Richards—. Por ejemplo, Richard Petty ha hecho una para su equipo en rojo y azul, mientras que la de Daryl Waltrip es amarilla. Unos años atrás, hubo un contratista que estaba harto de que sus trabajadores se llevaran a casa los costosos rollos de cinta; acudió a Shuford Mills y encargó que le fabricaran una de color púrpura brillante. Ya entienden, uno utiliza cinta adhesiva púrpura brillante para reparar algo en la casa o para tapar un escape en la piscina de plástico de los niños, y queda muy claro que la ha robado.

—¿Podría ser éste el motivo de que sea de ese color anaranjado fosforescente? ¿Evitar que los operarios se la llevaran?

—Es posible —respondió Richards a mis palabras—. Y, por cierto, también está tratada para retardar la combustión.

—¿Es eso algo inhabitual? —preguntó Wesley.

—Muchísimo. Pero el tratamiento para retardar la combustión sólo lo relaciono con aviones o con submarinos, y ni unos ni otros necesitan una cinta adhesiva que tenga ese color anaranjado fosforescente. En cualquier caso, no se me ocurre para qué.

—¿Y quién necesitaría una cinta adhesiva de este color? —dije yo.

—Ésa es la pregunta del millón de dólares —intervino Cartwright—. Cuando pienso en anaranjado fosforescente, sólo me vienen a la memoria los conos de tráfico.

—Volvamos al asesino en el momento de inmovilizar a la señora Steiner y a su hija con la cinta adhesiva —apuntó Wesley—. ¿Qué más nos puede decir de la mecánica de ese aspecto?

—Hemos encontrado indicios de lo que parece barniz de muebles en algunos tramos del borde de la cinta —informó Richard—. Además, la secuencia con que la cinta fue arrancada del rollo no concuerda con la secuencia en que fue aplicada a las muñecas y a los tobillos de la madre. Con ello me refiero a que el asaltante cortó el número de segmentos de cinta que calculó que necesitaría y, probablemente, los colgó por un extremo en el borde de algún mueble de la habitación. Cuando empezó a atar a la señora Steiner, la cinta ya estaba preparada y a punto para que el individuo la utilizara, fragmento a fragmento.

—Pero no los cogió por orden —dijo Wesley.

—Eso es. Los he numerado según la secuencia en que fueron utilizados para inmovilizar a la madre y a la niña. ¿Quieren verlo?

Respondimos que sí.

Wesley y yo pasamos el resto de la tarde en la unidad de Análisis de Materiales, con sus cromatógrafos de gases, espectrómetros de masas, calorímetros de registro diferencial y otros instrumentos intimidadores destinados a determinar la composición y el punto de fusión de los materiales.

Permanecí junto a un detector de explosivos portátil mientras Richard continuaba hablando de la extraña cinta adhesiva utilizada para atar a Emily y a su madre.

El joven científico explicó que había utilizado

chorros de aire caliente para separar la cinta que le había remitido la policía de Black Mountain, y así había contado diecisiete fragmentos que medían de veinte a cuarenta y cinco centímetros de longitud. Después de incorporarlos a gruesas láminas de vinilo transparente, había numerado los segmentos siguiendo dos órdenes distintos para mostrar la secuencia en que fueron desprendidos del rollo y el orden en que el agresor los había utilizado con sus víctimas.

—La secuencia de los segmentos utilizados en la madre es absolutamente aleatoria —decía Richards—. Este que ven aquí debería haber sido el primero; en cambio, fue el último que utilizó. Y como este otro fue arrancado del rollo en segundo lugar, sería de esperar que lo utilizase en ese orden, pero fue el quinto.

»Sin embargo, con la niña procedió según la secuencia lógica. Empleó siete pedazos de cinta y los aplicó en torno a las muñecas en el mismo orden en que fueron cortados del rollo.

—Probablemente la pequeña le resultaría más fácil de dominar —señaló Wesley.

—Sí, eso cabe pensar —asentí; luego le pregunté a Richards—: ¿Han encontrado algún indicio del residuo tipo barniz en la cinta recuperada del cuerpo?

—No.

—Interesante —comenté y el detalle me preocupó.

Dejamos los segmentos sucios de la cinta para el final.

Según los análisis, las manchas eran de hidrocarburos; un nombre muy formal para referirse a la grasa y que no nos llevaba a ninguna parte, porque desdichadamente la grasa es sólo grasa. Podía proceder de un vehículo. Podía proceder de un camión Mack en Arizona.

12

Wesley y yo entramos en el Red Sage a las cuatro y media, un poco temprano para tomar una copa. Pero ni él ni yo nos sentíamos demasiado bien.

Ahora que estábamos a solas otra vez me costaba esfuerzo sostener su mirada, pero deseaba que sacara a colación lo sucedido entre nosotros la otra noche: no quería pensar que yo era la única que lo consideraba importante.

—Tienen cerveza de barril —comentó Wesley mientras yo estudiaba la carta de bebidas—. ¿Eres bebedora de cerveza?

—No lo soy, a menos que acabe de hacer dos horas de ejercicio en pleno verano y esté muy sedienta y loca por comerme una pizza —respondí, algo picada por el hecho de que él desconociera aquel detalle de mí—. En realidad, no me gusta la cerveza. Nunca me ha gustado. Sólo la tomo cuando no hay absolutamente nada más, e incluso entonces no puedo decir que me guste el sabor.

—Bueno, no es preciso que te enfades.

—No estoy enfadada, te lo aseguro.

—Pues lo parece. Y rehúyes mi mirada.

—Estoy normal.

—Me gano la vida estudiando a la gente y te digo que no estás cómoda.

—Te ganas la vida estudiando psicópatas —repliqué—. No sabes nada de mujeres de cuarenta años especialistas en patología forense que viven del lado bueno de la ley y no buscan más que un rato de relax tras un día largo e intenso de pensar en niños asesinados.

—¿Sabes?, no es fácil encontrar sitio aquí.

—Ya veo por qué. Gracias por molestarte tanto.

—He tenido que utilizar mi influencia.

—Estoy segura de ello.

—Tomaremos vino con la cena. Me sorprende que tengan Opus One. Tal vez eso te haga sentir mejor.

—Es un caldo sobrevalorado, e imita el burdeos; tiene demasiado cuerpo para tomarlo solo. Y no había previsto que cenáramos aquí. Tengo que coger un avión dentro de menos de dos horas. Creo que sólo tomaré una copa de cabernet.

—Como prefieras.

En aquel momento no estaba segura de lo que prefería.

—Mañana vuelvo a Asheville —dijo Wesley—. Si te quedas esta noche, podríamos ir juntos.

—¿Por qué vuelves allí?

—La petición para que colaboráramos se hizo antes de que Ferguson apareciera muerto y de que Mote sufriera el ataque al corazón. Confía en mí: el agradecimiento y el pánico de la policía de Black Mountain son sinceros. He asegurado a los agentes que haremos todo lo posible por ayudar.

Si me veo en la necesidad de aportar más agentes, lo haré.

Wesley tenía por costumbre enterarse del nombre del camarero y llamarlo por él mientras el hombre le atendía.

El que nos tocó en suerte aquella noche se llamaba Stan, y el diálogo entre ellos para la elección del vino estuvo lleno de Stan por aquí, Stan por allá. En realidad, era la única manía tonta de Wesley, su única peculiaridad irritante, y ser testigo privilegiada de ella me sacó de mis casillas.

—¿Sabes una cosa, Benton? Con tu comportamiento no consigues que el camarero te tome confianza y se sienta halagado. No, el trato que le das suena condescendiente, como el que emplearía un locutor de radio.

Wesley pareció absolutamente desconcertado.

—¿De qué me hablas?

—De llamar al camarero por su nombre. De hacerlo repetidamente sobre todo.

Benton se limitó a mirarme.

—Bien, no pretendo criticarte —continué, y con ello no hice sino empeorar las cosas—. Sólo te lo digo como amiga, porque nadie más te lo diría, pero tienes que saberlo. Una amistad debe basarse en la sinceridad, ¿no? Una amistad auténtica, me refiero.

—¿Has terminado? —preguntó él.

—Sí —respondí con una sonrisa forzada.

—Entonces, ¿vas a decirme qué es lo que realmente te preocupa, o tendré que adivinarlo por las bravas?

—No me pasa absolutamente nada —repliqué, y rompí a llorar.

—Dios santo, Kay...

Él me ofreció su servilleta.

—Tengo la mía —respondí.

Me enjugué las lágrimas.

—Es por lo de la otra noche, ¿verdad?

—Tal vez deberías concretar a qué otra noche te refieres. Puede que esas «otras noches» sean una costumbre tuya.

Wesley intentó contener la risa, pero no lo consiguió. Durante unos minutos ninguno de los dos pudo hablar; él a causa de las carcajadas, y yo indecisa entre risas y lágrimas.

Stan, el camarero, apareció con las bebidas. Yo di varios sorbos a la mía antes de pronunciar otra palabra.

—Mira, Benton —dije por último—. Lo siento, pero estoy cansada; tengo entre manos un caso espantoso, Marino y yo no nos llevamos bien y Lucy se ha metido en líos.

—Todo eso bastaría para hacer llorar a cualquiera —asintió Wesley.

Por su tono de voz percibí que le fastidiaba no haber sido mencionado en mi lista de quejas. Su irritación me causó un placer perverso.

—Y, en efecto, me preocupa lo sucedido en Carolina del Norte —añadí.

—¿Lo lamentas?

—¿Qué más da que te diga que sí o que no?

—A mí me serviría de mucho que respondieras que no.

—Pues no puedo responder eso —declaré.

—Entonces lo lamentas.

—No digo que lo lamente.

—Entonces no lo lamentas.

—Maldita sea, Benton, déjalo ya.

—No pienso hacerlo —replicó él—. Yo también estaba allí.

—¿Cómo dices? —pregunté, desconcertada.

—Estaba allí aquella noche. ¿Lo recuerdas? Mejor dicho, era ya de madrugada. Lo que hicimos, lo hicimos los dos. Yo también estaba. Tú no fuiste la única persona allí presente que tuvo que reflexionar sobre el asunto durante días. ¿Por qué no me preguntas a mí si lo lamento?

—No —dije—. El que está casado eres tú.

—Si yo cometí adulterio, tú también. Se necesitan dos para cometerlo —insistió.

—El avión sale dentro de una hora. Tengo que marcharme.

—Deberías haberlo pensado antes de iniciar esta conversación. No puedes dejarme plantado en mitad de una cosa así.

—Desde luego que puedo.

—¿Kay?

Clavó la mirada en mis ojos. Bajó el tono de voz. Alargó la mano sobre la mesa y asió la mía entre sus dedos.

Tomé una habitación en el Willard para pasar la noche. Wesley y yo hablamos largo rato y aclaramos las cosas lo suficiente como para acceder conscientemente a repetir el mismo pecado.

La mañana siguiente, cuando salimos del ascensor al vestíbulo principal, nos mostramos muy comedidos y corteses uno con otro, como si acabáramos de conocernos pero tuviéramos mucho en común. Compartimos el taxi al aeropuerto Nacional y el avión a Charlotte, donde pasé una hora con Lucy al teléfono.

—Sí —le aseguré—. Estoy buscando a alguien y, de hecho, la cosa ya está en marcha.

—Necesito actuar enseguida —exigió ella.

—Procura tener paciencia, por favor.

—No. Sé quién está haciéndome esto y voy a dar un paso al respecto.

—¿Quién? —pregunté, alarmada.

—Se sabrá cuando sea el momento.

—¿Quién te ha hecho qué? Te ruego que me expliques de qué estás hablando.

—Ahora mismo no puedo. Primero, debo hacer una cosa. ¿Cuándo vuelves?

—No lo sé. Te llamaré desde Asheville cuando tenga idea de qué está pasando.

—Entonces, ¿te importa si cojo tu coche?

—En absoluto.

—No vas a usarlo en un par de días por lo menos, ¿verdad?

—Creo que no. ¿Pero qué planes tienes?

Yo me sentía cada vez más inquieta.

—Quizá necesite ir a Quantico y, si lo hago y paso la noche fuera, quiero estar segura de que no te dejo sin coche.

—No, no lo necesito —respondí—. Pero sé prudente, Lucy; eso es lo que me importa de verdad.

Wesley y yo tomamos un avión a hélice, demasiado ruidoso como para conversar durante el vuelo. Así pues, Benton echó una cabezada mientras yo permanecía sentada tranquilamente con los ojos cerrados. El sol que entraba por la ventanilla me daba en el rostro y coloreaba de rojo el interior de mis párpados. Dejé que mis pensamientos vagaran libremente y me asaltaron imágenes salidas de rincones olvidados de mi mente. Vi a mi padre con el anillo de oro blanco que llevaba en la mano izquierda, donde debería haber lucido el aro de boda. El suyo lo había perdido en la playa y no se había podido permitir otro.

Mi padre no había asistido a la universidad y recordé que su anillo del instituto llevaba engastada una piedra roja que yo deseaba que fuese un rubí, porque éramos muy pobres e imaginaba que podíamos venderlo y llevar una vida mejor; y recordé también mi decepción cuando nos reveló por fin que el anillo no valía ni la gasolina necesaria para llegar a South Miami. Hubo algo en su modo de decirlo que me indujo a pensar que, en realidad, tampoco había perdido el anillo de boda.

En efecto, lo había vendido cuando no supo a qué más recurrir, pero decírselo a mi madre la habría destrozado. Habían pasado muchos años desde la última vez que pensara en todo aquello y había llegado a convencerme de que mi madre aún tenía el anillo en alguna parte, a menos de que lo hubiera enterrado con él, como tal vez había hecho. No me acordaba de esto, porque sólo tenía doce años cuando murió mi padre.

En el ir y venir de mis recuerdos, vi escenas silenciosas de gente que, sencillamente, aparecía sin haber sido invitada. Resultaba muy extraño. Por ejemplo, no entendía a qué venía que la hermana Martha, mi maestra de tercer grado, apareciera de pronto escribiendo con la tiza en el encerado, o que una chica llamada Jennifer saliera por una puerta un día que el granizo rebotaba en el patio de la capilla como una infinidad de pequeñas canicas blancas.

Aquella gente de mi pasado se coló en mi conciencia y se desvaneció otra vez mientras permanecí en aquel estado, casi dormida, y pronto me inundó una desazón que me hizo advertir de nuevo la cercanía del brazo de Wesley. Nos estábamos rozando levemente. Cuando me concentré en el punto de contacto exacto entre los dos, capté el olor a lana de su chaqueta, que se calentaba al sol, e imaginé los dedos largos de unas manos elegantes que evocaban imágenes de pianos y de plumas estilográficas y de abombadas copas de brandy junto al fuego del hogar.

Creo que fue en aquel preciso instante cuando supe que me había enamorado de Benton Wesley. Y como había perdido a todos los hombres que amé antes que a él, no abrí los ojos hasta que la azafata nos pidió que colocáramos los asientos en posición vertical porque nos disponíamos a aterrizar.

—¿Viene alguien a recibirnos? —le pregunté a Benton, como si fuera lo único que me había rondado por la cabeza durante la hora que habíamos pasado en el aire.

Me contempló unos instantes. Tenía los ojos del color de la cerveza embotellada cuando le incidía la luz en cierto ángulo. Después, la sombra de unas profundas preocupaciones les devolvió el tono avellana salpicado de oro y, cuando sus pensamientos fueron más de lo que incluso él podía soportar, se limitó a apartar la mirada.

—Supongo que volvemos al Travel-Eze —fue mi siguiente comentario.

Él recogía ya su maletín y se desabrochaba el cinturón de seguridad, antes de que recibiéramos la indicación de que podíamos hacerlo. La azafata fingió no advertirlo, quizá porque Wesley emitía sus propias indicaciones, unas señales no verbales que causaban una ligera prevención en la mayoría de la gente.

—En Charlotte estuviste hablando con Lucy mucho rato —apuntó.

—Sí.

El avión rodó por la pista y pasó ante un indicador de viento que aquel día permanecía completamente lacio.

—¿Y bien?

Sus ojos se llenaron de luz otra vez cuando el aparato maniobró hasta poner proa al sol.

—Y bien, Lucy cree saber quién está detrás de lo sucedido.

—¿Qué significa «quién está detrás»? —inquirió él con expresión ceñuda.

—Me parece que está muy claro —respondí—.

Y si para alguien no lo está, será porque da por sentado que no hay nadie detrás de nada y que la chica es culpable.

—Escucha, Kay, las máquinas registraron la huella dactilar del pulgar de Lucy a las tres de la madrugada.

—De eso no hay duda.

—Y tampoco hay duda de que esa huella no habría quedado registrada sin que su pulgar estuviera allí físicamente, sin que su mano, su brazo y el resto de su cuerpo estuvieran allí físicamente a la hora que indica el ordenador.

—Sé perfectamente hacia dónde señalan los indicios —afirmé. Wesley se puso las gafas de sol y nos levantamos del asiento.

—Y yo sólo te lo recuerdo, por si acaso —me murmuró al oído mientras avanzábamos por el pasillo del avión.

Podríamos habernos trasladado del Travel-Eze a otro alojamiento más lujoso en Asheville, pero tan pronto nos reunimos con Marino en el restaurante Coach House, que tenía fama por unas razones que no quedaban del todo claras, nadie prestó más atención a dónde dormiríamos.

Cuando el agente de Black Mountain que nos había recogido en el aeropuerto nos dejó en el aparcamiento del restaurante y se alejó silenciosamente, me asaltó una sensación extraña. Marino tenía su Chevrolet último modelo cerca de la puerta y él estaba dentro del local, a solas en una mesa de un rincón, frente a la caja, como procura hacer cualquiera que haya tenido algún roce con la ley.

Al entrar nosotros no se levantó; se limitó a observarnos con frialdad mientras agitaba un vaso de té helado. Tuve la extraña sensación de que Marino, aquel Marino con el que yo había trabajado durante años, el hombre honrado y criado en la calle que aborrecía los potentados y el protocolo, nos estaba concediendo una audiencia. La fría cautela de Wesley me dijo que él también notaba que algo no encajaba. Para empezar, no había duda de que el traje oscuro de Marino era recién estrenado.

—Pete —murmuró Wesley, y tomó asiento.

—Hola —dije yo, imitándole.

—Aquí sirven un pollo frito de primera —comentó Marino sin mirar a ninguno de los dos—. También tienen ensalada del chef, si no les apetece algo tan contundente —añadió, al parecer en consideración a mí.

La camarera sirvió el agua, repartió la carta y recitó los platos especiales sin dar tiempo a que nadie pronunciara una palabra más. Cuando se marchó con nuestro apático pedido, la tensión en la mesa era casi insoportable. Wesley rompió el silencio:

—Tenemos mucha información forense que le resultará interesante, creo. Pero antes, ¿por qué no nos cuenta qué ha averiguado, Pete?

Marino, que parecía más desdichado que nunca, alargó la mano para coger el vaso de té helado pero lo volvió a dejar sobre la mesa sin habérselo llevado a los labios. Se palpó los bolsillos en busca del tabaco hasta que vio el paquete delante suyo. Encendió un cigarrillo y, sin hablar, aspiró unas bocanadas. Temí que evitara dirigirnos la mirada. Estaba tan distante que era como si no nos conociera; y cada vez que había observado aquello en alguno de mis compañeros, había sabido lo que significaba. Marino tenía problemas y había cerrado las ventanas que se abrían a su alma porque no quería que viéramos lo que había dentro.

—Lo más destacado que sucede en estos momentos —empezó a explicar tras exhalar el humo y sacudir la ceniza del cigarrillo con gesto nervioso— es el asunto del conserje de la escuela de Emily Steiner. el tipo se llama Creed Lindsey, es blanco, tiene treinta y cuatro años. Trabaja en la escuela elemental desde hace tres años.

»Anteriormente fue conserje de la biblioteca pública de Black Mountain y, antes de eso, tuvo el mismo empleo en la escuela elemental de Weaverville. Y puedo añadir que en esa escuela de Weaverville, durante la época en que ese individuo estuvo allí, se produjo un incidente en que un vehículo arrolló a un niño de diez años y se dio a la fuga. Se sospechó que Lindsey estaba implicado...

—Un momento —le interrumpió Wesley.

—¿Atropello y fuga? —intervine yo—. ¿Qué significa eso de que se sospechó de él?

—Esperen —insistió Wesley—. Esperen, esperen, esperen. ¿Ha hablado con el tal Creed Lindsey? —preguntó a Marino, quien sostuvo fugazmente su mirada.

—A eso quería llegar. El tipo ha desaparecido.

Tan pronto se enteró de que queríamos hablar con él (y que me maten si sé quién abrió la bocaza, pero alguien lo hizo), se largó. No ha aparecido por el trabajo y tampoco ha vuelto a acercarse a su cubil.

Encendió otro cigarrillo. Cuando la camarera acudió con otro vaso de té, la saludó con una ligera inclinación de cabeza como si fuera un cliente habitual y acostumbrara dejar buenas propinas.

—Hábleme de ese accidente de tráfico —insistí.

—En noviembre de hace tres años, un chico que iba en su bicicleta fue arrollado por un imbécil que invadió el carril contrario a la salida de una curva. El chico, de diez años, llegó muerto al hospital y lo único que sacó en claro la policía fue que se había visto una furgoneta blanca circulando a toda velocidad por la zona hacia la hora en que se produjo el accidente. Eso, y unos restos de pintura blanca en los pantalones del pequeño.

»Pues bien, Creed Lindsey tenía una vieja furgoneta blanca, una Ford. También era sabido que frecuentaba la carretera donde tuvo lugar el accidente y que solía darle a la botella en abundancia el día de paga, Y precisamente uno de tales días de paga coincidía con la fecha en que resultó muerto el niño.

Los ojos de Marino no permanecieron quietos un solo instante mientras seguía hablando. Wesley y yo nos impacientábamos.

—De modo que la policía decide interrogarlo y, cuando va a buscarlo, ¡oh!, ha desaparecido —continuó él—. No vuelve por la zona en tres malditas semanas y, cuando aparece, dice que ha estado de visita en casa de un pariente enfermo o alguna mentira por el estilo. Para entonces, la jodida furgoneta ya es más azul que un huevo de tordo. Todo el mundo sabe que fue ese cabrón quien lo hizo, pero no hay pruebas.

—Está bien. —El tono de voz de Wesley era una orden a Marino para que callara—. Todo eso es muy interesante y es posible que el conserje estuviera implicado en ese accidente, ¿pero dónde quiere ir a parar con ello?

—Pensaba que era evidente...

—Pues no lo es, Pete. Ayúdeme a aclararme.

—A Lindsey le gustan los niños, así de sencillo. Siempre busca trabajos que lo pongan en contacto con ellos.

—Yo diría que lo hace porque no sirve para otra cosa que para fregar suelos.

—No. Eso podría hacerlo en la tienda de comestibles, en el hogar de ancianos o en cualquier otro sitio, pero siempre trabaja en lugares llenos de niños.

—Está bien, digamos que es así. El tipo friega suelos en lugares frecuentados por niños. ¿Qué más?

Wesley estudió a Marino, quien, era evidente, tenía una gran teoría de la que no habría forma de apearlo.

—Entonces, hace tres años, mata a su primer niño... y que quede muy claro que no estoy diciendo en modo alguno que lo hiciera adrede. Pero lo hace, y miente, y es culpable sin excusa y se vuelve completamente neurótico a causa del terrible secreto que guarda. Y así es como empiezan a dispararse otras cosas...

—¿Otras cosas? —preguntó Wesley con tacto—. ¿Qué otras cosas, Pete?

—El tipo se siente culpable ante los niños. Los ve cada maldito día y tiene ganas de abrirse, de ser perdonado, de ser aceptado... no sé. De borrar lo sucedido, maldita sea.

»Pero a continuación pierde la cabeza y se fija en esa chiquilla. Le inspira sentimientos tiernos y desea su compañía. Quizá se cruza con ella aquella tarde, cuando vuelve de la iglesia. Quizás incluso habla con ella. Pero, diablos, no le resulta complicado averiguar dónde vive; es un pueblo pequeño.

Marino hizo una breve pausa, tomó un sorbo de té y encendió otro cigarrillo antes de continuar:

—Ahora, el tipo está en la casa. Secuestra a la niña porque, si puede tenerla con él un rato, le demostrará que es bueno, que nunca tuvo intención de causar daño a nadie. Quiere que la niña sea su amiga. Desea ser querido porque, si ella le quiere, quedará perdonada esa cosa terrible que hizo. Pero no todo sale como él había previsto. La niña no colabora. Está aterrorizada. Y el final es que, cuando ve que la realidad no encaja con su fantasía, se le cruzan los cables y la mata. Y ahora, maldita sea, resulta que ha vuelto a hacerlo. Ya son dos los niños que ha matado.

Wesley empezó a decir algo, pero ya llegaba la cena en una gran bandeja marrón. La camarera, una mujer madura de piernas gruesas y cansadas, se disponía a servirnos.

La observé afanarse en que todo fuera del gusto del forastero importante que lucía el traje nuevo azul marino. La mujer se deshizo en «sí, señores» y se mostró muy complacida cuando le agradecí la ensalada, que no tenía pensado comer. Había perdido el poco apetito que pudiera tener antes de que llegáramos al Coach House. La fama del local, estaba segura, era bien merecida, pero me sentía incapaz de mirar las tiras de jamón, pavo y queso cheddar en juliana y, sobre todo, las rodajas de huevo cocido. A decir verdad, sentía náuseas.

—¿Querrán algo más?

—No, gracias.

—Esto tiene un aspecto excelente, Dot. ¿Le importaría traer un poco más de mantequilla?

—Enseguida la traigo, señor. Y usted, señora, ¿quiere un poco más de aliño en la ensalada?

—No, gracias. Así está perfecta.

—Vaya, gracias. Son ustedes muy amables y apreciamos mucho su visita. ¿Saben?, tenemos buffet abierto todos los domingos después de la función en la iglesia.

—Lo recordaremos —respondió Wesley con una sonrisa.

Decidí dejarle al menos cinco dólares de propina, aunque sólo fuera para que me perdonase por no haber tocado la comida.

Wesley buscaba qué responder a Marino y me di cuenta de que nunca había presenciado una escena semejante entre ellos.

—Tengo la impresión de que ha abandonado por completo su teoría inicial —apuntó Wesley.

—¿Qué teoría? —Marino intentó atacar su comida con el tenedor, pero optó por alargar la mano y coger primero la pimienta.

—La de Temple Gault. Parece que ya no le tiene en cuenta.

—Yo no he dicho eso.

—Marino —intervine—, ¿a qué viene esa historia del chico arrollado y la furgoneta que se dio a la fuga?

Antes de responder, él levantó la mano e hizo una seña a la camarera.

—Dot, creo que voy a necesitar un cuchillo más afilado. —Se volvió hacia mí y dijo—: El incidente es importante porque el tipo tiene un historial violento. La gente del pueblo le ha echado el ojo por eso y porque le prestaba mucha atención a Emily Steiner. Yo, lo único que hago es ponerles en antecedentes de lo que sucede.

—¿Cómo explicaría con esta teoría la piel humana del congelador de Ferguson? —pregunté—. Y, por cierto, el grupo sanguíneo de esa piel es el mismo que el de Emily. Todavía esperamos los resultados del análisis del ADN.

—No explicaría una mierda.

Dot regresó con un cuchillo de sierra. Marino le dio las gracias y procedió a serrar la carne que había en su plato. Wesley mordisqueó su lenguado a la parrilla y lo contempló durante largos intervalos mientras su colega hablaba.

—Miren, por lo que sabemos, lo de esa niña

fue cosa de Ferguson. Y, desde luego, no podemos descartar la posibilidad de que Gault esté en el pueblo, ni digo que lo hagamos.

—¿Qué más sabemos de Ferguson? —le preguntó Wesley—. ¿Y está usted al corriente de que la huella encontrada en las bragas que llevaba pertenece a Denesa Steiner?

—Eso se explica porque las bragas fueron robadas de la casa la noche que esa sabandija se llevó a la niña. Si recuerda, la madre dijo que, mientras estaba en el armario, le pareció oír que el hombre revolvía los cajones y que, después, sospechó que se había llevado algo.

—Eso y la piel del frigorífico me llevan a pensar muy mal del tipo, desde luego —asintió Wesley—. ¿Existe alguna posibilidad de que tuviera contacto con Emily anteriormente?

—Desde luego, dada su profesión —intervine yo—, tenía información sobre esos casos de Virginia, sobre Eddie Heath. Quizás intentó hacer que la muerte de la niña recordara otros sucesos. O puede que extrajese la idea de lo que sucedió allí...

—Ferguson era un bicho raro —apuntó Marino mientras cortaba otro pedazo de carne—, eso se lo puedo asegurar. Pero por aquí nadie parece saber casi nada.

—¿Cuánto tiempo trabajó para la oficina estatal de investigación? —pregunté.

—Hará diez años. Antes fue patrullero y antes aún sirvió en el ejército.

—¿Estaba divorciado? —preguntó Wesley.

—¿No lo está todo el mundo?

—Casi.

—Dos veces. Tenía una ex esposa en Tennessee y otra en Enka. Tres hijos mayores y repartidos por el país.

—¿Qué cuenta la familia acerca de él? —quise saber.

—No llevo aquí seis meses, ¿sabe? —Marino agarró de nuevo la pimienta—. Sólo puedo hablar con un número limitado de personas en un día, y eso siempre que tenga la suerte de ponerme en contacto con ellas al primer o segundo intento. Y visto que ninguno de los dos ha estado por aquí y que me han cargado a mí con todo el asunto, espero que no se lo tomen como una cuestión personal si digo que un día no tiene tantas horas, maldita sea.

—Lo comprendemos, Pete —le aseguró Wesley en su tono de voz más razonable—. Por eso hemos venido. Sabemos muy bien que es preciso hacer un montón de investigaciones. Más incluso, quizá, de lo que yo había pensado en principio, porque no hay nada que encaje como es debido. Me da la impresión de que este caso va en tres direcciones distintas, por lo menos, y no encuentro demasiadas conexiones. Lo único que sé es que Ferguson es el principal sospechoso, indiscutiblemente. Tenemos pruebas forenses que lo señalan: la piel del congelador, la ropa interior de Denesa Steiner...

—Aquí hacen un pastel de cerezas delicioso —anunció Marino mientras buscaba con la mirada a la camarera.

La mujer estaba junto a la puerta de la cocina y

le miraba a su vez directamente, esperando la menor indicación.

—¿Cuántas veces ha comido en este restaurante? —le pregunté.

Marino levantó la voz cuando la camarera, siempre atenta a él, se aproximaba.

—Tengo que hacerlo en alguna parte, ¿no es cierto, Dot?

Wesley y yo pedimos sendos cafés.

—Vaya, querida, ¿no le ha gustado la ensalada? —me preguntó la mujer con sincera zozobra.

—No, no es eso. Estaba muy buena —le aseguré—. Es que no tengo tanta hambre como había creído.

—¿Quiere que se la envuelva para llevársela?

—No, gracias.

Cuando la camarera se alejó, Wesley continuó contando a Marino lo que sabía sobre los hallazgos forenses. Hablamos un rato de la «puepa» y de la cinta adhesiva, y cuando por fin apareció el pastel de cereza y Marino hubo dado cuenta de él y encendido otro cigarrillo, la conversación ya había perdido todo su fuelle. Marino no tenía más idea que nosotros respecto de adónde nos llevaban la cinta adhesiva anaranjada de combustión retardada o la médula de madera.

—Maldita sea —repitió—. Todo esto es de lo más extraño. No he encontrado un jodido indicio que encaje con ninguna de esas cosas.

—Bien —dijo Wesley, cuya atención ya empezaba a decaer—, la cinta es tan poco corriente que alguien de por aquí tiene que haberla visto alguna vez. Si procede de esta zona. Y, si no es así, espero que daremos con su pista.

Echó la silla hacia atrás. Recogí la cuenta y murmuré:

—Yo me ocupo de esto.

—Aquí no aceptan la American Express —me previno Marino.

—Ahora son las dos menos diez. —Wesley se puso en pie—. Quedemos en el hotel a las seis para elaborar un plan.

—No me gusta tener que recordarlo —le dije—, pero es un motel, no un hotel. Y en este momento ninguno de los dos tiene coche.

—Los dejaré en el Travel-Eze. Su coche ya debería esperarla allí, doctora. Y a usted, Wesley, también podemos encontrarle uno, si cree que lo necesitará —sugirió Marino, como si ya fuera el nuevo jefe de policía de Black Mountain, o quizás el alcalde.

—Ahora mismo no sé lo que voy a necesitar —respondió Benton.

13

El detective Mote había sido trasladado a una habitación individual y su condición era estable, pero aún bajo vigilancia, cuando fui a verle aquella tarde. Como no conocía demasiado la ciudad, recurrí a la tienda de regalos del hospital, donde tenían una mínima selección de ramos de flores a elegir de detrás de una vitrina refrigerada.

—¿Detective Mote? —pregunté desde la puerta, sin atreverme a cruzar el umbral.

El policía dormitaba en la cama, con el televisor a medio volumen.

—Hola —insistí, un poco más alto.

Abrió los ojos y, durante unos instantes, no tuvo la menor idea de quién era yo. Por fin lo recordó, y sonrió como si llevara días soñando conmigo.

—¡Vaya, Dios tenga piedad! Doctora Scarpetta, adelante. Nunca habría imaginado que todavía rondaba por aquí.

—Discúlpeme por las flores. En la tienda de abajo no había mucho donde escoger. —Le mostré el lastimoso ramo de crisantemos y margaritas, encajado en un tosco jarrón verde—. ¿Qué le parece si las pongo ahí?

Deposité el jarro sobre una mesilla y me apenó observar que en la habitación sólo había otro ramo de flores, aún más patético que el mío.

—Si quiere sentarse un minuto, ahí tiene una silla.

—¿Qué tal va eso? —le pregunté.

Estaba pálido y más delgado. Con mirada débil contemplaba el delicioso día de otoño que se veía por la ventana.

—Bueno, procuro dejarme llevar por la corriente, como dicen —respondió—. Resulta difícil saber qué nos espera a la vuelta de la esquina, pero estoy pensando en dedicarme a la pesca y en trabajar la madera, que es lo que me gusta. ¿Sabe?, llevo años deseando construir una pequeña cabaña de troncos en alguna parte. Y me entusiasma tallar bastones de madera de tilo.

—Detective Mote —le interrumpí. No quería perturbarlo y, por ello, titubeé antes de decidirme a hacer la pregunta—: ¿Ha venido a visitarlo alguien de su departamento?

—Claro que sí —respondió, sin dejar de contemplar el límpido cielo azul—. Un par de muchachos ha pasado por aquí, o ha llamado.

—¿Qué opinión le merece el modo en que se está llevando la investigación del caso Steiner?

—No muy buena.

—¿Por qué?

—Bueno, en primer lugar, porque yo no participo. También, porque parece que cada cual va por su lado. Eso me preocupa un poco.

—Usted ha estado en el caso desde el principio

—apunté—. Debe de haber conocido a Max Ferguson bastante bien.

—Supongo que no tanto como creía.

—¿Sabe que Ferguson es sospechoso?

—Lo sé. Lo sé todo al respecto.

El sol que entraba en la habitación daba un tono tan claro a sus ojos azules que éstos parecían hechos de agua. Mote parpadeó varias veces y se enjugó unas lágrimas causadas por el exceso de luz o por la emoción.

Después añadió:

—También sé que sospechan de Creed Lindsey y, créame, es una vergüenza lo que hacen con ambos.

—¿Por qué dice eso?

—¡Vamos, doctora Scarpetta! ¡Max no está exactamente aquí para defenderse!

—No, es cierto —reconocí.

—Y Creed no sabría por dónde empezar a hacerlo, aunque estuviera aquí.

—¿Y dónde está?

—He oído que ha escapado a alguna parte. No es la primera vez que lo hace. Ya se largó cuando aquel muchacho murió atropellado. Entonces todo el mundo señaló a Creed como culpable indiscutible, de modo que desapareció, aunque volvió a aparecer como la moneda falsa. De vez en cuando se va a lo que antes llamábamos el Barrio de Color, y allí bebe y se mezcla en algún sarao.

—¿Dónde vive?

—En Rainbow Mountain, por la carretera de Montreat.

—Me temo que no sé dónde está eso.

—Cuando se llega al cruce de Montreat, se toma la carretera de la derecha, la que sube hacia la montaña. Antes, allí sólo vivían campesinos, gente rústica. Pero durante los últimos veinte años, muchos de ellos se han marchado a otra parte o han muerto y se han instalado tipos como ese Creed. —Hizo una breve pausa, con una expresión distante y pensativa. Luego continuó—: La casa se ve desde abajo, yendo por la carretera. Tiene una lavadora vieja en el porche y tira la mayor parte de la basura al bosque por la puerta trasera. La verdad es que Creed no es hombre de muchas luces.

—¿Qué quiere decir con eso? —pregunté.

—Quiero decir que le asusta lo que no entiende y que es incapaz de entender cosas como las que están pasando aquí.

—¿O sea, que usted tampoco cree que esté complicado en la muerte de la niña?

El detective Mote cerró los ojos. Parecía muy cansado. El monitor situado sobre la cabecera de la cama indicaba un pulso estable de sesenta y seis.

—No, señora. Ni por un instante. Pero estoy seguro de que tiene alguna razón para haber huido. Eso no puedo quitármelo de la cabeza.

—Ha dicho que Creed estaba asustado. Parece razón suficiente.

—Pero tengo la sensación de que hay algo más. De todos modos, es inútil que le dé vueltas. Tal como estoy, no puedo hacer nada. A menos que todos accedan a ponerse en cola ante mi puerta y me permitan preguntarles lo que quiera... y seguro que eso no va a suceder.

No deseaba mencionar a Marino, pero me sentí obligada a hacerlo:

—¿Qué opina del capitán Marino? ¿Ha oído muchas cosas de él?

Mote me miró a los ojos.

—El otro día vino con un botellín de Wild Turkey. Está en el armario de ahí.

Sacó un brazo de debajo de la sábana y señaló el mueble.

Los dos permanecimos callados e inmóviles durante unos segundos.

—Ya sé que no debería beber... —añadió él a continuación.

—Quiero que obedezca a los médicos, teniente Mote. Tiene que vivir con esto, lo cual significa abstenerse de todo aquello que le pueda crear problemas.

—También sé que tengo que dejar de fumar.

—Eso se puede conseguir. Yo nunca pensé que podría y...

—¿Todavía lo echa de menos?

—Lo que no echo de menos es cómo me hacía sentir.

—A mí tampoco me gusta cómo me hace sentir cualquier mal hábito, pero ello no tiene nada que ver.

—Sí —reconocí con una sonrisa—. Lo echo de menos. Pero cada vez es más fácil.

—Le dije a Marino que no querría verlo terminar aquí como yo, doctora. Pero es un hombre testarudo.

Me asaltó el recuerdo perturbador de Mote tendido en el suelo, lívido, azulada la tez, mientras yo trataba de salvarle la vida, y concluí que sólo era cuestión de tiempo que Marino sufriera una experiencia similar. Pensé en el almuerzo, en el coche y las ropas nuevas y en su extraño comportamiento. Casi parecía que Pete hubiera decidido que ya no quería saber de mí y que el mejor modo de conseguirlo era transformarse en alguien que yo no reconociera.

—Desde luego, Marino se ha volcado en el caso. Y es un asunto realmente demoledor —fue mi débil respuesta.

—La señora Steiner no puede pensar en otra cosa, y no la critico en absoluto por ello. Si estuviera en su lugar, supongo que yo también dedicaría al caso todo cuanto tuviera.

—¿Y qué ha dedicado ella? —quise saber.

—Es una mujer bastante rica —me respondió Mote.

—Eso ya lo imaginaba —dije, pensando en el coche de Denesa.

—Ha hecho mucho por colaborar en la investigación.

—¿Colaborar? ¿Qué ha hecho, exactamente?

—Los coches. Como el que lleva Marino, por ejemplo. Alguien tiene que pagar todo eso.

—Yo creía que eran donaciones de los comerciantes de la zona.

—Bueno, a eso debo decir que la iniciativa de la señora Steiner ha inspirado a otros a contribuir. Ella ha conseguido que toda la zona se obsesione por el caso y la compadezca y, desde luego, nadie quiere que les suceda lo mismo a los hijos de otros.

»La reacción ha sido algo que no había visto nunca en mis veintidós años de trabajo policial. Claro que tampoco había visto nunca un caso parecido, debo reconocerlo.

—¿De veras ha pagado la señora Steiner el coche que yo conduzco? —Me había costado un gran esfuerzo no levantar la voz ni trasmitir otra sensación que la de calma.

—Sí, ha donado los dos coches, y otros comerciales los han equipado: focos y luces, radios, radares...

—Detective Mote, ¿cuánto dinero ha entregado la señora Steiner al departamento de policía?

—Calculo que unos cincuenta.

—¿Cincuenta? —Le miré con incredulidad—. ¿Cincuenta mil dólares?

—Exacto.

—¿Y nadie ve ningún problema en eso?

—Por lo que a mí concierne, es lo mismo que cuando la compañía eléctrica nos regaló otro coche, hace unos años, porque hay un transformador que quieren que vigilemos de vez en cuando. Y en Quick Stops y en 7-Eleven nos sirven café gratis con tal que pasemos por allí a ciertas horas. En realidad, todo se reduce a que la gente nos ayuda a que la ayudemos. El sistema funciona mientras nadie intente aprovecharse.

Sus ojos me miraban fijamente. Aún tenía las manos por encima de las sábanas.

—Supongo que en una ciudad grande como Richmond tienen otras reglas.

—Cualquier donación al departamento de policía de Richmond que supere los dos mil quinientos dólares debe ser aprobada por un DYR —respondí.

—No sé qué es eso.

—Un Decreto y Resolución que el jefe de policía presenta ante la junta municipal.

—Parece bastante complicado.

—Y debe serlo, por razones evidentes.

—Sí, claro —murmuró Mote y su voz transmitió, sobre todo, cansancio y abatimiento por la convicción de que ya no podía confiar en su propio organismo.

—¿Se sabe en qué van a utilizarse esos cincuenta mil dólares, aparte de en adquirir varios vehículos más? —pregunté.

—Necesitamos un jefe de policía. Estaba a punto de tocarme a mí la china y, para ser sincero, el puesto no me parece una bicoca a estas alturas. Aunque pueda volver a hacer algún tipo de servicio ligero, es momento de que mi pueblo tenga a alguien con experiencia en el cargo. Las cosas no son como antes.

—Entiendo —comenté. La realidad de lo que estaba pasando resultaba clarificadora, aunque de un modo sumamente perturbador—. Ahora debo dejarle para que descanse.

—Me alegro mucho de que haya venido.

Me estrechó la mano con tal fuerza que me hizo daño, y percibí en él una profunda desesperanza que, probablemente, ni el mismo Mote habría sabido explicar en caso de haber tenido cabal conciencia de ella. Estar a punto de morir es darse cuenta de que un día sucederá; quien lo experimenta una vez nunca vuelve a sentirse igual en nada.

Antes de regresar al Travel-Eze conduje hasta el cruce de Montreat, lo dejé atrás y di la vuelta. Regresé por el otro lado de la carretera mientras trataba de decidir qué hacer. Había muy poco tráfico y, cuando arrimé el coche a la cuneta y me detuve un momento, la gente que pasaba me tomó, probablemente por una turista más que se había perdido o que buscaba la casa de Billy Graham. Pero desde donde había aparcado lo que tenía era una vista perfecta del lugar donde vivía Creed Lindsey; prácticamente estaban ante mis ojos la casa y la vieja lavadora blanca y cuadrada del porche.

Rainbow Mountain debía de haber recibido este nombre, la montaña del Arco Iris, en una tarde de octubre como aquélla. Las hojas tenían diversas tonalidades de rojo, anaranjado y amarillo que llameaban al sol y destacaban en la penumbra, y las sombras se extendían por hondonadas y valles conforme el sol descendía en el cielo. Una hora más y ya no habría luz. Tal vez no me habría decidido a subir por el camino de tierra de no haber detectado una columna de humo que ascendía de la chimenea de piedra de la casa de Creed.

Volví a la calzada marcha atrás, maniobré y tomé por un camino estrecho y surcado de rodadas. Detrás del coche se levantó una nube de polvo rojo mientras me aproximaba al vecindario más inhóspito que había visto nunca. El camino parecía conducir hasta la cima de la montaña y desaparecer allí. A lo largo de él había una serie de viejos remolques como ballenas jorobadas, caravanas herrumbrosas y casuchas desvencijadas construidas con tablones sin pintar o con troncos. Algunas tenían techos de cartón alquitranado, otras de hojalata, y los escasos vehículos que vi eran viejas camionetas y un coche familiar pintado de un extraño color verde crema de menta.

La vivienda de Creed Lindsey tenía un rincón de tierra pelada bajo unos árboles donde, sin duda, aparcaba su furgoneta; detuve allí mi coche y corté el encendido. Después pasé un rato sentada tras el volante, contemplando la cabaña y el porche descuidado y medio hundido. Me dio la impresión de que había una luz encendida en el interior, pero podía tratarse de un reflejo del sol en la ventana. Mientras pensaba en aquel hombre que vendía palillos confitados a los niños y había recogido flores silvestres para Emily al tiempo que barría los suelos y recogía la basura en la escuela, reflexioné sobre la conveniencia de seguir adelante con lo que estaba haciendo.

A fin de cuentas mi primera intención había sido sólo comprobar dónde vivía Creed Lindsey en relación con la iglesia presbiteriana y el lago Tomahawk. Ahora que había encontrado respuesta a ciertas preguntas, tenía otras que formular. No podía alejarme sin comprobar por qué había un hogar encendido en una casa en la que se suponía que no residía nadie. No cesaba de pensar en lo que había dicho Mote y, naturalmente, estaban asimismo los caramelos que había encontrado donde fue descubierto el cuerpo. Aquellos caramelos —los petardos, como los llamaban los niños— eran el principal motivo de que quisiera hablar con el tal Creed.

Llamé a la puerta largo rato y creí oír que alguien se movía en el interior. Me sentí observada. Pero no acudió nadie, y mis llamadas de viva voz no tuvieron respuesta. La ventana a mi izquierda, cubierta de polvo carecía de persiana. Al otro lado del cristal distinguí un suelo de tablas oscuras y parte de una silla de madera iluminada por una lamparilla situada en una mesa.

Aunque me dije que una lámpara encendida no significaba que hubiese alguien en la casa, me llegó el olor a humo de leña y me fijé en que había un montón de ella, recién cortada y apilada, en el porche. Llamé otra vez y noté que la puerta casi cedía bajo mis nudillos, como si no hiciera falta mucha fuerza para echarla abajo de un empujón.

—¿Hola? —exclamé—. ¿Hay alguien?

Me respondió el murmullo de las ramas de los árboles, sacudidas por las ráfagas de viento. En la sombra, el aire era frío. Se percibía un leve hedor de restos putrefactos, atacados por los mohos y en proceso de descomposición. En la espesura, a ambos lados de aquella cabaña de un par de habitaciones con el techo oxidado y la antena de televisión doblada, se extendía la basura de muchos años que, afortunadamente, cubría en parte la hojarasca. Lo que más vi fueron envases de leche, de papel y plástico, y botellas de cola que llevaban allí el tiempo suficiente como para que las etiquetas se hubieran descolorido.

De ello deduje que el señor de la mansión había abandonado su desconsiderado sistema de arrojar la basura por la puerta de atrás, pues no distinguí ningún desperdicio reciente. Sumida por un instante en esta reflexión, percibí una presencia detrás de mí. Noté unos ojos clavados en mi espalda; fue una sensación tan vívida que se me erizó el vello de los brazos mientras me daba la vuelta lentamente.

En el camino, cerca del parachoques trasero de mi coche, había una muchacha que me observaba en la creciente penumbra, inmóvil como una cervatilla, con los ojos ligeramente bizcos y el cabello castaño mate cayéndole lacio a ambos lados del rostro, delgado y pálido. La extraña aparición no se movía un ápice, pero percibí en sus piernas largas y delgadas que desaparecería a la carrera si yo hacía el menor movimiento o cualquier ruido mínimamente alarmante. Durante largo rato continuó mirándome, y yo le sostuve la mirada como si aceptara la necesidad de aquel extraño encuentro. Cuando la muchacha desvió la vista unos instantes y me pareció que respiraba y parpadeaba de nuevo, me atreví a hablar.

—No sé si podrías ayudarme —dije en tono amistoso, sin demostrar miedo.

La chica hundió las manos en los bolsillos de un oscuro abrigo de lana que le iba varias tallas pequeño. Llevaba unos pantalones caqui arrugados y arremangados por encima de los tobillos y calzaba unas gastadas botas de cuero de color canela. Calculé que tendría trece o catorce años, pero era difícil precisarlo. Volví a intentarlo:

—No soy del pueblo y es muy importante que localice a Creed Lindsey. El hombre que vive aquí; por lo menos, tengo entendido que ésta es su casa. ¿Puedes ayudarme?

—¿Para qué lo busca?

La jovencita tenía una voz muy aguda que me recordó el sonido de las cuerdas de un banjo. También tenía un acento muy marcado y supe que me costaría no poco entender lo que pudiera decirme.

—Necesito que él me ayude —respondí, muy suavemente.

La muchacha avanzó varios pasos hacia mí sin que sus ojos se apartaran un solo instante de los míos. Los suyos eran muy pálidos y estrábicos como los de un gato siamés.

—Creed sospecha que lo andan buscando, ya lo sé —continué con absoluta calma—, pero no es mi caso. No soy de esa gente, te lo aseguro. No he venido a hacerle ningún daño.

—¿Cómo se llama?

—Soy la doctora Scarpetta —respondí.

Su mirada se hizo aún más severa, como si acabara de revelarle un extraño secreto. Se me ocurrió que, si la chiquilla sabía siquiera lo que era un doctor, posiblemente no había conocido nunca a ninguno que fuera mujer.

—¿Sabes lo que es un médico, un doctor? —le pregunté. Ella dirigió una mirada al coche como si éste contradijera lo que yo acababa de decir—. Hay algunos doctores que ayudan a la policía cuando la gente sufre algún daño. Eso es lo que hago yo —expliqué—. Ayudo a la policía del pueblo. Por eso llevo un coche así. La policía me lo presta mientras estoy aquí, porque no soy de esta región. Soy de Richmond, Virginia.

Mi voz se apagó mientras ella seguía observando el coche en silencio, y tuve la descorazonadora sensación de que había hablado demasiado y de que todo estaba perdido. No iba a dar con Creed Lindsey. Había sido una estupidez por mi parte imaginar ni por un instante que podía comunicarme con una persona que no conocía y a la que no podía entender ni por asomo.

Me disponía a volver al coche y emprender el regreso cuando, de pronto, la chica se acercó. Me sobresalté cuando me tomó de la mano y, sin una palabra, tiró de mí hacia el coche y señaló, a través de la ventanilla, el maletín médico negro depositado en el asiento del pasajero.

—Es mi botiquín —dije—. ¿Quieres que lo saque?

—Sí, sáquelo.

Abrí la puerta y lo hice. Yo creía que la muchacha sólo sentía curiosidad pero, al instante, empezó a tirar de mí hasta el camino. Sin una palabra, me condujo hacia el punto donde antes había aparecido. Su mano, áspera y seca como farfolla de maíz, continuó apretando la mía con firmeza y determinación.

—¿Y tú, no me dirás cómo te llamas? —pregunté mientras subíamos la cuesta a paso ligero.

—Deborah.

Tenía la dentadura deteriorada y estaba demacrada y avejentada prematuramente, señales típicas de los casos de malnutrición crónica que solían verse en una sociedad donde el motivo no siempre era la comida. Imaginé que la familia de Deborah, como tantas que había conocido en otros lugares, subsistía gracias a las insuficientes calorías que podían proporcionar los cupones de alimentación.

—¿Deborah qué? —insistí cuando nos acercamos a una casita de madera que parecía construida con planchas sobrantes de un aserradero recubiertas de porciones de cartón embreado que debían producir, supuestamente, el efecto de paredes de ladrillo.

—Deborah Washburn.

Subí tras ella unos peldaños desvencijados que conducían a un porche ajado por la intemperie, en el que no había nada salvo leña y una mecedora de color turquesa desvaído. La muchacha abrió una puerta que no había visto la pintura desde hacía tanto tiempo que ya era imposible recordar su color, y me hizo pasar adentro. Allí quedó clara, inmediatamente, la razón de su insistencia.

Dos caritas demasiado viejas para sus pocos años me miraron desde un colchón desnudo, extendido en el suelo, en el cual también estaba sentado un hombre que sangraba sobre unos trapos desplegados en su regazo mientras intentaba coserse un corte en el pulgar derecho. En el suelo, cerca del él, había una jarra de vidrio medio llena de un líquido claro que no me pareció agua. El hombre había conseguido darse un par de puntos con hilo y aguja corrientes. Durante un momento, nos observamos mutuamente bajo el resplandor de una bombilla desnuda que colgaba del techo.

—Es una doctora —le dijo Deborah.

Él continuó mirándome, dejando que la sangre gotease de la herida. Calculé que rondaba los treinta años; los cabellos, largos y negros, le caían sobre los ojos, y su tez mostraba una palidez enfermiza, como si no hubiera visto nunca el sol. Alto y con una buena tripa, apestaba a grasa rancia, a sudor y a alcohol.

—¿De dónde la has sacado? —dijo el hombre a la chiquilla.

Los otros niños, con expresión ausente, continuaron concentrados en un televisor, que, hasta donde pude ver, era el único artilugio eléctrico de la casa, aparte la bombilla.

—Estaba buscando a ése —le dijo Deborah, y no se me escapó el tono especial con que pronunciaba la última palabra: al momento supe que aquel hombre tenía que ser Creed Lindsey.

—¿Por qué la has traído?

Su voz no parecía especialmente molesta o asustada.

—Eso duele.

—¿Cómo te has cortado? —pregunté yo mientras abría el maletín.

—Con el cuchillo.

Inspeccioné la herida. Se había levantado un pedazo de piel considerable.

—Aquí, coser no es la mejor solución —dije mientras sacaba una antiséptico tópico, esparadrapo esterilizado y pomada de ácido benzoico—. ¿Cuándo te has hecho la herida?

—Esta tarde. He llegado y he querido abrir una lata...

—¿Recuerdas la última vez que te pusieron la inyección del tétanos?

—No.

—Mañana deberías ir a que te pusieran una. Lo haría yo ahora mismo, pero no traigo ninguna dosis en el botiquín.

El hombre me observó mientras yo exploraba con la mirada el entorno. La cocina no era más que un horno de leña y el agua salía de una bomba adosada al fregadero. Después de lavarme las manos y secármelas lo mejor que pude, me arrodillé en el colchón junto a él y le tomé la mano, musculosa y encallecida, de uñas sucias y rotas.

—Esto va a doler un poco —le previne—. Y no tengo nada para aliviar el dolor, así que, si tú tienes algo, adelante.

Dirigí una mirada a la jarra de líquido. Él también la miró y alargó la mano sana para levantarla. Tomó un buen trago y el aguardiente de maíz, o lo que diablos fuera, le hizo saltar las lágrimas. Esperé hasta que hubo tomado otro trago antes de proceder a limpiar la herida y a fijar la piel en su sitio levantada, mediante la pomada y el esparadrapo. Cuando terminé, se relajó. A falta de una buena venda, le envolví el pulgar con gasa.

—¿Dónde está tu madre? —pregunté a Deborah mientras guardaba el material utilizado en el maletín, pues no vi por ninguna parte un cubo de la basura.

—Está en el Burguer Hut.

—¿Trabaja allí?

La muchacha asintió mientras uno de sus hermanitos se levantaba a cambiar el canal del televisor.

—¿Tú eres Creed Lindsey? —pregunté con llaneza a mi paciente.

—¿Por qué lo pregunta?

Hablaba con el mismo acento que la chica y no me pareció tan atontado como había sugerido el teniente Mote.

—Necesito hablar con él.

—¿Para qué?

—Porque no creo que tenga nada que ver con lo que le ha pasado a Emily Steiner, pero sí que sabe algo que puede ayudarnos a encontrar a quien lo hizo.

—¿Qué podría saber?

Su mano sana buscó de nuevo la jarra de aguardiente.

—Eso es lo que me gustaría preguntarle —respondí—. Sospecho que Emily le gustaba y que le apena mucho lo sucedido. Y también sospecho que cuando está trastornado se aleja de la gente, como lo hace ahora, sobre todo si piensa que puede verse en dificultades.

El hombre bajó la vista a la jarra y revolvió lentamente el contenido.

—Él no le hizo nada a la niña aquella noche.

—¿Aquella noche? —repetí—. ¿Te refieres a la noche en que Emily desapareció?

—Él la vio. Iba caminando con su guitarra y él aflojó la marcha de la furgoneta para decirle hola. Pero no hizo nada más. No la llevó a dar una vuelta ni nada.

—¿Él le propuso dar una vuelta?

—No se lo habría propuesto porque sabía que ella no habría aceptado.

—¿Y por qué no?

—Porque a ella no le gusta. No le gusta Creed aunque él le hace regalos.

Le temblaba el labio inferior.

—He oído que era muy bueno con ella. Que le regalaba flores en la escuela. Y caramelos.

—No, nunca le daba caramelos porque ella no los habría aceptado.

—¿No los habría aceptado?

—No. Ni siquiera los que le gustan. Y eso que la veo aceptarlos de otros.

—¿Petardos?

—Wren Maxwell me los cambia por los palillos y le veo darle los caramelos a ella.

—Aquella noche, cuando la viste caminando hacia su casa con la guitarra, ¿iba sola?

—Sí.

—¿Dónde la viste?

—En la carretera. A un buen trecho de la iglesia.

—Entonces, ¿no iba por el camino que bordea el lago?

—No, por la carretera. Ya era oscuro.

—¿Dónde estaban los demás chicos del grupo de juventud?

—Los que yo vi venían bastante más atrás. Sólo vi tres o cuatro. Ella caminaba muy deprisa y estaba llorando. Yo aflojé la marcha cuando vi que lloraba. Pero continuó caminando y yo seguí. No la perdí de vista durante un rato porque temía que le pasara algo.

—¿Por qué lo temías?

—Porque estaba llorando.

—¿Seguiste pendiente de ella hasta que llegó a su casa?

—Sí.

—¿Sabes cuál es su casa?

—Sí que lo sé.

—¿Qué pasó entonces? —pregunté.

Ahora comprendía muy bien por qué le buscaba la policía. Entendía que los agentes sospecharan de él y, si oían lo que estaba contándome, sus sospechas no harían sino aumentar.

—La vi entrar en la casa.

—¿Ella te vio?

—No. Durante un rato apagué los faros.

Dios bendito, me dije.

—Creed, ¿comprendes por qué está preocupada la policía?

Agitó el aguardiente un poco más y sus ojos, de una extraña mezcla de castaño y verde, dieron muestra de cierta inquietud.

—Yo no le hice nada —insistió.

Le creí.

—Sólo estabas pendiente de ella porque habías

visto que lloraba —asentí—. Y a ti te gustaba Emily.

—Vi que estaba llorando, sí.

Tomó un sorbo de la jarra.

—¿Sabes dónde la encontraron? ¿Sabes dónde la encontró el pescador?

—Conozco el lugar.

—Has estado allí.

No hubo respuesta.

—Visitaste el lugar y le dejaste caramelos. Después de su muerte.

—Mucha gente ha ido allí. Van a mirar. Pero su vieja no va.

—¿Su vieja? ¿Te refieres a su madre?

—Ella no va.

—¿Te vio alguien cuando estuviste allí?

—No.

—Dejaste esos caramelos allí. Un regalo para ella.

Le tembló el labio y le lagrimearon los ojos.

—Le dejé unos petardos —reconoció por fin.

—¿Por qué allí? ¿Por qué no en la tumba?

—No quería que alguien me viera.

—¿Por qué?

Fijó la vista en la jarra. No era preciso que lo dijera. Yo sabía por qué. No era difícil imaginar las cosas que le llamarían los niños en la escuela mientras le daba a la escoba por los pasillos. Podía imaginar los motes y las risas y las bromas crueles que le gastarían si circulaba la voz de que a Creed Lindsey le gustaba alguien. Y a Creed le gustaba Emily Steiner, pero a Emily le gustaba Wren.

Cuando me marché ya casi había cerrado la noche, y Deborah me siguió como un gatito silencioso camino del coche. El corazón me dolía físicamente, como si hubiera ejercitado demasiado los músculos pectorales. Tuve el impulso de darle dinero a la niña, pero sabía que no debía.

—Haz que tenga cuidado con esa mano y que la mantenga limpia —le dije mientras abría la puerta del Chevrolet—. Y tienes que llevarle a un médico. ¿Tenéis médico, aquí?

La chica dijo que no con la cabeza.

—Haz que tu madre busque uno. En el Burger Hut le dirán de alguno. ¿Lo harás?

Me miró y me cogió de la mano.

—Deborah, puedes avisarme al Travel-Eze. No tengo el número de teléfono, pero está en la guía. Aquí tienes mi tarjeta para que te acuerdes de cómo me llamo.

—En casa no hay teléfono —dijo ella, y me lanzó una intensa mirada sin soltarme la mano.

—Ya lo sé, pero si necesitas llamar puedes buscar un teléfono público, ¿verdad?

Deborah asintió. Un coche subía por la cuesta.

—Ésa es mamá.

—¿Cuántos años tienes, Deborah?

—Once.

—¿Vas a la escuela pública, aquí, en Black Mountain? —quise saber, sobresaltada por el pensamiento de que tenía la misma edad que Emily.

La pequeña asintió otra vez.

—¿Conocías a Emily Steiner?

—Ella iba más adelantada.

—¿No estabais en el mismo curso?

—No.

Me soltó la mano. El coche, un vetusto Ford al que faltaba un faro, pasó tronando, y vislumbré brevemente a una mujer que miraba hacia nosotras. Nunca olvidaré el cansancio de aquella cara fláccida, con la boca hundida y los cabellos recogidos en una redecilla. Deborah saltó en pos de su madre y yo cerré la portezuela del coche.

Cuando volví al motel, tomé un largo baño caliente y pensé en hacerme traer algo de comer, pero al estudiar la carta del servicio de habitaciones vi que no me apetecía nada y decidí dedicar un rato a leer. A las diez y media, el teléfono me despertó con un sobresalto.

—¿Diga?

—¿Kay? —Era Wesley—. Tengo que hablar contigo. Es muy importante.

—Voy a tu habitación.

Acudí de inmediato y llamé a la puerta.

—Soy Kay.

—Espera —le oí decir al otro lado.

Unos instantes y se abrió la puerta. Su cara me confirmó que sucedía algo terrible.

Entré.

—¿De qué se trata?

—Es Lucy.

Benton cerró la puerta y, por el estado del escritorio, deduje que había pasado casi toda la tarde al teléfono.

Había notas esparcidas por todas partes, la corbata estaba sobre la cama y llevaba el cuello de la camisa abierto.

—Ha tenido un accidente.

—¿Qué? —Se me heló la sangre en las venas y me sentí incapaz de pensar. Benton deambuló de un sitio a otro, trastornado—. ¿Qué le ha pasado?

—Ha sucedido esta tarde, en la 95, justo al norte de Richmond. Parece que estuvo en Quantico y salió a cenar y luego emprendió el regreso. Cenó en The Outback, ya sabes, el local australiano. Sabemos que se detuvo en Hanover en la armería, la Green Top, y fue después de eso cuando tuvo el accidente.

No dejó de andar mientras hablaba.

—¿Pero qué le ha pasado?

—Está en el hospital. Fue serio, Kay.

—¡Oh, Dios mío!

—Al parecer, en la salida de Atlee/Elmont tomó mal la curva. Cuando encontraron tu documentación, la policía del estado llamó a tu despacho desde el lugar del suceso y el servicio encargó a Fielding que te buscara. Me ha llamado porque no quería ser él quien te diera la noticia por teléfono. Bueno, el asunto es que, como él también es médico forense, temía cuál sería tu primera reacción si empezaba a decirte que Lucy acababa de sufrir un accidente...

—¡Benton!

—Lo siento. —Me puso las manos en los hombros—. ¡Señor!, no se me dan bien estas cosas, cuando se trata de... En fin, cuando se trata de ti. Lucy tiene algunos cortes y conmoción cerebral. Es un verdadero milagro que esté viva. El coche dio varias vueltas de campana. Tu coche. Siniestro total. Tuvieron que cortar la chapa para sacarla y se la llevaron en helicóptero. A decir verdad, por el aspecto del coche pensaron que no había supervivientes. Es absolutamente increíble que se haya salvado.

Cerré los ojos y me senté al borde de la cama.

—¿Había bebido? —pregunté.

—Sí.

—Bien, cuéntame el resto.

—La han acusado de conducir en estado de embriaguez. En el hospital le midieron la tasa de alcohol en sangre, y es alta. No estoy seguro de cuánto.

—¿Y nadie más ha resultado herido?

—No intervino ningún otro coche.

—Gracias a Dios.

Benton se sentó a mi lado y me frotó suavemente el cuello.

—Y es otro milagro que llegara hasta donde llegó sin más incidentes. Supongo que bebería mucho cuando salió a cenar. —Me pasó el brazo por los hombros y me acercó a él—. Ya te he reservado plaza en un vuelo.

—¿Qué hacía Lucy en la Green Top?

—Comprar un arma. Una Sig Sauer P230. La encontraron en el coche.

—Tengo que volver a Richmond ahora mismo.

—No hay nada hasta mañana temprano, Kay. Puedes esperar hasta entonces.

—Tengo frío —murmuré.

Se quitó la chaqueta y me la puso sobre los hombros. Empecé a tiritar. El pánico que había sentido al ver la cara de Wesley y al notar la tensión de su voz me había devuelto a la noche en que me dio la noticia referente a Mark.

Desde el instante mismo en que oí la voz de Wesley al otro extremo de la línea, supe que tenía para mí una noticia muy mala; entonces empezó a explicarme lo de la bomba de Londres, que Mark estaba en la estación casualmente en el momento en que aquello había sucedido, algo que no tenía nada que ver con él, que no iba dirigido contra él, pero que Mark había muerto. El dolor fue como una agresión, me sacudió como una tormenta. Me dejó abatida como nunca me había sentido, ni siquiera al morir mi padre, cuando era joven, cuando mi madre lloraba y todo parecía perdido.

—Las cosas se arreglarán —dijo Wesley, que ahora me estaba preparando una copa.

—¿Qué más sabes?

—Nada más, Kay. Toma, esto te ayudará.

La copa que me ofrecía era de whisky escocés puro. De haber habido algún cigarrillo en la habitación, me lo habría llevado a los labios y lo habría encendido; habría puesto fin a mi abstinencia y habría olvidado mi determinación sin vacilar.

—¿Sabes cómo se llama el médico que la atiende? Y esos cortes, ¿dónde están? ¿Funcionó el airbag del coche?

Benton empezó a darme masaje en el cuello otra vez y no respondió a mis preguntas porque había dejado claro que no sabía nada más.

—Iré por la mañana —me resigné a decir.

Los dedos continuaron su movimiento por mi cuero cabelludo y la sensación fue maravillosa.

Con los ojos cerrados, empecé a relatar lo sucedido durante la tarde. Hablé de mi visita al teniente Mote en el hospital y de la gente de Rainbow Mountain, de la chica de acento enrevesado y de mi conversación con Creed, quien sabía que Emily Steiner no había tomado el atajo por la orilla del lago después de la reunión del grupo de juventud en la iglesia.

—Es una pena porque, mientras Creed me lo contaba, casi podía verlo —continué, pensando en el diario de la pequeña Steiner—. Emily esperaba encontrarse con Wren antes de la reunión, pero él no se presentó a la cita y después, probablemente, no le prestó la menor atención, de modo que la niña no esperó siquiera a que terminara la reunión y se marchó antes de que salieran los demás.

»Salió corriendo porque estaba dolida y humillada y no quería que nadie se diera cuenta. Creed pasó por casualidad en su camioneta, la vio y quiso asegurarse de que llegaba a casa sin novedad, pues la notó trastornada. Creed admiraba a Emily a distancia, igual que ella quería a distancia, platónicamente, a Wren. Y ahora está muerta, un asesinato horrible. Parece como si todo este asunto girase en torno a personas que quieren a otras y no son correspondidas. Y en torno a cómo se inflige y se trasmite el dolor.

—En realidad, el asesinato siempre gira en torno a eso.

—¿Dónde está Marino?

—No lo sé.

—Marino se equivoca de medio a medio en lo que hace. Y lo sabe perfectamente.

—Sí, me parece que se ha liado con Denesa Steiner.

—Me consta que es así —asentí yo.

—Ya imagino cómo pudo suceder. Él se siente solo, no tiene suerte con las mujeres y, de hecho, ha vivido alejado de ellas desde que Doris le dejó. Denesa Steiner, destrozada y necesitada de compañía, apela a su herido ego masculino y...

—Según parece, esa mujer tiene mucho dinero.

—Sí.

—¿Cómo es eso? Yo creía que su difunto esposo daba clases en una escuela —apunté.

—Lo único que sé es que la familia de ella era muy rica. Dinero del petróleo o algo así, en el oeste. Por cierto, Kay, vas a tener que comunicar los detalles de tu encuentro con Creed Lindsey. Lo que te ha contado no le favorece mucho... —Yo ya sabía aquello—. Imagino cómo te sientes —continuó Benton—, pero ni siquiera yo estoy seguro de sentirme cómodo con lo que me has contado de él. Me llama la atención que siguiera a la niña en la camioneta y que apagase los faros; me llama la atención que supiese dónde vivía y que estuviera tan pendiente de ella en la escuela. Y me hace sospechar muchísimo el detalle de que visitara el lugar donde encontramos el cuerpo y de que dejara allí los caramelos.

—¿Y por qué, entonces, encontramos la piel en

el congelador de Ferguson? ¿Cómo encaja Creed Lindsey en eso?

—Muy sencillo: la piel la puso allí Ferguson o lo hizo otro. Y no creo que fuera Ferguson.

—¿Por qué?

—No corresponde al perfil. Eso ya lo sabes, ¿verdad?

—¿Y Gault?

Wesley no respondió. Le miré, pues había aprendido a interpretar sus silencios.

—Te estás callando algo —dije.

—Hemos recibido una llamada de Londres. Creemos que ha vuelto a matar. Esta vez allí.

Cerré los ojos.

—¡Dios santo, no!

—Un muchacho. Catorce años. Muerto en los últimos días.

—¿El mismo modus operandi que en el caso de Eddie Heath?

—Mordiscos extirpados. Un disparo en la cabeza. El cuerpo, a la vista. Se parece bastante.

—Eso no significa que Gault no estuviera en Black Mountain —sugerí mientras crecían mis dudas.

—En este momento no podemos afirmar lo contrario. Gault podría estar en cualquier parte. Pero dudo que nos las tengamos con él. Los casos de Eddie Heath y de Emily Steiner presentan muchos puntos en común, pero también muchas diferencias.

—Hay diferencias porque este caso es distinto —repliqué—. Y yo no creo que Creed Lindsey pusiera esas lonchas de piel en el frigorífico de Ferguson.

—Escucha, no sabemos por qué estaban allí. No sabemos si alguien lo depositó o no ante su puerta, o si Ferguson encontró o no el paquete en cuanto llegó a casa desde el aeropuerto. Lo guardó en el congelador del frigorífico, como haría todo buen investigador, pero no vivió lo suficiente como para contárselo a nadie.

—¿Insinúas que Creed esperó a que Ferguson llegara a casa y entonces se lo entregó o se lo envió?

—Lo que insinúo es que la policía va a considerarlo así.

—¿Por qué habría de hacer Creed algo semejante?

—Por remordimiento.

—Gault, en cambio, lo haría para burlarse de nosotros.

—Exactamente.

Guardé silencio unos instantes. Después insistí:

—Si Creed es el autor de todo esto, ¿cómo explicas la huella de Denesa Steiner en las bragas que vestía Ferguson?

—Si Ferguson era un fetichista que se ponía ropa de mujer para estimularse, quizá las robó. Mientras se ocupaba del caso de Emily, entraba y salía de su casa. Pudo llevarse las bragas sin ningún problema. Y ponerse algo de ella mientras se masturbaba excitó todavía más sus fantasías.

—¿De veras es eso lo que piensas?

—En realidad no sé qué pensar. Te estoy contando todo esto porque sé lo que va a pasar. Sé lo que pensará Marino. Creed Lindsey es sospechoso. De hecho, lo que ha declarado respecto a que siguió a Emily Steiner nos proporciona una excusa para registrar su casa y el vehículo. Si descubrimos algo, y si la señora Steiner piensa que él se parece al hombre que irrumpió en la casa aquella noche, o que su voz se lo recuerda, a Creed le va a caer la acusación de asesinato en primer grado.

—¿Qué hay de las pruebas forenses? —pregunté—. ¿Ha llegado algo más del laboratorio?

Wesley se levantó y se metió el faldón de la camisa en los pantalones mientras hablaba.

—Hemos seguido la pista de la cinta adhesiva hasta el penal correccional de Attica, en Nueva York. Al parecer, cierto administrador del penal se hartó de que desaparecieran los rollos y decidió hacer un pedido de una clase especial que fuera más incómoda de robar. Por eso escogió el color anaranjado fosforescente, que también era el de las ropas que llevaban los internos. Como la cinta era utilizada dentro de la prisión para reparar cosas como colchones, por ejemplo, era imprescindible que tuviera cierto grado de resistencia al fuego. Shuford Mills fabricó un lote para aquel pedido, creo que unas ochocientas cajas, en 1986.

—Esto es muy extraño.

—En cuanto a los residuos que había en la parte adhesiva de los fragmentos de cinta utilizados para atar a Denesa Steiner, se trata de una laca que concuerda con la que recubría el tocador del dormitorio. Parece un descubrimiento lógico, ya que el hombre la inmovilizó en aquella habitación, de modo que el dato resulta relativamente inútil.

—Gault no estuvo encarcelado en Attica, ¿verdad? —pregunté.

Wesley se estaba ajustando la corbata ante el espejo.

—No, pero eso no excluye la posibilidad de que se hiciera con la cinta por otros medios. Podría habérsela dado alguien. Cuando la penitenciaría del estado estaba en Richmond, él trabó estrecha amistad con el guardián... con el mismo guardián al que después asesinaría. Supongo que merece la pena investigar si pudo ir a parar allí alguno de los rollos.

—¿Salimos a alguna parte? —quise saber, observando que él guardaba un pañuelo limpio en el bolsillo trasero del pantalón y la pistola en una funda colgada del cinturón.

—Te llevo a cenar.

—¿Y si no quiero ir?

—Querrás.

—Tanta seguridad en ti mismo resulta espantosa.

Benton se inclinó y me besó mientras retiraba la chaqueta que había colocado sobre mis hombros.

—En este momento no quiero dejarte sola.

Se puso la chaqueta y le encontré muy guapo, a la manera estricta y sombría tan propia de él.

Descubrimos un enorme establecimiento, parada de camioneros, brillantemente iluminado, donde ofrecían de todo, desde asados a la parrilla hasta un buffet chino. Tomé consomé con huevo y arroz al vapor, porque no me sentía muy bien. Diversos tipos con ropa de trabajo y botas daban cuenta de las costillas, el cerdo o las gambas bañados en espesas salsas de naranja que tenían en los platos, y nos miraban como si fuéramos extraterrestres. Mi galleta china de la suerte me previno sobre las amistades pasajeras, mientras que la de Wesley le aseguraba que se casaría.

Cuando regresamos al motel, poco después de medianoche, Marino estaba esperándonos. Le conté lo que había averiguado y no le gustó.

—Ojalá no hubiera usted subido ahí arriba —comentó mientras entrábamos en la habitación de Wesley—. No es lugar para que entreviste a nadie.

—Estoy autorizada a investigar plenamente cualquier muerte violenta y a hacer todas las preguntas que desee. Es ridículo que me venga con éstas, Marino. Usted y yo llevamos años trabajando juntos.

—Vamos, Pete, somos un equipo —intervino Wesley—. Eso es lo fundamental de la unidad. Por ello estamos aquí. Otra cosa: no lo tome a mal, pero no puedo consentirle que fume en mi habitación.

Marino guardó el paquete de cigarrillos y el encendedor en el bolsillo.

—Denesa me ha contado que Emily solía quejarse de Creed.

—¿La señora Steiner sabe que la policía lo está buscando? —preguntó Wesley.

—Ha salido del pueblo —respondió Pete con aire evasivo.

—¿Dónde está?

—Danesa tiene una hermana enferma en Maryland y se ha marchado a cuidarla unos días. Lo que sé es que Creed le daba grima a la niña.

Evoqué la imagen de Creed en el colchón, cosiéndose el pulgar. Vi su mirada torcida y su rostro descolorido y no me sorprendió que la niña tuviera miedo de él.

—Todavía queda un montón de preguntas sin respuesta —apunté.

—Sí, pero otro montón de interrogantes ha quedado aclarado —replicó Marino.

—No tiene sentido pensar que el culpable ha sido Creed Lindsey —insistí.

—Cada día que pasa tiene más.

—Me pregunto si habrá televisor en su casa —dijo Wesley.

—Desde luego —respondí—, la gente, allá arriba, no tiene muchas cosas, pero parece que a nadie le falta el televisor.

—Creed pudo sacar toda la información sobre Eddie Heath de la tele. Varios de esos programas de noticias y crímenes reales divulgaron detalles del caso.

—¡Mierda, el caso se comentó en todo el jodido universo! —asintió Marino.

—Me voy a la cama —anuncié yo.

—Bien, no les molesto más. —Marino nos lanzó una mirada ceñuda y se levantó de su asiento—. Por supuesto, no querría entretenerles...

—Oiga, empiezo a estar harta de sus insinuaciones —le atajé, sintiendo hervir la cólera en mi interior.

—De insinuaciones, nada. Solamente hablo de lo que veo.

—No entremos en esas cuestiones —intervino Wesley con calma.

—¡No! ¡Hagámoslo! —exclamé yo. Estaba cansada y tensa y el whisky me daba alas—: Hagámoslo aquí mismo, en esta habitación. Los tres juntos, ya que todo esto nos incumbe a los tres...

—¡A los tres no, doctora! —replicó Marino—. Aquí sólo hay una relación y yo no formo parte de ella. Mi opinión es mi opinión, y tengo derecho a tenerla.

—Una opinión farisaica y terca —proclamé, furiosa—. Se porta usted como un adolescente enamorado.

—¡Es la idea más falsa y ridícula que he oído en mi vida! —protestó Marino con expresión sombría.

—Es tan posesivo y celoso que me saca de quicio.

—Está soñando.

—Vamos, deje de portarse así, Marino. Está destruyendo nuestra relación.

—¿Ah, sí? Ya le he dicho que no me he dado cuenta ni de que existiera.

—¡Pues claro que sí!

—Es tarde —intervino Wesley—. Todos soportamos mucha tensión. Estamos cansados. Kay, no es buen momento para esto.

—Es el único que tenemos —respondí—. Maldita sea, Marino, usted me importa, pero se empeña en apartarme. Está entrando en un terreno que me produce horror. No creo que sea consciente de lo que hace.

—Escuche, voy a decirle algo. —Marino me miró como si me odiara—. Usted no está en posición de juzgar en qué terreno entro. En primer lugar, porque no sabe nada. Y en segundo, porque yo, por lo menos, no me acuesto con alguien que está casado.

—Pete, ya es suficiente —soltó Wesley.

—¡Desde luego que sí!

Marino abandonó la habitación hecho una furia y dio un portazo tan enérgico que su estruendo se oyó, sin duda, en todo el motel.

—Dios santo —murmuré—. Ha sido espantoso.

—Kay, le has menospreciado y por eso ha perdido la cabeza.

—Yo no le he menospreciado.

Wesley daba vueltas por el cuarto, agitado.

—Yo sabía que estaba apegado a ti. Todos estos años he sabido que le importas de veras, pero no tenía idea de que el sentimiento fuera tan profundo. No tenía la menor idea.

No supe qué decir.

—Además, no es estúpido —continuó Benton—. Supongo que era mera cuestión de tiempo que empezara a atar cabos, pero ni por asomo podía suponer que le afectaría así.

—Me voy a la cama —dije otra vez.

Dormí un rato; después, me encontré absolutamente despierta. Con la mirada fija en la oscuridad, pensé en Marino y en mi situación. Estaba liada en una relación amorosa y no me sentía preocupada por ello, lo cual era algo que no entendía. Marino sabía que aquella relación existía y perdía la cabeza de puros celos. Yo nunca me interesaría setimentalmente por él. Tendría que decírselo, pero no alcanzaba a imaginar en qué circunstancias podría producirse semejante conversación.

A las cuatro me levanté y salí a sentarme al fresco. Contemplé el cielo estrellado. La Osa Mayor quedaba casi encima de mi cabeza y recordé a Lucy cuando, de pequeña, la había mirado y fantaseado sobre ella conmigo. Recordé los huesos perfectos de Lucy niña, su piel tersa, sus ojos de un verde increíblemente intenso. Recordé también cómo la había visto el otro día mirar a Carrie Grethen y consideré que aquello era parte de lo que andaba mal.

14

Lucy no estaba en una habitación individual y, en un primer momento, pasé junto a ella sin verla porque no se parecía en nada a la chica que yo conocía. Tenía los cabellos, de color rojo oscuro, empapados en sangre coagulada, rígidos y acartonados, y sus ojos eran un antifaz negro y morado. Estaba acostada en la cama, con el tronco ligeramente levantado, y se hallaba en ese estado inducido por la medicación en el que una se siente entre este mundo y el otro. Me acerqué a ella y la cogí de la mano.

—¿Lucy?

Apenas entreabrió los ojos. Con voz ausente, murmuró un saludo:

—Hola.

—¿Cómo te encuentras?

—No muy mal. Lo siento, tía Kay. ¿Cómo has llegado aquí?

—He alquilado un coche.

—¿De qué marca?

—Un Lincoln.

Lucy ensayó una débil sonrisa.

—Apuesto a que lo has elegido con airbag en ambos asientos.

—¿Qué sucedió, Lucy?

—Lo único que recuerdo es que fui al restaurante. Lo siguiente es que alguien intentaba coserme la cabeza en la sala de urgencias.

—Tienes conmoción cerebral.

—Dicen que me golpeé la cabeza contra el techo cuando el coche dio las vueltas de campana. Por cierto, lamento mucho lo del coche...

—No te preocupes por eso. El coche no tiene importancia. ¿Recuerdas algo del accidente?

Lucy dijo que no con la cabeza y alargó la mano para coger un pañuelo de papel.

—¿Recuerdas algo de la cena en The Outback o de la visita a la armería Green Top?

—¿Cómo has averiguado eso? Ah, bien... Fui al restaurante hacia las cuatro.

A Lucy le pesaban los párpados; durante unos momentos pareció que volvía a adormilarse.

—¿A quién viste allí? —le pregunté.

—Sólo me encontré con un amigo. Me marché a las siete para volver aquí.

—Bebiste mucho.

—No me pareció que fuera tanto. No sé por qué me salí de la calzada, pero creo que sucedió algo raro.

—¿Qué quieres decir?

—No lo sé. No logro recordarlo, pero me parece que algo pasó...

—¿Qué hay de la armería? ¿Recuerdas haberte detenido allí?

—Lo que no recuerdo es cuándo me marché.

—Compraste una pistola semiautomática del 9 largo, Lucy. ¿Recuerdas eso?

—Sé que entré en la tienda con esa intención.

—De modo que entraste en una armería después de haber estado bebiendo. ¿Puedes decirme qué te proponías?

—No quería quedarme en tu casa sin protección. Pete me recomendó el arma.

—¿Marino? —exclamé, perpleja.

—Le llamé el otro día. Me dijo que comprara una Sig y añadió que él siempre acude a la Green Top de Hanover.

—Marino está en Carolina del Norte —apunté.

—No tengo idea de dónde está. Le dejé un mensaje en el contestador y él me llamó más tarde.

—Yo tengo armas. ¿Por qué no me pediste alguna?

—Quería tener una mía. Y ya tengo edad suficiente.

Lucy no podía mantener los ojos abiertos mucho rato más.

Encontré a su médico en la planta y hablé un momento con él antes de marcharme. Era un hombre muy joven y me habló como si tratara con una madre o una tía preocupada que ignorase la diferencia entre un riñón y un bazo. Cuando me explicó, con bastante tosquedad, que una conmoción era, en pocas palabras, una lesión del cerebro a consecuencia de un golpe fuerte, no dije palabra ni cambié de expresión. El médico se sonrojó cuando un estudiante de medicina, de quien casualmente yo era tutora académica, se cruzó con nosotros por el pasillo y me saludó por mi apellido y título.

Dejé el hospital y me dirigí a mi despacho, del

cual llevaba ausente más de una semana. El escritorio estaba como había temido que lo encontraría y pasé las horas siguientes intentando poner orden, al tiempo que trataba de localizar al agente de la policía estatal que se ocupaba del accidente de Lucy. Le dejé un mensaje y, a continuación, llamé a Gloria Loving, del Registro de Identidades.

—¿Ha habido suerte? —quise saber.

—No puedo creer que esté hablando contigo por segunda vez en una semana. ¿Vuelves a estar al otro lado de la calle?

—En efecto —asentí, y no pude reprimir una sonrisa.

—De momento, no ha habido suerte, Kay —continuó Gloria—. No hemos encontrado ningún dato sobre una Mary Jo Steiner que muriese del síndrome de muerte súbita infantil en California. Ahora intentamos averiguar si la muerte pudo atribuirse a alguna otra causa. ¿Podrías facilitarme una fecha y un lugar del óbito?

—Veré qué puedo conseguir —contesté.

Se me ocurrió llamar a Denesa Steiner y me encontré mirando el teléfono. Me disponía a marcar el número cuando Reed, el agente estatal al que trataba de localizar, se puso por fin en contacto conmigo.

—¿Podría enviarme su informe por fax? —le pregunté.

—Sí, creo que hay bastantes de esos aparatos en Hanover.

—Tenía entendido que el accidente ocurrió en la 95 —apunté, pues la carretera interestatal era jurisdicción de la policía del Estado, pero también de la local.

—El agente Sinclair apareció casi al mismo tiempo que yo, de modo que me echó una mano. Al comprobar la matrícula y ver que el coche le pertenecía a usted, creí importante comprobarlo.

Hasta aquel momento, curiosamente, no había pasado por mi mente la idea de que la aparición de mi nombre pudiera causar algún revuelo.

—¿Cuál es el nombre del agente Sinclair? —le pregunté.

—Creo que las iniciales eran A. D.

Cuando le llamé, acto seguido, tuve la suerte de localizar al agente Andrew D. Sinclair en su despacho. Según él, Lucy se vio involucrada en un accidente de tráfico de un solo vehículo que se produjo cuando conducía a gran velocidad en dirección sur por la carretera 95, justo al norte del límite del condado de Henrico.

—Esa velocidad, ¿de cuánto era? —le pregunté.

—Ciento diez por hora.

—¿Qué hay de las marcas de frenazos?

—Encontramos una de diez metros en el punto donde, al parecer, pisó el freno antes de salirse de la calzada.

—¿Por qué había de tocar el freno?

—Porque viajaba a velocidad excesiva y bajo los efectos del alcohol, señora. Puede que se durmiera un momento y, de repente, se encontrase con el parachoques de otro coche.

—Agente Sinclair, para calcular que alguien conducía a la velocidad que dice, tendría que haber una marca de cien metros. Aquí, la única huella de frenazo apenas mide diez. No entiendo cómo puede usted determinar que iba a ciento diez por hora.

—En ese punto la velocidad está limitada a cien —fue su única respuesta.

—¿Qué tasa de alcohol en sangre le encontraron?

—¿Qué tasa? Un 1,2.

—¿Querrá usted enviarme sus diagramas y su informe lo antes posible? ¿Y podría decirme dónde han llevado mi coche?

—Está en Hanover, en la estación de servicio Covey's Texaco. Junto a la Ruta 1. Siniestro total, señora. Si me da su número de fax, le haré llegar esos informes de inmediato.

Los recibí al cabo de una hora y, con la ayuda de una plantilla para interpretar los códigos, determiné que, en resumen, Sinclair daba por hecho que Lucy estaba ebria y se había dormido al volante. Al despertar de pronto y pisar el freno, el coche había patinado y la conductora había perdido el control, se salió de la calzada y corrigió en exceso la dirección. Como consecuencia de ello, había vuelto a la calzada y había cruzado dos carriles de tráfico antes de volcar y estrellarse contra un árbol.

Todas aquellas suposiciones me infundieron serias dudas. Había un detalle importante: mi Mercedes tenía frenos antibloqueo. Cuando Lucy hubo presionado el pedal, el coche no debió haber patinado como describía el agente Sinclair.

Dejé el despacho y bajé al depósito. Fielding, mi ayudante jefe, y las dos jóvenes patólogas forenses a las que había contratado el año anterior tenían sendos casos sobre las tres mesas de acero inoxidable. El sonido agudo del acero contra el acero se elevaba sobre el rumor de fondo del agua que goteaba en los sumideros, el susurro de la ventilación y el zumbido de los generadores. La puerta de acero inoxidable de la enorme cámara frigorífica se abrió con un sonoro jadeo y uno de los ayudantes del depósito extrajo otro cadáver en su camilla.

—¿Puede echar un vistazo a esto, doctora Scarpetta?

Los inteligentes ojos grises de la doctora Wheat, de Topeka, me miraron tras una máscara de plástico salpicada de sangre. Me acerqué a su mesa.

—Eso de la herida parece hollín, ¿no?

El dedo del guante ensangrentado señaló un agujero de bala en la nuca del cadáver. Me incliné para examinarlo mejor.

—Tiene los bordes quemados, de modo que tal vez está cauterizado. ¿Y la ropa?

—No llevaba. Sucedió en su domicilio.

—Bueno, el indicio resulta ambiguo. Tendremos que hacer un examen microscópico.

—¿Entrada o salida? —preguntó Fielding mientras estudiaba una herida del caso que tenía en su mesa—. Ya que está aquí, aproveche y emita su voto.

—Entrada —dije.

—Yo también lo creo. ¿Va a quedarse por aquí?

—Voy a entrar y salir.

—¿Entrar y salir de la ciudad o entrar y salir de aquí?

—Las dos cosas. Tengo el teléfono móvil.

—¿Funciona bien? —preguntó mi ayudante, y me fijé en cómo se hinchaba su bíceps formidable cuando cortaba las costillas del cadáver.

—Es una pesadilla, de veras —respondí.

Tardé media hora en llegar a la gasolinera Texaco y ponerme en contacto con la compañía de grúas de servicio permanente que se había ocupado de mi coche. Distinguí el Mercedes en un rincón junto a una valla de alambre y la visión de su destrucción me hizo un nudo en el estómago. Me flojearon las rodillas.

La parte frontal estaba aplastada contra el parabrisas y el lado del conductor parecía una boca desdentada, pues había sido preciso recurrir a las herramientas hidráulicas para abrir las puertas, las cuales habían sido retiradas después junto con la barra entre las delanteras y las traseras. El corazón se me aceleró cuando me acerqué, y di un respingo al oír una voz ronca que gruñía a mi espalda:

—¿Puedo ayudarla?

Me volví y me encontré ante un viejo entrecano que llevaba una gorra de color rojo desvaído con la leyenda *Purina* sobre la visera.

—Ése es mi coche —le dije.

—¡Vaya!, espero que no fuera usted quien conducía.

Observé que ninguna de las ruedas estaba pinchada y que los dos airbags se habían desplegado.

—Es una verdadera lástima. —El hombre sacudió la cabeza contemplando los restos terriblemente mutilados del Mercedes Benz—. Créame que es el primero de éstos que veo. Un 500E. Mire, uno de los chicos de por aquí conoce los Mercedes y me ha contado que Porsche participó en el diseño del motor de este modelo y que circulan pocos. ¿De qué año es? ¿Del 93? Supongo que su marido no lo compró por aquí.

Advertí que el piloto trasero de la izquierda estaba roto y cerca de él había una abolladura tiznada con lo que parecían restos de pintura verdusca. Me agaché para verlo mejor, mientras mis nervios empezaban a tensarse con un zumbido.

El viejo continuó su charla:

—Claro que, por los pocos kilómetros que ha hecho, es más probable que sea del 94. Si no le importa que lo pregunte, ¿cuánto costaría uno igual? ¿Cincuenta?

—¿Lo trajo usted?

Me incorporé y mis ojos recorrieron rápidamente otros detalles que disparaban las alarmas, uno tras otro.

—No, fue Toby. Lo trajo anoche. Supongo que no sabrá cuál es la potencia...

—¿El coche estaba exactamente así en el lugar del suceso?

El hombre mostró una expresión de ligero desconcierto.

—Por ejemplo —continué—, el teléfono está descolgado.

—Supongo que es normal cuando un coche ha

dado vueltas de campana y se ha estrellado contra un árbol.

—Y el filtro contra deslumbramientos está puesto.

El viejo se inclinó y observó el cristal trasero. Se rascó el cuello y murmuró:

—Creí que estaba oscuro porque era cristal ahumado. No me había dado cuenta de que hay colocada la protección. Quién imaginaría que alguien hiciera tal cosa, de noche.

Con cautela, introduje la cabeza en el coche para observar el espejo retrovisor. Estaba levantado para reducir el brillo de los faros procedentes de detrás. Saqué las llaves del bolso y me senté de lado en el asiento del conductor.

—Yo, de usted, no haría eso. Ahí dentro, el metal es como un puñado de cuchillos. Y hay un montón de sangre en los asientos y por todas partes.

Colgué el teléfono, puse la llave en el contacto y probé. El teléfono emitió el tono que indicaba que estaba funcionando y se encendieron las luces rojas de aviso de que no descargara la batería. La radio y el reproductor de CD estaban desconectados. Los faros y las luces antiniebla, puestos. Descolgué el teléfono y pulsé el botón de repetir la última llamada. Empezó a sonar y contestó una voz de mujer:

—Emergencias...

Colgué. Noté el pulso en el cuello mientras me subía un escalofrío hasta la raíz de los cabellos. Observé las manchas rojas que salpicaban los asientos de cuero gris oscuro, el tablero y toda la parte interior del techo. Eran demasiado rojas y demasiado espesas. Aquí y allá había restos de pasta de cabello de ángel pegada al interior de mi coche.

Saqué una lima de uñas metálica y recuperé un poco de la pintura verdusca de la abolladura en la parte trasera. Guardé las partículas de pintura en un pañuelo de papel y, a continuación, intenté arrancar un fragmento del piloto dañado. Al ver que no podía, pedí al hombre que me trajera un destornillador.

—Es del 92 —le dije por último antes de marcharme a toda prisa. El viejo me siguió con la mirada, boquiabierto—. Trescientos quince caballos de potencia. Cuesta ochenta mil. Sólo hay seiscientos en el país... había. Lo compré en McGeorge, en Richmond. No estoy casada. —Cuando llegué al Lincoln, jadeaba—. Y lo de ahí dentro no es sangre, maldita sea. ¡Maldita sea! ¡Maldita sea! —seguí murmurando mientras cerraba de un portazo y ponía en marcha el motor.

Las llantas chirriaron cuando salí a la carretera para volver enseguida a la 95 Sur. Después de la salida de Atlee-Elmont, reduje la velocidad y abandoné la carretera. Dejé el Lincoln lo más apartado de la calzada que pude y, cuando los coches y camiones pasaron rugiendo, me golpearon paredes de viento.

El informe de Sinclair establecía que mi Mercedes había dejado la calzada aproximadamente treinta metros al norte de la señal del kilómetro 86. Me encontraba setenta metros más al norte de ese punto, por lo menos, cuando observé una marca de derrapaje no lejos de unos fragmentos de plástico de un piloto trasero, en el carril derecho de la calzada. La marca, que indicaba el brusco derrapaje lateral de un neumático y medía unos tres palmos de longitud, estaba a unos tres metros de un par de marcas de frenada rectas de unos diez metros de largo. Aprovechando un intervalo en el tráfico, recogí algunos fragmentos de plástico de la calzada.

Continué caminando y, a unos treinta metros, encontré por fin las marcas que Sinclair había indicado en el diagrama de su informe. El corazón me dio un vuelco mientras contemplaba, perpleja, las señales de caucho negro que habían dejado mis neumáticos Pirelli la noche antepasada. Aquéllas no eran huellas de frenadas, sino las marcas de aceleración que dejan los neumáticos cuando se da gas bruscamente, como yo acababa de hacer momentos antes, al partir de la estación de servicio.

Había sido inmediatamente después de hacer estas marcas cuando Lucy perdió el control y salió de la carretera. Vi las huellas de los neumáticos en la tierra y una mancha de caucho en el punto donde había dado el golpe de volante y una de las ruedas había rascado el escalón lateral de la calzada. Inspeccioné los profundos surcos que había dejado el coche al volcar, la marca del impacto en el árbol y los fragmentos de metal y de plástico esparcidos por todas partes.

Regresé a Richmond sin saber muy bien qué hacer o a quién llamar. Entonces me vino a la memoria el agente McKee, un investigador de la policía del Estado. Habíamos trabajado juntos en muchos accidentes de tráfico con víctimas y pasado muchas horas en mi despacho, moviendo sobre mi escritorio cajas de cerillas que representaban coches hasta convencernos de haber reconstruido cómo se había producido el suceso. Le dejé un mensaje en el despacho y recibí su llamada poco después de llegar a casa.

—No le pregunté a Sinclair si había tomado moldes de las huellas de neumático donde el coche se salió de la carretera, pero supongo que no lo haría —comenté, después de explicarle a grandes rasgos lo sucedido.

McKee estuvo de acuerdo.

—No, seguro que no —dijo—. He oído muchos rumores sobre el accidente, doctora Scarpetta. Ha habido muchos comentarios. Y el caso es que en lo primero que se fijó Reed cuando llegó al lugar fue en su número de matrícula, tan bajo.

—He hablado brevemente con Reed. No se complicó la vida.

—Exacto. En circunstancias normales, cuando apareció el agente de Hanover, Sinclair, Reed le habría dicho que lo tenía todo bajo control y se habría encargado él mismo de los diagramas y mediciones. Pero enseguida vio esa placa de matrícula de sólo tres cifras y se le disparó la alarma. Comprendió que el coche pertenecía a alguien importante del gobierno.

»Sinclair se ocupa de su trabajo mientras Reed usa la radio y el teléfono, llama a un supervisor y pide la identificación de la matrícula. ¡Bingo! El coche figura a nombre de usted y el primer pensamiento de Reed es que es usted la ocupante. Con esto puede formarse una idea de la que se organizó allí.

—Un circo.

—Exacto. Y resulta que Sinclair acaba de salir de la academia. Era su segundo accidente.

—Aunque hubiera intervenido en veinte, es comprensible que cometiera un error. No tenía motivo para buscar marcas de frenazos setenta metros antes del lugar donde Lucy se salió de la calzada.

—¿Y está segura de que la marca que ha visto es un derrapaje?

—Rotundamente. Si toma esos moldes verá que las huellas en el arcén se corresponden con la marca de ese punto de la carretera. Y la única explicación de esa marca es que una fuerza externa provocara un brusco cambio de dirección del coche.

—Y, luego, las marcas de aceleración setenta metros más adelante —reflexionó en voz alta el agente—. Lucy recibe un impacto por detrás, toca el freno y continúa la marcha. Segundos después, acelera bruscamente y pierde el control del vehículo

—Probablemente en el mismo instante en que marcaba el teléfono de emergencias —apunté.

—Consultaré a la compañía de teléfonos móviles para que me den la hora exacta de la llamada. Después, la buscaremos en la cinta.

—Lucy tenía a alguien pegado a su parachoques con las luces largas encendidas; primero intentó cambiar la posición del espejo retrovisor y, finalmente, decidió cerrar la protección posterior para que no siguiera deslumbrándola. No tenía conectada la radio ni el CD porque se concentraba en conducir. Estaba muy despierta y asustada porque tenía a alguien pegado a su coche.

»Finalmente, el otro coche golpeó el suyo por detrás y Lucy pisó el freno —continué reconstruyendo lo que creía que había sucedido—. Seguía conduciendo y se da cuenta de que el otro coche se abalanza sobre ella de nuevo. Asustada, acelera a fondo y pierde el control. Todo esto se produciría en unos segundos.

—Si es cierto lo que usted ha descubierto, podría haber sucedido exactamente así.

—¿Lo investigará?

—Desde luego. ¿Qué hay de la pintura?

—Llevaré las muestras, los pedazos de plástico del piloto y todo lo demás al laboratorio y daré prisa a los técnicos.

—Ponga mi nombre en la documentación. Dígales que me llamen tan pronto tengan los resultados.

Cuando terminé de hablar por teléfono en mi despacho del piso de arriba, eran las cinco y fuera ya estaba oscuro. Miré a mi alrededor, confusa, y me sentí una extraña en mi propia casa.

La punzada del hambre en el estómago fue seguida de náuseas, así que tomé un trago de Mylanta del frasco y revolví el armario de las medicinas en busca de Zantac. Durante el verano, mi úlcera se había desvanecido pero, a diferencia de los ex amantes, siempre terminaba por reaparecer.

Las dos líneas telefónicas sonaron y fueron atendidas por el contestador automático. Mientras me remojaba en la bañera y mezclaba las medicinas con una copa de vino, oí funcionar el fax. Tenía mucho que hacer. Sabía que mi hermana querría venir de inmediato. Dorothy siempre intervenía en las situaciones de crisis porque así alimentaba su vocación por lo dramático. Aprovecharía lo sucedido para investigar. Sin duda, en su siguiente libro para niños, uno de sus personajes sufriría un accidente de tránsito; y de nuevo los críticos se admirarían de la sensibilidad y los conocimientos de Dorothy, quien se preocupaba más de las criaturas que gestaba en su mente que de su única hija.

El fax, descubrí, era el horario del vuelo de Dorothy. Llegaba a última hora de la tarde del día siguiente y se quedaría con Lucy en mi casa.

—No la tendrán en el hospital mucho tiempo, ¿verdad? —preguntó cuando la llamé, minutos después.

—Calculo que la traerán aquí por la tarde —le dije.

—Debe de tener un aspecto horrible.

—Es lo normal después de un accidente de coche.

—¿Pero tiene algún daño permanente? —insistió, casi en un susurro—. No quedará desfigurada, ¿verdad?

—No, Dorothy, no quedará desfigurada. ¿Hasta qué punto sabías que Lucy bebía?

—¿Cómo iba a saber nada de eso? Ella está ahí, en la escuela, cerca de donde tú vives, y parece que nunca tiene ganas de venir por casa. Y cuando viene, no se muestra muy confiada conmigo ni con su abuela, desde luego. Yo diría que si alguien podía saberlo, eras tú.

—Si la condenan por conducir en estado de embriaguez, el tribunal puede ordenar que se someta a tratamiento —señalé con toda la paciencia de la que fui capaz.

Silencio. Finalmente:

—Dios mío...

—Aunque el juez no lo decrete —proseguí—, sería buena idea que Lucy lo hiciera, por dos razones. La más evidente es que tiene que afrontar el problema; la segunda, que el juez tomará el caso con mejor disposición si tu hija acude voluntariamente a buscar ayuda.

—Bien, voy a dejar todo eso en tus manos. Tú eres la doctora y la abogada de la familia, pero conozco a mi hija y no querrá hacerlo. No la imagino recluida en un manicomio donde no tengan ordenadores. No sería capaz de mirar a nadie a la cara nunca más.

—No estará recluida en ningún manicomio, y no hay nada vergonzoso en recibir tratamiento por alcoholismo o drogodependencia. Lo vergonzoso es dejar que siga arruinándole la vida a una.

—Yo siempre he parado al tercer vaso de vino.

—Hay adicciones de muchas clases —respondí—. Y la tuya parece ser a los hombres.

—¡Oh, Kay! —exclamó Dorothy con una risilla—. Eso es todo un cumplido, viniendo de ti. Por cierto, ¿sales con alguien?

15

Al senador Frank Lord le llegó el rumor de que yo había tenido un accidente y la mañana siguiente me llamó antes de que saliera el sol.

—No. Le había dejado el coche a Lucy —le expliqué, sentada en el borde de la cama y a medio vestir.

—¡Oh, vaya!

—Se está recuperando, Frank. Me la traeré a casa esta tarde.

—Parece que un periódico de aquí ha publicado que la accidentada eras tú y que se sospechaba que el alcohol había tenido que ver con el suceso.

—Lucy estuvo atrapada en el coche durante un rato. Sin duda, alguno de los policías me tomó por ella cuando identificaron la matrícula, y el asunto acabó filtrándose hasta algún periodista apurado de tiempo.

Pensé en el agente Sinclair. Para mí, semejante desliz sólo podía haberlo cometido él.

—¿Puedo hacer algo por vosotras, Kay?

—¿Tienes alguna pista más sobre lo que pudo suceder en la ERF?

—Hay ciertos hechos interesantes. ¿Te ha

mencionado Lucy en alguna ocasión el nombre de Carrie Grethen?

—Trabajan juntas. La he saludado —respondí.

—Según parece, está relacionada con una «tienda de espías», uno de esos lugares donde venden aparatos de vigilancia de alta tecnología.

—No hablarás en serio...

—Me temo que sí —dijo el senador.

—Vaya, ahora entiendo que estuviera interesada en conseguir un trabajo en la ERF. Y me sorprende que el FBI la contratara con tales antecedentes.

—Nadie estaba al corriente. Según parece, el propietario de la tienda es su novio. La razón de que sepamos que es una visitante asidua del local es precisamente que la hemos tenido bajo vigilancia.

—¿Se cita con un hombre? —pregunté.

—¿Cómo dices?

—¿El propietario de la tienda es un hombre?

—Sí.

—¿Quién ha dicho que sea su novio?

—Según parece, ella lo declaró cuando fue interrogada después de que la vieran en la tienda.

—¿Puedes decirme más de esa pareja?

—De momento no mucho, pero tengo la dirección de la tienda, si quieres esperar un momento. Déjame buscarla...

—¿Y la de su casa, o la del novio?

—Me temo que ninguna de las dos.

—Agradeceré toda la información que puedas conseguirme, Frank.

Tomé nota con un bolígrafo mientras los pensamientos se me disparaban. La tienda se llamaba «Yo soy espía» y estaba en las galerías comerciales Springfield, junto a la I-95. Si salía enseguida, podía estar allí a media mañana y regresar a tiempo de ir a buscar a Lucy al hospital.

—Para que lo sepas —decía el senador—, Carrie Grethen ha sido despedida de la ERF por su relación con la tienda de espías, que, evidentemente, olvidó mencionar durante los trámites de admisión. Pero hasta el momento no hay ninguna prueba de que la relacione con la fuga de datos.

—Desde luego, tenía motivos —apunté, conteniendo la irritación—. La ERF es como el almacén de Papá Noel para alguien que vende equipo de espionaje. —Hice una pausa, pensativa, y añadí—: ¿Sabes cuándo fue contratada y si solicitó el empleo o la reclutó la propia ERF?

—Veamos... Lo tengo en mis notas. Aquí está. Sólo dice que rellenó una solicitud en abril pasado y que empezó a mediados de agosto.

—Más o menos, la misma época en que empezó Lucy. ¿Qué hizo Carrie anteriormente?

—Parece que se ha dedicado en exclusiva a la informática. Hardware, software, programación... E ingeniería, que fue en parte la razón de que el FBI se interesara por ella. Es muy creativa y ambiciosa y, por desgracia, falta de honradez. Varias personas entrevistadas recientemente han empezado a dibujar el retrato secreto de una mujer que lleva años escalando posiciones a base de mentiras y engaños.

—Está claro, Frank: presentó la solicitud de

empleo en la ERF para poder espiar para esa tienda —sentencié—. Tal vez sea también una de esas personas que odian al FBI.

—Ambas cosas son posibles —asintió el senador—. La cuestión es encontrar pruebas. A menos que consigamos demostrar que sustrajo algo, no podremos llevarla a juicio.

—Antes de que sucediese todo esto, Lucy me contó que estaba trabajando en una investigación acerca del sistema biométrico de cerraduras del ERF. ¿Sabes algo de eso?

—No tengo noticia de ningún proyecto de tal naturaleza.

—¿Pero lo sabrías, necesariamente, si lo hubiera?

—Es muy probable que sí. Me han facilitado mucha información, muy detallada, sobre los proyectos reservados que se desarrollan en Quantico. Es por causa de la ley anticrimen; por el dinero que he defendido que se debía asignar al FBI.

—Bueno, es extraño que Lucy dijera que estaba trabajando en un proyecto que parece no existir —comenté.

—Por desgracia, eso sólo hace más comprometida su posición.

Pensé que Frank tenía razón. Por sospechosa que pareciese Carrie Grethen, las pruebas contra Lucy eran mucho más concluyentes.

—Frank —continué—, ¿sabes por casualidad qué tipos de coches llevan Carrie Grethen y su novio?

—Me temo que no. Desde luego, podemos enterarnos. ¿Por qué te interesa?

—Tengo motivos para creer que el accidente de Lucy no fue casual y que quizá sigue en grave peligro.

El senador se quedó callado.

—¿Sería buena idea tenerla un tiempo en la planta de seguridad de la Academia? —sugirió finalmente.

—En circunstancias normales sería el lugar perfecto —respondí—. Pero no creo conveniente que se acerque a la Academia, por ahora.

—Ya. En fin, es lógico... Si necesitas que intervenga, hay otros lugares.

—Creo que ya tengo dónde llevarla.

—Mañana me marcho a Florida, pero sabes dónde llamarme allí.

—¿Más recolectas de fondos?

Sabía que Frank estaba agotado, pues faltaba poco más de una semana para las elecciones.

—Eso también. Y los pequeños incidentes habituales. Las militantes de NOW montan una protesta y mi oponente está muy ocupado pintándome como un machista con cuernos y rabo.

—Pero si has hecho más por las mujeres que nadie que yo conozca —protesté—. Sobre todo, por esta que habla.

Terminé de vestirme y a las siete y media tomaba la primera taza de té en la carretera a bordo de mi coche de alquiler. El día era frío, el cielo estaba encapotado y apenas me fijé en nada de cuanto había a mi alrededor mientras conducía hacia el norte.

El sistema de cerradura biométrica, como cualquier otro, tenía que ser manipulado para que alguien lo eludiera.

Con algunas cerraduras, ciertamente, no se necesitaba más que una tarjeta de crédito, mientras que otras se podían desmontar o abrir con diversas herramientas. Pero un sistema que comprobaba las huellas dactilares no podía franquearse con simples medios mecánicos. Mientras meditaba sobre la violación de la seguridad de la ERF y sobre cómo podía alguien haberla conseguido, pasaron por mi mente variados pensamientos.

La huella de Lucy había sido registrada en el sistema a las tres de la madrugada, aproximadamente, y la única explicación posible para ello era que el visor había reconocido su dedo... o un facsímil del mismo. Recordé haber oído, en las reuniones de la Asociación Internacional de Identificación a las que asistía desde hacía años, que muchos criminales famosos habían realizado intentos muy creativos de modificar sus impresiones dactilares.

John Dillinger, el despiadado gángster, había vertido ácido sobre sus surcos y sus deltas, mientras que otro delincuente menos conocido, Roscoe Pitts, se extirpó quirúrgicamente las huellas dactilares desde la última falange. Tales métodos y otros parecidos fueron un fracaso y dichos caballeros habrían hecho mejor en ahorrarse tantas molestias y conservar las huellas que Dios les había dado. Sus impresiones modificadas pasaron, simplemente, al archivo de mutilados que tenía el FBI y en el cual, con franqueza, era mucho más sencillo buscar. Y no es preciso decir que unos dedos quemados y mutilados suscitan inmediatos recelos si su dueño es sospechoso de algo.

Pero lo que me venía a la memoria con más insistencia era el caso, años atrás, de un ladrón de casas especialmente ingenioso cuyo hermano trabajaba en una funeraria. Dicho ladrón, que había pasado por la cárcel muchas veces, intentó hacerse un par de guantes que dejaran las huellas de otro. Para ello, procedió a sumergir repetidas veces las manos de un difunto en caucho líquido, formando una capa tras otra hasta que los «guantes» tuvieron consistencia suficiente para sacarlos de la mano del cadáver y darles la vuelta.

El plan no dio resultado por dos razones, como mínimo. En primer lugar, el ladrón había descuidado eliminar las burbujas de aire entre capa y capa de caucho, lo cual generó unas huellas bastante extrañas, que se tomaron en la casa donde dio su siguiente golpe. Por otra parte, el individuo no se había preocupado de investigar quién era el difunto de cuyas huellas se había apropiado. De haberlo hecho, habría descubierto que se trataba de un ladrón fichado y condenado que había fallecido mientras se encontraba en libertad provisional.

Evoqué mi visita al ERF una tarde soleada que ya parecía estar a años de distancia. Había percibido que a Carrie Grethen no le complacía encontrarnos a Wesley y a mí en su despacho cuando entró removiendo una sustancia viscosa que, bien pensado, podía ser silicona o goma líquida. También había sido durante aquella visita cuando Lucy mencionó la investigación sobre la cerradura biométrica que «tenía entre manos». Y quizá tal expresión era cierta al pie de la letra. Quizá Carrie, en aquel preciso instante, se disponía a sacar un molde del pulgar de Lucy.

Si mi teoría de lo que había hecho Carrie era correcta, sabía que podría demostrarse. Me pregunté por qué no se nos había ocurrido a ninguno hacer una pregunta muy simple: ¿había comprobado alguien que la huella registrada por el sistema de cerradura biométrica correspondía físicamente a la de Lucy, o nos habíamos limitado a aceptar la palabra del ordenador?

—Bueno, supongo que sí —respondió Benton Wesley al respecto cuando lo llamé por el teléfono del coche.

—Claro que lo supones. Todo el mundo lo supondría. Pero si alguien sacó un molde del pulgar de Lucy y lo registró en el sistema, la huella debería ser la inversa de la que consta en el registro de las diez huellas dactilares que tomó el FBI. En otras palabras, sería una imagen especular, un reflejo.

Wesley guardó silencio. Cuando volvió a hablar, su voz reveló sorpresa:

—¡Maldita sea! De todos modos, ¿no habría detectado el sistema que la huella estaba del revés y la habría rechazado?

—Muy pocos escáneres podrían distinguir entre una huella y esa misma huella invertida. En cambio, un experto en examinar huellas, sí —continué—. La huella registrada por el sistema aquella noche debería seguir almacenada digitalmente en la base de datos.

—Si todo esto es cosa de Carrie Grethen, ¿no te parece que habrá borrado cualquier rastro que quedara en la base?

—Lo dudo —respondí—. Grethen no es experta en examinar huellas. No es probable que haya caído en la cuenta de que cada vez que se deja una huella latente, ésta está invertida. Y que si concuerda con la ficha de los archivos es sólo porque ésta también es un negativo. Pero si alguien saca un molde de una imprenta digital y deja una huella latente con él, lo que deja en realidad es un negativo de un negativo.

—De modo que la huella dejada por ese pulgar de goma sería un negativo de la que dejaría ese mismo pulgar, ¿no es eso?

—Exactamente.

—Cielos, nunca acabo de entender estas cosas.

—No te preocupes, Benton. Sé que resulta algo confuso, pero confía en lo que te digo.

—Siempre lo hago. Y me parece que necesitamos una copia impresa de la huella en cuestión.

—Exacto. E inmediatamente. Hay otra cosa que quiero preguntarte. ¿Estás al corriente de un proyecto de investigación relacionado con el sistema de cerradura biométrica del ERF?

—¿Un proyecto de investigación desarrollado por el FBI?

—Sí.

—Desconozco que exista ningún proyecto parecido.

—Es lo que imaginaba. Gracias, Benton.

Los dos guardamos silencio, a la espera de un

comentario personal del otro; pero yo no supe qué más decir, pese a lo mucho que había en mi mente.

—Ten cuidado —me dijo él, y nos despedimos.

Media hora después localicé la «tienda de espías» en un enorme centro comercial rebosante de coches y de gente. «Yo soy espía» estaba entre las tiendas de Ralph Lauren y de Crabtree & Evelyn. Era un local pequeño con un escaparate que exhibía lo mejor que ofrecía el mercado legal del espionaje. Aguardé a prudente distancia hasta que el cliente de la caja se apartó un poco y me permitió ver al hombre que estaba tras el mostrador. Un tipo de mediana edad, sobrado de peso, tomaba nota del pedido. Viéndole, resultaba increíble que pudiera ser el novio de Carrie Grethen. Sin duda, aquel detalle era una más de sus mentiras.

Cuando el cliente se hubo marchado, sólo quedó otro en la tienda, un joven con chaqueta de cuero que inspeccionaba una vitrina de grabadoras activadas por la voz y analizadores acústicos portátiles.

El gordo de detrás del mostrador llevaba gafas gruesas, lucía cadenas de oro y daba la impresión de tener siempre una buena oferta que hacer a cualquiera.

—Disculpe —dije con toda la discreción de que fui capaz—. Busco a Carrie Grethen.

—Ha salido a por un café, pero volverá enseguida. —El hombre estudió mi rostro—. ¿Puedo ayudarla en algo?

—Echaré en vistazo mientras la espero —respondí.

—Desde luego.

Acababa de llamarme la atención un maletín especial que incluía una grabadora oculta, alertas de control de comunicaciones, moduladores telefónicos y aparatos de visión nocturna, cuando Carrie Grethen cruzó la puerta. Tan pronto me vio, se detuvo y, por un instante, creí que me arrojaría la taza de café a la cara. Sus ojos taladraron los míos como dos clavos de acero.

—Tengo que hablar con usted —le dije.

—Me temo que no es buen momento.

Trataba de sonreír y parecer amable, pues ahora había tres clientes más en el reducidísimo local.

—Claro que es buen momento —insistí, sosteniendo su mirada.

—¿Jerry? —Se volvió hacia el gordo—: ¿Puedes ocuparte de la tienda unos minutos?

El tipo me miró con rencor, como un perro a punto de saltar.

—Te prometo que no tardaré mucho —lo tranquilizó la mujer.

—Sí, claro —masculló él, con el recelo de quien no es honrado.

Salí de la tienda tras ella y encontramos un banco vacío cerca de una fuente.

—He sabido lo del accidente de Lucy y lo siento mucho. Espero que ya esté bien —dijo Carrie con frialdad mientras apuraba el café.

—A usted le trae sin cuidado cómo esté Lucy —repliqué a sus palabras—. Y es inútil que malgaste su encanto conmigo porque lo he descubierto todo. Sé qué hizo en el ERF, Grethen.

—Usted no sabe nada.

Repitió su sonrisa gélida y el aire entre nosotras se llenó del rumor del agua.

—Sé que sacó un molde en goma del pulgar de Lucy. Y averiguar el número de identificación debió ser muy sencillo, ya que estaban las dos tan unidas. Lo único que necesitó fue ser observadora y tomar nota del código que Lucy marcaba. Así fue como burló usted el sistema de cerradura biométrica la madrugada que violó la seguridad del ERF.

—Caramba, tiene usted una imaginación desatada, desde luego... —Soltó una breve carcajada y su mirada se hizo aún más dura—. Debo aconsejarle que tenga mucho cuidado y no lance acusaciones de este tipo.

—No me interesan sus consejos, Grethen. Sólo me interesa hacerle una advertencia. Pronto se demostrará que no fue Lucy quien irrumpió indebidamente en el ERF. Es usted astuta, pero no lo suficiente, y cometió un error fatal.

Mi interlocutora se quedó callada, pero advertí que, tras su máscara imperturbable, su mente trabajaba a presión. Era incapaz de reprimir la curiosidad.

—No sé de qué me habla —replicó por fin, mientras su confianza en sí misma empezaba a resquebrajarse.

—Puede que sea usted experta en ordenadores —le espeté—, pero no lo es en medicina forense. Los indicios contra usted son evidentes —añadí, y aventuré mi teoría con la firmeza de una buena abogada que sabe jugar sus cartas—: Pidió a Lucy que la ayudara en un presunto proyecto de investigación relacionado con el sistema de cerradura biométrica del ERF.

—¿Proyecto de investigación? ¡No hay ningún proyecto semejante! —exclamó ella, arisca.

—Ahí está, Grethen. No hay ningún proyecto semejante. Usted engañó a Lucy para conseguir que le permitiera obtener un molde en caucho de su pulgar.

Carrie soltó una breve carcajada.

—¡Dios santo! Ha visto demasiadas películas de James Bond. ¿De veras piensa que alguien va a creer esa...?

La interrumpí antes de que terminara:

—Después utilizó ese pulgar de goma para burlar el sistema de seguridad y, a continuación, usted y quienquiera que la acompañase pudieron dedicarse al, llamémoslo así, espionaje industrial. Pero cometió un error.

Se puso muy pálida.

—¿Quiere que le cuente cuál fue? —insistí. Ella continuó callada, pero evidentemente deseaba saberlo. Percibí su paranoia, que irradiaba como una ola de calor—. Verá, Grethen —continué en el mismo tono de voz sensato y moderado—: Cuando se hace un molde de un dedo, la huella digital que se marca es, en realidad, un negativo del original. Lo que se llama una imagen especular. Así pues, la huella del pulgar de goma era el negativo de la imprenta dactilar de Lucy. En otras palabras, estaba al revés. Y el examen de la huella registrada en el sistema a las tres de la madrugada lo indicará con toda claridad.

Tragó saliva con dificultad y sus siguientes palabras confirmaron todas mis conjeturas:

—No puede demostrar que fui yo quien lo hizo.

—¡Oh!, ya lo demostraremos. Pero, por el momento, hay una cosa más que quiero decirle. Una cosa aún más importante. —Me incliné hacia delante y me llegó su aliento a café—. Usted se aprovechó de los sentimientos de mi sobrina. Se aprovechó de su juventud, de su inexperiencia y de su honradez. —Me acerqué tanto que casi le rocé la cara—. No vuelva a ver a Lucy nunca más. No vuelva a dirigirle la palabra. No la llame por teléfono. ¡No piense en ella siquiera!

Mi mano asió la pistola en el bolsillo de la chaqueta. Casi deseaba que me obligara a usarla.

—Y si descubro que fue usted quien la echó de la carretera —añadí con una voz sosegada que sonaba como un instrumento quirúrgico de frío acero—, me encargaré personalmente de perseguirla. La acosaré el resto de su desgraciada vida. Estaré siempre pendiente de sus peticiones de libertad condicional. Acudiré a un tribunal tras otro, a un gobernador tras otro, para convencerlos de que es una perturbada y de que representa un peligro para la sociedad. ¿Me ha entendido?

—¡Váyase al infierno! —fue su respuesta.

—Ni lo sueñe —repliqué—. Pero usted ya ha caído en él, se lo aseguro.

Carrie Grethen se puso en pie bruscamente y sus pasos coléricos la llevaron de nuevo a la tienda de artículos de espionaje. Yo estaba todavía sentada en el banco, con el corazón acelerado, cuando vi que un hombre entraba tras ella y se ponían a hablar. No sé por qué, la figura del hombre me llamó la atención. A primera vista, había algo especial en los rasgos aguzados de sus facciones, en su espalda de amplios hombros y cintura estrecha y en el negro artificial de sus cabellos alisados con gomina. Vestido con un espléndido traje de seda azul noche, llevaba una especie de maletín de piel de cocodrilo.

Me disponía a alejarme cuando el hombre se volvió hacia mí y, durante un instante eléctrico, nuestras miradas se encontraron. Sus ojos era de un azul penetrante.

No me apresuré. Me sentía como una ardilla en medio de la carretera, que corre en una dirección y en otra y, al final, termina donde empezó. Finalmente eché a andar lo más deprisa posible; luego, a correr. El ruido del agua de la fuente me sonaba a pisadas apresuradas y me hizo creer que el hombre me perseguía. No me acerqué a ninguna cabina telefónica porque me daba miedo detenerme. El corazón me latía tan aceleradamente que pensé que iba a estallar.

Crucé el aparcamiento a toda prisa y, cuando saqué las llaves del coche, me temblaban las manos. No descolgué el teléfono móvil hasta que estuve en la carretera, en plena marcha y sin ver señales de que el hombre me siguiera.

—¡Benton! ¡Oh, Dios mío!

—¿Kay? ¿Qué sucede?

La voz alarmada de Wesley llegaba por el aparato entre crepitaciones e interferencias, pues el norte de Virginia es conocido por el excesivo número de teléfonos celulares.

—¡Gault! —exclamé entre jadeos mientras pisaba el freno justo a tiempo de evitar el impacto con la parte posterior de un Toyota—. ¿He visto a Gault!

—¿Que lo has visto? ¿Dónde?

—En «Yo soy espía». La tienda.

—¿Qué espías? ¿Una tienda? ¿De qué me hablas?

—La tienda donde trabaja Carrie Grethen. Esa con la que la hemos relacionado. ¡Gault estaba allí, Benton! Lo he visto entrar cuando me marchaba, y se ha puesto a hablar con ella, y entonces me ha descubierto y yo he salido corriendo.

—¡Poco a poco, Kay!

Su voz sonaba cargada de tensión. No recordaba haberla oído nunca en aquel tono.

—¿Dónde estás ahora?

—En la I-95, sur. Estoy bien.

—Sigue conduciendo, por el amor de Dios. No te detengas por nada. ¿Sabes si ese hombre te ha visto subir al coche?

—No lo creo... ¡Mierda, no lo sé!

—¡Kay...! —dijo Benton en tono enérgico—. Tranquilízate —añadió con voz más pausada—. Quiero que conduzcas tranquila, no vayas a tener un accidente. Ahora haré unas llamadas. Lo encontraremos.

Pero yo sabía que no darían con él. Sabía que, cuando el primer agente recibiera la orden de acudir allí, Gault habría desaparecido. Me había reconocido: su mirada fría y azul no dejaba lugar a dudas. Y, naturalmente, habría comprendido lo que me disponía a hacer yo tan pronto tuviera ocasión. Y volvería a desaparecer.

—Creía que habías dicho que estaba en Inglaterra —fue mi estúpido comentario.

—Sólo dije que lo sospechábamos.

—¿No lo ves, Benton? —Continué hablando porque mi mente se negaba a calmarse. A derecha e izquierda surgían nuevas conexiones—. Gault está metido en esto. Está relacionado con lo sucedido en el ERF. Puede que fuera él quien envió a Carrie Grethen, quien la empujó a hacer lo que hizo. Quien la convirtió en su espía.

Wesley permaneció callado mientras la idea calaba en él. Era una idea tan espantosa que, obviamente, se negaba a admitirla. Noté que su voz comenzaba a quebrarse. Comprendí que él también empezaba a sentirse frenético, porque no convenía mantener una conversación como aquélla por un teléfono móvil.

—¿Para conseguir qué? —graznó por último—. ¿Qué información podría querer?

Yo lo sabía. Lo sabía perfectamente.

—La referente a CAIN —respondí, y la comunicación se cortó.

16

Regresé a Richmond sin la sensación de que la sombra maligna de Gault siguiera mis pasos. Sin duda, él tenía otro programa de actividades, otros demonios que combatir, y había escogido no venir a por mí. Con todo, tan pronto estuve en casa volví a conectar la alarma y no fui a ninguna parte, ni siquiera al baño, sin mi arma.

Poco después de las dos me acerqué al hospital y acompañé a Lucy hasta el coche. Ella se empeñó en impulsar sola su silla de ruedas, pese a mi insistencia en que me dejara empujarla prudentemente, como a una buena tía le correspondía hacer. Lucy no quería mi ayuda para nada, aunque tan pronto llegamos a casa sucumbió a mis atenciones y la acomodé en la cama, donde se quedó un rato dormitando.

Mientras tanto puse al fuego una sopa de ajos tiernos, una *zuppa* muy común en las colinas de Brisighella, donde con ella se ha alimentado desde antiguo a niños y a ancianos. Cuando hube encendido el fuego del salón y los maravillosos aromas llenaron la casa, la sopa y unos raviolis rellenos de calabaza y castaña surtieron efecto y me levantaron el ánimo. Realmente, siempre que pasaba largos períodos sin cocinar tenía la sensación de que en mi encantadora casa no vivía nadie, de que nadie cuidaba de ella. Casi parecía que se entristecía.

Más tarde, bajo un cielo que amenazaba lluvia, fui a recoger a mi hermana al aeropuerto. No la había visto desde hacía tiempo y estaba cambiada. Siempre lo estaba, de una visita a otra, porque Dorothy era una mujer muy insegura (lo cual explicaba que pudiera ser tan mezquina) y tenía la costumbre de cambiar periódicamente de peinado y de estilo de vestir.

Aquella tarde, junto a la puerta de USAir, escruté las caras de los pasajeros que procedían de la pasarela de desembarque dispuesta a reconocer cualquier detalle familiar. La identifiqué por la nariz y por el hoyuelo en el mentón, ya que ninguno de ambos rasgos era fácil de alterar. Llevaba los cabellos negros, aplastados contra la cabeza como un casco de cuero, los ojos tras unas gafas enormes y, al cuello, un pañuelo de color rojo subido. Delgada y a la moda, con pantalones de montar ajustados y botas altas de cordones, avanzó directamente hacia mí y me besó en la mejilla.

—Kay, qué maravilla verte. Pareces cansada.

—¿Cómo está mamá?

—La cadera, ya sabes... ¿Tienes coche?

—De alquiler.

—Lo primero que pensé fue que estarías sin el Mercedes. No puedo ni imaginar qué sería de mí sin el mío.

Dorothy tenía un 190E que había conseguido cuando salía con un policía de Miami. El coche se lo habían confiscado a un traficante de drogas y fue vendido en una subasta por una cantidad irrisoria. Era azul marino, con abundantes complementos y accesorios.

—¿Traes equipaje? —pregunté.

—Sólo esto. ¿A qué velocidad iba Lucy?

—No recuerda nada de lo sucedido.

—No te imaginas cómo me sentí cuando sonó el teléfono. Dios mío. El corazón me dio un vuelco, te lo aseguro.

Llovía, y yo no tenía paraguas.

—Sólo puede entenderlo quien lo haya vivido —siguió diciendo ella—. Ese momento... ese momento sencillamente horrible en que una no sabe qué ha sucedido, pero está segura de que le espera alguna mala noticia sobre un ser querido... Oye, supongo que no habrás aparcado demasiado lejos. Quizá será mejor que espere aquí.

—Tendré que ir al aparcamiento, pagar, salir y dar toda la vuelta. —Desde donde estábamos, en la acera, alcanzaba a ver el coche—. Tardaré diez o quince minutos.

—Perfecto. No te preocupes por mí. Esperaré dentro y estaré pendiente de ti. Tengo que ir al baño. ¡Debe de ser tan cómodo no haber de preocuparse más de ciertas cosas!

No volvió sobre el tema hasta que estuvo en el coche y abandonamos el aeropuerto.

—¿Tú tomas hormonas? —me preguntó entonces.

—¿Para qué?

Llovía con fuerza, unas gotas grandes que martilleaban el techo como una manada de animalillos en estampida.

—Para el cambio.

Dorothy sacó una bolsita y empezó a mordisquear una galleta de jengibre.

—¿Qué cambio?

—Ya sabes. Los sofocos, el mal humor. Conozco a una mujer que empezó con estas cosas el mismo día que cumplió los cuarenta. La mente influye tanto en una...

Conecté la radio. Ella continuó a los pocos momentos:

—En el avión nos han servido una porquería, y ya sabes cómo me pongo cuando estoy sin comer. —Devoró otra galleta—. Sólo veinticinco calorías y me permito ocho al día, así que tendremos que parar en alguna parte a comprar más. Y manzanas, por supuesto. ¡Qué suerte tienes! Por lo que veo, no necesitas preocuparte en absoluto por el peso... aunque imagino que si yo me dedicara a lo mismo que tú, pronto perdería el apetito.

—Dorothy, hay un centro de rehabilitación en Rhode Island del que te quiero hablar.

Mi hermana suspiró profundamente.

—Lucy me tiene tan preocupada...

—Es un programa de cuatro semanas.

—No sé si podría soportar la idea de tenerla tan lejos, encerrada en un sitio así.

Engulló otra galleta.

—Pues tendrás que soportarlo, Dorothy. Este asunto es muy serio.

—Dudo que ella quiera ir. Ya sabes lo testaruda

que puede ser. —Reflexionó un instante y suspiró de nuevo—: Bueno, tal vez sea una buena idea. Y mientras está allí, quizá puedan arreglarle unas cuantas cosas más.

—¿Qué cosas más, Dorothy?

—Debo confesarte que no sé qué hacer con ella. No entiendo qué es lo que ha ido mal, Kay. —Soltó unas lagrimillas—. Con el debido respeto, no te imaginas qué se siente cuando una hija te sale así, torcida como un sarmiento. No sé qué sucedió. Desde luego, no será porque tuviera malos ejemplos en casa. Acepto que me critiquen por ciertas cosas, pero eso, no.

Desconecté la radio y me volví a mirarla.

—¿De qué estás hablando?

Una vez más, me sorprendió lo mucho que me disgustaba mi hermana. Que fuese mi hermana me daba igual: yo no era capaz de encontrar nada en común entre nosotras, excepto nuestra madre y el recuerdo de haber vivido en la misma casa.

—No puedo creer que no te hayas fijado. O tal vez a ti te parezca normal. —Sus emociones ganaban impulso conforme nuestro enfrentamiento se despeñaba pendiente abajo imparablemente—. Y no sería del todo sincera si no te dijese que me ha preocupado tu influencia en ese aspecto, Kay; y no es que te juzgue, porque, desde luego, tu vida privada es asunto tuyo y hay cosas que no se pueden remediar. —Se sonó la nariz y le brotaron más lágrimas. Mientras, la lluvia seguía cayendo con fuerza—. ¡Maldita sea, resulta tan difícil...!

—Dorothy, por el amor de Dios. ¿De qué demonios estás hablando?

—Ella se fija en todo lo que haces, en cada maldito detalle. Si te cepillas los dientes de determinada manera, puedes apostar a que ella lo hará igual. Y que conste que he sido muy comprensiva. No todo el mundo lo habría sido tanto: años y años, tía Kay esto, tía Kay aquello...

—Dorothy...

—Nunca me he quejado ni he intentado arrancarla de tu regazo, por así decirlo. Siempre he querido solamente lo mejor para ella y por eso he tolerado esas muestras de veneración a su heroína.

—Dorothy...

—No tienes idea del sacrificio. —Se sonó la nariz ruidosamente—. Como si no bastara con que día tras día me comparasen contigo en la escuela y con tener que aguantar los comentarios de mamá porque tú siempre has sido tan cochinamente perfecta en todo...

»Perfecta en todo, maldita sea: en cocinar, en reparar cosas, en ocuparte del coche, en pagar las cuentas... Cuando crecíamos, tú eras el auténtico hombre de la casa; después te convertiste en el padre de mi hija. ¡Si eso no es el colmo...!

—¡Dorothy!

Pero mi hermana no quería parar:

—Y ahí no puedo competir. Desde luego, no puedo ser su padre. Acepto que tú tienes más de hombre que yo. ¡Oh, sí! En eso me ganas indiscutiblemente, Kay. Mierda, es tan injusto. Y además, para colmo, eres «la tetas» de la familia. ¡El hombre de la casa es quien tiene las tetas más grandes!

—Dorothy, cállate.

—No quiero, y no me puedes obligar —masculló, furiosa.

Habíamos retornado a nuestra habitación de la infancia, a la camita que compartíamos y donde aprendimos a odiarnos en silencio mientras nuestro padre agonizaba. Volvíamos a estar en la mesa de la cocina, comiendo macarrones en silencio mientras él dominaba nuestras vidas desde su lecho de enfermo, al fondo del pasillo.

Y esta vez, cuando nos disponíamos a entrar en mi casa, donde Lucy se recuperaba de sus lesiones, me asombré de que Dorothy no reconociera aquel guión, aquel libreto tan viejo y predecible como nosotras mismas.

—¿De qué intentas echarme la culpa, exactamente? —le pregunté cuando trasponíamos ya la puerta del garaje.

—Lo diré de este modo: que Lucy no salga con chicos no es algo que le venga de mí. De eso no hay ninguna duda. —Desconecté el motor y la miré. Ella añadió—: Nadie aprecia y disfruta de los hombres como yo, y la próxima vez que vayas a criticarme como madre será mejor que pienses en la influencia que tú has ejercido en el desarrollo de Lucy. Quiero decir, ¿a quién coño se parece?

—Lucy no se parece a nadie que yo conozca —respondí.

—Bobadas. La chica es tu viva imagen. Y ahora es una alcohólica y, encima, le van las mujeres.

Dorothy rompió a llorar otra vez. Yo estaba paralizada de cólera.

—¿Insinúas que soy lesbiana?

—Bueno, tiene que haberlo heredado de alguien.

—Será mejor que entres en casa enseguida.

Dorothy abrió la puerta y puso una expresión de sorpresa al ver que yo no hacía el menor gesto de abandonar el coche.

—¿Y tú? ¿No entras?

—Tendrás que desactivar la alarma de la puerta. —Le di el código para hacerlo—. Voy a la tienda a por unas cosas.

En Ukrop's compré manzanas y galletas de jengibre y deambulé un rato por los pasillos porque no tenía ganas de volver a casa. A decir verdad, nunca disfrutaba de Lucy cuando estaba presente su madre y, desde luego, esta visita había empezado peor que de costumbre. Yo entendía en parte lo que sentía Dorothy, y sus insultos y sus celos no me producían gran sorpresa porque no eran nuevos.

No era su comportamiento lo que me hacía sentir tan mal, sino más bien el recuerdo de que yo estaba sola. Mientras pasaba ante las estanterías de galletas, caramelos, postres lácteos y quesos de untar, deseé que mis males pudieran curarse con un acceso de glotonería. Si empaparme de whisky hubiera servido para llenar mis vacíos, lo habría hecho. En lugar de ello, entré en casa cargada con una bolsa y serví la cena a mi familia, lamentablemente reducida.

Después de cenar, Dorothy se retiró a una silla junto al fuego y se dedicó a leer y dar sorbos a un Rumple Minza mientras yo preparaba a Lucy para acostarse.

—¿Te duele? —le pregunté.

—No demasiado. Pero soy incapaz de mantenerme despierta. De pronto, se me cierran los párpados.

—Lo que necesitas es dormir, precisamente.

—Pero entonces tengo unos sueños horribles.

—¿Quieres hablarme de ellos?

—Alguien me persigue, viene tras de mí, normalmente en un coche. Y oigo ruidos del accidente que me despiertan.

—¿Qué clase de ruidos?

—Chirridos de metal. Golpes. El airbag al hincharse. Sirenas. A veces es como si estuviera dormida pero sin estarlo, y un montón de imágenes bailan detrás de mis párpados. Veo unos destellos de luz roja en la calzada y hombres con monos de trabajo amarillos. Entonces me agito en la cama y me pongo a sudar.

—Es normal que experimentes un estrés postraumático. Es probable que se prolongue un tiempo.

—¿Van a detenerme, tía Kay?

Sus ojos asustados me miraron desde un rostro amoratado que me llenó de pena.

—Saldrás de esto, pero quiero sugerirte algo que, probablemente, no te va a gustar.

Le hablé del centro privado de tratamiento de Newport, Rhode Island, y se echó a llorar.

—Lucy, con una acusación de conducir bajo la influencia del alcohol, es posible que debas someterte a tratamiento de todos modos como parte de la sentencia. ¿No sería mejor que lo decidieras por tu cuenta y pusieras solución al tema?

Mi sobrina se enjugó las lágrimas con delicadeza.

—No puedo creer que todo esto me esté sucediendo a mí. Todos mis sueños se han venido abajo.

—Nada más lejos de la verdad. Estás viva y nadie más ha sufrido daños. Tienes unos problemas que pueden resolverse y yo quiero ayudarte a conseguirlo. Pero debes confiar en mí y escucharme.

Lucy bajó la vista hasta fijarla en sus manos, que descansaban sobre el embozo de la cama, y de nuevo le saltaron las lágrimas.

—También necesito que seas sincera conmigo —agregué.

No me miró.

—Lucy, dime, no cenaste en el Outback, ¿verdad? Seguro que no, a menos que, de pronto, hayan incluido espaguetis en la carta. Había pasta esparcida por todo el interior del coche, y supongo que llevabas una bolsa con los espaguetis que no habías comido en el restaurante. ¿Dónde estuviste esa noche?

Esta vez, me miró a los ojos.

—En Antonio's.

—¿Eso está en Stafford?

Lucy asintió.

—¿Por qué mentiste?

—Porque no quiero hablar del asunto. Dónde estuviera no le incumbe a nadie.

—¿Con quién estabas?

—No te importa.

—Estabas con Carrie Grethen, ¿verdad? —insistí—. Fue ella quien te convenció para que participaras en un pequeño proyecto de investigación que es la causa de todos tus problemas en el ERF. De hecho, cuando estuve allí con Wesley para saludarte, Carrie estaba removiendo el caucho líquido.

Mi sobrina apartó la mirada.

—¿Por qué no me cuentas la verdad? —Vi resbalar una lágrima por su mejilla. Era inútil que intentara hablar de Carrie con ella. Tras un profundo suspiro, continué—: Lucy, creo que alguien intentó sacarte de la carretera.

Abrió los ojos como platos.

—He inspeccionado el coche y el lugar del accidente y hay varios detalles que me alarman mucho. ¿Recuerdas haber marcado el 911, el teléfono de emergencias?

—No. ¿Eso hice? —murmuró con expresión de perplejidad.

—La última persona que usó el aparato marcó ese número y supongo que fuiste tú. Un investigador de la policía estatal se encarga de revisar la cinta, y así sabremos a qué hora exacta hiciste la llamada y qué dijiste.

—Dios mío...

—Además, hay indicios de que alguien quería deslumbrarte por detrás con las luces largas. Tenías colocada la protección contra el sol y el espejo retrovisor inclinado para evitar reflejos, y la única razón que se me ocurre para que tomaras estas medidas cuando ya había anochecido es que tuvieras detrás unos faros que no te permitían ver con claridad. —Hice una pausa y estudié su expresión desconcertada—. ¿No recuerdas nada de esto?

—No.

—¿No recuerdas un coche? Podría ser verde, tal vez un verde pálido.

—No.

—¿Conoces a alguien que tenga un coche de ese color?

—Tendría que pensarlo.

—¿Qué me dices de Carrie?

—No. Carrie tiene un BMW descapotable. Rojo.

—¿Y ese tipo con el que trabaja? ¿Te ha hablado alguna vez de un tal Jerry?

—No.

—Pues bien, algún vehículo dejó restos de pintura verdusca en una abolladura de la parte trasera del Mercedes y rompió también el piloto izquierdo. En resumen, estoy segura de que, cuando saliste de la armería, alguien te siguió y te golpeó por detrás.

»Luego, unas decenas de metros más adelante, aceleraste bruscamente, perdiste el control del coche y te saliste de la calzada. Calculo que pisaste el acelerador al mismo tiempo que marcabas el 911. Estabas asustada y puede que volvieras a tener detrás el coche que te había golpeado.

Lucy se arropó hasta la barbilla en la cama. Estaba pálida.

—Alguien intentó matarme.

—Y a mí me parece que poco le faltó para conseguirlo, Lucy. Por ello te he hecho esas preguntas que parecían tan personales. Alguien va a hacértelas. ¿No prefieres contármelo a mí?

—Ya sabes suficiente.

—¿Ves alguna relación entre lo sucedido en el ERF y el accidente?

—Claro que sí, tía —respondió ella con energía—. Me han tendido una trampa. No estaba en el edificio aquella noche. ¡No he robado ningún secreto!

—Eso tendremos que demostrarlo.

—Me parece que no me crees —dijo, y me lanzó una severa mirada.

Sí que la creía, pero no podía decírselo. No podía hablarle de mi encuentro con Carrie. Tuve que apelar a toda mi autodisciplina para guardar las formas con mi sobrina en aquel momento, porque sabía que sería un error sugerirle las respuestas.

—No podré ayudarte de verdad si no hablas conmigo abiertamente —le aseguré—. Hago cuanto puedo por mantener una actitud abierta y la cabeza clara, y deseo hacer lo correcto, pero, con franqueza, no sé qué pensar.

—No puedo creer que tú... En fin, da lo mismo. —Sus ojos se llenaron de lágrimas—. Piensa lo que quieras.

—Vamos, Lucy, no te enfades conmigo. El asunto es muy serio y la forma en que lo llevemos afectará al resto de tu vida. Hay dos prioridades.

»La primera es tu seguridad y, después de oír lo que te he contado sobre el accidente, quizás entiendas mejor por qué quiero llevarte al centro de tratamiento. Allí, nadie sabrá quién eres. Estarás completamente a salvo. La segunda prioridad es sacarte de estos líos para que tu futuro no se vea perjudicado.

—Ya no seré nunca agente del FBI. Es demasiado tarde.

—Todavía no, si conseguimos limpiar tu nombre en Quantico y que un juez rebaje la acusación de conducir bebida.

—¿Cómo?

—Me pediste un protector. Quizá lo tienes ya.

—¿Quién es?

—De momento, lo único que debes saber es que tienes buenas perspectivas si me prestas atención y haces lo que te digo.

—Me siento como si me mandaran a un correccional.

—La terapia te conviene por muchas razones.

—Preferiría quedarme aquí contigo. No quiero que me tachen de alcohólica el resto de la vida. Además, no creo que lo sea.

—Quizá no, pero tienes que reflexionar un poco y averiguar por qué has estado bebiendo en exceso.

—Tal vez me gusta cómo me sienta el alcohol cuando no estoy aquí. En cualquier caso, aquí no me ha querido nunca nadie, de modo que tal vez sea lo más sensato —murmuró amargamente.

Seguimos hablando un rato más. A continuación, estuve otro rato al teléfono, hablando con líneas aéreas, con personal del hospital y con un psiquiatra del lugar que era un buen amigo. Edgehill, un reputado centro de tratamiento de Newport, podría admitirla a partir del día siguiente por la tarde. Me presté a llevarla yo pero Dorothy no quiso ni oír hablar del asunto. Aquél era un momento en que una madre debía estar con su hija, declaró, y mi presencia no era necesaria ni apropiada.

Me sentía muy incómoda cuando el teléfono sonó a medianoche.

—Espero no haberte despertado —dijo la voz de Wesley.

—Me alegro de que hayas llamado.

—Tenías razón en lo de la huella. Está invertida. Es imposible que la dejara Lucy, a menos que hiciera el molde ella misma.

—¡Pues claro que no lo hizo! ¡Dios mío! —exclamé, impaciente—. Esperaba que el asunto ya se habría aclarado, Benton.

—No del todo aún.

—¿Qué hay de Gault?

—Ni rastro de él. Y ese imbécil de la tienda niega que Gault haya estado allí alguna vez. —Hizo una pausa—: Kay, ¿estás segura de que le viste?

—Lo juraría ante un tribunal.

Sí, reconocería a Temple Gault en cualquier parte. A veces, en sueños, veía sus ojos; los veía brillar como cristales azules, mirando a través de una puerta apenas entreabierta que conducía a una estancia oscura y extraña, impregnada en un hedor pútrido.

También veía a Helen, la carcelera, de uniforme y decapitada. Estaba sentada en la silla, tal como Gault la había dejado, y yo me preguntaba por el pobre campesino que había cometido el error de abrir la bolsa de bolos que encontró en sus tierras.

—Yo también lo lamento —estaba diciendo Wesley—. No te imaginas cuánto.

Entonces le conté que me disponía a enviar a Lucy a Rhode Island. Le conté todo lo que se me ocurrió que no le había contado ya y, cuando fue su turno de informarme, apagué la lamparilla de la mesa de noche y lo escuché a oscuras.

—Por aquí, las cosas no andan bien. Como te he dicho, Gault ha vuelto a esfumarse. Nos tiene bien jodidos. No sabemos en qué está implicado y en qué no. Tenemos el caso de Carolina del Norte y, luego, otro en Inglaterra, y de pronto aparece en Springfield y parece estar relacionado con el caso de espionaje descubierto en el ERF.

—De «parece», nada. Ha entrado en el cerebro del FBI, Benton. La cuestión es qué pensáis hacer al respecto.

—En este momento, el ERF está cambiando los códigos, las contraseñas y demás. Esperamos que no haya penetrado demasiado.

—Seguid esperando.

—Kay, la policía de Black Mountain ha conseguido una orden de registro de la casa de Creed Lindsey y de su vehículo.

—¿Han dado con él?

—No.

—¿Qué tiene que decir a eso Marino? —pregunté.

—¿Quién carajo lo sabe?

—¿No le has visto?

—Apenas. Creo que pasa mucho tiempo con Denesa Steiner.

—Tenía entendido que estaba fuera del pueblo.

—Ya ha vuelto.

—¿Es muy serio lo suyo, Benton?

—Pete está obsesionado. No lo he visto nunca así. Creo que no vamos a poder arrancarlo de aquí.

—¿Y tú?

—Probablemente iré y vendré durante un tiempo, pero es difícil decirlo. —Le noté desanimado—. Lo único que puedo hacer es ofrecer mi consejo, Kay. Los policías hacen caso a Pete y él no escucha a nadie.

—¿Y la señora Steiner? ¿Qué nos cuenta de Lindsey?

—Dice que el hombre que entró en la casa aquella noche podría ser él. Pero, en realidad, no llegó a verlo con claridad.

—Tiene una dicción muy peculiar.

—Se lo han comentado, pero dice que no recuerda nada de la voz del intruso, salvo que parecía la de un hombre blanco.

—También tiene un olor corporal muy fuerte.

—No sabemos si olía así esa noche.

—Dudo que alguna noche cuide más su higiene.

—En cualquier caso, que la mujer no esté segura sólo refuerza las sospechas contra él. Y la policía está recibiendo toda clase de llamadas acerca del tipo. Que si lo vieron aquí o allá haciendo cosas sospechosas como mirar a algún chico cuando pasaba en la furgoneta. O que si alguien vio una furgoneta como la suya cerca del lago Tomahawk poco después de la desaparición de Emily. Ya sabes lo que sucede cuando la gente se obsesiona con algo.

—Y tú, ¿qué has decidido?

La oscuridad me envolvía como una sábana suave y acogedora, y me fijé en el timbre de la voz con que Wesley me hablaba. Era modulado y vigoroso. Igual que su mente, tenía una belleza y una energía muy sutiles.

—Ese tipo, Creed, no encaja, y todavía le doy vueltas a lo de Ferguson. Por cierto, tenemos los resultados del ADN y la piel es de la chica.

—No me sorprende.

—En lo de Ferguson hay algo que no concuerda.

—¿Sabes algo más de él?

—Estoy investigando ciertas cosas.

—¿Y de Gault?

—Todavía tenemos que considerarlo. Que sea sospechoso. —Hizo una pausa—. Quiero verte.

Me pesaban los párpados y mi voz sonó adormilada en la oscuridad. Con la cabeza apoyada en la almohada, murmuré:

—Bueno, tengo que ir a Knoxville. Eso no queda muy lejos de donde estás.

—¿Has visto a Katz?

—Él y el doctor Shade se ocupan de mi experimento. Deben de estar terminando.

—No tengo ningún deseo de visitar La Granja —declaró Wesley.

—Supongo que me estás diciendo que no nos veremos allí.

—No es que no quiera...

—Irás a casa el fin de semana, ¿no?

—Por la mañana.

—¿Todo marcha bien?

Preguntarle por su familia resultaba engorroso. En nuestras conversaciones, rara vez mencionábamos a su esposa.

—Bueno, los chicos ya son mayores para celebrar el día de Difuntos, así que, por lo menos, no hay que preocuparse de organizar fiestas o preparar disfraces.

—Cualquier edad es buena para celebrar la noche de las Ánimas.

—Antes, las bromas y los convites en mi casa eran todo un espectáculo, ¿sabes? Y había que correr con los chicos de acá para allá... esas cosas...

—Seguro que llevabas pistola y pasabas por rayos X sus caramelos.

—Mira quién habla —replicó él.

17

A primera hora del sábado, preparé el equipaje para marcharme a Knoxville y ayudé a Dorothy a reunir los pertrechos necesarios para alguien que iba donde iba Lucy. No me resultó fácil hacer comprender a mi hermana que Lucy no necesitaría ropa cara o que requiriese lavado en seco o planchado.

Cuando insistí en que no debía llevar nada de valor, Dorothy se preocupó muchísimo.

—¡Oh, Dios mío! ¡Es como si la encerrara en una penitenciaría!

Para no despertar a Lucy, estábamos en el dormitorio que ocupaba mi hermana. Coloqué una sudadera en la maleta abierta sobre la cama y dije:

—Escucha, yo no recomiendo que se lleven joyas caras ni siquiera para alojarse en un buen hotel.

—Pues yo tengo muchas joyas caras y me alojo en buenos hoteles continuamente. La diferencia es que no debo preocuparme de encontrarme drogadictos por los pasillos.

—Dorothy, hay drogadictos por todas partes. No necesitas ir a Edgehill para encontrarlos.

—Cuando Lucy se entere de que no puede llevar su ordenador portátil, le dará un ataque.

—Le explicaré que no está permitido y confío en que lo entenderá.

—Creo que es muy rígido por parte de los médicos.

—El objetivo de la estancia es que Lucy trabaje en ella misma, y no en programas de ordenador.

Recogí las Nike de Lucy y recordé a mi sobrina en el vestuario de Quantico, embarrada de pies a cabeza y llena de contusiones y rozaduras después de recorrer el circuito de entrenamiento. Entonces me había parecido muy feliz y, sin embargo, era imposible que lo fuera. Me reproché no haber advertido antes sus dificultades. Tal vez si hubiera pasado más tiempo con ella nada de esto habría sucedido.

—Sigo pensando que es absurdo —insistió Dorothy—. Si yo tuviera que ir a un sitio como ése, no permitiría que me obligaran a dejar de escribir, desde luego. Es mi mejor terapia. Lástima que Lucy no tenga algo parecido, porque estoy convencida de que le evitaría muchos problemas. ¿Por qué no has escogido la clínica Betty Ford?

—No veo motivo para enviar a Lucy a la costa Oeste. Además, allí se necesita más tiempo para ingresar.

—Sí, supongo que tendrán una buena lista de espera... —Dorothy adoptó una expresión pensativa mientras doblaba una blusa y la colocaba en la maleta—. Y tampoco me gustaría que corriese la voz de que tengo una hija internada...

—A veces me dan ganas de abofetearte.

Mi hermana puso cara de sorpresa y de cierto

temor. Nunca le había mostrado toda la fuerza de mi rabia. Nunca le había puesto delante un espejo que reflejara su vida narcisista y mezquina y en el que pudiera verse como la veía yo. Aunque Dorothy no habría querido mirarse (y éste, naturalmente, era el problema).

—¡Claro! No eres tú la que tiene un libro a punto de publicar —replicó—. En cuestión de días, estaré de gira otra vez. ¿Y qué voy a decir cuando un entrevistador me pregunte por mi hija? ¿Cómo crees que va a tomarse esto mi editor?

Eché un vistazo a mi alrededor para ver qué más tenía que meter en la maleta.

—Realmente, Dorothy, me importa un bledo cómo se tome esto tu editor. Con franqueza, me importa un bledo cómo se tome nada.

—Este asunto podría llegar a desacreditar mi obra —continuó, como si no me hubiera oído—. Y tendré que contárselo a mi agente de prensa para elaborar la mejor estrategia.

—Coméntale una sola palabra de Lucy a tu agente y te rompo el cuello.

—Te estás volviendo muy violenta, Kay.

—Tal vez lo soy.

—Supongo que es un riesgo profesional, cuando una se pasa el día rajando gente —soltó Dorothy.

Lucy necesitaría su jabón porque allí no tendrían el que le gustaba. Me dirigí al baño y recogí una pastilla de jabón de barro Lazlo y un Chanel, perseguida por la voz de Dorothy. Entré en el dormitorio de Lucy y la encontré incorporada en la cama.

—No sabía que estuvieras despierta. —Le di un beso—. Me marcho enseguida. Dentro de un rato vendrá un coche a recogeros a ti y a tu madre.

—¿Y los puntos de la cabeza?

—Dentro de unos días te los quitarán. Se encargará uno de los médicos. Ya he arreglado todas esas cosas con ellos. Están muy al corriente de la situación.

—Me duele.

Lucy hizo una mueca mientras se tocaba el cuero cabelludo, junto a la herida.

—Tendrás algún nervio un poco afectado. Con el tiempo se te pasará.

Conduje hasta el aeropuerto bajo otro chaparrón. Las hojas cubrían la calzada como copos de cereal empapados y la temperatura había descendido a unos crudos nueve grados.

Primero volé a Charlotte. Al parecer, desde Richmond era imposible ir a ninguna parte sin hacer escala en otra ciudad que no siempre estaba en el camino. Muchas horas después, cuando llegué a Knoxville, el tiempo era el mismo pero más frío, y ya había oscurecido. Tomé un taxi y el conductor, un tipo de la ciudad que se hacía llamar «Cowboy», me dijo que componía canciones y tocaba el piano cuando no estaba al volante. Al llegar al Hyatt, ya me había contado también que iba a Chicago una vez al año para complacer a su esposa y que solía llevar en el taxi a mujeres de Johnson City que acudían a la ciudad para comprar en las galerías comerciales.

Cowboy me hizo recordar la inocencia que la gente como yo hemos perdido y le dejé una propina especialmente generosa. Me esperó mientras me registraba en el hotel y, a continuación, me llevó a Calhoun's, que tenía una espléndida vista sobre el río Tennessee y prometía las mejores chuletas de Estados Unidos.

El restaurante estaba sumamente concurrido y tuve que esperar en el bar. Me enteré de que aquel fin de semana se celebraba el encuentro anual de antiguos alumnos de la Universidad de Tennessee, y allá donde dirigí la vista descubrí chaquetas y jerséis de color naranja chillón y alumnos de todas las edades que bebían y reían y comentaban el partido de aquella tarde. Sus estentóreas voces surgían de todos los rincones y, si no me concentraba en alguna conversación concreta, lo único que oía era un griterío constante.

Los Vols habían ganado a los Gamecocks y había sido la batalla más seria jamás librada en la historia del mundo. Cada vez que los hombres tocados con la gorra de la universidad que tenía a ambos lados se volvían hacia mí para que confirmara lo que decían, me deshacía en sinceros gestos de asentimiento, pues, en aquel ambiente, reconocer que no había estado allí se habría interpretado a buen seguro como una traición. No tuve mesa hasta casi las diez, y para entonces mi nivel de ansiedad estaba ya muy alto.

No me apetecía la comida italiana ni nada delicado; no había comido bien desde hacía días y, finalmente, estaba hambrienta. Pedí chuletas de ternera, bollos y ensalada y, cuando la botella de salsa picante Tennessee Sunshine me dijo «pruébame», lo hice. Después, probé asimismo el pastel al Jack Daniel's. La cena estaba magnífica. Di cuenta de ella a la luz de unas lámparas *Tiffany* en un rincón tranquilo, contemplando el río. Éste relucía con el reflejo de las luces del puente, que formaban trazos de diversas longitudes e intensidades como si el agua registrara los niveles electrónicos de una música que yo no alcanzaba a oír.

Intenté no pensar en crímenes, pero a mi alrededor se agitaban como pequeñas hogueras aquellas chillonas ropas anaranjadas y volví a ver la cinta adhesiva en torno a las muñecas de la pequeña Emily. Y sobre su boca. Pensé en las horribles criaturas alojadas en Attica y en Gault y en gente como él.

Cuando pedí al camarero que me llamara un taxi, Knoxville me parecía la ciudad más pavorosa en que había estado.

Mi agitación no hizo sino aumentar cuando me encontré en el porche, fuera del local, primero un cuarto de hora, luego media, esperando a que llegara Cowboy. Sin embargo, parecía que el tipo se había alejado cabalgando en su taxi en busca de otros horizontes y, a medianoche, me encontré sola y abandonada mientras veía a camareros y cocineros marcharse a sus casas.

Volví a entrar en el restaurante por última vez.

—Llevo más de una hora esperando el taxi —dije al muchacho que lo había llamado.

—Es la reunión de estudiantes —respondió, ocupado en limpiar la barra—. Ése es el problema.

—Lo entiendo, pero debo regresar al hotel.

—¿Dónde se aloja?

—En el Hyatt.

—Ahí tienen un taxi privado. ¿Quiere que se lo pida?

—Sí, por favor.

El taxi privado era un microbús, cuyo joven y locuaz conductor me ametralló a preguntas sobre el partido que yo no había visto. Al cabo, empecé a pensar en lo fácil que sería encontrarme acompañada por un desconocido que fuese un Bundy o un Gault. Así era como había muerto Eddie Heath. Su madre le había enviado a una tienda cercana a comprar una lata de sopa y horas más tarde aparecía desnudo y maltratado con una bala en la cabeza. En aquel caso también se había utilizado cinta adhesiva. Podía ser de cualquier color, porque nunca llegamos a verla.

Uno de los extraños jueguecitos de Gault había consistido en atarle las muñecas con cinta adhesiva después de disparar y, posteriormente, quitarle la cinta antes de abandonar el cuerpo. Nunca llegamos a entender por qué lo había hecho. Rara vez llegábamos a sacar algo en claro de tantísimas cosas que eran manifestaciones de fantasías aberrantes. ¿Por qué un nudo de horca y no uno corredizo, más sencillo y más seguro? ¿Por qué una cinta adhesiva anaranjada fosforescente? Me pregunté si aquella cinta anaranjada era algo que Gault usaría y consideré que sí. Desde luego, Gault era un tipo ostentoso. Y, sin duda, le gustaban los juegos sádicos de servidumbre.

Matar a Ferguson y dejar la piel de Emily en el frigorífico también parecía propio de él. En cambio, violentarla sexualmente no encajaba con Gault y este aspecto seguía irritándome.

Gault había matado a dos mujeres y no había mostrado ningún interés sexual por ellas. Era al chico a quien había desnudado y mordido. Era a Eddie a quien había atrapado impulsivamente para obtener su perverso placer. Y, hacía poco, lo había repetido con otro muchacho en Inglaterra; al menos, eso se sospechaba de momento.

A mi regreso al hotel, el bar estaba abarrotado y el vestíbulo, lleno de gente bulliciosa. Cuando ya había llegado discretamente a mi habitación, escuché muchas risas en mi planta y estaba por decidirme a ver una película en la tele cuando el busca, sobre la cómoda, empezó a emitir pitidos. Pensé que Dorothy intentaba ponerse en contacto conmigo, o quizás era Wesley, pero el número registrado empezaba por 704, que era el código de la zona occidental de Carolina del Norte. Marino, me dije, y me quedé a la vez perpleja e intrigada. Tomé el teléfono, me senté al borde de la cama y correspondí a la llamada.

—¿Diga? —preguntó una suave voz femenina al otro extremo de la línea. Por un instante, me quedé tan desconcertada que no acerté a decir nada—. ¿Diga? —repitió.

—Estoy respondiendo a una llamada —dije por fin—. Este... bueno, he encontrado este número en mi avisador.

—¡Ah! ¿Es la doctora Scarpetta?

—¿Con quién hablo? —pregunté, pero ya lo sabía: había oído aquella voz en el despacho del juez Begley, y también en la propia casa de la mujer.

—Soy Denesa Steiner. Disculpe por llamar tan tarde, pero me alegro mucho de encontrarla.

—¿De dónde ha sacado el número de mi avisador?

No constaba en mi tarjeta de visita porque no dejarían de molestarme. De hecho, no lo conocía casi nadie.

—Me lo ha dado Pete. El capitán Marino. Lo he pasado muy mal y le he dicho que pensaba que, si hablaba con usted, me ayudaría. Lamento molestarla.

Me sorprendió que Marino hubiera hecho algo así. Era un ejemplo más de lo mucho que había cambiado. Me pregunté si estaría con ella en aquel momento. También me pregunté qué sería tan importante como para que Denesa me avisara a aquellas horas.

—Señora Steiner, ¿cómo puedo ayudarle? —dije, pues no podía ser descortés con aquella mujer, que había perdido tanto.

—Bueno, me he enterado del accidente que ha tenido...

—¿Cómo dice?

—Me alivia muchísimo saber que está bien.

—No soy yo quien ha tenido el accidente —le expliqué, perpleja e incómoda—. Era mi coche, pero lo llevaba otra persona.

—Me alegro muchísimo. El Señor la protege. Pero se me ha ocurrido una cosa y quería decírsela...

—Señora Steiner —la interrumpí—. ¿Cómo ha sabido lo del accidente?

—Ha salido en el periódico y mis vecinos lo comentaban. La gente sabe que ha estado por aquí ayudando a Pete. Usted y ese hombre del FBI, el señor Wesley.

—¿Qué decía el artículo, exactamente?

Denesa Steiner titubeó, como si le diera apuro responder.

—Bueno, me temo que mencionaba que la habían detenido por conducir bajo los efectos del alcohol. Y que se había salido de la carretera.

—¿Y dice que lo ha publicado el periódico de Asheville?

—Y luego ha aparecido en el *Black Mountain News* y alguien lo oyó por la radio, también. Pero me tranquiliza que no le haya pasado nada. Los accidentes son terriblemente traumáticos, ¿sabe? Si una no lo ha sufrido en persona, no puede imaginárselo. Yo tuve uno terrible cuando vivía en California y todavía me duran las pesadillas...

—Lamento oír eso —murmuré, pues no sabía qué más decir; toda la conversación me resultaba bastante grotesca.

—Era de noche y el tipo cambió de carril y supongo que quedé en su ángulo ciego. Me golpeó por detrás y perdí el control del coche. Terminé cortando los otros carriles hasta dar contra otro coche, un Volkswagen. La pobre viejecita que lo conducía murió en el acto. Nunca lo he superado. Recuerdos así, desde luego, pueden marcarla a una.

—Sí que pueden.

—Y cuando pienso en lo que le pasó a Calcetines... Supongo que, en realidad, por eso he llamado.

—¿Calcetines?

—La gatita, ¿recuerda? La que ese hombre mató.

Guardé silencio. Ella continuó:

—Me hizo eso y, como usted sabe, he recibido llamadas por teléfono...

—¿Todavía las recibe, señora Steiner?

—He tenido unas cuantas. Pete quiere que pida que me intervengan el aparato.

—Quizá debería hacerlo.

—Lo que intento decir es que me han estado pasando cosas a mí, y luego al detective Ferguson y a Calcetines, y ahora sufre usted ese accidente... La verdad, temo que todo esto esté relacionado. Desde luego, le he insistido a Pete para que se ande con mucho cuidado, sobre todo después del golpazo que se dio ayer. Yo acababa de fregar el suelo de la cocina y le resbalaron los zapatos. Casi parece una especie de maldición salida del Antiguo Testamento.

—¿Marino está bien?

—Algo magullado, pero podría haber sido peor porque, normalmente, lleva ese pistolón en la parte de atrás de los pantalones. Pete es un hombre magnífico. No sé qué haría sin él, en estas circunstancias.

—¿Dónde está?

—Supongo que duerme —respondió Denesa, y empecé a apreciar su habilidad para eludir preguntas—. Si quiere dejarme un teléfono donde él se pueda poner en contacto con usted, con mucho gusto le diré que ha llamado.

—Pete tiene el número de mi avisador —le expliqué.

La pausa que siguió me confirmó que Denesa sabía que no me fiaba de ella.

—Sí, por supuesto. Claro que lo tiene.

Tras esta conversación, no conseguí conciliar el sueño y, finalmente, llamé al busca de Marino. El timbre del teléfono sonó minutos después pero se detuvo de inmediato, antes de que pudiera descolgar. Marqué el número de recepción.

—¿Acaba de intentar pasarme una llamada hace un momento?

—Sí, señora. Supongo que la comunicante ha colgado.

—¿Sabe quién era?

—No, señora. Lo siento pero no tengo idea.

—¿Era una mujer?

—Sí. Y preguntó por usted.

—Gracias.

Comprendí lo que había sucedido y el sobresalto me dejó absolutamente insomne. Imaginé a Marino dormido en la cama de Denesa con el avisador sobre la mesilla, y la mano que vi coger el aparato en la oscuridad era la de ella. Denesa había leído el número expuesto en la pantalla y se había levantado de la cama para marcarlo desde otra habitación.

Al descubrir que correspondía al Hyatt de Knoxville, había pedido por mí para ver si constaba como huésped. Después, cuando la centralita pasó la llamada a mi habitación, Denesa había colgado. No quería hablar conmigo; sólo deseaba localizarme, y lo había conseguido. ¡Maldición! Knoxville estaba a dos horas en coche de Black Mountain. Seguro que no vendría, me dije. Sin embargo, no podía dominar mi inquietud y temí seguir mis pensamientos a los sombríos rincones a los que aquéllos intentaban arrastrarse.

Tan pronto salió el sol empecé a hacer llamadas. La primera fue al agente McKee, de la policía estatal de Virginia, y aprecié en su voz que le había despertado de un profundo sueño.

—Soy la doctora Scarpetta. Lamento llamarle tan temprano...

—¡Oh! Aguarde un momento. —El hombre carraspeó—. Buenos días. Escuche, ha sido muy oportuna al llamar. Tengo información para usted.

—Magnífico —respondí, enormemente aliviada—. Esperaba que la tuviera.

—Muy bien. El piloto trasero es de metacrilato, como la mayoría de los que se hacen en la actualidad, pero hemos podido encajar los pedazos con el fragmento que usted recuperó del Mercedes. Además, en uno de los pedazos había un logotipo que lo identificaba como procedente de un Mercedes.

—Bien, entonces es lo que sospechábamos. ¿Qué hay del cristal del faro?

—Eso era un poco más difícil, pero hemos tenido suerte. Han analizado los cristales de faro que encontró en la calzada y, por su índice de refracción, su densidad, su diseño, su logotipo y demás, sabemos que procedía de un Infiniti J30. Este dato nos ayudó a reducir las posibilidades sobre el origen de la pintura. Cuando hemos empezado a indagar sobre los Infiniti J30, hemos sabido que hay un modelo pintado de un tono verde pálido llamado «bruma de bambú».

»En resumidas cuentas, doctora Scarpetta, su coche recibió el impacto de un Infiniti J30 del 93, de color verde bruma de bambú.

Me quedé paralizada de sorpresa y desconcierto.

—Dios mío —murmuré mientras me recorría un escalofrío.

—¿Le suena? —preguntó el agente, también en tono sorprendido.

—No puede ser...

Yo había acusado a Carrie Grethen y la había amenazado. Había estado tan segura...

—¿Conoce a alguien que tenga un coche así? —insistió el agente McKee.

—Sí.

—¿Quién?

—La madre de una chiquilla de once años que fue asesinada en la zona occidental de Carolina del Norte —respondí—. Participo en la investigación del caso y ya he tenido varios contactos con esa mujer.

McKee no dijo nada. Me di cuenta de que mis palabras sonaban a desvaríos.

—Esa mujer tampoco estaba en Black Mountain cuando se produjo el accidente —continué—. Se supone que había viajado al norte a visitar a una hermana enferma.

—El coche que embistió el suyo, doctora, también tendrá daños —sugirió el agente—. Y si fue ella la autora de todo esto, puede usted apostar a que ya lo habrá llevado a reparar. De hecho, quizá ya esté reparado.

—Aunque lo esté, la pintura que dejó en mi carrocería podría corresponderse.

—Esperemos que así sea.

—No parece muy convencido.

—Si la pintura del coche es la original y no se ha vuelto a tocar desde que salió de la cadena de montaje, podríamos tener un problema. La tecnología del pintado de automóviles ha cambiado. La mayoría de fabricantes de coches se ha decantado por una capa base clara, que es una laca de poliuretano. Aunque es más barata, produce un efecto muy lujoso. Pero no se aplica en muchas capas y el fundamento de la identificación de vehículos por la pintura es, precisamente, la secuencia de capas.

—Entonces, si salieron de la cadena de montaje diez mil Infiniti niebla de bambú en la misma serie, estamos jodidos.

—Por completo. El abogado de la defensa alegará que no se puede demostrar que la pintura procediese de su coche, sobre todo si se tiene en cuenta que el accidente se produjo en una carretera interestatal que es utilizada por gente de todo el país. Así pues, ni siquiera serviría de nada intentar averiguar cuántos Infiniti pintados de ese color fueron destinados a determinadas regiones. Y, en cualquier caso, esa mujer no es de la zona donde se produjo el accidente.

—¿Y qué hay de la llamada de emergencia? —pregunté.

—La he escuchado. La llamada se efectuó a las 8.47 de la tarde y su sobrina dijo: «Esto es una emergencia.» Eso fue cuanto alcanzó a decir antes de que su voz quedara sofocada por los ruidos y la electricidad estática. Parecía presa del pánico.

Las noticias eran terribles, y no me sentí mejor cuando llamé a Wesley a su casa y contestó su mujer.

—Espere, voy a avisarle —dijo en el mismo tono amistoso y delicado de costumbre.

Mientras aguardaba, me asaltaron extraños pensamientos. Me pregunté si dormirían en habitaciones separadas o si, simplemente, la mujer se había levantado antes que Benton y por eso tenía que desplazarse a otro lugar para avisarle de que yo estaba al teléfono.

Por supuesto, era posible que ella estuviese en la cama y él, en el baño. Las ideas y los sentimientos que me rondaban por la cabeza llegaron a asustarme. Aunque la mujer me caía bien, deseaba que no fuera su esposa. Deseaba que Wesley no tuviera esposa. Cuando se puso al aparato, intenté hablar con calma pero no lo conseguí.

—Espera un momento, Kay. —Me dio la impresión de que a él también lo había despertado—. ¿Has estado en vela toda la noche?

—Más o menos. Tienes que volver ahí, al pueblo. No podemos confiar en Marino. Si intentamos ponernos en contacto con él, ella lo sabrá.

—No puedes estar segura de que fuera ella quien llamó a tu avisador.

—¿Quién más puede haber sido? Nadie sabía que estoy alojada aquí, y acababa de dejar el número del hotel en el busca de Marino. Apenas pasaron unos minutos hasta que recibí la llamada.

—Quizás era Marino quien llamaba.

—El encargado de la recepción dice que era una voz de mujer.

—Maldita sea —masculló Wesley—. Hoy es el aniversario de Michele.

—Lo siento. —Me sentía al borde de las lágrimas y no sabía por qué—. Tenemos que averiguar si el coche de Denesa Steiner ha sufrido algún daño. Es preciso que vaya alguien a investigar. Necesito saber por qué perseguía a Lucy.

—¿Por qué habría de hacer tal cosa? ¿Cómo podía saber dónde iba a estar Lucy aquella noche y qué coche conducía?

Recordé que Lucy me había contado que la compra del arma había sido un consejo de Marino. Era posible que la señora Steiner escuchase la conversación entre ellos y planteé tal teoría a Wesley.

—¿Lucy tenía la visita concertada con antelación, o se detuvo allí por las buenas cuando volvía de Quantico?

—No lo sé, pero lo averiguaré. —Me estremecí de rabia y masculló—: ¡La muy hija de puta...! Podría haber matado a Lucy.

—¡Señor! Podría haberte matado a ti.

—¡La muy hija de puta!

—Kay, tranquilízate y escucha. —Benton pronunció las palabras despacio, en un tono que quería ser relajante—. Volveré a Carolina del Norte a ver qué diablos sucede. Llegaremos hasta el fondo del asunto, te lo prometo. Pero quiero que dejes ese hotel lo antes posible. ¿Cuánto tiempo calculas que deberás quedarte en Knoxville?

—Puedo marcharme después de la cita con Katz y el doctor Shade en La Granja. Katz pasará a recogerme a las ocho. Dios, espero que no siga lloviendo. Aún no he mirado por la ventana, siquiera.

—Aquí hace sol —dijo él, como si ello significara que debía de hacer el mismo tiempo en Knoxville—. Si sucede algo y decides no marcharte, cambia de hotel por lo menos.

—Lo haré.

—Después, vuelve a Richmond.

—No. Desde Richmond no puedo hacer nada por el caso. Y Lucy tampoco está allí. Por lo menos, sé que ella está segura. Si hablas con Marino, no le digas nada de mí. Y ni una sola palabra de dónde está Lucy. Da por sentado que se lo contará a Denesa Steiner. Marino está fuera de control, Benton. Sé positivamente que le hace confidencias a esa mujer.

—No me parece muy prudente que vayas a Carolina del Norte en estos momentos.

—Tengo que hacerlo.

—¿Por qué?

—Debo buscar los antiguos historiales médicos de Emily Steiner. Revisarlos. También quiero que me consigas una lista de todos los lugares donde ha vivido Denesa Steiner. Quiero saber si hay más hijos, maridos o hermanos. Puede haber más muertes. Y quizá tengamos que hacer más exhumaciones.

—¿Qué estás pensando?

—En primer lugar, apuesto algo a que descubres que no existe ninguna hermana enferma en Maryland. Su intención al dirigirse al norte era echar mi coche fuera de la calzada, con el propósito de matar a Lucy.

Wesley no dijo nada. Percibí la ambigüedad de su reacción y no me gustó. Tuve miedo de decir lo que pensaba de verdad, pero no podía quedarme callada.

—Por otra parte, de momento no aparecen referencias del síndrome de muerte súbita infantil. De su primer hijo. El registro no consigue encontrar nada al respecto en California. No creo que ese hijo haya existido nunca, y tal cosa encajaría con el perfil.

—¿Qué perfil?

—Benton —murmuré—, no sabemos a ciencia cierta que Denesa Steiner no matara a su propia hija.

Wesley exhaló un profundo suspiro.

—Tienes razón. No lo sabemos a ciencia cierta. No sabemos gran cosa, en general.

—Y Mote señaló en la reunión que Emily era una niña enfermiza.

—¿Dónde quieres ir a parar?

—Podríamos estar ante un caso de síndrome de Munchausen...

—Kay, nadie querrá dar crédito a algo así. Yo mismo no estoy seguro de querer creerlo...

Me refería a un síndrome casi increíble en el que quienes se ocupan de los cuidados primarios (madres, por lo general) maltratan a los niños en secreto y con astucia para llamar la atención. Les producen cortes, les rompen huesos, los intoxican y los sofocan hasta casi matarlos. Después, esas mujeres corren a la consulta del médico o al servicio de urgencias y explican historias lacrimógenas sobre cómo se ha puesto enfermo o se ha lastimado el pequeño, y el personal sanitario se compadece de la madre y le presta tanta atención como al niño. La mujer se convierte en maestra de la manipulación de los profesionales médicos y el pequeño puede llegar a morir.

—Piensa en la atención que ha conseguido atraer Denesa Steiner gracias al asesinato de su hija —dije a Benton.

—Eso no lo discuto, pero, ¿cómo encaja en un síndrome de Munchausen la muerte de Ferguson o lo que sostienes que le sucedió a Lucy?

—Una mujer que le hiciera eso a Emily podría hacerle cualquier cosa a cualquiera. Además, tal vez Denesa Steiner se esté quedando sin parientes que matar. Me sorprendería que su marido muriese realmente de un ataque cardíaco. Probablemente, lo mató también de alguna forma disimulada y sutil. Esas mujeres son mentirosas patológicas. Son incapaces de sentir remordimientos.

—Lo que insinúas va mucho más allá del síndrome de Munchausen. Ahora estamos hablando de asesinatos en serie.

—Los casos no son siempre una sola cosa, porque las personas tampoco lo son, Benton. Lo sabes muy bien. Y las asesinas en serie suelen serlo de maridos, parientes y otras personas importantes para ellas. En general, sus métodos son diferentes de los utilizados por los asesinos en serie varones. Las mujeres psicópatas no violan y estrangulan. Prefieren los venenos, o asfixiar a una víctima que no puede defenderse, porque es demasiado pequeña o demasiado anciana o está incapacitada por alguna otra razón. Las fantasías son distintas porque las mujeres son distintas de los hombres.

—Nadie que conozca a la señora Steiner querrá creer lo que planteas —respondió Wesley—. Y aunque tengas razón, será complicadísimo demostrarlo.

—En casos como éste, siempre es complicadísimo encontrar pruebas.

—¿Sugieres que le exponga esta posibilidad a Marino?

—Espero que no se te ocurra hacerlo. Desde luego, no quiero que la señora Steiner se entere de lo que pensamos. Tengo que interrogarla y necesito su colaboración.

—Estoy de acuerdo —asintió Wesley, y comprendí que tenía que ser muy duro para él cuando añadió—: La verdad es que ya no podemos mantener a Marino trabajando en el caso un minuto más. Como mínimo, existe una relación personal con una posible sospechosa. Puede que esté acostándose con la asesina.

—Como hacía el anterior investigador... —le recordé.

No dijo nada. No era preciso que expresáramos nuestro temor por la seguridad de Marino. Max Ferguson había muerto y la huella dactilar de Denesa Steiner había aparecido en una prenda que vestía el cadáver al ser descubierto. Habría resultado muy sencillo atraer a Ferguson a un jueguecito sexual fuera de lo habitual y a continuación, de un puntapié, quitarle el taburete que aguantaba su peso.

—No me gusta nada la idea de que te involucres más en esto, Kay —apuntó Wesley.

—Es una de las complicaciones de conocernos tan bien —respondí—. A mí tampoco me gusta. Y ojalá que tú tampoco estuvieras metido.

—No es lo mismo. Tú eres una mujer y eres médica. Si tu teoría es buena, Denesa Steiner querrá atraerte a su juego.

—Ya me ha atraído a él.

—Te arrastrará más aún.

—Espero que lo haga —murmuré, y me volvió a invadir la rabia.

—Quiero verte —susurró él.

—Yo también. Pronto.

18

La Unidad de Investigaciones sobre Descomposición de la universidad de Tennessee era más conocida como la Granja de Cuerpos, nombre que ya tenía mucho antes de lo que yo podía recordar. Cuando alguien como yo la llamaba así, no lo hacía con el menor ánimo irreverente, pues nadie respeta más a los muertos que quien trabaja con ellos y escucha sus silenciosos relatos con el propósito de ayudar a los vivos. Éste había sido el objetivo de la creación de la Granja de Cuerpos hacía más de veinte años, cuando los científicos decidieron ampliar sus conocimientos sobre la determinación del momento de la muerte. En un día cualquiera, las instalaciones —un par de hectáreas de terreno arbolado— contenían decenas de cuerpos en diversos grados de descomposición. A lo largo de los años, diversos proyectos de investigación me habían llevado allí periódicamente y, aunque nunca sería una maestra en el tema del momento de la muerte, había mejorado bastante.

La propiedad y gestión de la Granja correspondían al departamento de Antropología de la universidad, dirigido por el doctor Lyall Shade y ubicado, curiosamente, en el sótano del estadio de fútbol. A las 8,15, Katz y yo bajamos las escaleras, dejamos atrás los laboratorios de moluscos y los de primates neotropicales y pasamos ante la colección de titís y macacos y ante extraños proyectos identificados mediante números romanos. Muchas de las puertas mostraban pegatinas de chistes gráficos y expresivas frases que me provocaron una sonrisa.

Encontramos al doctor Shade sentado tras su escritorio, examinando unos fragmentos de hueso humano chamuscado.

—Buenos días —le saludé.

—Buenos días, Kay —me respondió con una sonrisa distraída.

Shade era conocido en el campus por el mote de «doctor Sombras» y se decía de él que se comunicaba con el espíritu de los muertos a través de su carne y de sus huesos y de lo que revelaban tras yacer durante meses en el terreno acotado.

Sin embargo, era un hombre introvertido y discreto, una persona muy comedida que aparentaba muchos más de los sesenta años que había cumplido. Tenía el cabello corto y canoso y unas facciones agradables y preocupadas. De buena estatura, su cuerpo recio y curtido por la intemperie semejaba el de un campesino, algo que, curiosamente, encajaba con otro de sus alias: Shade, el Granjero. Su madre vivía en un asilo y con retales de tela le hacía rodetes para sostener cráneos. Los que Shade me había enviado parecían rosquillas de percal, pero eran realmente útiles cuando había que trabajar con un cráneo, que es difícil de manejar y tiene propensión a rodar, no importa de quién fuera el cerebro que contuvo.

—¿Qué tenemos aquí? —Me acerqué más a los fragmentos óseos, que recordaban astillas de madera.

—Una mujer asesinada. Su marido intentó quemarla después de matarla y lo hizo admirablemente bien. Mejor que cualquier crematorio, la verdad. Pero cometió una solemne estupidez. Lo hizo en el patio trasero de su propia casa.

—Sí, coincido en que fue una solemne estupidez. Pero también hay violadores que dejan caer la cartera cuando huyen de la escena del delito.

—Una vez tuve un caso así —intervino Katz—. Conseguí recuperar una huella dactilar del coche de la víctima y estaba muy ufano hasta que me dijeron que el tipo se había dejado la cartera en el asiento trasero. Con eso, la huella apenas fue necesaria para acusarlo.

—¿Qué tal va su invento? —preguntó Shade a Katz.

—No me haré rico con él.

—Katz ha conseguido una espléndida huella latente de unas bragas —aseguré a Shade.

—El tipo sí que era un latente... Cualquier hombre que se vista de aquel modo tiene que serlo —comentó Katz con una sonrisa.

De vez en cuando podía ser bastante vulgar.

—Su experimento ya está preparado y estoy impaciente por echar una ojeada, doctora.

Shade se levantó del asiento.

—¿Todavía no lo han hecho? —pregunté.

—No; hoy, todavía no. Queríamos que estuviera presente usted para efectuar la inspección final.

—Por supuesto, ésa es su costumbre, ¿verdad? —comenté.

—Y lo seguirá siendo, a menos que usted no quiera estar presente. Algunos prefieren no estar.

—Yo siempre querré asistir. Y si no quisiera, creo que debería cambiar de profesión —declaré.

—El tiempo ha colaborado, realmente —precisó el doctor Katz.

—Ha sido perfecto —asintió Shade, complacido—. Ha sido exactamente el mismo que hubo, según los datos, en el intervalo entre la desaparición de la chica y el hallazgo de su cadáver. Y hemos tenido suerte con los cuerpos, porque necesitaba dos y hasta el último momento pensé que no sería posible. Ya sabe cómo son esas cosas.

Lo sabía.

—A veces, tenemos más de la cuenta. Otras, no llega ninguno —continuó el doctor Shade.

—Los dos que nos trajeron tienen una triste historia —intervino Katz mientras subíamos de nuevo los peldaños.

—Todos tienen una triste historia —apunté.

—Eso es muy cierto. Muy cierto. El hombre padecía cáncer y llamó para ver si podía donar el cuerpo a la ciencia. Le dijimos que sí y rellenó los papeles correspondientes. Después se marchó al bosque y se pegó un tiro en la cabeza. A la mañana siguiente, la viuda, que tampoco estaba bien de salud, metió la cabeza en el horno.

—¿Y los cuerpos son ésos?

Noté que mi corazón perdía el ritmo durante unos instantes, como solía sucederme cuando oía historias como aquélla.

—Sucedió justo después de que usted me contara lo que quería, doctora —explicó Shade—. Y resultó muy oportuno porque no disponía de cuerpos recientes. Justo entonces, se presenta ese pobre hombre y... En fin, la pareja nos ha prestado un magnífico servicio.

—Sí. Eso, sí.

Deseé poder dar las gracias de algún modo a aquel par de pobres enfermos que habían deseado morir porque el resto de sus vidas se anunciaba insoportablemente doloroso.

Ya en el exterior, subimos al gran camión blanco con los distintivos de la universidad que utilizaban Katz y Shade para recoger los cuerpos donados o no reclamados y llevarlos al lugar al que ahora nos dirigíamos. Era una mañana despejada y vigorizante. Las colinas se sucedían y se elevaban hacia las lejanas cimas de Smoky Mountains; los árboles a nuestro alrededor resplandecían, y yo pensé en las cabañas que había visto en el camino sin pavimentar cerca del cruce de Montreat. Recordé a Deborah y sus ojos estrábicos. Me acordé de Creed. Había momentos en que me sentía abrumada ante un mundo tan espléndido y, a la vez, tan horrible. Creed Lindsey iría a prisión si yo no hacía algo enseguida para evitarlo. Tenía miedo de que Marino muriese y no quería que mi última imagen de él fuese como la de Ferguson.

Continuamos la conversación y pronto dejamos atrás los establos de la escuela de Veterinaria y los campos de trigo y de maíz utilizados para investigaciones agrícolas. Me pregunté cómo le iría a Lucy en Edgehill y temí por ella, también. Al parecer, temía por toda la gente que amaba. Y, sin embargo, siempre me mostraba tan reservada, tan sensata... Mi mayor vergüenza era, tal vez, sentirme incapaz de expresar mis sentimientos, y me preocupaba que nadie supiera nunca cuánto me importaba. Unos cuervos picoteaban junto a la carretera y el sol que entraba por el parabrisas me deslumbraba.

—¿Qué opinan de las fotos que les envié? —pregunté a mis acompañantes.

—Las traigo conmigo —dijo el doctor Shade—. Hemos colocado diversas cosas bajo el cuerpo del hombre para ver qué sucedía.

—Clavos y un pedazo de tubería de hierro —añadió Katz—. Una chapa de botella, monedas y otros objetos metálicos.

—¿Por qué metálicos?

—Estoy bastante seguro de eso.

—¿Se formaron alguna opinión antes de proceder a los experimentos?

—Sí —contestó Shade—. La chica estuvo tumbada sobre algo que empezaba a oxidarse. El cuerpo de la chica, me refiero. Cuando ya era cadáver.

—¿Qué pudo dejar esa marca?

—Lo ignoro. Dentro de un momento sabremos bastante más. Pero la decoloración que causó la extraña marca en las nalgas de la niña es de algo que se oxidó debajo del cuerpo. Eso es lo que opino.

—Espero que hoy no tendremos aquí a la prensa —comentó Katz—. Me pone en verdaderos apuros, sobre todo en esta época del año.

—Por la Noche de Difuntos —asentí—. O de las Ánimas.

—Imagine. Ya he encontrado a más de un fisgón enganchado en el alambre de espino y que ha terminado en el hospital. La última vez fueron unos estudiantes de derecho.

El camión se detuvo en un aparcamiento que, en los meses de calor, debía de resultar muy incómodo a los empleados del hospital allí destinados. Una valla alta de madera sin pintar, rematada con alambre de espino, empezaba donde terminaba el asfalto. Más allá se extendía la Granja. Cuando bajamos del vehículo, dio la impresión de que una vaharada de pestilencia oscurecía el sol. No importaba cuántas veces me llegara aquel hedor, jamás lograría acostumbrarme a él. Pero había aprendido a bloquearlo sin negar su presencia y jamás lo amortiguaba con cigarros, perfumes o inhaladores nasales. Los olores formaban parte del lenguaje de los muertos; una parte tan importante como las cicatrices y los tatuajes.

—¿Cuántos inquilinos tienen aquí hoy? —pregunté al doctor Shade mientras Katz marcaba la combinación de un gran candado que cerraba la puerta.

—Cuarenta y cuatro.

—Todos llevan bastante tiempo aquí, excepto los suyos —añadió Katz—. Esos dos hace seis días, exactamente, que los tenemos.

Seguí a los dos hombres al interior de aquel reino suyo, grotesco pero necesario. El olor no era demasiado fétido porque el aire era frío como el de un frigorífico y la mayoría de huéspedes llevaba allí el tiempo suficiente para haber dejado atrás los peores momentos. Aun así, las imágenes eran tan anómalas que siempre me inducían a detenerme. Vi aparcada una camilla de transporte de cadáveres, una carretilla y pilas de arcilla roja, y había unos hoyos forrados de plástico en los que se mantenían sumergidos en agua varios cuerpos, anclados a pesados ladrillos. Diversos coches oxidados guardaban repulsivas sorpresas en el portaequipajes o tras el volante. Un Cadillac blanco, por ejemplo, tenía por conductor un esqueleto.

Por supuesto, en el terreno de la finca había muchos cadáveres. Y se confundían tan perfectamente con el entorno que algunos de ellos me habrían pasado inadvertidos de no ser por el destello de un diente de oro o por unas mandíbulas abiertas. Los huesos parecían palos y piedras y las palabras ya no volverían a herir a ninguno de los que allí se encontraban, salvo a los donantes —que esperaba que estuvieran aún en el reino de los vivos— de la colección de miembros amputados.

Una calavera me sonrió desde debajo de una morera y el agujero de bala entre las órbitas me evocó un tercer ojo. Vi un caso perfecto de dientes rosa y volví a preguntarme por qué sucedía aquello, pues nadie había descubierto la causa real, aunque en casi todos los congresos forenses se presentase alguna hipótesis nueva. El recinto estaba salpicado de nogales, pero en modo alguno habría yo probado sus frutos, pues la muerte saturaba la tierra y los fluidos corporales formaban riachuelos entre los oteros. La muerte impregnaba asimismo el agua y el aire y se elevaba hasta las nubes. En la Granja llovía muerte, y los insectos y los pequeños animales se nutrían de ella. Y no siempre consumían todo el pienso, porque el suministro era demasiado abundante.

Lo que habían hecho Katz y Shade por encargo mío era crear dos escenas. Una consistía en simular el abandono de un cuerpo en un sótano y registrar los cambios que tenían lugar en él en condiciones de oscuridad y baja temperatura; la otra, en colocar otro cuerpo en el exterior, en condiciones parecidas y durante el mismo período.

La escena del sótano se había instalado en el único edificio de la Granja, que consistía apenas en un cobertizo de ladrillos. Nuestro colaborador, el marido con cáncer, había sido colocado sobre una losa de cemento en el interior y a su alrededor se había improvisado una caja de madera contrachapada para protegerlo de los depredadores y de los cambios de tiempo. Se habían tomado fotos a diario y el doctor Shade procedió a enseñármelas. Los primeros días apenas revelaban el menor cambio en el cuerpo. Después, empecé a notar que los ojos y los dedos comenzaban a secarse.

—¿Está preparada para esto? —me preguntó Shade.

Guardé las fotos en el sobre y murmuré:

—Echemos un vistazo.

Retiraron la caja y me acuclillé junto al cuerpo para estudiarlo con detalle. El marido era un hombrecillo delgado que al morir lucía una perilla blanca y un ancla tatuada en el brazo, como Popeye. Tras seis días en su cripta de madera tenía los ojos hundidos, la piel pastosa y el cuarto inferior izquierdo descolorido.

La mujer, en cambio, no se había conservado tan bien, aunque las condiciones meteorológicas fuera del cobertizo eran muy parecidas a las del interior. Con todo, había llovido un par de veces, según mis colegas. Y, a ratos, el cuerpo había estado al sol. Las plumas de buitre en las inmediaciones explicaban, por otra parte, algunos de los deterioros que observé. La pérdida de color del cuerpo era mucho más acusada, la piel era poco resbaladiza y no estaba en absoluto pastosa.

La observé un rato en silencio, en una zona arbolada no lejos del cobertizo, donde yacía de espaldas, desnuda, sobre la hojarasca caída de los algarrobos, nogales y tamarindos de los alrededores. Parecía más vieja que su marido y estaba tan encorvada y marchita por la edad que su cuerpo había regresado a un estado andrógino, infantil. Llevaba las uñas pintadas de rosa, las orejas perforadas y dentadura postiza.

—Si quiere examinarlo, hemos dado la vuelta al hombre —me anunció Katz desde la entrada del cobertizo.

Volví allí y me agaché de nuevo junto al marido, mientras el doctor Shade dirigía el haz de una linterna hacia las marcas de la espalda. La huella dejada por la tubería de hierro era fácil de reconocer, pero las de los clavos eran rayas rojas que más parecían quemaduras. Fueron las marcas de las monedas las que más nos fascinaron; sobre todo, la que había dejado un cuarto de dólar. En una inspección minuciosa, apenas conseguí distinguir el contorno parcial de un águila en la piel del hombre; saqué las fotografías del cuerpo de Emily y comparé las marcas.

—Lo que me figuraba —dijo el doctor Shade—. Las impurezas del metal hacen que la moneda se oxide de forma desigual mientras el cuerpo está sobre ella. Por eso se obtiene una impresión irregular, con zonas no marcadas, muy parecida a la huella de un zapato, que no suele aparecer completa a menos que se distribuya el peso uniformemente y uno pise sobre una superficie perfectamente plana.

—¿Ha solicitado ampliaciones realzadas de las fotografías de la niña? —preguntó Katz.

—El laboratorio del FBI está trabajando en ello —respondí.

—¡Ah, son tan lentos! —dijo él—. Van muy retrasados, y las cosas están cada vez peor porque cada día hay más casos.

—Y ya se sabe lo que pasa con los presupuestos.

—El nuestro ya está en los puros huesos.

—Thomas, Thomas, es un chiste espantoso.

De hecho, yo había tenido que pagar de mi bolsillo la madera para la caja del experimento. También me había ofrecido a proporcionar un aparato de aire acondicionado pero, en vista de las condiciones meteorológicas, no había sido necesario.

—Una de las cosas más difíciles del mundo es conseguir que los políticos se entusiasmen por lo que hacemos aquí. O por lo que hace usted, Kay.

—Sí. El problema es que los muertos no votan.

—He oído de casos en que lo han hecho...

Volvimos por Neyland Drive y seguí el río con la mirada. Al llegar a una curva alcancé a ver la parte superior de la verja trasera de la Granja asomando sobre los árboles y pensé en el río Estige de los clásicos. Pensé en el significado de cruzar sus aguas y terminar en aquel lugar, como habían hecho el marido y la esposa de nuestro experimento. Les di las gracias mentalmente, pues los muertos eran el ejército silencioso que yo movilizaba para salvarnos todos.

—Una lástima que no pudiera intervenir antes, doctora —comentó Katz, siempre tan amable—. La esperábamos.

—Ayer se perdió todo un partido —añadió el doctor Shade.

—Es como si lo hubiera visto —respondí.

19

No seguí el consejo de Wesley, sino que regresé a mi habitación del Hyatt. No quería pasar el resto del día en traslados cuando tenía tantas llamadas pendientes y debía tomar un avión.

Con todo, mientras cruzaba el vestíbulo del hotel camino del ascensor, permanecí muy alerta. Observé a todas las mujeres y luego recordé que también debía prestar atención a los hombres, pues Denesa Steiner era muy lista: había dedicado la mayor parte de su vida a urdir engaños y tramas increíbles, y yo sabía lo astuta que la perversidad podía ser.

No vi a nadie que me inspirase recelo mientras recorría el pasillo hasta la habitación, pero aun así saqué el revólver de mi bolsa y lo dejé sobre la cama, a mi alcance, mientras descolgaba el teléfono. En primer lugar llamé a Green Top, y Jon, que respondió a la llamada, se mostró muy amable. Me había atendido muchas veces y no dudé en hacerle preguntas muy directas acerca de mi sobrina.

—No alcanzo a decirle cuánto lo lamento —repitió él—. Cuando lo leí en el periódico, no podía creerlo.

—Ya se recupera —respondí—. Aquella noche, su ángel de la guarda estaba con ella.

—Es una joven muy especial. Se sentirá usted orgullosa de ella, ¿no?

Me dije a mí misma que ya no estaba segura de lo que sentía, y la reflexión me turbó.

—Jon, necesito saber varios detalles importantes. ¿Estaba usted en la tienda aquella noche, cuando Lucy entró a comprar la Sig?

—Claro. Fui yo quien se la vendió.

—¿Se llevó algo más?

—Un cargador extra y varias cajas de balas de punta hueca. Hum... creo que eran Federal Hydra-Shok. Sí, estoy bastante seguro de eso. Veamos... También le vendí una sobaquera Uncle Mike's y la misma pistolera de tobillo que le vendí a usted la primavera pasada. Una Bianchi de primera categoría, en cuero.

—¿Cómo pagó?

—En metálico, lo cual me sorprendió un poco, para ser sincero. La cuenta era bastante abultada, como comprenderá.

Lucy había sabido ahorrar a lo largo de los años y yo le había entregado un cheque sustancioso al cumplir los veintiuno, pero tenía tarjetas para pagar e imaginé que si no las utilizó fue porque no quería que quedara constancia de la compra, lo cual a mí no me sorprendió demasiado. Lucy estaba asustada, y además contagiada de la paranoia típica de la mayoría de quienes han vivido expuestos a un excesivo contacto con los cuerpos de seguridad. Para gente así, como nosotras, todo el mundo es sospechoso. Y cuando nos sentimos mínimamente amenazadas tendemos a reaccionar en exceso, a volver la cabeza a cada instante y a no dejar rastros perceptibles.

—¿Lucy había concertado la visita, o se detuvo ahí por casualidad? —pregunté .

—Había llamado con antelación para decir cuándo pasaría por la tienda. De hecho, incluso volvió a llamar para confirmarlo.

—¿Habló con usted las dos veces?

—No, sólo la primera. La segunda vez fue Rick quien atendió el teléfono.

—¿Sería tan amable de contarme qué le dijo Lucy cuando usted habló con ella?

—No mucho —respondió el armero—. Me dijo que había hablado con el capitán Marino, que él le había recomendado la Sig P230 y que también le había recomendado que tratara conmigo. Como usted sabe, el capitán y yo vamos de pesca juntos. En resumen, su sobrina me preguntó si estaría en la tienda sobre las ocho de la tarde del miércoles.

—¿Recuerda qué día llamó?

—Bueno, eso fue un par de días antes... Sí, creo que fue el lunes anterior. Y, por cierto, le pregunté enseguida si tenía veintiún años.

—¿Le dijo que es mi sobrina?

—Sí, en efecto. Y, desde luego, me recordó mucho a usted. Incluso las voces resultan muy parecidas: las dos tienen una voz grave y serena. Por teléfono, me produjo una impresión extraordinaria. Es una muchacha sumamente inteligente y educada. Parecía familiarizada con las armas y era evidente que había hecho bastantes prácticas de tiro. Sí, y me contó que el capitán le había dado lecciones.

Me sentí aliviada al saber que Lucy había mencionado ser mi sobrina. Aquello me decía que no tenía especial empeño en que yo no me enterase de que había comprado un arma. Imaginé que Marino acabaría por contármelo también. Sólo lamentaba que Lucy no me lo hubiera comentado antes.

—Jon —continué—, dice usted que Lucy llamó otra vez. ¿Qué puede contarme de eso? En primer lugar, ¿cuándo fue?

—El mismo lunes. Un par de horas después, más o menos.

—¿Y habló con Rick?

—Muy brevemente. Recuerdo que yo estaba atendiendo a un cliente y Rick contestó la llamada. Me dijo que era Scarpetta, que no recordaba para cuándo habíamos concertado la cita. Para el miércoles a las ocho, le dije a Rick, y él se lo repitió. Eso fue todo.

—Disculpe... ¿Qué dijo Lucy?

Jon titubeó.

—No entiendo bien a qué se refiere... —Jon titubeó.

—¿Lucy se identificó como Scarpetta cuando llamó por segunda vez?

—Eso es lo que me dijo Rick. Que Scarpetta estaba al teléfono.

—Lucy no se apellida así.

—¡Jo...! —exclamó el hombre tras una pausa de muda sorpresa—. Está de broma, supongo. ¿No? Vaya, pues es muy extraño...

Pensé en Lucy. Imaginé que había avisado a Marino a través del busca y que él no habría tardado en tomar teléfono y marcar su número, muy posiblemente desde la casa de la señora Steiner. Denesa había creído que Pete hablaba conmigo y poco le había costado esperar a que Marino abandonara la estancia, consultar entonces la guía telefónica y dar con el número de Green Top. Después, sólo le quedó llamar y hacer las preguntas oportunas. Me invadió una extraña sensación de alivio, mezclada con una profunda cólera. Denesa Steiner, Carrie Grethen o quien fuese que lo hubiera hecho, no se proponía matar a Lucy. El objetivo era yo.

—No pretendo ponerle en un aprieto, Jon —añadí finalmente—, pero permítame una última pregunta: mientras la atendía, ¿le dio la impresión de que Lucy estaba bebida?

—De haberlo estado no le habría vendido nada.

—¿Cómo se comportaba?

—Tenía prisa, pero bromeaba y estuvo muy correcta.

Si Lucy había estado bebiendo durante los últimos meses tanto como yo sospechaba, podía llevar una tasa de alcohol en sangre del 1,2 y desenvolverse con aparente normalidad. Aun así, la bebida le habría afectado los reflejos y la percepción y le habría impedido reaccionar adecuadamente a lo sucedido en la carretera.

Me despedí de Jon y marqué el número del *Asheville-Citizen Times*, en cuya redacción local me facilitaron el nombre de la persona que había cubierto la noticia del accidente. Por fortuna, la reportera, Linda Mayfair, estaba en el periódico y se puso al teléfono al cabo de un momento.

—Soy la doctora Kay Scarpetta —me presenté.

—¡Oh! ¡Vaya! ¿En qué puedo ayudarle?

Por su voz, era muy joven. Yo hablé con calma, pero con firmeza:

—Quería preguntarle por un artículo que escribió. Era sobre un accidente de un coche a mi nombre, en Virginia. ¿Sabe usted que cometió un error al afirmar que yo conducía y que fui detenida por dar positivo en la prueba de alcoholemia?

—¡Oh! Sí, señora. Lo lamento de veras, pero deje que le explique qué sucedió. La noche del accidente, a última hora, llegó algo sobre ello por el teletipo. Lo único que decía era que el coche, un Mercedes, estaba a su nombre, que se sospechaba que usted iba al volante y que había bebido. Casualmente, yo me había quedado a terminar otro trabajo cuando llegó el jefe con el avance y me dijo que le diera curso si podía confirmar que la conductora era usted.

»Bien, ya estábamos a cierre de edición y me había convencido de que no conseguiría la confirmación cuando, de repente, me pasan una llamada y es una mujer que dice ser amiga de usted. Llama desde un hospital de Virginia y quiere comunicar que usted no ha salido malherida del accidente. Según ella, debemos tenerlo en cuenta porque todavía hay colegas de la doctora Scarpetta, es decir, de usted, trabajando nuestra zona en el caso Steiner, y añade que no quiere que nos informen erróneamente del suceso por algún otro conducto y publiquemos algo que pueda alarmar a sus colegas cuando lean el periódico.

—¿Y usted acepta la palabra de una desconocida y publica una cosa así?

—Me dio su nombre y número de teléfono y los dos concordaban. Y si no era algún familiar o conocido de usted, ¿cómo podía saber que había sufrido un accidente y que estaba trabajando en el caso Steiner?

Podía saber todo aquello si se trataba de Denesa Steiner y llamaba desde una cabina pública de Virginia después de intentar matarme.

—Dice usted que comprobó el número. ¿Cómo lo hizo?

—Llamé inmediatamente y respondió la mujer. Y era un código de zona de Virginia.

—¿Tiene anotado ese número en alguna parte?

—¡Oh!, me parece que sí. Debe de estar en el bloc de notas.

—¿Querría buscarlo, por favor?

Oí pasar hojas entre un considerable rumor de papeles. Transcurrió un largo minuto hasta que lo encontró y me lo dio.

—Muchísimas gracias. Y espero que dediquen un espacio del periódico a publicar una rectificación —añadí.

Percibí que mis palabras intimidaban a la joven reportera. Me daba cierta lástima y no creía que hubiese tenido ánimo de perjudicarme. Simplemente, era joven e inexperta y, desde luego, no era rival para una psicópata dispuesta a jugar conmigo.

—Al día siguiente salió ya una nota en la fe de erratas. Puedo enviarle un ejemplar.

—No será necesario —respondí.

Aquello me recordó la aparición de los periodistas en la exhumación. Ahora sabía quién les había dado el soplo: la señora Steiner. No había podido resistirse a llamar más la atención.

Cuando marqué el número que me había dado la reportera, el teléfono sonó largo rato hasta que, por fin, respondió una voz de hombre.

—Disculpe... —le dije.

—¿Sí?

—Mire, necesito saber dónde está este teléfono.

—¿Cuál de ellos? ¿El suyo o el mío? —El hombre acompañó sus palabras de una carcajada—. Porque si no sabe dónde está el suyo, tiene un buen problema, señora...

—El de usted.

—Estoy en una cabina pública a la entrada de un supermercado y me dispongo a llamar a mi mujer para preguntarle de qué quiere el helado. Se le ha olvidado decírmelo. El teléfono ha empezado a sonar y me he decidido a contestar.

—¿Qué supermercado? —quise saber yo—. ¿Dónde?

—Safeway. En Cary Street.

—¿En Richmond? —pregunté, horrorizada.

—Sí. ¿De dónde llama usted?

Le di las gracias, colgué y empecé a deambular por la habitación. Ella había estado en Richmond. ¿Para qué? ¿Para ver dónde vivía yo? ¿Habría pasado en su coche por delante de mi casa?

Me abstraje un instante contemplando la tarde esplendorosa: parecía como si el cielo azul y despejado y los colores intensos de las hojas proclamaran que nada tan nefasto podía suceder. Ningún poder oscuro actuaba en el mundo, y nada de cuanto yo estaba descubriendo era real. Pero siempre me acometía la misma incredulidad cuando el tiempo era espléndido, cuando caía la nieve o cuando la ciudad se llenaba de luces y músicas navideñas. Luego, una mañana tras otra, acudía al depósito de cadáveres y allí encontraba nuevos casos. Allí había siempre gente violada y asesinada, o abatida a tiros, o muerta en accidentes estúpidos...

Antes de dejar la habitación me puse en contacto con los laboratorios del FBI y, para mi sorpresa, el investigador al que pensaba dejar un mensaje estaba presente en aquel momento. Sin embargo, como sabíamos yo y tantos otros que no parecía que hiciésemos sino trabajar, los fines de semana eran para otras personas.

—La verdad es que he hecho cuanto he podido —comentó acerca de la imagen ampliada en la que llevaba días trabajando.

—¿Y nada? —apunté, decepcionada.

—La he perfilado un poco y está un poco más clara, pero no reconozco ni por asomo de qué se puede tratar.

—¿Piensa quedarse mucho rato más en el laboratorio, esta tarde?

—Un par de horas, más o menos.

—¿Dónde vive usted?

—En Aquia Harbor.

A mí no me habría gustado tener que hacer aquella ruta cada día, pero era sorprendente la cantidad de funcionarios de Washington que vivían con sus familias allí, en Stafford y en Montclair. En coche, Aquia Harbor quedaba a media hora, más o menos, de donde vivía Wesley.

—Lamento haber de pedirle este favor —continué—, pero es de extrema importancia que yo vea una copia de la ampliación lo antes posible. ¿Tendría inconveniente en acercarse a casa de Benton Wesley y dejar una allí? Entre ir y volver, quizá le lleve una hora.

Mi interlocutor titubeó antes de responder:

—Puedo hacerlo si salgo ahora. Llamaré a Wesley a su casa para que me indique cómo se llega.

Cogí la bolsa ligera con lo imprescindible para una noche y me marché al aeropuerto. Allí pasé por el trámite habitual de facturar la bolsa y hacer saber lo que contenía, y los empleados la marcaron con la etiqueta anaranjada fluorescente de costumbre, que me hizo recordar de nuevo la cinta adhesiva. Me pregunté por qué tendría Denesa Steiner cinta adhesiva naranja fluorescente y de dónde la habría sacado. No vi motivo alguno para relacionar a la mujer con Attica y, mientras cruzaba la pista para abordar el pequeño avión a hélice, llegué a la conclusión de que la penitenciaría no tenía nada que ver con el caso.

Ocupé mi asiento de pasillo y me ensimismé por completo en mis cavilaciones, de modo que no percibí la tensión que crecía entre la veintena de pasajeros hasta que, de pronto, advertí la presencia de policías en el aparato. Uno de ellos le decía algo a una persona situada en tierra, mientras paseaba la mirada furtivamente de rostro en rostro. Cuando capté su actitud, mis ojos imitaron instintivamente los suyos. Yo conocía muy bien aquel proceder. Mi mente se puso alerta, al tiempo que me preguntaba quién sería el fugitivo que andaban buscando y qué habría hecho. Pensé apresuradamente cómo actuar cuando el tipo se levantara por sorpresa de su asiento. Le echaría la zancadilla. O le haría un buen placaje cuando pasara a mi altura.

Había tres agentes, sudorosos y jadeantes, uno de los cuales se detuvo a mi lado y concentró la mirada en mi cinturón. Su mano descendió sutilmente hasta la pistola semiautomática que llevaba al cinto y desabrochó la solapa de la funda. No me moví.

—Señora —dijo entonces el agente con su tono de voz más oficial—, haga el favor de acompañarnos.

Me quedé muda de la sorpresa.

—¿Los bultos de ahí debajo son suyos?

—Sí.

La adrenalina rugía por todo mi cuerpo. Los demás pasajeros estaban absolutamente quietos.

El agente se agachó rápidamente a recoger el bolso y el maletín, pero sus ojos no se apartaron de mí un solo instante. Me puse en pie y me condujeron fuera. Lo único que se me ocurría era que alguien me había colocado drogas en el equipaje. Denesa Steiner, sin duda. En un gesto absurdo, recorrí con la mirada las pistas y los ventanales de la terminal. Busqué a alguien que me estuviera observando, a una mujer que contemplara desde las sombras el último problema que me había creado.

Un miembro de la tripulación de tierra que vestía un mono de mecánico rojo me señaló con gesto excitado:

—¡Es ésa! ¡Lo lleva en el cinturón!

Y, de pronto, supe a qué venía aquello.

—Sólo es un teléfono...

Despacio, levanté los codos para que pudieran ver bajo mi chaqueta. Con frecuencia, cuando vestía con pantalones, llevaba el teléfono portátil en la cintura para no tener que buscarlo en alguna de las bolsas.

Uno de los policías puso los ojos en blanco. El tripulante de tierra hizo una mueca de espanto.

—¡Oh, no! —exclamó—. Parecía una nueve milímetros, y he visto a muchos agentes del FBI en mi vida y ella tiene todo el aspecto de ser una de ellos.

Me limité a mirarlo fijamente.

—Señora —intervino uno de los agentes—, ¿lleva usted un arma de fuego en su equipo?

—No, ninguna.

—Lo lamentamos mucho, pero este hombre ha creído que llevaba un arma en el cinturón y, cuando los pilotos han revisado la lista de pasajeros, han comprobado que ninguno estaba autorizado a portar armas en el avión.

—Eso de que llevaba un arma, ¿se lo ha dicho alguien? —pregunté al hombre del mono. Eché otro vistazo a mi alrededor y añadí—: ¿Quién?

—No. Nadie me ha dicho nada. —Le miré, aturdida, y él continuó, con un hilo de voz—: Me ha parecido verla cuando pasaba. Ha sido por esa funda negra. Lo siento muchísimo.

—Está bien —asentí con tensa magnanimidad—. Usted sólo hacía su trabajo.

—Ya puede volver al avión —me indicó un agente.

Cuando ocupé de nuevo mi asiento, temblaba de tal manera que casi me chocaban las rodillas. Noté todos los ojos sobre mí. No levanté los míos hacia nadie e intenté concentrarme en la lectura del periódico. El piloto tuvo la consideración de explicar lo sucedido.

—La señora iba armada con un teléfono portátil de nueve milímetros —terminó su explicación del retraso, entre las risas del pasaje.

Este contratiempo no podía achacárselo a Denesa Steiner, pero me di cuenta con desconcertante claridad de que, automáticamente, había pensado que era cosa de ella. Denesa estaba influyendo en mi vida. Había convertido en peones suyos a varias personas que yo quería. Había terminado por dominar mis pensamientos y mis actos y estaba siempre pisándome los talones. La revelación me produjo náuseas y me hizo sentir medio loca.

Una mano me tocó el brazo con suavidad y di un respingo.

—Lamentamos muchísimo todo esto —me dijo en voz baja una azafata, una muchacha bonita de cabellos rubios y rizados—. Permítanos ofrecerle una copa, por lo menos.

—No, gracias —respondí.

—¿Le apetece algo de comer? Aunque me temo que sólo tenemos cacahuetes.

Moví la cabeza en un gesto negativo. Cuando respondí, dije exactamente las palabras más adecuadas mientras mi mente se remontaba en un vuelo que no tenía nada que ver con el del aparato donde estábamos:

—No se apuren. Me tranquiliza ver que comprueban ustedes cualquier cosa que pudiera comprometer la seguridad de sus pasajeros.

—Es usted muy amable al tomarse el asunto con tanta filosofía.

Aterrizamos en Asheville cuando el sol ya se ponía. Al salir del edificio del aeropuerto detuve un taxi. El conductor era un viejo tocado con una gorra de punto que le cubría la cabeza hasta más abajo de las orejas. Llevaba una chaqueta de nilón muy sucia y con los puños rozados, y sus manazas al volante me parecieron toscas mientras conducía a velocidad prudente y se aseguraba de comprobar que yo sabía que había un buen trecho hasta Black Mountain. Al hombre le preocupaba mi bolsillo, porque la tarifa subiría a cerca de veinte dólares. Empezaron a lagrimearme los ojos; cerré los párpados y lo achaqué a la calefacción del vehículo, conectada a tope para desterrar el frío.

El rugido que se oía en el interior del viejo Dodge rojo y blanco me recordó el del avión. Nos dirigíamos al este, hacia un pueblo que se había hecho añicos sin advertirlo. Sus vecinos no podían entender ni por asomo qué le había sucedido a una chiquilla que volvía a casa con su guitarra. No podían tampoco hacerse una idea de qué nos estaba pasando a los profesionales que habíamos sido convocados allí para ayudar.

Nosotros seríamos destruidos uno a uno, porque el enemigo tenía una asombrosa capacidad para percibir nuestros puntos débiles y dónde podía herirnos. Marino era cautivo y escudero de aquella mujer. Mi sobrina, que era como mi propia hija, estaba en un centro de tratamiento con una herida en la cabeza y era un milagro que no hubiera muerto. Un pobre simplón que fregaba suelos y bebía aguardiente destilado ilegalmente en las montañas estaba a punto de ser linchado por un crimen horrible que no había cometido. Y Mote iba a jubilarse anticipadamente por incapacidad, mientras que Ferguson estaba muerto y enterrado.

La causa y el efecto del mal se extendió como un árbol que obstruía el paso de cualquier rayo de luz dentro de mi cabeza. Era imposible saber dónde había empezado o dónde terminaría aquella iniquidad y tuve miedo de analizar con demasiado rigor si me había atrapado también a mí en alguna de sus ramas retorcidas. No quería ni pensar en que mis pies podían no estar ya en contacto con el suelo.

Percibí vagamente que el taxista me dirigía la palabra otra vez:

—¿Puedo hacer algo más por usted, señora?

Abrí los ojos. Nos habíamos detenido frente al Travel-Eze y me pregunté cuánto tiempo llevaríamos allí.

—Lamento despertarla, pero estará mucho

más cómoda en una cama que ahí sentada. Y le saldrá más barato, probablemente.

En recepción me atendió el mismo empleado rubio de la otra vez.

Tras rellenar la ficha, me preguntó en qué lado del motel prefería alojarme. Según recordé, una fachada miraba a la escuela en la que estudiaba Emily y la otra ofrecía una panorámica de la carretera interestatal. Daba lo mismo una que otra, porque todo se hallaba rodeado de montañas, deslumbrantes durante el día y negras como el carbón contra el cielo estrellado de la noche.

—Póngame en no fumadores, por favor. Bastará con eso. ¿Pete Marino todavía se aloja aquí? —quise saber.

—Sí, aunque no se le ve mucho por su habitación. ¿Quiere usted una cerca de la suya?

—No, mejor no. Marino es fumador y preferiría estar lo más lejos posible de él.

Por supuesto, aquélla no era la auténtica razón.

—Entonces, la alojaremos en otra ala.

—Se lo agradezco. Y cuando llegue Benton Wesley, ¿querrá decirle que venga a mi habitación inmediatamente?

A continuación pedí al hombre que llamara a una empresa de alquiler de coches y solicitara uno con airbag para primera hora de la mañana.

Ocupé mi habitación, cerré la puerta con llave y cadena y coloqué el respaldo de una silla bajo el tirador. Tomé un largo baño caliente en un agua perfumada con unas gotas de Hermes. La fragancia me acarició como unas manos cálidas y amorosas que ascendían por el cuello y el rostro y se colaban suavemente entre mis cabellos. Por primera vez en bastante tiempo me noté relajada y, a intervalos, eché más agua caliente y dejé caer más perfume en un embriagador chapoteo aceitoso que formaba nubecillas en la bañera. Había corrido la cortina y me adormilé en aquella sauna fragante.

Eran ya incontables las veces que había revivido mi escena de amor con Benton Wesley. No quería reconocer con qué frecuencia aquellas imágenes forzaban mis pensamientos hasta vencer mi resistencia a entregarme a su abrazo. Eran más poderosas que cuanto hasta entonces había conocido, y mi mente había almacenado cada detalle de nuestro primer encuentro allí. Aunque no se había producido exactamente en el mismo marco: recordaba muy bien el número de la habitación y no lo olvidaría nunca.

A decir verdad, yo había tenido pocos amantes, pero todos ellos fueron hombres formidables que no carecían de sensibilidad, capaces de aceptar en cierta medida que yo era una mujer que no era una mujer. Poseía el cuerpo y la sensibilidad de una mujer y la energía e iniciativa de un hombre, y tomar algo de mí era tomarlo de ellos mismos. Así, todos daban lo mejor que poseían, incluso mi ex marido, Tony, que era el menos evolucionado de todos, y la sexualidad se convertía en una competición erótica compartida. Como dos criaturas de fuerza pareja que se encontraran en la selva, ambos nos volcábamos y dábamos tanto como recibíamos.

Pero Benton era tan distinto que todavía me

costaba creerlo. Nuestras piezas masculinas y femeninas habían encajado de un modo incomparable y extrañísimo, pues era como si él fuese la otra cara de mí. O tal vez los dos éramos la misma.

No estaba muy segura de lo que había esperado. Desde luego, la idea de estar juntos me había rondado por la cabeza mucho antes de que se hiciera realidad. Había imaginado un Benton tierno bajo su máscara de seca reserva, como un guerrero soñoliento y relajado en una hamaca tendida entre árboles poderosos, pero aquella madrugada, cuando empezamos a tocarnos, sus manos hablaron en un idioma que hasta entonces yo no había oído jamás.

Cuando sus dedos soltaron mis ropas y me encontraron, se movieron como si conocieran el cuerpo de una mujer mejor que ella misma y sentí más que su pasión. Percibí su comprensión, como si quisiera curarme aquellos puntos que sus dedos habían notado tan odiados y tan dañados. Parecía contrito por todos los hombres que alguna vez habían cometido una violación, maltratado o humillado a una mujer, como si sus culpas colectivas le privaran del derecho a disfrutar del cuerpo de una mujer como ahora disfrutaba del mío.

En la cama, yo le había dicho que no había conocido a ningún hombre que gozara realmente del cuerpo de una mujer, que no me gustaba sentirme devorada o violentada y que por ello no era corriente que me acostara con alguien.

—Pues yo entiendo perfectamente que cualquiera desee devorar tu cuerpo —comentó él desde la oscuridad, en tono desapasionado.

—Lo mismo digo del tuyo —respondí con la misma sinceridad—. Pero la violencia y el afán de dominio de unas personas sobre otras son motivo de que tú y yo tengamos los trabajos que tenemos.

—Entonces, no usaremos más palabras como devorar, dominar o violentar. Se acabaron las palabras así. Inventaremos un nuevo lenguaje.

Las palabras de nuestro nuevo idioma surgieron con facilidad y enseguida adquirimos una gran fluidez.

Después del baño me sentí mucho mejor y revolví la bolsa de viaje en busca de algo nuevo y distinto que ponerme. Pero, naturalmente, era un deseo imposible, y volví a vestir los pantalones, el jersey de cuello de cisne y la chaqueta azul marino que llevaba desde hacía días. Mi botella de whisky estaba acabándose y di un lento trago mientras contemplaba en el televisor las noticias nacionales. Pensé varias veces en llamar a la habitación de Marino, pero en todas ellas colgué el teléfono auricular antes de marcar. Mis pensamientos viajaron al norte, a Newport, y deseé hablar con Lucy, pero también resistí este impulso. Aunque pudiera comunicarme, mi llamada no la ayudaría. Lucy necesitaba concentrarse en su tratamiento y no en lo que había dejado atrás. En lugar de llamarla a ella, marqué el número de mi madre.

—Dorothy se queda a pasar la noche en el Marriott y volverá a Miami mañana por la mañana —me informó—. ¿Dónde estás, Katie? Llevo llamándote a casa todo el día.

—Estoy de viaje —respondí.

—Vaya, tú siempre tan comunicativa. Ese trabajo tuyo de espías y misterios... Pero a tu madre puedes decírselo, ¿sabes?

La imaginé al otro extremo de la línea, fumando un cigarrillo y sosteniendo el teléfono. A mi madre le gustaban los pendientes grandes y el maquillaje aparatoso y no parecía una italiana del norte, como yo. Ella no era rubia.

—¿Cómo está Lucy, mamá? ¿Qué ha dicho Dorothy?

—De entrada, dice que es lesbiana y te echa la culpa a ti. Yo le he dicho que es una acusación ridícula. Le he dicho que el hecho de que nunca se te vea con hombres y de que probablemente no te guste el sexo no significa que seas homosexual. Lo mismo sucede con las monjas. Aunque he oído rumores...

—Mamá —la interrumpí—, ¿Lucy se encuentra bien? ¿Cómo fue el viaje a Edgehill? ¿Qué comportamiento tuvo?

—¿Eh? ¿Es que tu sobrina es una testigo, ahora? ¡Qué «comportamiento»...! Ni siquiera te das cuenta de cómo le hablas a tu pobre madre. Si te interesa saberlo, durante el viaje pilló un borrachera.

—¡No puedo creerlo! —repliqué, furiosa con Dorothy una vez más—. Pensaba que si a Lucy la acompañaba su madre era para evitar que sucediese algo semejante.

—Dorothy dice que si Lucy no estaba borracha en el momento de ingresar en desintoxicación, el seguro no pagaría. Así pues, Lucy se pasó todo el vuelo bebiendo destornilladores.

—Me importa un bledo si el seguro paga o no. Y Dorothy no es pobre, precisamente.

—Ya sabes cómo es con el dinero.

—Yo pagaré todo lo que Lucy necesite, eso ya lo sabes, tú, mamá.

—Hablas como si fueras Ross Perot.

—¿Qué más ha hecho Dorothy?

—En pocas palabras, lo único que sé es que Lucy estaba de muy mal humor y enfadada contigo porque no te has molestado en llevarla a Edgehill. Sobre todo porque tú escogiste el lugar y eres médico y tal.

Solté un gruñido, pero fue como si discutiera con el viento:

—Dorothy no quería que fuese con ellas.

—Como de costumbre, es tu palabra contra la suya. ¿Vendrás para el día de Acción de Gracias?

No es preciso decir que, cuando concluyó nuestra conversación —o sea, cuando ya no pude aguantar más y, simplemente, colgué—, los efectos del baño habían desaparecido. Empecé a servirme más whisky pero me detuve, porque no había alcohol suficiente en el mundo cuando mi familia me ponía furiosa. Pensé en Lucy. Dejé la botella a un lado y, no muchos minutos después, oí que llamaban a la puerta.

—Soy Benton —dijo su voz.

Nos dimos un largo abrazo y notó mi desesperación en mi manera de agarrarme a él. Me condujo hasta la cama y se sentó junto a mí.

—Empieza por el principio —dijo.

Me tomó ambas manos entre las suyas. Empecé. Cuando hube terminado, su rostro conservó aquella expresión impávida que le conocía del trabajo y que, allí, me desconcertó y me irritó. No quería ver aquella mirada allí, cuando estábamos a solas.

—Kay, es preciso que te contengas un poco —comentó después—. ¿Te das cuenta de lo que representa que llevemos a término una acusación semejante? No podemos cerrarnos sin más a la posibilidad de que Denesa Steiner sea inocente. Sencillamente, no lo sabemos.

»Y lo sucedido en el avión debería hacerte comprender que no eres del todo analítica en tus razonamientos. O sea, eso que me has contado me preocupa, de veras. Un gilipollas de la tripulación de tierra se hace el héroe y tú piensas de inmediato que la señora Steiner está también detrás del incidente, que una vez más pretende volverte loca.

—No es que pretenda volverme loca, simplemente —repliqué al tiempo que retiraba mis manos de las suyas—. Ha intentado matarme.

—Eso también son especulaciones.

—No lo son, según lo que me han dicho después de hacer varias llamadas por teléfono.

—No puedes demostrarlo. Y dudo que puedas algún día.

—Tenemos que encontrar el coche de Denesa.

—¿Quieres ir a su casa esta noche?

—Sí, pero yo todavía no tengo coche —respondí.

—Yo tengo uno.

—¿Te llegó la copia de la ampliación foto-gráfica?

—La tengo en el maletín. La he estudiado. —Se puso en pie y se encogió de hombros—. No me dice nada. No es más que una mancha difusa que ha sido matizada con un millón de tonos de gris para, finalmente, seguir siendo una mancha difusa, ahora más densa y más detallada.

—Tenemos que hacer algo, Benton.

Se quedó mirándome largo rato y apretó los labios, como solía cuando se sentía decidido pero escéptico.

—Para eso estamos aquí, Kay. Para hacer algo.

Benton había alquilado un Maxima granate y, cuando salimos, me di cuenta de que el invierno no andaba lejos, sobre todo allí, en las montañas. Cuando subí al coche estaba temblando y comprendí que, en parte, se debía a la tensión.

—Por cierto, ¿cómo tienes la mano y la pierna? —pregunté.

—Como nuevas, te lo aseguro.

—Vaya, es un auténtico milagro, porque no eran nuevas cuando te cortaste.

Soltó una carcajada, más sorprendido que otra cosa. En aquel momento Wesley no esperaba una nota de humor.

—Tengo cierta información sobre la cinta adhesiva —dijo a continuación—. Hemos investigado quién de esta zona pudo trabajar en Shuford Mills en la época en que se fabricó.

—Una idea excelente —comenté.

—Había un tipo llamado Rob Kelsey que fue

supervisor en la fábrica. Vivía en la zona de Hickory en la época en que se fabricó la cinta, pero se instaló en Black Mountain cuando se jubiló, hace cinco años.

—¿Y dónde vive ahora?

—Murió, me temo.

Mierda, pensé.

—¿Qué sabes de él?

—Blanco, fallecido de apoplejía a los sesenta y ocho años. Tenía un hijo en Black Mountain; por eso decidió instalarse aquí, supongo. El hijo aún sigue en el pueblo.

—¿Tienes la dirección?

—Puedo conseguirla.

Wesley me observaba detenidamente.

—¿Cómo se llama el hijo?

—Igual que el padre. La casa de Denesa Steiner está después de esa curva. Mira qué oscuro está el lago. Es como un charco de brea.

—Exacto. Y sabes muy bien que Emily no habría seguido la orilla, de noche. La declaración de Creed lo atestigua.

—No pienso discutirlo. Desde luego, yo no tomaría esa ruta.

—Benton, no veo el coche de la mujer.

—Quizás ha salido.

—Ahí está el coche de Marino.

—Eso no significa que no hayan salido.

—Tampoco significa que no estén dentro.

Benton no dijo nada.

Las ventanas aparecían iluminadas e intuí que Denesa estaba en casa. No tenía ninguna prueba, ningún indicio, en realidad, pero presentía que ella notaba mi proximidad, aunque no fuera consciente de ello.

—¿Qué crees que hacen ahí dentro? —pregunté.

—¿Qué te parece a ti? —dijo Benton, y el sentido era claro.

—¡Qué barato, Benton! Es muy fácil insinuar que la gente se dedica a practicar el sexo.

—Es muy fácil insinuarlo porque practicarlo es igualmente fácil.

Me sentí ofendida, porque quería que Wesley fuera más profundo:

—Me sorprende oír ese comentario de ti.

—No debería sorprenderte si se trata de ellos. A eso me refería.

De todos modos, yo no estaba segura.

—Kay —añadió él—, ahora no hablamos de nuestra relación.

—A mí, desde luego, ni se me había ocurrido.

Benton se percató de que no le decía toda la verdad. Nunca me habían resultado más evidentes las razones de que se desaconsejara que los colegas de trabajo mantuvieran entre sí relaciones sentimentales.

—Tenemos que volver. Aquí no podemos hacer nada más, de momento —dijo él finalmente.

—¿Cómo investigaremos lo del coche?

—Ya nos ocuparemos mañana. Pero por el momento hemos descubierto algo: el coche no está ahí delante, con aspecto de haber sufrido un accidente.

El día siguiente era domingo. Me despertó el tañido de las campanas y me pregunté si serían las de la pequeña iglesia presbiteriana donde estaba enterrada Emily. Eché un vistazo al reloj y decidí que probablemente no, ya que apenas pasaban unos minutos de las nueve. Calculaba que el servicio religioso empezaría a las once pero lo cierto era que apenas sabía nada de las prácticas presbiterianas.

Wesley dormía en lo que yo consideraba mi lado de la cama. Ésa era tal vez nuestra única incompatibilidad como amantes. Los dos estábamos acostumbrados al lado de la cama más alejado de la ventana o puerta por la que era más probable que entrara un intruso, como si el espacio de varios palmos de colchón importara mucho a la hora de coger el arma. Benton tenía su pistola en su mesilla de noche y yo, mi revólver en la mía. Si, en efecto, se presentaba un intruso, lo más probable era que Wesley y yo nos matáramos el uno al otro.

Las cortinas, como pantallas de lámpara, dejaban pasar un ligero resplandor que anunciaba un día soleado. Me levanté y pedí que subieran café a la habitación; después pregunté por el coche de alquiler y el empleado de recepción me aseguró que estaba en camino. Me senté en una silla de espaldas a la cama para no distraerme con los hombros y los brazos desnudos de Wesley, que asomaban sobre el lío de colcha y sábanas. Cogí la copia impresa de la imagen ampliada, varias monedas y una lupa y me puse a trabajar. Wesley tenía razón al decir que la ampliación no hacía sino añadir más tonalidades de gris a un borrón inidentificable; sin embargo, cuanto más miraba la marca que había quedado impresa en las nalgas de la niña, más empecé a ver siluetas y trazos.

La intensidad de los grises era mayor en una zona descentrada del círculo incompleto que formaba la marca, aunque no pude determinar a qué posición horaria correspondería si el círculo hubiera sido un reloj, pues ignoraba dónde estaba el arriba y el abajo del objeto que había empezado a oxidarse debajo del cuerpo.

El contorno que me interesaba me recordaba la cabeza de un pato o de alguna otra ave. Vi una forma abombada y una prominencia que parecía un pico grueso, pero no podía tratarse del águila de la moneda de cuarto de dólar porque era demasiado grande. La silueta que estaba estudiando llenaba una buena cuarta parte de la marca y se apreciaba lo que parecía una ligera muesca en lo que sería la parte posterior del cuello del ave.

Cogí el cuarto de dólar que utilizaba como referencia y le di la vuelta. Lo hice girar lentamente mientras lo observaba y, de pronto, apareció ante mí la solución. La coincidencia era tan clara y precisa que me sorprendió y me emocionó. En efecto, el objeto que había empezado a oxidarse bajo el cadáver de Emily Steiner era una moneda de cuarto de dólar. Pero la marca correspondía a la otra cara: el contorno parecido al de un ave era la muesca correspondiente a los ojos de George Washington y la cabeza y el pico eran la orgullosa coronilla y los rizos de la peluca empolvada de nuestro primer presidente. Tal cosa, naturalmente, sólo era perceptible si volvía la moneda de modo que Washington mirase hacia el borde de la mesa, con su nariz aristocrática apuntando a mi rodilla.

¿Dónde podía haber estado el cuerpo de Emily? Había muchísimos lugares en los que una moneda de cuarto de dólar caída en el suelo podía pasar inadvertida. Pero también había trazas de pintura y de médula vegetal. ¿Dónde podía una encontrar médula vegetal y un cuarto de dólar? En un sótano, probablemente; en un sótano donde alguna vez se hubiera hecho algo que involucrase médula vegetal, pinturas y maderas como la de nogal y la de caoba.

Tal vez alguien había utilizado el sótano como taller donde dedicarse a su afición. ¿Y cuál podía ser ésta? ¿Limpiar piezas de joyería? No, eso no encajaba. ¿Reparar relojes, tal vez? Tampoco parecía que fuera eso. Entonces recordé los relojes de la casa de Denesa Steiner y el pulso se me aceleró un poco más. Me pregunté si su difunto marido habría reparado relojes como trabajo extra. Me pregunté si habría utilizado el sótano como taller y la médula vegetal para sujetar los pequeños engranajes y proceder a su limpieza.

Wesley mantenía la respiración lenta y acompasada que quien está profundamente dormido. Se frotó la mejilla como si algo se hubiera posado en ella; después, tiró de la sábana y se tapó hasta las orejas. Saqué la guía de teléfonos y busqué el del hijo del hombre que había trabajado en Shuford Mills. Había dos Robert Kelsey, el «hijo» y el «tercero». Descolgué el teléfono.

—¿Diga? —respondió una voz de mujer.

—¿Es la señora Kelsey?

—Depende de si pregunta por Myrtle o por mí.

—Busco a Rob Kelsey, hijo.

—¡Ah! —Soltó una risilla y percibí que era una mujer dulce y amistosa—. En ese caso, seguro que no pregunta por mí. Pero Rob ha salido. Está en la iglesia. Algunos domingos ayuda en la comunión, ¿sabe?, y tiene que ir más temprano.

Me asombró que me proporcionara aquella información sin preguntar siquiera quién quería saberlo. De nuevo, me conmovió que todavía existieran lugares en el mundo donde la gente se mostrara tan confiada.

—¿A qué iglesia se refiere? —pregunté a la señora Kelsey.

—A la Tercera Presbiteriana.

—¿Y el servicio religioso empieza a las once?

—Como siempre. Por cierto, si no ha oído nunca sus sermones, le aseguro que el reverendo Crow es magnífico. ¿Quiere dejarle algún mensaje a Rob?

—Volveré a llamarle más tarde.

Agradecí la colaboración y colgué. cuando me volví, Wesley estaba sentado en la cama y me miraba con cara soñolienta. Su mirada recorrió la habitación y se detuvo en la ampliación fotográfica, las monedas y la lupa que yo había dejado sobre la mesa. Al tiempo que se desperezaba, se echó a reír.

—¿Qué sucede? —pregunté en tono de cierta indignación.

Benton se limitó a mover negativamente la cabeza.

—Son las diez y cuarto —añadí—. Si quieres acompañarme a la iglesia, será mejor que te des prisa.

Arrugó el entrecejo

—¿A la iglesia?

—Sí. Un lugar donde la gente adora a Dios.

—¿Hay una iglesia católica en el pueblo?

—No tengo idea —respondí. Ahora, el desconcierto de Benton fue evidente—. Esta mañana voy a un servicio religioso presbiteriano. Y si tú tienes otras cosas entre manos, tal vez necesite que me lleves. Hace menos de una hora, el coche de alquiler que encargué ayer no había llegado aún.

—Si te llevo, ¿cómo harás para volver?

—De momento, eso no me preocupa.

En aquel pueblo donde la gente ayudaba a una desconocida que llamaba por teléfono, de pronto me apetecía no trazar planes. Me apetecía ver qué sucedería.

—Bueno, tengo mi busca —comentó Wesley, sentado al borde de la cama y con los pies al suelo.

Yo tomé una pila de reserva del dispositivo de recarga contiguo al televisor.

—Ya está —asentí, y guardé el teléfono portátil en el bolso.

20

Wesley me dejó ante la escalinata de la iglesia de piedra granítica un poco temprano, pero los feligreses ya empezaban a llegar. Los vi apearse de sus coches y entrecerrar los ojos para protegerse del sol mientras tomaban de la mano a sus hijos. Arriba y abajo de la estrecha calle se oían los golpes de las portezuelas al cerrarse. Noté las miradas de curiosidad clavadas en mi espalda mientras seguía el sendero de piedras que se desviaba a la izquierda hacia el cementerio.

La mañana era muy fría y el sol, aunque deslumbraba, resultaba falto de fuerza, como una sábana fría contra mi piel. Abrí sin resistencia la verja de hierro forjado, algo oxidada, cuya única función era, en realidad, servir de objeto ornamental y de muestra de respeto, pues no impedía que entrara quien quisiera y, desde luego, no era necesaria para retener a quienes allí reposaban.

Las lápidas nuevas de granito pulimentado despedían un brillo frío y las más antiguas estaban ladeadas en diferentes ángulos, como lenguas sin sangre que hablaban desde la boca de las tumbas. Allí, los muertos hablaban también. Hablaban cada vez que alguien los recordaba. La escarcha crujía suavemente bajo mis zapatos mientras me acercaba al rincón donde estaba enterrada la niña. Su tumba, reabierta y vuelta a cerrar, era una cicatriz reciente de arcilla roja. Me saltaron las lágrimas al contemplar de nuevo el monumento, con su dulce ángel y su triste epitafio:

> *No existe otra en el mundo,*
> *la mía fue única.*

Pero, esta vez, el verso de Emily Dickinson tenía un sentido distinto. Lo leí con una idea nueva y con una conciencia absolutamente distinta de la mujer que lo había escogido. Sobre todo destacaba aquella expresión «la mía»... Emily no había tenido vida propia, sino que había sido la prolongación de una mujer narcisista y demente con un apetito insaciable de satisfacer su ego.

Para su madre, Emily era un peón, como todos los demás. Todos éramos muñecos a disposición de Denesa, para que ella nos vistiera o nos desnudara, para que nos abrazara o nos descuartizara. Recordé el interior de la casa, lleno de volantes y puntas y estampados infantiles. Denesa era una niña pequeña ávida de atención que había crecido y aprendido a conseguirla. Había destruido cuantas vidas tocó y, cada vez, supo llorar en el tierno regazo de un mundo compasivo. Pobre, pobrecilla Denesa, decían todos de aquella maternal criatura asesina cuyos dientes rezumaban sangre.

El hielo formaba finas columnas sobre la arcilla roja de la tumba de Emily. Yo no estaba muy segura de la explicación física de aquello, pero llegué a la conclusión de que cuando la humedad de la arcilla —un material impermeable— se congelaba, se expandía, como corresponde al hielo, no encontraba otra vía para hacerlo que hacia arriba. Era como si el espíritu de la chiquilla hubiera quedado atrapado por el frío en su intento de levantarse del suelo y brillara al sol con la pureza del agua y el cristal. Sumida en una oleada de pesadumbre, me di cuenta de que amaba a aquella chiquilla, a la que sólo había conocido en la muerte. Podía haber sido Lucy, o Lucy podía haber sido ella. Ninguna de las dos tuvo una buena madre, y una había sido devuelta a casa, mientras que la otra fue eliminada. Hinqué la rodilla y recé una oración. Luego, con un profundo suspiro, me encaminé a la iglesia.

Cuando entré, el órgano tocaba *Roca de los Tiempos*, porque me había retrasado y la congregación ya entonaba el primer himno. Tomé asiento al fondo de la iglesia con toda la discreción posible, pero aun así provoqué que varias cabezas se volvieran a observarme. En aquel recinto, los extraños destacaban enseguida, probablemente porque eran escasos. El servicio religioso continuó y me santigüé después de cada oración; en mi mismo banco, un chiquillo me contemplaba fijamente mientras su hermana leía la hoja parroquial.

Con su nariz aguileña y la sotana negra, el reverendo Crow tenía el aspecto de un cuervo. Sus brazos eran alas que batían el aire mientras predicaba el sermón y, en los momentos más espectaculares, casi parecía a punto de levantar el vuelo. Las cristaleras de colores que describían los milagros de Jesús brillaban como joyas y las motas de mica en el granito parecían un rocío de oro sobre la piedra.

En el momento de la comunión, observé a los presentes mientras coreaban las estrofas correspondientes al himno. No formaron una fila para acercarse al altar a recibir la hostia y el vino; al contrario, unos ayudantes recorrieron los pasillos repartiendo vasitos de mosto y pequeños pedazos de pan seco. Tomé lo que me ofrecían y después llegó el Gloria y la bendición y, de pronto, todo el mundo inició la salida. Yo me lo tomé con calma. Esperé a que el predicador se quedara solo en la puerta, tras despedir a los últimos feligreses, y le llamé por su nombre.

—Gracias por su sermón tan inspirado, reverendo Crow. Me ha gustado mucho su glosa evangélica.

—Todos podemos aprender siempre del Evangelio. Así se lo digo a mis hijos.

El reverendo me estrechó la mano con una sonrisa.

—A todos nos conviene recordarlo —asentí.

—Estamos muy contentos de haberla tenido con nosotros esta mañana. Supongo que es usted la doctora del FBI de la que me han hablado. Y también la vi el otro día en las noticias.

—Soy la doctora Scarpetta —me presenté—. ¿Tendría la bondad de indicarme quién es Rob Kelsey? Espero que no se haya marchado todavía.

—No, no. —Su respuesta fue la que yo esperaba. Volvió la cabeza hacia la sacristía y añadió—: Rob me ha ayudado en la comunión. Debe de estar guardando los ornamentos.

—¿Le importa si intento localizarlo?

—En absoluto. Y, créame —el reverendo adoptó un tono pesaroso—, apreciamos mucho lo que intentan ustedes aquí. Ninguno de nosotros volverá a ser el mismo. —Movió la cabeza y continuó—: Esa pobre madre... Hay quien le volvería la espalda a Dios después de lo que ella ha pasado. Pero no, señora. Denesa, no. Denesa no falta un domingo. Es una de las mejores cristianas que he conocido.

—¿Estaba aquí esta mañana? —pregunté, notando que una sensación estremecedora me subía por el espinazo.

—Cantaba en el coro, como siempre.

No la había visto, pero en la iglesia había doscientos feligreses por lo menos y el coro estaba en la galería superior, a mi espalda.

Rob Kesley, hijo, era un cincuentón nervudo, vestido con un traje azul barato de rayas finas, que recogía los vasitos de la comunión de los soportes fijados a los bancos. Me presenté, convencida de que se alarmaría al verme, pero parecía uno de esos hombres de carácter imperturbable. Tomó asiento a mi lado en un banco y se dio unos tirones al lóbulo de la oreja con aire pensativo mientras le explicaba lo que pretendía.

—En efecto —asintió con el acento de Carolina del Norte más cerrado que había oído nunca—. Papá trabajó en la fábrica toda su vida. Cuando se jubiló, le regalaron un televisor a color estupendo. Y una aguja de oro macizo.

—Seguro que fue un gran supervisor —apunté.

—Bueno, tardó muchos años en serlo. Antes de eso fue inspector de cajas y antes incluso, un simple embalador.

—¿Qué hacía exactamente? Como embalador, por ejemplo.

—Se encargaba del rellenado de cajas con los rollos de aquella cinta y, más adelante, supervisaba a todos los demás embaladores para asegurarse de que el trabajo se hacía como era debido.

—Entiendo. ¿Recuerda usted que la fábrica produjera alguna vez una cinta adhesiva de color anaranjado fluorescente?

Rob Kelsey, con su cabello cortado casi al cepillo y sus ojos azul marino, meditó la respuesta.

—Desde luego —dijo por fin, y acompañó sus palabras con una expresiva mueca—. Lo recuerdo porque era una cinta fuera de lo común. Nunca he visto otra igual, ni antes ni después. Creo que era para una cárcel de no sé dónde.

—Eso es —confirmé—. Pero me pregunto si un par de rollos de aquella cinta no podría haber terminado aquí. En el pueblo, me refiero.

—Se supone que esas cosas no deben suceder. Pero suceden; porque hay devoluciones y otras incidencias, como rollos de cinta con algún defecto.

Pensé en las manchas de grasa de los bordes de la cinta empleada para atar a la señora Steiner y a su hija. Era muy posible que un lote se hubiera enganchado en alguna pieza de maquinaria o se hubiera manchado de grasa de algún otro modo.

—Y en general, cuando hay productos que no pasan el control de calidad —apunté—, los empleados pueden llevárselos o comprarlos a precio de ganga.

Kelsey no dijo nada. Parecía un poco desconcertado.

—Señor Kelsey, ¿sabe de alguien a quien su padre pudiera haber dado un rollo de esa cinta anaranjada? —le pregunté.

—Sólo una persona se me ocurre. Jake Wheeler. Ya lleva bastante tiempo enterrado, pero antes era el propietario de la lavandería junto al Mack's Five & Dime. Y, según recuerdo, también era el dueño de la droguería de la esquina.

—Y bien, ¿por qué habría de darle su padre un rollo de esa cinta?

—Verá, a Jake le gustaba la caza, pero recuerdo que, según mi padre, tenía tanto miedo de recibir una bala perdida de alguien que le confundiera con un pavo en la espesura, que nadie quería salir de cacería con él.

Yo callé y esperé. No sabía adónde conducía todo aquello.

—Siempre procuraba hacer mucho ruido y, además, llevaba ropas de tipo reflectante cuando estaba en su puesto. Jack ahuyentaba a todos los cazadores. No creo que le disparase nunca a nada, como no fuera a una ardilla.

—¿Qué tiene que ver eso con la cinta adhesiva?

—Estoy seguro de que mi padre se la daría en

son de broma. Quizás era para que Jake envolviera con ella su escopeta, o para que la llevara en la ropa.

Kelsey sonrió y advertí que le faltaban varios dientes.

—¿Dónde vivía Jake? —pregunté.

—Cerca del Pine Lodge. A medio camino entre el centro de Black Mountain y Montreat.

—¿Cabe alguna posibilidad de que su padre regalara ese rollo de cinta a otra persona?

Kelsey contempló la bandeja de los vasitos de la comunión que tenía en las manos y frunció el entrecejo con aire pensativo.

—Por ejemplo —añadí—, ¿Jake cazaba con alguien más? ¿Con alguien que pudiera necesitar la cinta, ya que era del anaranjado fluorescente que al parecer utilizan los cazadores?

—No tengo modo de saber si Jake se la dio a otro. Pero le diré que era muy amigo de Chuck Steiner. Cada temporada salían a perseguir osos, mientras que los demás rezaban para que no encontraran ninguno. No entiendo por qué ha de querer nadie encontrarse frente a frente con un oso pardo. Pues, aunque lo mates, ¿qué hace uno con él, como no sea convertirlo en alfombra? No puedes comerte un oso, a menos que seas Daniel Boone y estés a punto de morir de hambre...

—¿Chuck Steiner era el marido de Denesa Steiner? —pregunté, sin permitir que mi voz trasmitiera lo que sentía.

—Sí, señora. Y un hombre estupendo, además. Todos lo sentimos mucho cuando murió. Si hubié ramos sabido que estaba tan mal del corazón, no le habríamos forzado tanto, le habríamos obligado a tomárselo con más calma.

—Pero era cazador —insistí; tenía que estar segura.

—Desde luego. Yo salí con él y Jake algunas veces. A ellos dos les gustaban los bosques. Siempre les decía que deberían irse a África. Ahí es donde está la auténtica caza mayor. Yo, personalmente, no podría matar un insecto palo, ¿sabe?

—Si es lo mismo que una mantis religiosa, no debería disparar contra un insecto palo. Trae mala suerte.

—No es lo mismo —replicó Kelsey sin inmutarse—. La mantis religiosa es otro bicho completamente distinto. Pero pienso igual que usted: no, señora; por nada del mundo tocaría ni mantis ni palos.

—Señor Kelsey, ¿usted conocía bien a Chuck Steiner?

—Lo conocía de cazar y de la iglesia.

—Enseñaba en la escuela.

—Enseñaba la Biblia en una escuela privada religiosa. Si hubiera podido enviar ahí a mi hijo, lo habría hecho.

—¿Qué más puede decirme de él?

—Conoció a su esposa en California, cuando él estaba en el ejército.

—¿Le habló alguna vez de una hija que murió al poco de nacer? ¿Una niña llamada Mary Jo, que probablemente nació en California?

—Pues no. —El hombre puso cara de sorpresa—. Siempre tuve la impresión de que Emily era su única hija. ¿También perdieron un bebé recién nacido? ¡Oh, Señor, Señor...!

Su expresión era ahora de profunda pena.

—¿Qué sucedió cuando dejaron California? —continué—. ¿Lo sabe usted?

—Vinieron aquí. A Chuck no le gustaba el oeste y había estado ya aquí de muchacho, de vacaciones con su familia. Normalmente, se alojaban en una cabaña, en Gray Beard Mountain.

—¿Dónde queda eso?

—En Montreat. La ciudad donde vive Billy Graham. Ahora, el reverendo Graham no está mucho por aquí, pero he visto a su esposa. —Hizo una pausa—. ¿Sabía usted que Thomas Wolfe vivió en Asheville?

—Sí, ya lo sabía.

—Chuck era muy hábil arreglando relojes. Lo hacía por entretenerse y terminó reparando todos los de la casa Biltmore.

—¿Dónde los arreglaba?

—Fue a la casa Biltmore para ocuparse de los de allí. Pero la gente de por aquí se los llevaba a domicilio: tenía un taller en el sótano.

El señor Kelsey habría seguido charlando todo el día, pero me desembaracé de él con toda la amabilidad posible. Una vez fuera de la iglesia llamé al busca de Wesley desde el teléfono portátil y dejé el código policial 1025, que significaba simplemente: «Reúnete conmigo.» Él sabría dónde. Ya contemplaba la conveniencia de volver al pórtico de la iglesia para resguardarme del frío cuando empezó a salir un pequeño grupo de gente que, a juzgar por su conversación, deduje que eran miembros del coro. Casi fui presa del pánico. Y en el instante mismo en que ella aparecía en mi mente, lo hizo también ante mis ojos: Denesa Steiner estaba en la puerta de la iglesia y me sonreía.

—Bienvenida —dijo con voz cálida y ojos duros como el bronce.

—Buenos días, señora Steiner. ¿El capitán Marino ha venido con usted?

—Él es católico.

Denesa vestía un abrigo negro de lana que casi rozaba sus zapatos negros y se estaba poniendo unos guantes negros de cabritilla. No llevaba más maquillaje que un toque de color en sus labios sensuales, y la cabellera, rubia miel, le caía en grandes rizos sobre los hombros. Su belleza me pareció tan fría cómo el día y me pregunté cómo había podido sentir simpatía por ella o dar por sincero su dolor.

—¿Qué la trae por esta iglesia? —inquirió acto seguido—. En Asheville hay una iglesia católica.

Me pregunté qué más sabría de mí. Qué más le habría contado Marino.

—Quería presentar mis respetos a su hija —respondí, mirándola directamente a los ojos.

—Ah, qué gesto tan gentil...

No desvió la mirada y mantuvo su sonrisa.

—A decir verdad, es una suerte que nos hayamos encontrado —continué—. Necesito hacerle unas preguntas. ¿Le parece bien si lo hago ahora?

—¿Aquí?

—Bueno, preferiría en su casa.

—Pensaba almorzar solamente unos emparedados. No tengo ganas de preparar una gran comilona dominical, y Pete está de acuerdo.

—Por favor, no crea que me invito a comer.

Apenas me esforzaba en disfrazar mis sentimientos. La expresión severa de mi rostro reflejaba lo que latía en mi corazón. Aquella mujer había intentado matarme y estuvo a punto de matar a mi sobrina.

—Entonces, supongo que nos reuniremos en casa.

—Le agradecería que me llevara. No tengo coche.

Quería ver su coche. Tenía que verlo.

—Pues el mío está en el taller.

—Qué raro, ¿no? El coche es muy nuevo, según recuerdo.

Si mis ojos hubieran sido rayos láser, ya le habrían perforado el cuerpo de parte a parte.

—Me temo que me ha tocado el tarado del lote: he tenido que dejarlo en un concesionario de fuera del estado, porque se estropeó mientras estaba de viaje. He venido con una vecina, pero la llevaremos a usted con mucho gusto. Ya debe estar esperando.

Bajé los peldaños de granito tras ella y la seguí por un sendero hasta un nuevo tramo de escaleras. Aparcados en la calle quedaban todavía unos cuantos coches, un par de los cuales ya se disponían a alejarse. La vecina aludida era una mujer mayor que llevaba un sombrerito rosa y un audífono. Estaba tras el volante de un viejo Buick blanco, con la calefacción a toda marcha y escuchando música gospel. La señora Steiner me ofreció el asiento delantero y lo rechacé. No quería tenerla detrás de mí. Quería ver qué hacía en todo momento y deseaba haber traído conmigo la pistola del 38, pero no me había parecido correcto llevar un arma a la iglesia y no se me había ocurrido la idea de que pudiera sucederme nada de aquello.

La señora Steiner y su vecina parlotearon en el asiento delantero y yo permanecí callada en el de atrás. El viaje duró unos pocos minutos y, tras ellos, nos encontramos ante la casa donde Denesa Steiner residía. Advertí que el coche de Marino seguía en el mismo sitio en que estaba la noche anterior, cuando Wesley y yo habíamos pasado por delante del lugar. No podía imaginar cómo sería mi encuentro con Marino. No tenía idea de qué le diría o de cuál sería su actitud hacia mí. La señora Steiner abrió la puerta principal, entramos y distinguí las llaves del coche de Marino y de su habitación del motel, colocadas sobre una bandeja decorada con una ilustración de Norman Rockwell en la mesilla del vestíbulo.

—¿Dónde está el capitán Marino? —pregunté.

—Está arriba, durmiendo. —Denesa se quitó los guantes—. Anoche no se sentía muy bien. Ya sabe, corre por aquí un microbio...

Se desabrochó el abrigo y sacudió los hombros levemente para desprenderse de él. Mientras lo hacía, desvió la mirada como si estuviera acostumbrada a ofrecer a quien le interesara la ocasión de contemplar unos pechos que ninguna prenda, por muy matronil que fuese, era capaz de disimular. Su lenguaje corporal resultaba seductor, y en aquel instante me lo dedicaba a mí. Denesa estaba provocándome, aunque no por las mismas razones que provocaría a un hombre: con su actitud sólo se halagaba a sí misma. Era muy competitiva con las demás mujeres, cosa que me revelaba aún más cuál habría sido su relación con Emily.

—Tal vez debería subir a comprobar su estado —propuse.

—Pete sólo necesita dormir. Le llevaré un té caliente y enseguida estoy con usted. ¿Por qué no se acomoda en el salón? ¿Le apetece té o café?

—No, nada, gracias —respondí.

El silencio de la casa me desasosegaba.

Tan pronto la oí subir al piso de arriba, eché una ojeada a mi alrededor. Volví al vestíbulo, guardé las llaves del coche de Marino en mi bolsillo y pasé a la cocina. A la izquierda del fregadero había una puerta que conducía al exterior. Enfrente había otra, cerrada con un pestillo. Retiré éste e hice girar el tirador.

El aire frío y rancio anunciaba el acceso al sótano. Palpé la pared en busca del interruptor de la luz. Mis dedos lo encontraron y lo pulsé, inundando de luz una escalera de madera pintada de rojo. Bajé los peldaños porque sentía el impulso incontenible de que tenía que ver qué había allí. Nada, ni siquiera el temor a que Denesa me descubriera, iba a detenerme.

El banco de trabajo de Chuck Steiner aún seguía en su sitio y sobre él, un montón de herramientas y engranajes y la esfera de un viejo reloj con las agujas paralizadas por el tiempo. Esparcidos sobre la tabla había numerosos botones de médula vegetal, y la mayoría de ellos mostraba alguna huella grasienta de las delicadas piezas que un día habían sostenido o limpiado. Algunos habían caído al suelo de cemento. Los vi acá y allá, revueltos con fragmentos de alambre, clavos de pequeño tamaño y tornillos. Las cajas vacías de varios antiguos relojes de péndulo montaban guardia silenciosa en las sombras. También distinguí antiguas radios y televisores, junto a un surtido de muebles cubiertos de una gruesa capa de polvo.

Las paredes eran de ladrillo macizo blanco, sin ventanas. Sobre un largo tablero había un considerable surtido de ovillos del cable, cordeles y cuerdas de diversos materiales y grosores. Pensé en el macramé que adornaba algunos muebles del piso superior, en la compleja filigrana de hilos anudados que cubría los apoyabrazos, los respaldos de las sillas y las macetas de las plantas colgadas de unos ganchos del techo y evoqué la visión del nudo de horca que le habían retirado del cuello a Max Ferguson. Recapacitando, parecía increíble que nadie hubiera investigado aquel sótano con anterioridad. Mientras la policía buscaba a la pequeña Emily, la niña probablemente ya estaba muerta allí abajo.

Tiré de un cordón para encender otra luz, pero la bombilla estaba fundida. Yo seguía sin linterna y el corazón me latía con tal fuerza que casi era incapaz de respirar mientras deambulaba en torno. En una de las paredes, junto a un montón de leña apilada y cubierta de telarañas, descubrí otra puerta cerrada que conducía al exterior; cerca de la caldera de la calefacción había una tercera que conducía a un cuarto de baño completo. Entré en el baño y encendí la luz. Ante mí tenía unas paredes de porcelana blanca, antigua, salpicada de pintura, y un retrete cuya cisterna no debía de haberse descargado desde hacía años, pues el agua estancada había teñido la taza de herrumbre. En el lavabo había un cepillo de cerdas rígido y doblado como una mano. A continuación, eché un vistazo al interior de la bañera. Casi en el centro de ésta descubrí la moneda de cuarto de dólar con la cara de George Washington hacia arriba, y detecté un resto de sangre en torno al desagüe. De pronto, di un respingo: la puerta de la escalera se había cerrado de golpe. Oí pasar el pestillo. Denesa Steiner acababa de encerrarme en el sótano.

Corrí en una dirección y otra, busqué a mi alrededor con la mirada e intenté pensar qué hacer. Llegué a la puerta contigua a la leña, la que conducía al exterior, retiré el pestillo, quité la silla encajada bajo el tirador y me encontré en el soleado patio trasero. No vi ni oí a nadie, pero tuve la certeza de que ella me observaba. Tenía que saber que saldría por aquella puerta. Y entonces comprendí con creciente horror lo que sucedía. Denesa no pretendía en absoluto encerrarme. Lo que había hecho era dejarme fuera de la casa, asegurarse de que no pudiera volver escaleras arriba.

Pensé en Marino, y las manos me temblaban

tanto que casi no pude sacar las llaves del bolsillo mientras doblaba la esquina de la casa y corría hacia el camino particular. Abrí la puerta del copiloto del reluciente Chevrolet. El Winchester de acero inoxidable estaba bajo el asiento delantero, donde Pete guardaba siempre su arma larga.

Noté el fusil frío como el hielo en mis manos cuando corría de nuevo a la casa, tras dejar abierto el coche. Como esperaba, la puerta estaba cerrada, pero a ambos lados había sendas cristaleras y golpeé una de ellas con la culata del arma. El cristal se hizo añicos y cayó suavemente sobre la alfombra del vestíbulo. Me envolví la mano en un pañuelo, la introduje con cuidado por el hueco y abrí la puerta desde dentro. Al cabo de un instante, corría escaleras arriba y, mientras subía los peldaños enmoquetados, me sentí como si fuera otra o como si hubiera perdido mi propia mente: era más una máquina que una persona. Recordé la habitación que tenía la luz encendida la noche anterior y me apresuré hacia allí.

La puerta estaba cerrada y, cuando la abrí, encontré a Denesa sentada plácidamente al borde de la cama en que yacía Marino, quien tenía la cabeza envuelta en una bolsa de basura de plástico, ajustada en torno al cuello mediante cinta adhesiva. Lo que sucedió a continuación fue simultáneo: yo quité el seguro y cargué el fusil al tiempo que ella cogía su pistola de la mesilla y se ponía en pie. Las dos armas se alzaron a la vez y disparé. La ensordecedora descarga la golpeó como una potente ráfaga de viento, y Denesa salió despedida hacia atrás hasta chocar contra la pared mientras yo cargaba y disparaba y volvía a cargar y a disparar, una y otra vez.

Denesa Steiner se deslizó hasta el suelo a lo largo de la pared y la sangre dejó unas largas vetas de color en el papel decorado con motivos infantiles. El humo y la pólvora quemada impregnaron el aire. Abrí a tirones la bolsa que cubría la cabeza de Marino. vi su rostro amoratado y no le encontré pulso en las carótidas. Le aporreé el pecho, le insuflé aire por la boca una vez y le comprimí el tórax cuatro veces y con un jadeo empezó a respirar de nuevo.

Cogí el teléfono, marqué el 911 y pedí ayuda a gritos, como si hablara por un radioemisor de la policía durante una emergencia.

—¡Agente herido! ¡Agente herido! ¡Envíen una ambulancia!

—¿Dónde se encuentra usted, señora?

No tenía idea de la dirección.

—¡La casa Steiner! ¡Por favor, dense prisa!

Dejé descolgado el aparato e intenté incorporar un poco a Marino, pero pesaba demasiado y renuncié a hacerlo.

—¡Vamos! ¡Vamos!

Volví su rostro hacia un lado y hacia otro y, agarrándolo por la barbilla, tiré de ella hacia delante para abrir al máximo sus vías respiratorias. Busqué con la mirada algún frasco de píldoras o cualquier otra indicación de lo que pudiera haberle administrado Denesa. Sobre la mesilla de noche había unos vasos largos vacíos. Olían a bourbon y, aturdida, me volví hacia la mujer. Vi sangre y sesos por todas partes y me puse a temblar como un animal en trance de muerte. Me estremecí y me retorcí entre estertores agónicos. Denesa estaba caída en el suelo, casi sentada, con la espalda apoyada en la pared y en medio de un charco de sangre cada vez mayor. Sus ropas negras estaban empapadas y acribilladas de agujeros. La cabeza le colgaba hacia un lado y desde ella descendía hasta el suelo un reguero de sangre.

Cuando percibí el ulular de las sirenas, sus lamentos se me hicieron eternos hasta que, por fin, reconocí el sonido de numerosas pisadas que subían la escalera a toda prisa y el ruido de una camilla al ser desplegada; y luego, no sé cómo, Wesley estaba allí. Me protegió los hombros con su brazo y me apretó con fuerza mientras unos hombres con mono de trabajo rodeaban a Marino. Al otro lado de la ventana parpadeaban las luces rojas y azules y me di cuenta de que había reventado el cristal con mis disparos. El aire que venía del exterior era muy frío y agitaba las cortinas salpicadas de sangre. Contemplé el estampado de éstas, globos que ascendían por un cielo amarillo pálido, y paseé la mirada por el edredón azul hielo y los animalitos de peluche dispersos por la estancia. En el espejo había calcomanías del arco iris y un cartel del osito Winnie Pooh.

—Es su habitación —murmuré a Wesley.

—Está bien, ya pasó.

Él me acariciaba los cabellos.

—Es la habitación de Emily...

21

Dejé Black Mountain la mañana siguiente, que era lunes, y Wesley quiso acompañarme pero preferí ir sola. Aún me quedaban asuntos por resolver y Benton tenía que quedarse con Marino, que había sido ingresado en el hospital después de un lavado de estómago para evacuar el demoral que le había administrado Denesa. Cuando estuviera recuperado, al menos en el aspecto físico, Wesley le llevaría consigo a Quantico. Sería preciso interrogar a Marino como se hace con un agente cuando ha estado infiltrado en una organización criminal. Pete Marino necesitaba descanso, seguridad y a sus amigos.

En el avión, no tenía vecino de asiento y tomé muchas notas. El caso del asesinato de Emily Steiner había quedado resuelto cuando yo di muerte a su madre. Ya había efectuado mi declaración ante la policía y el caso seguiría bajo investigación durante un tiempo, pero no estaba preocupada ni tenía motivo para estarlo. Sencillamente, no sabía qué sentía, aunque me molestaba un poco no lamentar en absoluto lo sucedido.

Sólo tenía conciencia de estar tan fatigada que el menor ejercicio me suponía un esfuerzo. Era co-

mo si me hubieran transfundido plomo en las venas. Incluso mover el bolígrafo me resultaba difícil, y la mente me funcionaba casi al ralentí. A intervalos, me descubría con la mirada perdida, sin
parpadear, e incapaz de saber cuánto tiempo había
permanecido así o en qué había estado pensando.

Mi primera obligación era redactar un informe
del caso, en parte para la investigación del FBI y en
parte para la policía que me investigaba a mí. Las
piezas encajaban bien, pero había algunas cosas
que no tendríamos forma de saber con seguridad,
porque no había quedado nadie para corroborar-
las. Por ejemplo, nunca sabríamos a ciencia cierta
lo sucedido la noche de la muerte de Emily. Pero
yo había desarrollado una teoría.

En mi opinión, Emily se marchó corriendo a su
casa antes de que terminara la reunión de juventud y
tuvo una disputa con su madre, tal vez durante la cena, en la que, según mis sospechas, puede que la señora Steiner castigara a Emily echando una gran
cantidad de sal en su comida. La ingestión de sal es
una forma de malos tratos a niños que, por horrible
que parezca, no resulta inhabitual.

Puede que Emily fuera obligada a beber agua
salada y tras ello empezara a vomitar, lo cual sólo
habría servido para que su madre se enfureciese todavía más. Emily habría sufrido una hipernatremia
y a continuación entrado en coma. Debía de estar
agonizante o ya muerta cuando Denesa Steiner la
había trasladado al sótano.

Esta hipótesis explicaría los datos físicos, apa-
rentemente contradictorios, obtenidos del cuerpo

de Emily. Explicaría la deshidratación, el elevado contenido en sodio y la ausencia de respuestas vitales a las lesiones.

Respecto a por qué la madre había decidido emular el asesinato de Eddie Heath, sólo se me ocurría que un caso que había recibido tanta publicidad debía de haber despertado un profundo interés en una mujer que, como Denesa, padecía el síndrome de Munchausen por transferencia. Sólo que, en ella, la reacción no había sido la habitual. Denesa había fantaseado acerca de la atención que recibiría una madre si perdía a una hija de una modo tan terrible.

Era una fantasía que debía de producirle una gran excitación y es posible que la desarrollara con detalle en su mente. Aquel domingo por la noche, puede que envenenase y matase a su hija de forma deliberada para hacer realidad su plan, o puede que llevara a cabo éste después de envenenar a Emily accidentalmente, en un ataque de furia. Jamás sabría la respuesta pero, a fin de cuentas, no importaba. Aquel caso no llegaría nunca a un tribunal.

En el sótano, Denesa Steiner había depositado el cuerpo de su hija en la bañera. Según mis cálculos, había sido en aquel momento cuando le disparó un tiro en la nuca, de modo que la sangre escapara por el desagüe. También la desnudó, lo cual explicaba la presencia de la moneda, que Emily no había depositado en la bandeja de la iglesia aquella tarde porque abandonó la reunión antes de que el chico que le gustaba hubiese efectuado la colecta. El cuarto de dólar había caído del bolsillo de Emily sin que su madre —enfrascada en quitarle los pantalones— lo advirtiera, y las nalgas desnudas de la chiquilla habían permanecido sobre la moneda durante los seis días siguientes.

Imaginé que sería de noche cuando, casi una semana más tarde, la señora Steiner fue a recuperar el cuerpo de Emily, que había permanecido prácticamente en refrigeración durante todo aquel tiempo. Puede que lo envolviera en una manta, lo cual explicaría las fibras de lana que habíamos encontrado. O puede que lo metiera en un saco de plástico usado para recoger hojarasca. Los restos microscópicos de médula vegetal también encajaban puesto que el señor Steiner había utilizado tal material durante años, cuando trabajaba en la reparación de relojes en aquel sótano. Hasta el momento, la cinta adhesiva de color naranja fluorescente que la mujer había cortado a tiras para inmovilizar a su hija y para atarse ella misma no había aparecido, y tampoco el arma de nueve milímetros. Dudé que encontráramos ninguna de ambas cosas. La señora Steiner era demasiado lista como para conservar unas pruebas tan incriminatorias.

Visto en perspectiva, todo resultaba muy simple. Muy evidente, en muchos aspectos. Por ejemplo, la secuencia en que se habían cortado los pedazos de cinta encajaba perfectamente con lo sucedido. Naturalmente, la señora Steiner había atado a su hija primero y no había tenido necesidad de cortar los fragmentos y pegarlos en el borde de un mueble antes de proceder a ello. No había necesitado vencer la resistencia de Emily porque Emily estaba inmóvil y, por tanto, su madre tenía ambas manos libres.

En cambio, atarse a sí misma resultaba un poco más complicado. Primero, cortó los fragmentos de cinta que iba a utilizar y los pegó a la cómoda por un extremo. Después, procedió a inmovilizarse lo suficiente como para que su versión del asalto resultara creíble, y no se dio cuenta de que no cogía los fragmentos por orden, aunque tampoco había motivo para sospechar que el detalle tuviera importancia.

En Charlotte cambié de avión y, cuando llegué a Washington, tomé un taxi hasta el edificio Russell, donde tenía una cita con el senador Lord. Cuando llegué a su despacho, a las tres y media, estaba en el escaño, en plena votación. Esperé pacientemente en la antesala, donde varios hombres y mujeres jóvenes atendían llamadas sin cesar, pues todo el mundo solicitaba, al parecer, la ayuda del senador. Me pregunté cómo podría vivir con tal carga.

Frank Lord no tardó en aparecer y sonrió al verme. Leí en su mirada que estaba al corriente de todo lo sucedido.

—Kay, cuánto me alegro de verte.

Le acompañé y cruzamos otra sala con más mesas y más personal que atendía más teléfonos, antes de llegar a su despacho privado. Una vez dentro, cerró la puerta. En el despacho colgaban muchos cuadros de pintores excelentes y era evidente que Lord apreciaba los buenos libros.

—El director me ha llamado hace unas horas. Vaya pesadilla. No sé muy bien qué decir...

—Me encuentro bien —le aseguré.

—Ven aquí, por favor.

Me ofreció el sofá y se situó frente a mí, sentado en una simple silla. El senador Lord rara vez ponía el escritorio entre sus visitantes y él. No necesitaba hacerlo pues, como todas las personas poderosas que yo conocía, y eran unas cuantas, la grandeza le hacía humilde y amable.

—Llevo todo el día en un estado de estupor. Un estado mental muy extraño —continué—. Será más adelante cuando tenga problemas. Estrés postraumático y esas cosas. Saber que se produce no la inmuniza a una.

—Quiero que te cuides mucho. Vete a alguna parte y descansa un tiempo.

—Senador, ¿qué podemos hacer por Lucy? Quiero que su nombre quede limpio.

—Creo que eso ya lo has conseguido.

—No del todo. El FBI sabe que la huella dactilar inspeccionada y autorizada por el sistema de identificación biométrica no pudo ser la del pulgar de Lucy, pero eso no exculpa por completo a mi sobrina. Al menos, es la impresión que he sacado.

—No es eso. No es eso en absoluto. —El senador cruzó de nuevo sus largas piernas y desvió la mirada—. Pero puede haber un problema en relación a lo que circula por toda la Central. Los chismorreos, me refiero. Comoquiera que ha salido a relucir el nombre de Temple Gault, hay muchas cosas que no pueden comentarse.

—De modo que Lucy tendrá que callar y aguantar el tipo delante de todo el mundo porque no se le permitirá divulgar lo sucedido, ¿no es eso?

—Lo has expuesto muy bien.

—Entonces, seguirá habiendo quien desconfíe de ella y crea que no debería estar en Quantico...

—Sí, puede que así sea.

—No me parece suficiente —protesté.

Frank me miró con aire muy paciente y me reprendió:

—No puedes seguir protegiéndola eternamente, Kay. Déjala que encaje sus golpes y afronte los menosprecios. A la larga, eso la hará mejor persona. Tú, limítate a darle consejo legal —añadió con una sonrisa.

—Respecto a eso, voy a hacer cuanto pueda —respondí—. Todavía tiene pendiente una acusación por conducción bajo los efectos del alcohol.

—Lucy fue víctima de un choque en el que el otro vehículo se dio a la fuga, o incluso de un intento de asesinato. Yo diría que eso debería cambiar un poco las cosas a ojos del juez. También le sugeriría que se ofreciera voluntariamente a realizar algún servicio a la comunidad.

—¿Has pensado en algo?

Estaba segura de que sí; de otro modo, Frank no lo habría mencionado.

—A decir verdad, sí. Me pregunto si Lucy estaría dispuesta a volver al ERF. No sabemos hasta dónde ha husmeado Gault en los archivos de CAIN. Me gustaría poder sugerirle al director que el FBI utilice a Lucy para seguir los pasos de Gault en el sistema y observar qué partes pueden rescatarse.

—¡Oh, Frank! Sé que estará encantada —declaré con el corazón rebosante de gratitud.

—No se me ocurre nadie mejor cualificado —continuó—. Y le dará ocasión de restaurar su buen nombre. Lucy no hizo nada malo a sabiendas, pero demostró tener poco criterio.

—Se lo diré —asentí.

Al salir del despacho, fui al Willard y tomé una habitación. Estaba demasiado cansada para volver a Richmond y lo que quería hacer realmente era volar a Newport. Quería ver a Lucy, aunque sólo fuera por un par de horas. Quería que supiera lo que había hecho el senador, que su nombre estaba limpio y que tenía un futuro brillante. Todo iba a salir bien, lo sabía. Deseaba decirle cuánto la quería. Quería ver si era capaz de decírselo, porque me costaba mucho pronunciar tales palabras. Mi primer impulso era mantener prisionero el amor en mi corazón por miedo a que, si lo expresaba, fuera a abandonarme, como había ocurrido con tanta gente en mi vida. Así, había convertido en costumbre atraer sobre mí aquello que temía.

Desde la habitación, llamé a Dorothy y no tuve respuesta. Marqué, pues, el número de mi madre.

—¿Desde dónde llamas esta vez? —preguntó, y oí correr el agua.

—Estoy en Washington —respondí—. ¿Dónde esta Dorothy?

—Casualmente, está aquí, a mi lado, ayudándome a preparar la cena. Tenemos pollo al limón y ensalada... Deberías ver el limonero, Katie. Y los pomelos están enormes. Ahora mismo, mientras hablamos, estoy lavando la lechuga. Si visitaras a tu madre de vez en cuando, podríamos comer juntas. Comidas normales. Podríamos ser una familia.

—Querría hablar con Dorothy.

—Aguarda.

El teléfono golpeó contra algo y Dorothy se puso enseguida.

—¿Cómo se llama el consejero de Lucy en Edgehill? —le pregunté directamente—. Supongo que le habrán asignado a alguien, a estas alturas.

—Tanto da. Lucy ya no está allí.

—¿Cómo dices? ¿Qué es lo que acabas de decir?

—No le gustó el programa y me dijo que quería marcharse. No podía retenerla a la fuerza. Ya es una mujer adulta. Y tampoco estaba condenada a quedarse o algo así.

—¿Qué? —No daba crédito a lo que oía—. ¿Está ahí, con vosotras? ¿Ha vuelto a Miami?

—No —contestó mi hermana con absoluta tranquilidad—. Quería quedarse un tiempo en Newport. Comentó que Richmond no era lugar seguro de momento, o alguna tontería por el estilo. Y no quería venirse aquí.

—¿Que Lucy está sola en Newport con una herida en la cabeza y un problema de alcoholismo y tú te quedas ahí sin hacer nada?

—Vamos, Kay, no empieces a exagerar las cosas como de costumbre.

—¿Dónde se aloja?

—No tengo idea. Sólo dijo que quería perderse por ahí, de momento.

—¡Dorothy!

—Deja que te recuerde que es hija mía, no tuya.

—Sí, ésa será la mayor tragedia de su vida.

—¿Por qué no apartas tus jodidas narices de este asunto, por una vez en la vida? —exclamó ella.

—¡Dorothy! —oí a mi madre en la lejanía—. ¡No tolero esas palabras malsonantes, ya lo sabes!

—Deja que te diga una cosa —respondí a mi hermana, en el tono medido y frío de la furia homicida—. Si le ha sucedido algo a Lucy, te haré responsable al ciento por ciento. No sólo eres una madre pésima, sino también un ser humano espantoso. Lamento de verdad que seas mi hermana.

Colgué el teléfono. Abrí la guía telefónica y empecé a llamar a compañías aéreas. Había un vuelo a Providence que podía tomar si me apresuraba. Salí de la habitación y crucé el vestíbulo del Willard lo más deprisa que pude. La gente se volvió a mirarme. El portero llamó un taxi y le dije al conductor que le pagaría el doble de lo que marcara la tarifa si me llevaba al aeropuerto volando. El taxista pisó gas a fondo y llegué a la terminal cuando anunciaban el vuelo. Una vez hube ocupado mi asiento, noté un nudo en la garganta y luché por contener las lágrimas. Tomé una taza de té caliente y cerré los ojos. No conocía Newport y no tenía idea de dónde alojarme.

El taxista me advirtió en el aeropuerto de Providence que el trayecto hasta Newport iba a durar más de una hora, puesto que estaba nevando. Tras los cristales salpicados de agua de la ventanilla del taxi contemplé la faz oscura de las escarpadas paredes de granito a ambos lados de la carretera. La piedra estaba acribillada de agujeros de barrena y salpicada de hielo; y el viento que barría el suelo, cargado de humedad, resultaba atrozmente frío. Grandes copos de nieve se estrellaban contra el parabrisas como frágiles insectos blancos, y mirándolos con demasiada fijeza empecé a sentirme mareada.

—¿Podría usted recomendarme algún hotel en Newport? —pregunté al taxista, que hablaba con el acento característico de la gente de Rhode Island.

—Yo diría que el mejor es el Marriott. Está al borde del agua y desde él se puede llegar a todas las tiendas y restaurantes dando un paseo. También hay un Doubletree en Goat Island.

—Probemos en el Marriott.

—Sí, señora. Es el que más le conviene.

—Si fuera usted una muchacha y buscara trabajo en Newport, ¿dónde probaría? Tengo una sobrina de veintiún años que querría pasar una temporada aquí...

Plantear tal cuestión a un completo desconocido parecía una estupidez, pero no sabía qué más hacer.

—En primer lugar, yo no escogería esta época del año. Ahora mismo, Newport está casi muerta.

—Pero si decidiera venir en esta época; si tuviera unos días de vacaciones en la universidad, por ejemplo...

—Hum...

El hombre permaneció pensativo mientras yo me dejaba hipnotizar por el ritmo de los limpiaparabrisas.

—¿En los restaurantes, tal vez? —aventuré.

—Sí, claro. Hay muchos jóvenes empleados eventuales en los restaurantes. Los que están al borde del agua. La paga es bastante buena porque la principal industria de Newport es el turismo. No haga usted caso a quien le diga que es la pesca. Hoy día, un barco con una bodega para catorce mil kilos de pescado vuelve a puerto con mil quinientos, como mucho. Y eso, en un buen día.

El hombre continuó hablando mientras yo pensaba en Lucy y dónde estaría. Intenté penetrar en su mente, leerla, alcanzarla de algún modo a través de mis pensamientos. Recé muchas oraciones en silencio y reprimí las lágrimas y el más terrible de todos los miedos. No podría soportar otra tragedia. No podía perder a Lucy. Eso sería lo último. Sería demasiado.

—¿Hasta qué hora suelen estar abiertos esos locales? —pregunté.

—¿Qué locales?

Me di cuenta de que el taxista seguía hablando de la pesca.

Algo acerca de ciertas variedades de peces que se destinaban a comida para gatos.

—Los restaurantes. ¿Estarán abiertos todavía a estas horas?

—No, señora. La mayoría de ellos, no. Es casi la una de la madrugada. Si de veras quiere ayudar a su sobrina a encontrar un empleo, lo mejor es que salga por la mañana. Casi todos los locales abren a las once; algunos, más temprano, si sirven desayunos.

Naturalmente, el taxista tenía razón. De momento, lo único que podía hacer era irme a la cama e intentar dormir un poco. Mi habitación en el Mariott tenía vistas al puerto. Desde mi ventana, el agua era negra y las luces de los hombres que habían salido a pescar se mecían en un horizonte que no alcanzaba a distinguir.

Me levanté a las siete porque de nada me servía seguir acostada. No había dormido. Tenía miedo de lo que pudiera soñar.

Pedí el desayuno, abrí las cortinas y me enfrenté a una mañana gris plomiza. El agua casi se confundía con el cielo. A lo lejos, unos gansos volaban en formación como una escuadrilla militar, y la nieve se había convertido en lluvia. Saber que lo encontraría casi todo cerrado a aquella hora tan temprana no me desanimó para intentarlo y, a las ocho, ya estaba fuera del hotel con una lista de tabernas populares, bares y restaurantes que me había facilitado el conserje.

Deambulé un rato por los muelles, entre marineros de indumentaria adecuada para el tiempo que hacía: impermeables amarillos y pantalones de peto. Me detuve a hablar con cualquiera que quisiera escucharme y en cada ocasión mi pregunta fue la misma, igual que lo fueron las respuestas. Yo describía a mi sobrina y mi interlocutor decía no saber si la había visto. Había tantas muchachas empleadas en los locales para turistas... Caminaba sin paraguas y el pañuelo que llevaba en la cabeza no me protegía de la lluvia. Pasé junto a esbeltos veleros y yates cubiertos de gruesos plásticos como protección para el invierno, y dejé atrás pilas de grandes anclas rotas y corroídas por el óxido. No había mucha gente, pero varios locales habían abierto ya y hasta que vi fantasmas, duendes y otras criaturas espectrales en los escaparates de Brick Market Place no caí en la cuenta de que estábamos en el día de Difuntos.

Anduve durante horas sobre los adoquines de Thames Street y me detuve a mirar los escaparates de tiendas en las que se vendía de todo, desde conchas pintadas hasta obras de arte. Tomé por Mary Street y pasé por la taberna Inntowne Inn, cuyo encargado no había oído nunca el nombre de mi sobrina. Tampoco la conocían en Christie's, donde tomé un café y, sentada tras una ventana, contemplé la bahía de Narragansett.

Los muelles estaban húmedos y salpicados de gaviotas como manchas blancas, todas vueltas en la misma dirección. En aquel momento dos mujeres se acercaban a la orilla a contemplar las aguas. Iban muy abrigadas, con gorros y guantes, y había algo en ellas que me hizo pensar que eran más que amigas. De nuevo me asaltó la preocupación por Lucy y sentí la imperiosa necesidad de seguir la búsqueda.

Entré en The Black Pearl, que estaba en Bannister Wharf, y después en Anthony's, en el Brick Alley Pub y en The Inn, los tres en Castle Hill. Tampoco obtuve nada del Callahan's Cafe Zelda ni de un pintoresco local donde vendían *strudels* y natillas. Visité tantos bares que perdí la cuenta e incluso entré dos veces en alguno de ellos. No vi el menor rastro de Lucy. Nadie podía ayudarme. Estaba segura de que a nadie le importaba, y deambulé por Bowden Wharf presa del abatimiento mientras arreciaba la lluvia. El agua caía en auténticas sábanas desde un cielo gris pizarra. Una mujer que pasaba por mi lado apresuradamente me dirigió una sonrisa.

—No se empape, querida —me dijo—. No hay nada peor.

La vi entrar en el edificio de la compañía de Langostas Aquidneck, al final del muelle, y decidí seguirla simplemente porque se había mostrado amistosa conmigo. La descubrí al instante en una pequeña oficina, tras un tabique de cristal tan ahumado y tan cubierto de albaranes sujetos con cinta adhesiva que yo apenas alcanzaba a ver sus rizos teñidos y sus manos moviéndose entre los papeles.

Para llegar hasta ella pasé junto a unos tanques de agua verdes, cada uno del tamaño de una barca, llenos de langostas, cangrejos y almejas. Los tanques se apilaban hasta el techo —me recordaron nuestra manera de apilar las camillas en el depósito de cadáveres— y unas conducciones aéreas que transportaban agua bombeada de la bahía la vertían sobre los grandes recipientes y la derramaban por el suelo. El interior del almacén de langostas olía a mar y atronaba como un monzón. Los hombres, enfundados en sus pantalones con peto y en sus botas altas de caucho, tenían el rostro curtido por el viento y el sol y hablaban entre ellos a voz en grito.

—Discúlpeme —dije desde la puerta de la oficina.

Hasta aquel momento no había reparado en que la mujer estaba en compañía de un pescador. Sólo entonces lo vi, sentado en una silla de plástico, fumando. Tenía las manos enrojecidas, como en carne viva.

—Querida, pillará un resfriado. Pase a calentarse. —La mujer, que estaba sobrada de peso y sin duda trabajaba demasiado, me sonrió de nuevo—. ¿Quiere comprar unas langostas? —añadió, e hizo ademán de incorporarse.

—No —me apresuré a decir—. Verá, he perdido a mi sobrina. Se ha mudado, o me dio mal la dirección o algo así. Tenía que encontrarme con ella y... En fin, me pregunto si por casualidad la habrán visto ustedes.

—¿Qué aspecto tiene? —quiso saber el pescador.

Describí a Lucy.

—Bien, ¿dónde la ha visto por última vez? —inquirió la mujer, que ahora parecía desconcertada.

Hice una profunda inspiración y el pescador adivinó lo que me sucedía. Leyó en mi mente hasta la última palabra. Lo advertí en sus ojos.

—Se fugó, ¿no? A veces, los jóvenes lo hacen —comentó mientras daba una chupada a su Marlboro—. La cuestión es de dónde ha escapado. Si me dice eso, señora, quizá pueda formarme una idea más precisa de dónde pueda estar.

—Estaba en Edgehill —le informé.

—¿Y ha salido con el alta?

El pescador era de Rhode Island y, con su peculiar acento, aplastaba las últimas sílabas como si pisara el extremo de sus palabras.

—Se ha marchado por su cuenta.

—Entonces, o no ha terminado el programa de rehabilitación o el seguro no se hace cargo de los gastos. Sucede muy a menudo, por aquí. Amigos míos internados en ese sitio han tenido que marcharse a los cuatro o cinco días porque el seguro no quería pagar. ¡Para lo que sirve...!

—Mi sobrina no ha terminado el programa —le aclaré.

El pescador se quitó la sucia gorra que llevaba y se alisó hacia atrás los rebeldes cabellos negros.

—Supongo que estará usted muy preocupada —intervino la mujer—. Puedo prepararle un café instantáneo...

—Es usted muy amable, pero no, gracias.

—Cuando se marchan tan pronto, suelen empezar de nuevo con la bebida y las drogas —insistió el hombre—. Me disgusta decírselo, pero así son las cosas. Lo más probable, pues, es que la chica haya buscado empleo de camarera o de encargada de barra para estar cerca de lo que quiere. Los restaurantes de por aquí pagan bastante bien. Yo preguntaría en Christie's o en The Black Pearl, en la zona de Bannister Wharf, o en Anthony's, en Waites Wharf.

—Ya he probado en todos esos sitios.

—¿Y en The White Horse? Allí podría sacar un buen dinero.

—¿Dónde queda?

—Por ahí. —Señaló en dirección opuesta a la bahía—. Junto a Marlborough Street, cerca del Best Western.

—¿Y dónde podría alojarse? —pregunté—. No es probable que tenga mucho dinero.

—Querida —dijo la mujer—, le diré dónde probaría yo. En el Instituto del Marinero. Queda bastante cerca. Ha tenido usted que pasar por delante de él para llegar hasta aquí.

El pescador asintió y encendió otro cigarrillo.

—Ahí lo tiene. Es un buen lugar para empezar. Allí hay camareras, y en la cocina trabajan varias chicas.

—¿Qué es ese instituto? —quise saber.

—Un lugar donde los pescadores que pasan una mala racha pueden alojarse temporalmente. Se parece un poco a un albergue de la Asociación de Jóvenes Cristianos, con habitaciones en el piso superior y un comedor y una cafetería.

—Lo gestiona la iglesia católica. Puede hablar con el padre Ogren, querida. Es el cura que se encarga del local.

—Mi sobrina es sólo una joven de veintiún años. ¿Por qué habría de acudir allí en lugar de a cualquier otro de los sitios que han mencionado? —pregunté.

—Por ninguna razón especial —fue la respuesta del pescador—, a menos que no quiera volver a beber. En ese local no se tolera la bebida —me aseguró con un expresivo gesto de cabeza—. Ahí es precisamente donde va uno si deja el programa antes de tiempo pero no quiere caer de nuevo en la bebida y las drogas. He conocido un montón de tipos que han pasado por el instituto; incluso yo estuve una temporada.

Cuando salí llovía tanto que el agua que caía rebotaba en la acera y se elevaba de nuevo hacia el cielo. Yo estaba calada hasta los huesos, hambrienta, aterida de frío y sin ningún lugar donde ir, como era el caso de tanta gente que llegaba al Instituto del Marinero.

El aspecto del local era el de una pequeña iglesia de ladrillo, pero en la entrada había un menú escrito con tiza sobre un encerado y una pancarta que decía: «Bienvenidos todos.» Entré y, al otro lado de la puerta, vi a unos hombres sentados a una barra ante sendas tazas de café y a otros que ocupaban las mesas de un sencillo salón comedor. Las miradas se volvieron hacia mí con cierta curiosidad y vi reflejados en los rostros muchos años de bebida y mala vida. Una camarera que no parecía mayor que Lucy me preguntó si quería comer algo.

—Busco al padre Ogren —le dije.

—Hace un rato que no lo veo, pero pruebe en la biblioteca o en la capilla.

Subí la escalera y entré en una pequeña capilla cuyos únicos ocupantes eran los santos pintados en los frescos de las paredes. Me pareció una capillita encantadora, con cojines de punto de motivos náuticos y suelo de piezas de mármol de varios colores que formaban un dibujo de conchas. Permanecí un instante quieta y contemplé a san Marcos sosteniendo un mástil y a san Antonio de Padua bendiciendo las criaturas de los mares. San Andrés recogía sus redes, y a lo largo de la parte superior de la pared se leía una cita de la Biblia:

Pues Él hará que la tormenta cese y que las olas se calmen. Y ellos se alegrarán de estar en paz y él los llevará a su anhelado refugio.

Mojé las yemas de los dedos en una gran concha llena de agua bendita y me santigüé. Después de una breve oración ante el altar, deposité una limosna en una pequeña cesta de paja. Dejé un billete por Lucy y por mí y un cuarto de dólar por Emily. De la escalera, tras la puerta cerrada, llegaron hasta mí las voces animadas y los silbidos de los residentes. La lluvia repiqueteaba en el tejado como un redoble de tambores sobre un colchón. Más allá de las ventanas opacas chillaban las gaviotas.

—Buenas tardes —dijo una voz serena a mi espalda.

Di media vuelta y me encontré ante el padre Ogren, que vestía de negro.

—Buenas tardes, padre —respondí.

—Parece que ha dado usted un buen paseo bajo la lluvia.

El sacerdote tenía una mirada apacible y una expresión muy amable.

—Busco a mi sobrina, padre, y estoy desesperada.

No fue necesario que le dijera gran cosa de Lucy. De hecho, aún no había terminado de describirla cuando advertí que el sacerdote sabía de quién le hablaba, y el corazón se me abrió como una rosa.

—Dios es bueno y piadoso —dijo el padre Ogren con una sonrisa—. La ha guiado a usted hasta aquí como guía a otros que se han perdido en el mar. Y como guió a su sobrina hasta nosotros hace unos días. Creo que está en la biblioteca. La he puesto a trabajar allí: cataloga libros y hace otras tareas. Es muy lista. Tiene un proyecto maravilloso para llevar todo esto por ordenador.

La encontré en una mesa de refectorio, en una sala mal iluminada, de paredes con arrimaderos de madera oscura y estanterías llenas de libros gastados por el uso. Estaba de espaldas a mí, enfrascada en elaborar un programa informático por escrito, sin contar con ordenador, como los buenos músicos que componen sus sinfonías en silencio. La noté más delgada. El padre Ogren me dio unas palmaditas en el brazo como despedida y cerró la puerta sin hacer ruido.

—Lucy... —murmuré.

Se volvió y me miró con perplejidad.

—¿Tía Kay? ¡Dios mío! —exclamó en el tono cuchicheante que se emplea en las bibliotecas—. ¿Qué haces aquí? ¿Cómo has sabido dónde...?

Tenía las mejillas sonrojadas y una cicatriz en la frente, una marca de un rojo encendido. Acerqué una silla y tomé una de sus manos entre las mías.

—Ven a casa conmigo, por favor.

Lucy continuó mirándome como si viera una aparición.

—Tu nombre está libre de sospechas.

—¿Totalmente?

—Totalmente.

—Así pues, me conseguiste un buen protector.

—Te dije que lo haría.

—Y el protector eres tú misma, ¿verdad, tía Kay? —musitó Lucy, desviando la mirada.

—El FBI ha aceptado que fue Carrie quien te involucró —le aseguré. Los ojos se le llenaron de lágrimas—. Lo que hizo Carrie fue horrible y sé lo dolida y furiosa que debes de estar. Pero te recuperarás. Se sabe la verdad y el ERF quiere que vuelvas. Nos ocuparemos de la denuncia de la policía de tráfico por conducir bebida. El juez se mostrará más comprensivo si se demuestra que alguien te echó de la carretera, y tenemos las pruebas. Pero sigo queriendo que te sometas a tratamiento.

—¿No puedo hacerlo en Richmond? ¿No puedo quedarme contigo?

—Claro que puedes.

Bajó la vista y le saltaron las lágrimas.

No quería causarle más dolor, pero tenía que preguntarle otra cosa todavía.

—¿Era Carrie con quien estabas en la zona de picnic la noche que te vi allí? Debe de fumar.

Lucy se frotó los ojos.

—A veces.

—Lo siento mucho.

—Tú no lo entenderías.

—¡Pues claro que lo entiendo! Tú la querías.

—Todavía la quiero... —Rompió en sollozos—. Eso es lo más absurdo. ¿Cómo es posible? Pero no puedo evitarlo. Y mientras tanto... —se sonó la na-

riz—, mientras tanto ella estaba con Jerry o comoquiera que se llame... ¡Estaba utilizándome!

—Utiliza a todo el mundo. No has sido la única.

Continuó llorando como si fuera a hacerlo el
resto de su vida.

—Vamos, Lucy, eso también lo entiendo —susurré, y le rodeé los hombros con el brazo—. No
se puede dejar de querer a alguien como si tal cosa.
Llevará tiempo...

Mantuve el abrazo largo rato. Sus lágrimas me
bañaron el cuello. La abracé hasta que el horizonte fue una línea azul oscuro que cruzaba la noche, y
entonces recogimos sus pertenencias y dejamos su
espartana habitación. Echamos a andar por las calles adoquinadas y por las aceras llenas de charcos,
mientras ventanas y escaparates se iluminaban
porque era la Noche de las Ánimas, y la lluvia caída empezaba a helarse.

OTROS TÍTULOS DE LA COLECCIÓN

El psicoanalista

JOHN KATZENBACH

«Feliz 53 cumpleaños, doctor. Bienvenido al primer día de su muerte.»

Así comienza el anónimo que recibe Frederick Starks, psicoanalista con una larga experiencia y una vida tranquila. Starks tendrá que emplear toda su astucia y rapidez para, en quince días, averiguar quién es el autor de esa amenazadora misiva que promete hacerle la existencia imposible. De no conseguir su objetivo, deberá elegir entre suicidarse o ser testigo de cómo, uno tras otro, sus familiares y conocidos mueren por obra de un asesino, un psicópata decidido a llevar hasta el fin su sed de venganza.

Dando un inesperado giro a la relación entre médico y paciente, John Katzenbach nos ofrece una novela en la tradición del mejor suspense psicológico.

«Un thriller fuera de serie, imposible de soltar» *Library Journal*

El inocente

MICHAEL CONNELLY

El abogado defensor Michael Haller siempre ha creído que podría identificar la inocencia en los ojos de un cliente. Hasta que asume la defensa de Louis Roulet, un rico heredero detenido por el intento de asesinato de una prostituta. Por una parte, supone defender a alguien presuntamente inocente; por otra, implica unos ingresos desacostumbrados. Poco a poco, con la ayuda del investigador Raul Levin y siguiendo su propia intuición, Haller descubre cabos sueltos en el caso Roulet... Puntos oscuros que le llevarán a creer que la culpabilidad tiene múltiples caras.

En *El inocente*, Michael Connelly, padre de Harry Bosch y referente en la novela negra de calidad, da vida a Michael Haller, un nuevo personaje que dejará huella en el género del *thriller*.

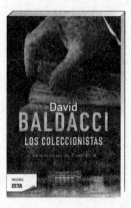

Los coleccionistas

DAVID BALDACCI

El Camel Club entra de nuevo en acción en *Los coleccionistas*. Son cuatro ciudadanos peculiares con una misma meta: buscar la verdad, algo difícil en Washington, su ciudad natal. Y en su búsqueda de la verdad, reclutan a personajes de lo más curiosos... Esta vez el asesinato del presidente de la Cámara de los Representantes sacude Estados Unidos. Y el Camel Club —que se resiste a creer la versión oficial de los hechos— encuentra una sorprendente conexión con otra muerte: la del director del departamento de Libros Raros y Especiales de la Biblioteca del Congreso. Los miembros del club —a quienes se une Annabelle Conroy, una estafadora profesional que planea dar «el gran golpe»— se precipitarán en un mundo de espionaje, códigos cifrados y coleccionistas.

La Dalia Negra

JAMES ELLROY

El 15 de enero de 1947, en un solar desocupado de Los Ángeles, apareció el cadáver desnudo y seccionado en dos de una mujer
joven. El médico forense determinó que la habían torturado durante días. Elizabeth Short, de 22 años, llamada la Dalia Negra, llevará a los detectives a los bajos fondos de Hollywood, para sí invo-
lucrar a ciertas personas adineradas de Los Ángeles. Basándose en
este suceso, Ellroy construye esta novela, en la que plasma la relación entre dos policías, ex boxeadores y enamorados de la misma
mujer. Ambos, además, están obsesionados por lo que fue la vida
de la Dalia Negra, y, sobre todo, por capturar al individuo que la
asesinó.